Lindsey Kelk

Altijd het bruidsmeisje

Maddie regelt met liefde de bruiloft van haar beste vriendin, maar voor haarzelf laat de ware op zich wachten…

BOEKERIJ

ISBN 978-90-225-7738-7
ISBN 978-94-023-0677-4 (e-book)
NUR 302

Oorspronkelijke titel: *Always the Bridesmaid*
Vertaling: Ella Vermeulen | World of Words
Omslagontwerp: Johannes Wiebel | Punchdesign, München
Omslagbeeld: © Shutterstock
Zetwerk: ZetSpiegel, Best

Voor Janice

Mijn Dagboek als Bruidsmeisje

Naam: Maddie Fraser
Leeftijd: 31, maar zo zie ik er niet uit, echt niet
Naam van de bruid: Lauren Hobbs-Miller
Mijn bruid is: Mijn zogenaamde beste vriendin
Ik ken mijn bruid al: 12 jaar
Zo leerden we elkaar kennen: We deelden een flat in onze studententijd
De andere bruidsmeisjes zijn: Sarah Hempel, Jessica Hobbs-Miller-Joyce
Vier woorden die mijn bruid omschrijven: ~~Tirannieke controlfreak~~ Gul, liefdevol, verstandig, blond
Vier woorden die de bruidegom omschrijven: Vermoedelijk aan de drugs
De grote dag is: Te snel om nog te kunnen afvallen
Zo voelt het om bruidsmeisje te zijn: ~~Ik zou nog liever zelf mijn baarmoeder naar buiten trekken met een roestige kleerhanger en die op mijn hoofd zetten en ermee over de boulevard van Brighton paraderen~~ Gezegend.

Gefeliciteerd!

Je bent gevraagd om je bruid te vergezellen op de reis naar de mooiste dag van haar leven, die in het teken staat van eeuwige liefde en levenslange herinneringen. Een bruidsmeisje is niet iemand die achter haar bruid aan naar het altaar loopt, maar iemand die haar bijstaat in het leven. Gisteren was je misschien een vriendin, een zus of een nichtje, maar vanaf nu tot in eeuwigheid zul je zo veel meer zijn dan dat.

In dit dagboek kun je elke stap van jullie gezamenlijke avontuur vastleggen, van de dag waarop je bruid je deze enorme gunst verleent tot de dag waarop je de verloofde die ze nu is vaarwel zegt en een echtgenote in je leven verwelkomt.

Leg alles vast en schrijf al je gevoelens, overpeinzingen en bespiegelingen op, want dit is een van de mooiste en bijzonderste privileges in het leven van een vrouw.

Je bent niet langer de persoon die je was toen je vanochtend wakker werd.

Je bent een bruidsmeisje.

1

Donderdag 14 mei
Vandaag voel ik me: uitgeput
Vandaag ben ik dankbaar voor: taxi's die je kunnen vinden dankzij een app

In deze moderne tijd is er één onbetwiste waarheid. Er zijn nog maar twee soorten mensen op de wereld: zij die bellen en zij die appen.

Het is overduidelijk dat er op de social media een stel gekken rondwaart. Het meisje van je vorige baan dat alles liket wat je op Facebook zet. De jongen met wie je in je eerste week op de universiteit optrok en die je vervolgens drie jaar negeerde, maar die je toch heeft toegevoegd op LinkedIn. En de meest zorgwekkende freak van allemaal: degene die tracht uitgebreide conversaties per privébericht op Twitter te hebben. Maar als het aankomt op echte, oprechte, eerlijke hulp-bij-het-wegwerken-van-een-lijk-zonder-vragen-te-stellen, beste vrienden ter wereld, heb je alleen appers en bellers.

Mijn beste vriendin Lauren is een beller. Hoe irritant ik het ook vind, Lauren pakt de telefoon, ongeacht wat ze te vertellen heeft. Naar mijn nederige mening als apper hoeven we niet daadwerkelijk te praten over wie er naar huis is gestuurd bij *The Great British Bake Off*; met zorgvuldig gekozen gifjes en hier en daar een emoji kunnen we onze gevoelens vrij adequaat uitdrukken. Maar Lauren houdt van bellen. Zodat ik meteen wist dat er iets aan de hand was toen ze me appte om te vragen of ik zin had om met haar en Sarah uit eten te gaan.

'Wat denk je dat ze wil?' vroeg Sarah toen we plichtsgetrouw op een drafje over straat liepen, keurig op tijd. 'Waarom zijn we vanavond ontboden?'

Voor ik in de metro stapte had ik alle mogelijke scenario's al voor mijn geestesoog laten passeren en was uitgekomen bij een kidnapping. In plaats van haar aan te treffen in een restaurant, zou er een sinistere man met een lukraak litteken zijn, die aan de bar over zijn baard zou strijken en voor middernacht een miljoen pond zou eisen, omdat hij anders haar vingers zou afhakken om die een voor een per FedEx op te sturen, omdat de post te onbetrouwbaar was.

'Geen idee,' zei ik. Het had geen zin dat Sarah zich zorgen zou maken over de kidnapping tot die bevestigd was. 'Nou ja, het is leuk om even samen te eten. Ik heb het gevoel dat ik je al weken niet gezien heb.'

Wat een buitengewoon beleefde manier is om te zeggen: 'Ik heb je verdomme weken niet gezien, trut! Ik dacht dat je een van mijn beste vriendinnen was?'

'Ik heb het druk gehad,' zei ze, zonder zelfs maar een poging te doen om te liegen. Ik had al min of meer verwacht dat ze met een babybuikje zou aankomen, maar was opgelucht dat ze nog altijd even graatmager was als altijd. Nou ja, niet echt opgelucht, natuurlijk. Niemand is 'echt opgelucht' als ze ziet dat haar beste vriendin nog altijd graatmager is, toch? Het ergste van alles is nog dat ze wel enorme tieten heeft. Zo oneerlijk. 'Op het werk is het één groot drama op dit moment. Ik heb een nieuwe baan nodig. Bij jullie is er een vacature voor een pr-manager, wist je dat?'

'O ja?' zei ik, hoewel ik uiteraard wist dat er een vacature was.

Sarah maakte het bovenste knoopje van haar blouse los en weer vast, trok de kraag samen om haar keel en mompelde in zichzelf. 'Ik begrijp nog steeds niet waarom ze niet gewoon kon zeggen: "Gaan jullie even mee wat eten?"' veranderde ze weer van onderwerp, nog altijd vol van Het Appje. 'Vanwaar al dit dramatische gedoe?'

Omdat je anders afzegt, zoals je alles al zes weken lang afzegt, zei ik in stilte.

'Omdat ze een Amerikaanse is?' opperde ik hardop.

'Ze woont al tien jaar hier,' wierp Sarah tegen. 'De smoes dat ze niet van hier is kan ze niet meer gebruiken. Ik ga met haar breken, hoor.'

'Misschien gaat ze terug?' zei ik, maar ik hoopte dat het niet waar was. Het ging de laatste tijd vaak over haar zwangere zus en haar moeder die met haar gezondheid kwakkelde. En waarom zou je weer een hopeloze zomer in Engeland willen doorbrengen als je ook cocktails kon drinken in je strandhuis in de Hamptons en de nieuwe baby van je zus kon lastigvallen. 'Ze stond er echt op om ons vanavond te zien.'

Om eerlijk te zijn was ik een beetje duizelig van blije opwinding. Doordeweeks ging ik normaal gesproken niet uit. Nooit. En ja, ik besef hoe triest dat klinkt. Maar ik werk veel en al mijn vrienden zijn happy setjes. Dat komt je sociale leven niet ten goede. Waarom zou je uitgaan als je thuis kunt zijn met je vriend of vriendin met een fles wijn, terwijl je uitgelaten lacht en fajita's maakt? Niets mis mee, ik snap het, ik doe precies hetzelfde met mijn levenspartner, een enorme fles gin. En ja, we zijn samen heel gelukkig, bedankt voor de belangstelling.

Sarah zag er echter helemaal niet duizelig van blije opwinding uit. Sterker nog, ze keek ronduit ongelukkig.

'Ze is altijd zo vasthoudend,' zei ze terwijl ze haar eeuwige knotje strak trok. Sarah had een eigen look. Sarah droeg haar haar altijd opgestoken in een topknotje. Sarah had altijd volmaakt aangebrachte eyeliner op. En Sarah droeg haar blouses altijd helemaal dichtgeknoopt. En toch, tegen alle verwachtingen in, zag Sarah er altijd fantastisch uit. Ondanks dat haatte ik die knot. Ik wilde hem afknippen met een tuinschaar. Maar dat deed ik niet want ik ben een Goede Vriendin. 'Je krijgt nooit een keuze van haar. Ik wilde vanavond helemaal niet uitgaan, ik wilde alleen maar een avondje thuis zijn.'

'Ik weet niet precies wat je me duidelijk probeert te maken. Maar ik krijg zomaar het gevoel dat je helemaal geen zin hebt om uit eten te gaan.'

Vuile blik van haar.

Ik grijnsde. 'Nou ja, je make-up ziet er weer beeldig uit.' Ik stak mijn arm door die van haar, of ze het nu wilde of niet. 'Dus laten we ons daaraan optrekken.'

'Whatever.'

Bij twijfel, altijd een vrouw complimenteren met haar vaardigheden met eyeliner.

Sarah liet mijn arm los om een meute angstaanjagende jonge tieners te ontwijken, die midden over de stoep denderden. 'Ik ben helemaal niet in de stemming. Wie wil er nou op donderdagavond in Londen zijn? Niemand, er zijn dan alleen maar losers.'

Ik ving een glimp op van mezelf in een etalageruit en probeerde mijn verrukte blik te onderdrukken, voor ze die zou zien en van mijn smoel zou slaan. Losers en ik vonden het dol op donderdagavond in Londen. Als iemand per se een enorme Chagrijnosaurus Rex wilde zijn, moest ze dat zelf weten, maar ik zou er mijn avond niet door laten bederven.

Waarschijnlijk niet.

'Hé, hallo, zijn jullie daar eindelijk?'

Lauren bleek zich in een piepklein plekje aan de bar te hebben gewurmd toen we binnenkwamen, als Happy en Cranky. Sarah stond toe dat ze kort gehugd werd voor ze een dubbele gin-tonic bestelde, terwijl ik buitengewoon krachtig fijngeknepen werd. Lauren kent haar eigen kracht niet. Lauren gaat naar de sportschool. Ik denk dat het een met het ander te maken heeft, maar kan niet uit ervaring spreken, of uit zelf uitgevoerd onderzoek putten om deze theorie mee te ondersteunen.

'Hoest?' Ik danste van de ene voet op de andere terwijl ik woest met mijn vingers door mijn haar woelde. Toen ik wegging van kantoor, had het prima gezeten. Nou ja, het was bruin en schoon geweest. Maar nu, omringd door zo veel Mooie Mensen, nog even afgezien van mijn twee beste blonde vriendinnen, wist ik opeens zeker dat het vet was en klitten had en ik me nodig kaal moest laten scheren. Of misschien gewoon even een paardenstaart had moeten maken. Beslist het een of het ander.

'Ik zeg niets voor we rustig zitten,' zei Lauren en ze zwiepte haar voorbeeldige haar uit haar gezicht en in dat van mij. 'Ik heb een tafeltje en champagne geregeld, je hoeft nu niets te bestellen, Sarah.'

Sarah schonk haar een onheilspellende blik, gooide een biljet van vijf pond op de bar en klokte haar G&T in twee slokken naar binnen.

'Champagne?' merkte ik op. 'Wat valt er te vieren?'

'God, Maddie.' Laurens ogen sprankelden. Het leek erop dat iemand al aan de champagne had gezeten. 'Heb nog even tien seconden geduld.'

Ondanks Sarahs weinig montere houding lachte Lauren nog altijd van oor tot oor toen we bij ons tafeltje arriveerden. In haar bijzijn maakten we altijd grapjes dat ze er zo veel beter uitzag dan wij omdat ze een Amerikaanse was en achter haar rug om stelden we elkaar gerust – op een zo aardig mogelijke manier – dat dit kwam omdat ze nog nooit van haar leven had gewerkt. Maar toegegeven: vanavond glansde ze nog wat meer dan anders.

'Dus, hoe is het met jullie?' vroeg ze terwijl ze de ober haar stoel voor haar liet uittrekken. 'Het is eeuwen geleden dat ik jullie heb gezien.'

'Zijn gangetje,' antwoordde ik. Waarom had ik niet even wat met mijn haar gedaan? Laurens blonde manen krulden altijd zo bevallig aan de uiteinden, alsof er een fee langs was gevlogen om haar punten te kussen. 'Shona werd opgeroepen voor een mammogram, maar ze had gehoord dat dat pijn deed, dus dwong ze mij om eerst te gaan.'

'Je baas heeft je tot een mammogram gedwongen?' Lauren keek me aan met ogen als schoteltjes en prikte me in mijn linkertiet. 'Hoe krijgt ze dat voor elkaar? Jezus, Maddie.'

'Weet ik veel.' Ik mepte haar hand weg. 'Het stond in mijn agenda, pas later realiseerde ik me dat het een beetje raar was. En blijf van mijn boobies af, we zitten in een restaurant, ja?'

'Alsof dit het ergste is wat ze ooit heeft gedaan,' zei Sarah. Ze trommelde met haar vingers op tafel en keek met haviksogen toe terwijl de ober het folie van de fles champagne pelde. 'In mijn ogen was het bieden van terminale zorg aan de incontinente hond van haar baas echt te veel gevraagd.'

Ik liet dit even bezinken.

'Het was een schat van een hond als hij niet overal poepte,' antwoordde ik.

'Maar hij poepte nu eenmaal overal,' kaatste Sarah terug.

'Deed het pijn?' Lauren rimpelde haar neusje vanwege onze scherts over hondenpoep. 'Het mammogram?'

Ik sloeg mijn armen om mijn bovenlichaam en knikte. 'Alleen eraan denken doet al pijn. Maar goed, het is belangrijk om ze te laten maken.'

'Dat is zo,' stemde Sarah in. 'Als je tot een risicogroep behoort. Jij bent een vrouw van eenendertig zonder borstkanker in de familie, die deze middag haar tieten tussen twee platen heeft laten afklemmen om haar baas te kalmeren. Dat is toch anders. Laat ze er nu dan toch alsnog zelf een maken?'

'Ik heb een MRI voor haar geboekt,' zei ik met de zachte stem die een genegeerde muis zou gebruiken. Een mammogram leek haar niets voor haar, toen ze mijn verslag had gelezen.'

Sarah schonk me een van haar dodelijke blikken.

'Ik snap niet waarom je niet gewoon ontslag neemt,' onderbrak Lauren me voor Sarah kon exploderen. 'Hoe lang ben je nu al haar assistent, Maddie? Een jaar of tien of zo? Je kunt overal een baan als assistent krijgen. Wacht, nog niet openmaken,' beval ze de ober, die zijn hand al om de champagnekurk had. 'Ik wil een toost uitbrengen.'

'Jezus, in dat geval wil ik graag een Hendrick's en tonic,' zei Sarah. 'Een dubbele graag.'

Ik stak mijn hand op. 'Voor mij ook, dankje wel.'

'Meiden...' Laurens stem neigde al snel naar zeurderig als ze haar zin niet kreeg. Gek genoeg gebeurde dat zelden. 'Ik wil niet dat jullie dronken worden.'

'We worden niet dronken,' beloofde ik. 'Alleen kostelijk aangeschoten. En je weet best dat het niet zo makkelijk is om ergens weg te gaan en weer nieuw werk te vinden. Het is op dit moment overal moeilijk als het om banen gaat.'

'Er is best veel werk als eventassistent,' merkte Sarah op. 'Kijk je wel naar vacatures?'

'Ik ga dus niet de ene shitty baan inruilen voor een andere shitty baan. En het is niet altijd vreselijk.' Ik haalde diep adem om aan mijn goed geoefende waarom-ik-mijn-vreselijke-baan-niet-opzeg-speech te beginnen. 'Jullie krijgen alleen de ergste dingen van me te horen. Het is ook best interessant. Ik mag veel verschillende dingen doen en het is een leuk bedrijf. Alleen Shona kan wel eens moeilijk doen. En ik ontmoet veel mensen...'

Sarah onderbrak me en keek me ongelovig aan. 'Moeilijk doen? Hoor jij jezelf wel praten? Je komt nog een keer aan met een blauw oog en dan zeg je: "Ze slaat me alleen maar omdat ze van me houdt." Je blijft hangen in een rotbaan omdat je te schijterig bent om te vertrekken. Ik ken je langer dan vandaag, Mads. Je woont al tien jaar in dezelfde flat, je hebt al tien jaar dezelfde baan...'

'Ik heb ook al tien jaar dezelfde beste vriendinnen,' interrumpeerde ik haar, en ik hoopte dat ik dreigend genoeg klonk. 'Misschien zou ik inderdaad eens het een en ander moeten veranderen.'

'Nou ja, je gaat in ieder geval naar geweldige feesten,' zei Lauren. Lieve vredestichter Lauren. 'En je krijgt ontzettend veel gratis taart.'

'Ik krijg ontzettend veel gratis taart,' zei ik met een veelbetekenende blik op Sarah, die al heel wat van die gratis taart van me had gekregen. 'Dank je wel, Lauren.'

'Maar,' vervolgde ze met een van haar lieve lachjes. 'Als je zou opstappen, zou je misschien gelukkiger zijn. En zouden wij je vaker te zien krijgen.'

Lauren, schijnheilige, achterbakse trut.

'Hoe is het met jou, Sarah?' Ze negeerde mijn woedende blik. 'Waar ben jij allemaal mee bezig?'

'Niks bijzonders,' zei Sarah en ze keek gretig naar de G&T die net voor haar werd neergezet. 'Druk, moe, van die dingen.'

'Zware dag gehad?'

'Alle dagen zijn zwaar. Maddie is niet de enige die een nieuwe baan zou moeten zoeken.'

Lauren wierp me een snelle, vragende blik toe, waar ik op antwoordde met schouderophalen. Als Sarah een slechte bui had, had het bitter weinig zin om te proberen uit haar te trekken wat er aan de hand was.

'Laten we de champagne openmaken,' stelde Lauren opgewekt voor en ze wenkte naar de ober met de fles. 'Voor het gesprek weer over mammografieën of hondenpoep gaat.'

Ik lachte breed. 'Typische donderdagavondonderwerpen.'

'Dit is niet helemaal zoals ik het me had voorgesteld.' Ze grabbelde onder de tafel in haar tas, om er twee kunstzinnig ingepakte roze cadeautjes uit te halen. Er was een enorme hoeveelheid gekruld lint bij betrokken. En dan druk ik het nog zachtjes uit. 'Maar ik heb een nieuwtje en dat wilde ik meteen met jullie delen.'

Sarah staarde van de cadeaus naar Lauren en haalde diep adem voor ze de rest van haar tweede G&T naar binnen sloeg. 'O nee,' fluisterde ze.

'Wat is er?' Ik keek zo snel van mijn ene vriendin naar de andere dat ik er vrij zeker van was dat ik ze zou kunnen aanklagen voor whiplash. 'Mis ik iets?'

'Michael heeft me gisteravond een aanzoek gedaan,' verklaarde Lauren, die even aan haar hand prutste en toen een ring met een enorme diamant tentoonstelde, die alleen maar van Claire's Accessories kon zijn, want dit kon onmogelijk een echte steen zijn. 'We zijn verloofd.'

Ik had haar nog nooit zo gelukkig gezien en Lauren wás altijd al gelukkig. Dus Lauren was gelukkig, ik was gelukkig, de ober was gelukkig en Sarah was… O. Sarah keek niet gelukkig. Voor het geval je het wilt weten: het duurt exact zeven seconden voor stil ontzag overgaat in ongemakkelijke stilte. Voor ik het wist, bevonden we ons in een van de meest ongemakkelijke stiltes waar ik ooit deel van heb mogen uitmaken. Laurens lach begon te bevriezen en haar vrolijke opwinding werd gespannen verwarring, terwijl Sarah eruitzag alsof ze hier ter plekke aan tafel een mammogram onderging.

'Ben je zwanger?' vroeg ik.

Blijkbaar was dat niet de juiste vraag om te stellen.

'Jezus, Maddie, nee.' Lauren rolde met haar ogen en pruilde. 'Ik mag toch hopen dat hij me heeft gevraagd omdat hij van me houdt. Die dingen gebeuren. Weet je nog, toen Sarah trouwde? Witte jurk met alles erop en eraan, kerk, feest, bruidsmeisjes?'

'O nee,' herhaalde Sarah fluisterend. Haar gezicht was asgrauw geworden en ze ging alle oogcontact uit de weg, ook toen ik haar onder de tafel schopte.

'Dat is de reden dat ik heb gevraagd of jullie hiernaartoe wilden komen vanavond,' vervolgde Lauren in haar *Keep Calm and Carry On*-stem. Ze was dan misschien als Amerikaanse geboren, maar die meid had de stiff upper lip van een Brit als het nodig was. Ze kon doen alsof er niets aan de hand was als een echte pro. 'Ik wil jullie vragen of jullie mijn bruidsmeisjes willen zijn.'

'Maar natuurlijk!' schreeuwde ik. Bruidsmeisjes! Laurens bruidsmeisjes! Lauren ging trouwen! Aargh! Ik bedoel: Hoera! 'Wauw, dat is geweldig, Lauren, kom hier.'

Huggen leek me het sociaal gewenste gebaar, maar een halve hartslag later ging ik van gelukkige extase naar het besef dat ik nu de ouwe vrijster van de groep was. Toch omhelsde ik haar in plaats van haar hart te doorboren met het botermesje. Ik ben keurig opgevoed.

'Sarah, hoe geweldig is dit?' Ik zette grote, geanimeerde ogen op en keek naar onze andere vriendin aan de overkant van de tafel, terwijl Lauren haar ring liet zien aan de ober, die er beleefde geluiden over maakte.

Sarah zei echter niets. We zouden zo moeten krijsen dat de buurtafels ons ongemakkelijk zouden gelukwensen met het nieuws, maar in plaats van op te springen om mee te doen aan een groepshug, staarde Sarah naar haar knieën terwijl er tranen over haar wangen rolden.

'Sarah?'

Ze maakte een afwerend gevaar en probeerde haar tranen in te slikken, zodat ze kon spreken. Goeie ouwe emotioneel geconstipeerde Sarah was eindelijk geëxplodeerd. Ze voelde zich natuurlijk te overweldigd door geluk om op te staan. Het was echt indrukwekkend, want Sarah huilde nooit. Toen we op de begrafenis van haar oma waren, was zij degene die mij aanporde en zei dat ik me een beetje moest beheersen. Maar de onverwachte verloving van onze vriendin met een beetje een saaie man, die schoonmaakmiddelen zag als een gepaste uitdrukking van liefde, had Sarah zowaar gebroken.

'Volgens mij moet ik kotsen,' zei ze krakerig.

Het was een respons die Lauren noch ik had verwacht.

'Wat is er aan de hand?' vroeg ik. 'Gaat het een beetje?'

Ze keek op, er zat meer mascara op haar wangen dan op haar wimpers en haar mond was een samengeperst streepje. Als een Lady Macbeth gekleed in Topshop schudde ze haar hoofd en wrong ze haar handen.

'Dit zijn bruidsmeisjesdagboeken,' zei Lauren, vastbesloten om opgewekt te blijven. Ze ging weer zitten en schoof de twee roze pakketjes over de tafel. 'Waarin jullie al je fijne herinneringen kunnen opschrijven. Zoals de keer dat ik jullie vroeg om mijn bruidsmeisjes te zijn, jullie mijn verlovingsring liet zien en Sarah zei dat ze moest kotsen.'

En toen viel het me pas op dat Sarahs hand volledig kaal was. Geen diamant te bekennen. Geen verlovingsring, geen trouwring.

Shitterdefuck.

'Kom op, meiden, ik ga trouwen!' riep Lauren voor ik iets kon zeggen. Ze wuifde de hand met haar nieuwe blinkende accessoire heen en weer en had het te druk met haar eigen ring te bewonderen om op te merken dat er eentje miste aan iemands hand. 'Sporen jullie niet of zo? Wees eens een beetje blij voor me!'

'Sorry, het was niet mijn bedoeling om onbeschoft te zijn,' zei Sarah. Ze hief haar glas champagne in een eenzame toost en dronk die toen in één keer leeg. 'Steve heeft me dit weekend laten weten dat hij wil scheiden, maar goed: hoera voor jou. Proost.'

Dus, lief dagboek. Het leuke aan deze avond was dat ik dit beeldige dagboek kreeg. Minpuntje was dat het een van de meest ongemakkelijke avonden van mijn hele leven werd. Als ik er zo op terugkijk was het 't waarschijnlijk allemaal niet waard.

Alles over jou

Bruidsmeisje zijn is meer dan een dag lang een mooie jurk dragen en op de foto gaan!

Niet alleen leer je je bruid nog beter kennen, het is ook een tijd waarin je veel over jezelf kunt leren. Geef antwoord op de vragen hieronder en je zult versteld staan wat een getalenteerde, sterke en geweldige jonge vrouw je nu al bent.

Goed om te weten: er is een reden waarom je bruid uitgerekend jou heeft uitverkoren!

Mijn haar is: lichtbruin
Mijn ogen zijn: groen
Dit vind ik het mooist aan mijn lijf: mijn voorgevel
Ik hou niet van mijn: ~~dijen, kont, saldo~~ maar ze horen bij me!
Mijn drie beste karaktertrekken zijn: loyaliteit, gevoel voor humor, doorzettingsvermogen (het beste bewijs daarvoor is dit dagboek)
Ik ben een goede vriendin omdat: ik kan goed luisteren, ik onthoud alles en ik heb altijd gin in huis
Drie dingen die ik vanaf nu wil doen om een gelukkiger, gezonder leven te krijgen:
- Alle shoppingapps van mijn smartphone wissen voor ik failliet ga
~~- Niet meer kijken op de Facebook-pagina van mijn ex~~
- Nog maar één keer per week kijken op de Facebook-pagina van mijn ex
- Alle literaire meesterwerken lezen die Sarah me heeft gegeven, in plaats van de Wikipedia-pagina's te lezen van de titels die prijzen hebben gewonnen en stug volhouden dat ik ze allemaal heb gelezen
- Fantastische vriend krijgen en zo veel foto's van hem en mij op Facebook zetten dat mensen die me niet zo goed kennen me ontvolgen of ontvrienden
~~- Tijd investeren in meditatie om mezelf beter te leren kennen zodat ik echt, oprecht gelukkig zal kunnen zijn~~
- Mijn droogshampoo weggooien en gewoon mijn haar wat vaker wassen

2

Vrijdag 15 mei
Vandaag voel ik me: Alsof ik Alles wil opeten
Vandaag ben ik dankbaar voor: Het feit dat ik te lui ben om naar buiten te gaan en Alles te kopen

In de wetenschap dat ik de hele zaterdag zou moeten werken voor de McCallan-bruiloft had ik me voorgenomen om de hele vrijdag op mijn kont door te brengen voor vreselijke televisieprogramma's om verder de miljoenen mails door te werken die Lauren reeds had gestuurd over haar huwelijk en het nogal overhaast georganiseerde verlovingsfeestje op zondagmiddag. Inderdaad, dat kondigde ze twee dagen van tevoren aan, echt geweldig.

Tot nu toe had ze me vijftig verschillende trouwjurken en zes potentiële locaties gestuurd, gevraagd of we Beyoncé niet een mopje konden laten zingen op de receptie, en officieel waren we nog niet eens aan het echte weddingplannen begonnen.

Waarom had ik toch zomaar het gevoel dat dit geen makkie zou worden?

Ik tikte net de meest beleefde versie van 'Nee, het gaat niet lukken om een van de meest succesvolle artiesten van dit moment op je receptie te laten optreden, lieve idioot van me' in toen de appjes van Sarah binnen begonnen te stromen. Het was haar eerste vrijdagavond als single in tien jaar en ze trok het niet, ondanks de zeventien niets-aan-de-hand-berichtjes die ik eerder die dag van haar had gehad.

Een uur later stond ze voor mijn deur, met een tas van slijterij Oddbins in haar hand.

'Sorry dat het zo'n puinhoop is.' Ik schoof een stapel tijdschriften van de salontafel op de vloer.

Voorzichtig zette ze haar handtas op hun plek. 'Het is hier altijd een puinhoop,' wees ze me terecht. Ze klonk vermoeid en verslagen en overhandigde me een fles gin, waarna ze alle rotzooi die ik altijd om me heen verspreid in zich opnam. 'Geen tussenmuren' had een geweldige aanbeveling geleken toen ik deze flat had gevonden, maar het enige wat het me had opgeleverd was een twee keer zo grote woning als waar ik eerst woonde die ik kon vullen met troep. Gelukkig dat ze de tegenwoordigheid van geest had gehad om tonic mee te nemen. Ik heb nooit iets nuttigs in huis, tenzij je een ongeopend pakje knäckebröd en een bijna lege doos Frosties nuttig vindt. 'Ik ben eraan gewend, je puinhoop is heel geruststellend. Borrel. Nu.'

Het is vrij gemakkelijk om je flat één grote verzamelplaats van Takeaway.com-verpakkingen te laten worden als er toch nooit iemand over de vloer komt, maar al een stuk lastiger om je ontstellend slechte huishoudelijke vaardigheden te verdedigen als je oog in oog staat met iemand. Sinds Seb was vertrokken, was al mijn motivatie om de boel aan kant te houden verdwenen. Het was verbazingwekkend hoe snel je je over een stofallergie heen kon zetten als je je best deed.

'Ik was van plan vanavond grote schoonmaak te gaan houden,' loog ik. 'Maar volgens mij is essentiële qualitytime met mijn beste vriendin ter wereld belangrijker, of heb ik het mis?'

'Je zou het wel eens mis kunnen hebben,' zei Sarah, die met beide handen op het aanrecht sloeg en me een grimmig lachje schonk. 'Je huis tart de Universele Verklaring van de Rechten van de Mens.'

'Hou je kop en maak die fles open,' zei ik, achter in een keukenkastje gravend naar een paar schone glazen. 'Shona was nogal een bitch vandaag.'

Ik ben er niet trots op, maar ik probeerde het gesprek over de scheiding uit te stellen tot ik minimaal één drankje in me had. Ik had geen idee wat ik erover moest zeggen. Als ik van tevoren gewaarschuwd was, zou ik een emmer roomijs in huis hebben gehaald en mijn *Pretty Woman*-dvd hebben opgegraven, want daarmee hadden we het gered toen Dave Stevenson haar had laten zitten voor de halloweendisco toen we twaalf waren. Geen idee wat ik nu moest doen.

'Ik weet dat we je er lekker mee kunnen afzeiken, maar je moet echt op zoek naar een andere baan,' zei Sarah. Ze verhuisde een stapel gekreukelde sweatshirts van de bank naar de fauteuil om te kunnen gaan zitten. 'Ik kan er met mijn hoofd niet bij dat je een mammografie voor je baas hebt laten uitvoeren. Je baas zou geen zeggenschap over je tieten moeten hebben, tenzij je met hem of haar naar bed gaat om promotie te krijgen.'

'Hoe weet je nou dat ik dat niet doe?'

'Omdat ik er getuige van was dat Lauren je zoende op het universiteitsbal, omdat ze indruk wilde maken op Stephan Jones, en je toen onmiddellijk moest kotsen.'

'Dat had misschien meer te maken met al die Aftershock-shotjes dan met mijn afkeer van een lesbisch avontuurtje,' antwoordde ik. 'Ik zou best lesbisch kunnen zijn.'

'Je was niet eens in staat een heel seizoen van *Orange Is the New Black* uit te kijken,' wees Sarah me terecht.

'Ja, maar dat kwam omdat ik doodsbang was dat ik naar de gevangenis zou moeten en daar iemands bitch zou worden. Niet omdat ik bang ben voor een liefdevolle, respectvolle relatie met een aardige dame die wederzijdse gevoelens heeft.'

'Je bent niet gay, Maddie. Je bent gewoon een schijterd.'

'Ja, ik weet het,' zei ik terwijl ik een treurig ogende citroen in partjes hakte voor onze gin. 'Dat is een van de voordelen van een lesbische zus hebben. Je denkt niet langer: o, ik wou dat ik gay was, want dan zou alles zo veel makkelijker zijn, want dat is niet zo.'

Sarah knikte en pakte een rodewijnglas van me aan dat ik tot de rand had gevuld met gin en tonic. 'Herinner je je nog dat meisje waar ze wat mee had tijdens haar eerste studiejaar aan Durham? Wat een trut.'

'Niet alleen mannen zijn klootzakken,' beaamde ik. 'Vrouwen kunnen net zo erg zijn.'

'Nou ja, ik ben anders behoorlijk anti-man op dit moment,' zei ze. Ze hield het glas vast, maar dronk er niet van.

Dit was het dus. Het Gesprek. We gingen praten over haar scheiding en ik ging haar steunen en troosten en als ze hier wegging zou ze weten dat ze een geweldig mens was dat, ondanks al het verdriet dat ze nu moest doormaken, bemind werd en geliefd was. Ik ging precies het juiste zeggen.

'Yuh-huh.'

God, wat ben ik hier waardeloos in.

Gelukkig leek Sarah mijn falen als vriendin niet op te merken en begon ze uit zichzelf te praten. Ik liet een brok citroen in haar glas vallen, ging zelf zitten en hield me vast aan mijn eigen drankje. Misschien hoefde ik alleen maar te luisteren.

'Het ging al een tijdje ronduit shitty tussen ons,' zei Sarah. 'Ik denk dat ik eraan gewend raakte. Hij was vaak weg en ik was alleen maar bezig met mijn werk, je beseft gewoon niet hoe snel het mis kan gaan. Het is al drie maanden geleden dat we seks hadden, ik was me daar gewoon niet van bewust.'

Ik knikte zwijgend. Drie maanden. Was dat lang? Ik stond zelf al zo lang droog dat ik geen idee meer had van wat lang was.

'En dan komt hij zomaar thuis en zegt uit het niets: "Dit werkt niet, ik wil scheiden." Zomaar, uit elkaar, alsof het de normaalste zaak van de wereld is.'

'Wat was nu de directe aanleiding?' vroeg ik zo voorzichtig mogelijk. 'Wat zei hij precies?'

Dit waren de twee vragen die ik haar al over jongens stelde sinds we elf waren. Het feit dat we op ons eenendertigste nog steeds hetzelfde gesprek hadden, was onvoorstelbaar deprimerend.

Sarah haalde diep adem en blies die verontwaardigd uit.

'Het is te belachelijk voor woorden, ik durf het amper hardop te zeggen,' zei ze en haar blauwe ogen vulden zich alweer met tranen. En zoals we al hebben vastgesteld is Sarah geen jankerd. 'Het was zaterdag en hij was de hele dag naar voetbal geweest met Michael en nog een paar anderen. Ik was een beetje nijdig omdat we, zoals ik net al zei, elkaar toch al amper zagen en hij zo laat thuis was en niet eens even de moeite had genomen om me te laten weten hoe laat hij thuis zou komen.'

'Dus je had het volste recht om pissig te zijn,' constateerde ik.

Sarah knikte. 'Precies.' Ze streek een traan weg voor die haar eyeliner kon verpesten. 'Ik was net aan het koken toen hij thuiskwam en een biertje uit de koelkast pakte. Ik zei dat we zo aan tafel konden en vroeg of hij de wijn even wilde openmaken. Hij zette zijn biertje zo hard neer op het aanrecht dat het alle kanten op spatte en zei dat hij wilde gaan stappen. Toen zei ik dat het eten bijna klaar was en toen zei hij: "Dit werkt niet, ik wil scheiden." En dat was het dus.'

Sarah staarde nog steeds in haar glas zonder te drinken, terwijl ik al halverwege het mijne was.

'Raar toch?' Ze tikte met een afgekloven nagel tegen de rand van haar glas. 'Je denkt dat zoiets ontzettend dramatisch zal zijn en dat was het dus niet. Je doet iets doodnormaals en je hebt een doodnormaal gesprek en dan *bam*. Hij zegt dat het niet werkt. Hij zegt dat hij wil scheiden. En klaar.'

'Hij heeft echt met zo veel woorden gezegd dat hij wil scheiden?' vroeg ik, op zoek naar een lichtpuntje in deze gigantische mesthoop. 'Misschien wil hij even een break? Of wil hij werken aan jullie relatie? Kan dit zijn uiterst lullige manier zijn om aandacht te vragen?'

'Nou, hij heeft mijn onverdeelde aandacht,' zei ze met een stem die zo licht was dat het voelde alsof haar woorden weg zouden kunnen zweven voor ik ze hoorde. 'Hij is al vertrokken. De nacht van zaterdag op zondag heeft hij op de bank geslapen en zondag is hij naar zijn moeder gegaan. Hij komt niet terug, Maddie. Hij mailde me vandaag dat hij een advocaat in de arm heeft genomen en raadde me aan om hetzelfde te doen.'

'O, shit zeg.' Ik kneep in haar enkel, het dichtstbijzijnde aanhangsel van Sarah, en zij kauwde op haar onderlip in een poging de stroom tranen tegen te houden. Ze kauwde al zo veel jaar op dat ding dat het een wonder was dat-ie er nog aan zat. 'Waarom heb je me niet eerder gebeld? Ik had...'

'Absoluut niets kunnen doen?'

Nog nooit eerder had ik me zo volkomen nutteloos gevoeld. Ik wilde haar helpen, maar ik had geen idee hoe. En als je hele bestaan is gebaseerd op Degene Zijn Die Helpt is dat buitengewoon verontrustend.

'Ik ben aan wel duizend berichtjes begonnen, maar ik kon het niet goed onder woorden brengen. Bovendien had ik een yogaworkshop.'

Ik pauzeerde halverwege een slok. 'Je bent naar een yogaworkshop gegaan? De dag nadat je man tegen je zei dat hij van je wil scheiden?'

'Ik had er al voor betaald.' Ze wierp me een blik toe die zei dat ik het niet moest wagen om hierover te gaan kibbelen. 'En trouwens, wat moest ik anders, het hele weekend gaan zitten huilen?'

'Ik weet niet of ik nu ontzettend onder de indruk moet zijn of je moet laten opnemen,' zei ik. 'Dus het is echt en menens en zo?'

Sarah zette eindelijk het glas aan haar mond en dronk het in drie teugen leeg. 'Als ik probeer eraan te denken, is het net alsof mijn hersens op slot gaan. Ik wil er gewoon niet aan. En dan zit ik op de wc voor een plas en kijk ik naar mijn hand en denk ik: moet ik mijn trouwring afdoen? Heeft hij die van hem al afgedaan? Ik heb zelfs gegoogeld hoe lang het duurt voor de groef in je huid wegtrekt.'

Ze hield haar hand omhoog en strekte haar ringloze vingers. Ik voelde mijn eigen gezicht vertrekken van verdriet toen ze eindelijk echt begon te huilen.

'Het blijkt langer dan een week te zijn,' snikte ze en ze balde haar hand tot een vuist. 'Ik kan er met mijn kop niet bij dat hij dit wil en dat hij er blij mee is. Hoe kan iemand die tien jaar lang elke dag heeft gezegd dat hij van je houdt, opeens besluiten dat het over en uit is? Ik zit elke avond thuis en slaap op de logeerkamer omdat ik het niet meer kan opbrengen om in ons bed te liggen en hij is blíj.'

'Denk je dat hij een ander heeft?' vroeg ik.

Ze frunnikte even aan haar bovenste knoopje en schudde toen haar hoofd. 'Hij zegt van niet.'

‘Oké.’

‘Hoezo?’ Opeens leek ze niet meer zo zeker van haar zaak. ‘Zoiets zou hij toch niet doen? Zou hij daartoe in staat zijn? Denk jij dat hij me heeft bedrogen? Heb je er iets over gehoord?’

‘Natuurlijk niet,’ zei ik snel en ik kneep nog maar eens troostrijk in haar voet.

Nog maar een leugentje om bestwil in de naam der vriendschap.

Uiteraard dacht ik dat hij haar ontrouw was. Waarom zou hij anders van het ene moment op het andere bij zijn vrouw weggaan en zijn huwelijk opgeven alsof het niets was? Ze waren al samen sinds we studeerden en waren tien jaar lang onafscheidelijk geweest, en nu zou hij zomaar hebben besloten dat het geen zin meer had? Ik herinnerde me dat Shona, allerliefste Shona, toen Seb bij me wegging tegen me had gezegd dat de meeste mannen niet weggaan voor ze een nieuwe scharrel stand-by hebben staan. Destijds had ik daar spottend om gelachen, maar in mijn geval had ze het bij het rechte eind gehad. Al leek het me niet zo opportuun om dit inzicht op dit moment met Sarah te delen.

‘Ik wil helemaal niet scheiden.’ Sarah keek met haar waterige blauwe ogen in mijn roodomrande groene. ‘Ik wil niet tegen mensen hoeven te zeggen dat ik gescheiden ben en achterblijven en me afvragen wat er mis is met me, of precies doen wat jij net deed en denken dat hij me bedroog met een ander. Hoe moet het nu verder met mij?’

Ik staarde glazig naar de televisie, die ik op stil had gezet toen de deurbel ging maar niet helemaal had uitgezet. Er was een cartoon op te zien, over een vrolijk, slecht functionerend gezin: man, vrouw, drie kinderen.

‘Dat weet ik niet,’ zei ik omdat ik niet nog meer wilde liegen dan ik al had gedaan. ‘Maar ik weet wel dat we het zullen overleven. En verder weet ik niets meer te zeggen wat niet zal klinken als irritante clichés.’

‘Ik ben nog maar eenendertig.’ Ze klemde haar vingers zo stijf om het glas dat haar knokkels wit kleurden. ‘Ik ben niet de eerste ooit die gaat scheiden, hè? Beter nu dan over tien jaar als er ook nog twee kinderen bij betrokken zouden zijn, toch?'

'Natuurlijk.' Ik vroeg me af hoe vaak ze dit deze week al tegen zichzelf had gezegd. 'Je hebt helemaal gelijk.'

'Het enige wat ik wil is me niet meer zo rot voelen,' zei ze vermoeid. Ze zette haar glas neer en drukte met de muizen van haar handen tegen haar ogen. 'Het is alsof ik de ergste kater ooit heb. Ik voel me ziek en leeg en telkens als ik het even vergeet, vliegt het me weer keihard aan. En de enige persoon die in staat zou zijn om alles beter te maken, is degene die dit allemaal veroorzaakt. Ik haat hem zo erg dat ik het kan proeven en toch wil ik alleen maar dat hij naar huis komt en zegt dat hij van gedachten is veranderd.'

Dit deel herkende ik. 'Echt waar? Zou je hem terugnemen?'

'Weet ik veel.' Ze lachte zuur. 'Ik heb geen idee wat ik zou doen. Zou ik hem nog ooit vertrouwen? Ik denk dat ik altijd zou wachten tot hij het weer zou doen.'

Bij gebrek aan een steekhoudende respons haalde ik mijn schouders op.

'Dus, wat de fuck moet ik nu?' Sarah liet haar hoofd tegen de rugleuning van mijn ingezakte bank rusten. 'Moet ik gewoon maar wachten tot het niet langer voelt alsof iemand mijn ingewanden eruit heeft gerukt met een vishaak?'

'Zou het helpen als ik een boerenkoolsmoothie voor je maakte?' bood ik aan.

'Misschien wel.' Ze trok aan mijn haar. 'Maar ik heb toch liever nog een gin.'

'Dat komt goed uit, want ik heb geen boerenkool in huis.' Ik pakte de fles en schonk haar weer in. 'Ik pak even de tonic uit de koelkast.'

'Doe geen moeite,' zei ze, en ze nam een grote slok voor ze op me proostte. 'Op een nieuwe start, Maddie. Proost.'

'Proost,' echode ik, terwijl ik me afvroeg of een nieuwe start wel bestond. Volgens mij werd je uitsluitend opgezadeld met een nieuw setje problemen.

Ik kan nog steeds niet geloven dat Sarah gaat scheiden. Het is gewoon te bizar. Ik ken haar al twee derde van mijn leven en voor het eerst weet ik niet wat ik moet zeggen.

Scheiden. Ze gaat scheiden. Ik ken geen mensen die ooit getrouwd waren en dat nu niet meer zijn, afgezien van Laurens ouders, maar dat telt niet, want die ken ik niet echt. Zo raar, als je single bent denk je hier helemaal niet aan, hoewel het tegenwoordig vaak genoeg voorkomt. Maar dan ben je met andere dingen bezig: een ring om je vinger zien te krijgen is het voornaamste doel en daarna de witte jurk en de cadeaulijst bij John Lewis. Piekeren over wat daarna komt kan altijd nog. Gaan trouwen staat op een of andere manier gelijk aan winnen en ik vind het vreselijk dat ik zo denk, maar laten we eerlijk zijn: zo is het nu eenmaal. In onze superprogressieve maatschappij vol gelijke rechten is het 't enige wat niemand hardop wil zeggen, maar wel denkt, hoe ziek het ook is.

Tot je getrouwd bent, ben je een loser, hoe geweldig je misschien ook in andere dingen bent. Wat wil dat zeggen over iemand die in scheiding ligt?

Echtscheiding is iets van de generatie van mijn ouders, niet van mijn vriendinnen. Toen ik veertien was gingen opeens zo'n beetje alle ouders van mijn klasgenoten uit elkaar, maar niemand had het erover, tot Jane niet meer mee kon naar je verjaardagsfeest op de kunstijsbaan omdat ze op zaterdag naar haar vader moest.

Shit, wie krijgt hun kat? Ze zijn allebei gek op die kat. Is er dan niemand die er opkomt voor de kinderen?

3

Zaterdag 16 mei
Vandaag voel ik me: bedroefd
Vandaag ben ik dankbaar omdat: ik vanmorgen mijn benen heb geschoren, terwijl ik daar helemaal geen zin in had

Ik leef in volledige staat van verwarring over wat er vandaag is gebeurd. Het enige wat ik zeker weet, is dat het is geëindigd met een vreemde man in mijn bed, die ik niet kan vragen om weg te gaan omdat dit onbeleefd is. Terwijl ik dolgraag zou willen dat hij opzoutte, omdat ik barst van de honger en koekjes wil eten. Als ik geen koekjes naar binnen kan werken, vrees ik dat ik vannacht zijn arm zal verslinden.

Het begon allemaal als een normale dag. Of zo normaal als het kan zijn na het trouwen/scheiden-debacle van donderdagavond en het deprimerende scheiding-en-gin-feestje van vrijdagavond, uiteraard. Ik stond op, ik appte mijn vriendinnen, ze lieten niets van zich horen en ik ging aan het werk. Het enige verschil met anders was dat mijn appje aan Lauren helemaal over haar bruiloft ging, in plaats van over wat er de vorige avond op tv was geweest, en mijn appje aan Sarah kort maar krachtig was: ‘Gaat het een beetje?’

Ze was de vorige avond om tien uur vertrokken, huilerig van de gin, maar niet over te halen om een nachtje op mijn bank te slapen. Ze had laatdunkend naar mijn shabby kussens en de bergen was op het logeerbed gekeken; ik kon het haar niet kwalijk nemen.

Aaah, werk. Het McCallan-huwelijk.

Een van de leuke dingen van werken voor een partyplanner is dat elke dag weer anders is en je nooit weet wat er nu weer eens zal gebeuren, behalve dan dat je je zeven dagen per week doodwerkt, uiteraard. Met dank aan tien jaar in het vak ben ik nu een redelijke bloemist, een vaardige naaister en een uitstekende mixoloog. Toch was ik niet al te blij toen ik op de locatie van de receptie hoorde dat twee serveersters het niet konden opbrengen om hun luie kont uit bed te slepen en aan het werk te gaan, want dat hield in dat ik een schortje voor moest binden en een ruimte vol dronken mensen een peperduur kipdiner moest serveren.

Het is verbazingwekkend hoe vreselijk bedienend personeel soms wordt behandeld. Hoe moeilijk is het nu helemaal om 'Alsjeblieft' en 'Dank je wel' te zeggen? Ik zou graag willen zeggen dat hun moeders vast niet trots op hen waren, maar om eerlijk te zijn waren de moeders in de meeste gevallen het ergst. Na een jaar alle details, tot de grootste onbenulligheden toe, te hebben gepland voor de grote dag van de McCallans, was het een hele uitdaging om op de dag zelf nog een beetje monter rond te rennen met vieze borden, terwijl geen van de gasten me een blik waardig keurde.

En toen zag ik hem.

Hij was leuk om te zien, dat kon ik niet ontkennen.

Bruine ogen, maar lichtbruin – een beetje goudachtig als je er recht in keek – en zijn zwarte haar was kort op zijn hoofd geschoren, wat hem de uitstraling van Action Man gaf, maar hem stond het wel. Hij had prachtige volle lippen en toen hij naar me glimlachte wilde ik al mijn onderbroeken verbranden, omdat ik die nooit meer nodig zou hebben. Hij zag er betrouwbaar uit, maar wel alsof hij snel zou lachen en altijd wel een grap voorhanden had. Het type dat je ouders helemaal voor zich inneemt, maar intussen wel zijn hand op je kont hield en je na een avondje stappen in de taxi naar huis zou proberen te bepotelen, als je wat te veel ophad.

'Dag allemaal.'

Action Man was zowaar de getuige van de bruidegom. Toen het

zijn beurt was om een toost uit te brengen hoefde hij niet eens met een mes tegen zijn glas te tikken; zodra hij opstond draaide het hele gezelschap zich al naar hem toe en ging rechtop zitten. Zonder te weten waarom, trok ik mijn paardenstaart strakker en beet wat kleur in mijn lippen. *Wees toch stil, dwaas hart.*

'Zoals de meesten van jullie inmiddels wel weten ben ik Will, de beste vriend van de bruidegom. Of in elk geval de beste optie, omdat ik vandaag vrij was en een eigen pak had.'

Ik leunde tegen de muur, steunde mijn elleboog in mijn hand en drukte mijn andere hand tegen mijn mond. Hij was niet heel lang, maar lang genoeg, en zijn jasje hing volmaakt om zijn schouders, het gevolg van een geweldige kleermaker of geweldige schouders, daar wilde ik vanaf zijn. Maar het gemak waarmee hij daar stond en om zich heen keek in een situatie die iedereen zenuwachtig zou maken, vond ik buitengewoon opwindend en niet op een nette manier.

Moet je horen, ik ben altijd dol op bruiloften geweest. Toen ik klein was holde ik in een laken gewikkeld door het huis en schreeuwde 'Ja, ik wil!' naar de buurman. En toen op mijn zevende mijn tante trouwde, trok ik mijn bruidsmeisjesjurk twee weken lang niet meer uit. Dat-ie uiteindelijk toch uitging, was omdat ik mazelen kreeg en erop gespuugd had. Zwaktebod, al zeg ik het zelf. Sindsdien ben ik vijf keer bruidsmeisje geweest en ik zou het zo weer vijf keer doen als iemand het vroeg. Wat is er niet leuk aan? Een jurk zoeken, het vrijgezellenfeestje, de hoofdbanden met penissen – enig allemaal. En dan heb je nog de dag zelf: je krijgt een nieuwe jurk, je krijgt gratis eten en je mag drinken van het ochtendgloren tot het vólgende ochtendgloren zonder dat je ouders gaan zeuren. Kortom, bruiloften zijn top.

Echter, na het nieuws van Lauren en Sarah op donderdagavond voelde ik voor het eerst ooit een beetje huwelijksvermoeidheid bij me opkomen. Opeens was alles waar ik eerst vol verrukking voor had geapplaudisseerd iets waarvan ik nu met mijn ogen rolde. O, dus je doet alsof je wegrent voor een dinosaurus op je trouwfoto's. Heel origineel, hoor. Dus jullie eerste dans is op de choreografie van

Dirty Dancing? Goh, daar is vast nog nooit eerder iemand op gekomen. Het was vreselijk. Zelfs het idee om macarons van de desserttafel te gappen hielp me er niet meer bovenop. En als je het als vrouw hebt gehad met macarons, dan weet je dat er iets helemaal mis is. Tegen de tijd dat de speeches waren begonnen, moest ik me inhouden om me niet op het bruidspaar te storten en te schreeuwen: 'Het is allemaal bedrog! Ware liefde is een illusie! We sterven allemaal alleen!'

En voor een assistent-weddingplanner was dat nu niet echt de ideale stemming.

Dus leverde het onmiskenbare sexappeal van de getuige een welkome afleiding op een dag die verder echt het toppunt van shitty was.

'Ik ken Em en Ian al eeuwen,' vervolgde Will. Hij keek om zich heen, maakte oogcontact en sprak zonder aantekeningen, heel indrukwekkend allemaal. 'En tussen ons gezegd en gezwegen, ik was dolblij voor ze toen ze me vertelden dat ze gingen trouwen. Sterker nog, toen Ian zei dat hij haar een aanzoek ging doen, heb ik gehuild. En toen hij me een berichtje stuurde dat ze ja had gezegd, heb ik weer gehuild.'

Alle moeders begonnen in koor te snuffen en koeren, terwijl alle single meisjes hun lipsticks en poederdozen tevoorschijn haalden om zich klaar te maken voor de strijd.

Will leverde goed werk af, als spreker.

'Je moet weten dat het tegenwoordig lastig is om iemand te ontmoeten.' Hij haalde licht zijn schouders op en keek naar het zielsgelukkige bruidspaar. 'Deze twee hebben elkaar ontmoet op een bruiloft, die van mijn zusje, nota bene. En ik weet dat het een cliché is, maar ik wist dat het menens was toen ze voor het eerst samen uitgingen. Misschien moet ik wat ik net zei anders zeggen. Het is niet lastig iemand te ontmoeten, het is lastig om iemand te ontmoeten die echt iets voor je betekent.' Hij schraapte zijn keel en zijn stem sloeg een beetje over. Ik zou best eens een klein kreetje hebben kunnen laten horen.

‘Toen Ian verkering kreeg met Emma veranderde hij, op een goede manier. Als we afspraken, bleef hij op een of andere manier haar naam maar zeggen. Hij nam haar mee naar voetbal en liet haar de sjaal dragen die hij op zijn zesde van zijn vader had gekregen. En toen hij niet alleen zijn status, maar ook zijn profielfoto op Facebook had aangepast, wist ik dat het slechts een kwestie van tijd zou zijn voor ze de volgende stap zouden zetten. Als je zo veel van iemand houdt dat je het aan Mark Zuckerberg en de rest van de wereld wilt laten weten, dan moet je niet al te lang wachten om de deal te sluiten, volgens mij. Hij twijfelde er niet aan. Zodra hij Em had leren kennen, bestonden er geen andere vrouwen meer voor hem. Daarom ga ik hier ook geen grappen maken over zijn pak en zijn kapsel, hoewel ik dat uiteraard best zou kunnen.’

Er klonk oprecht gelach. Ik bloosde van top tot teen toen Will de Getuige de Libbey Embassy-champagnecoupe oppakte die ik speciaal had moeten bestellen omdat de bruid stond op coupes in plaats van flûtes, en die omhoog hief.

Hij keek me recht aan.

Hij keek niet naar het roodharige bruidsmeisje dat haar armen tegen elkaar perste om een beetje meer decolleté in haar kuise lila bruidsjurk te creëren, noch naar de geile blonde gaste die tijdens zijn speech haar benen steeds opzichtig over elkaar had geslagen en weer naast elkaar had neergezet.

Hij bleef kijken naar mij.

Ik zag rood omdat ik non-stop de keuken in en uit was gerend, had een praktische paardenstaart, en mijn mascara was uitgelopen na een ongelukje bij het openen van een fles champagne, die zo had gespoten dat nu niet alleen ik, maar nog drie andere mensen roken als een stel dronkenlappen in een buitengewoon chique brouwerij.

En ik hád het gecheckt, het was niet zo dat mijn bloesje openstond of zo.

‘Dus, als jullie nu allemaal het glas met me willen heffen – op de bruid en bruidegom!’

Stommelend en schuifelend kwam iedereen overeind, de vrouwen hadden moeite om te staan op hun hoge hakken, die weldra zouden worden vervangen door teenslippers. Ik knipperde en verbrak zo het contact. Toen ik weer naar hem keek, was de magie verbroken en keek hij glimlachend naar het bruidspaar.

Ik glipte terug de keuken in, met een moeizamere ademhaling dan gezond is voor een mens, en ging op zoek naar een borrel.

'Sorry, heb je misschien een vuurtje voor me?'

Uren later, toen het buffet was gereduceerd tot een paar verdwaalde kerstomaten en hier en daar een druppel tartaarsaus, hield ik me schuil aan de achterkant van de feestzaal met in mijn ene hand een Marlboro Light en in de andere mijn telefoon, terwijl ik diep ontroerd naar een foto van Laurens trouwring op Facebook staarde. En me tegelijk afvroeg hoe ik aan Sarah kon vragen of alles oké was, zonder letterlijk 'Is alles oké?' te vragen, omdat overduidelijk was dat helemaal niets oké was.

Toen ik opkeek stond er een man in een pak voor me die een sigaret voor mijn neus hield. Ik knipperde een paar keer om mijn ogen te laten wennen aan het schemerduister van mijn schuilplaats na het heldere scherm van mijn iPhone.

'O, eh, ik heb geen aansteker,' zei ik, en ik kneep mijn ogen samen. Het was de ceremoniemeester, degene van wie de broek iets te kort was. Het is bizar waar je op gaat letten als je driekwart van het jaar twee bruiloften per week hebt. 'Sorry.'

'Geen probleem.' Hij stopte de sigaret terug in het pakje in zijn borstzak. Hij was erg lang, dat verklaarde die te korte broek wel enigszins. 'Ik ben ook eigenlijk gestopt met roken.'

'Dan is het misschien maar beter dat ik geen vuurtje voor je heb.' Ik verplaatste mijn gewicht van de ene verstandig geschoeide voet naar de andere, draaide mijn niet aangestoken sigaret tussen mijn vingers en schoof mijn mobieltje terug in de tailleband van mijn rok.

Hij knikte, perste zijn lippen op elkaar en stak zijn handen in zijn zakken.

'Ben je je aansteker verloren?' vroeg hij.

O fijn, ongemakkelijke conversatie. Ben ik dol op. Waarom kon hij me niet met rust laten, zodat ik stiekem mijn vriendin kon appen?

'O nee.' Ik zette me schrap. 'Ik rook niet.'

De heel lange ceremoniemeester keek me een beetje raar aan. 'Je rookt niet?'

'Nee.'

'Maar je staat wel buiten met een sigaret in je hand.'

'Ja.'

Hij haalde kort adem en leek iets te willen gaan zeggen, schudde toen zijn hoofd en zweeg. Daarna herhaalde hij alle handelingen en sprak wel. Heel jammer.

'Ik ga hier vast spijt van krijgen, maar mag ik vragen waarom je buiten staat met een sigaret zonder aansteker als je niet rookt?'

Het was geen onredelijke vraag. Ik had alleen geen zin om hem te beantwoorden. Het enige wat ik wilde was wat showbizzroddels lezen, Sarah appen, Lauren bellen en net doen alsof ik niet net een hele zaterdag had verspild aan de mooiste dag in het leven van een ander. Het deed er niet toe of je Jimmy Choo's of Clarks droeg, als je negen tot twaalf uur op je benen stond, deden je voeten pijn.

'Mijn baas rookt.' Ik schudde een vol pakje Marlboro's voor zijn neus. 'En zij neemt steeds rookpauzes. Dus kan ze mij niets maken als ik die ook neem. Dus wat haar betreft heb ik de gezonde gewoonte om twee pakjes per dag weg te paffen. Of ongezonde gewoonte, het is maar hoe je het bekijkt.'

Hij keek me aan. 'Dit meen je niet.'

Ik keek terug.

'O, jezus, je meent het wel.'

'Ze vindt roken beter dan eten,' verduidelijkte ik. 'Minder koolhydraten.'

'Maar van roken ga je dood.' Hij keek naar zijn pakje terwijl er in zijn hoofd zichtbaar een preek afgespeeld werd. 'Dat weet ze toch wel?'

'We hebben een goede zorgverzekering, volgens haar loopt het wel los.'

'Zit wat in.' De ceremoniemeester borg zijn sigaretten op en rimpelde zijn gezicht. 'Ik haat bruiloften.'

'Echt waar?' Wie zei er nu zomaar dat-ie bruiloften haatte op een bruiloft? 'Waarom?'

'Je moet zo eindeloos lang stomweg staan,' zei hij vermoeid. Hij duwde een golvende lok haar van zijn voorhoofd. Eerder vanavond was zijn haar nog knisperend strak naar achteren gekamd, maar in deze fase van de festiviteiten had zijn gel het opgegeven. Wat hij nodig had, was een flinke stoot Elnett. Hij moest wel single zijn. 'En je kunt nergens heen. Ik wil gewoon ergens heen waar je kunt zitten.'

Ik knikte instemmend. 'Ik heb ooit een bruiloft gedaan met een minibioscoop. Maar de bruid werd boos omdat iedereen dáár zat, in plaats van te dansen op de band waar ze een verdomd fortuin voor had betaald. Uiteindelijk dwong ze ons om de film uit te zetten en schreeuwde ze dat iedereen naar de dansvloer moest.'

'Welke film draaide er?' vroeg hij.

'*Ghostbusters*. De bruidegom had allemaal films gekozen uit hun verkeringstijd, maar hij had zijn werk iets te goed gedaan.'

'Ik zou mijn rechterarm ervoor overhebben om nu in het donker naar *Ghostbusters* te kunnen kijken,' zei hij met een zucht. Zijn huid was zeer bleek, zijn ogen waren donker en hij was echt ontzettend lang. Zeker een kop groter dan ik. Grensgevalletje te lang. Heel makkelijk als je iets van zolder nodig had, maar een nachtmerrie als buurman als je economy vloog.

'Ze hadden ook ijs en bier,' voegde ik eraan toe. Ik probeerde niet naar zijn blote enkels te kijken.

'Ik denk dat ik er nooit meer was weggegaan.' Hij liet even een stilte vallen en glimlachte toen.

Met die glimlach zag hij er opeens best leuk uit, wat minder nerdy en hoekig, een besef dat me alleen maar ongemakkelijker maakte. Ik merkte dat ik mijn adem een beetje inhield en wat verdwaalde haren achter mijn oor streek.

'Misschien dat mijn verloofde me zoiets gunt op onze bruiloft.'

Verdwaalde haren konden het schudden en aangezien ik voor niets mijn buik inhield, liet ik alles onmiddellijk weer hangen.

'En dan deze verdomde pinguïnpakken.' Hij trok aan zijn stijve kraag. 'Als ik mijn das af zou doen, zou ik net een van jullie lijken.'

'Een van ons?' vroeg ik. Wat moest dat in godsnaam betekenen?

'O... O!' Hij hield zijn handen in de lucht alsof hij me liet zien dat hij net een enorme vis had gevangen. 'Daar bedoelde ik niets mee. Ik wil alleen maar zeggen dat ik eruitzie als een ober.'

Zodra hij het gezegd had, voelde ik dat hij spijt had van zijn opmerking. Helaas voor hem was ik niet in de stemming om wie dan ook ergens mee weg te laten komen.

'En wat is er mis met een ober zijn?'

Hij werd nog wat bleker dan hij twee minuten eerder was geweest. 'Niets. Maar ik ben advocaat.'

Uiteraard, het had geen ander beroep kunnen zijn. Hij moest natuurlijk een advocaat wezen.

'En jij denkt dat het beter is om een advocaat dan een ober te zijn?'

'Ik wil alleen maar zeggen hoe grappig het is dat we allebei zwartwit dragen terwijl ik een bruiloftsgast bent en jij maar een serveerster.'

Wham. De schep was de grond in gegaan en nu zat hij opeens tot zijn nek in een gênant gat waar hij zich onmogelijk nog uit kon graven. Maar een serveerster? Máár een serveerster?

'Niet dat ik advocaten beter vind dan serveersters,' zei hij, met aanzwellende paniek. 'Ik vind het geweldig dat je serveerster bent.'

Ik was zo ontzettend boos dat ik op het punt stond een tikje onbeschoft te worden.

'O, vind jij dat?'

Niemand had ooit eerder die vier woorden zo dreigend laten klinken.

Hij werd zenuwachtig. Ik was kwaad. Het was de perfecte Britse combinatie. Ik denk dat we beiden wel wisten dat het moment voor hem was gekomen om het op te geven en weg te lopen, maar ik wist dat dat er niet in zat. Advocaten waren daartoe niet in staat.

‘Absoluut. Ik zie eruit als een pinguïn.’ Hij drukte zijn armen tegen zijn lijf en waggelde heen en weer. Het zag er zo belachelijk uit dat ik bijna weer een beetje smolt. ‘Jij bent meer een panda.’

Mijn bijna-lach bevroor.

‘Waarom ben jij een pinguïn en ik een panda?’ vroeg ik, met mijn buik weer in. Had hij me nou net dik genoemd? ‘Omdat ik een vrouw ben of zo?’

‘Panda’s zijn fantastisch!’ antwoordde hij wanhopig. ‘Panda’s zijn beter dan pinguïns!’

Opeens klonk Shona’s stem in het donker. ‘Maddie?’

‘Jezus.’ Ik pakte mijn sigaret weer, brak het filter eraf en wreef het over de grond, voor Shona me kon betrappen.

‘Panda’s *zijn* beter dan pinguïns,’ herhaalde hij pruilend. ‘Dat weet toch iedereen?’

Hoofdschuddend keerde ik me om en marcheerde zo snel als ik kon terug naar de keuken op mijn praktische schoenen.

Eikel.

4

'MADDIE!'

'Ik kom al!' Ik liep nog wat sneller en holde de keuken in, waar mijn baas al op me zat te wachten. 'Wat is er aan de hand?'

'Niks,' zei ze. Ze zat op een kruk en leunde met haar ellebogen op het grote roestvrijstalen kookeiland midden in de keuken. 'Alles loopt op rolletjes. Wil je een borrel?'

Dit gebeurt soms. Dan vergeet mijn monsterlijke baas Shona dat ze uiterst geschikt zou zijn om als helhond de poort naar de onderwereld te bewaken en doet ze net alsof we vriendinnen zijn. Dit is hoe een gestoorde booswicht zich gedraagt. Echte psychoten zijn nooit consistent.

'Welja,' zei ik. Ik wist niet of het een valstrik was of niet, maar ik sla niet snel een gratis drankje af.

Ze schonk twee waterglazen vol met champagne en duwde er een naar mij met iets wat op een lachje leek. Ik nam het glas aan en tuurde tersluiks naar mijn mobieltje in mijn zak toen zij haar glas achteroversloeg. Roken en drinken tijdens een klus leek Shona te tolereren, maar je smartphone op zak hebben tijdens het serveren? Ze zou mijn champagne vervangen door aanstekervloeistof, die aansteken en me dwingen het op te drinken. Er was een berichtje van Sarah, maar dat zou zeker twee minuten moeten wachten, eerder kon ik niet ontsnappen.

Ik keek naar mijn baas en zag dat ze haar Veuve Clicquot al voor driekwart ophad. Shona was lang en dun met witblond haar, dat er soms fantastisch uitzag en soms alsof ze het beter kon afscheren om opnieuw te beginnen. Vandaag zat het er zo'n beetje tussenin.

'Volgens mij is het niet nodig dat je ook in de late dienst serveert.' Ze schonk zichzelf nog eens bij en schonk mij niet bij. 'Ik was van plan een paar van de meisjes naar huis te sturen, maar in plaats daarvan kun jij nu wel stoppen.'

'Dank je wel,' zei ik, intens opgelucht.

'Ik bedoel niet dat je naar huis kunt,' verduidelijkte ze. 'Alleen dat je niet meer hoeft te serveren. Ik heb je hier nog altijd nodig om te zorgen dat alles soepel blijft lopen. Ik ga zo dadelijk naar huis.'

O, Shona, trut die je er bent. Het was nog maar tien uur en ik wist maar al te goed dat de locatie tot twee uur 's nachts geboekt was.

'Plannen om wat leuks te gaan doen?' vroeg ik knarsetandend.

'Maddie, ik ben uitgeteld,' verklaarde ze, en ze wreef met beide handen over haar gezicht. 'Sinds die lijntrekker van een Victoria is opgestapt, heb ik het werk van twee mensen gedaan. Ik wil alleen nog maar een bad, nog eens zeven borrels en vroeg naar bed. Jij kunt dit wel aan, ik heb alle vertrouwen in je.'

Ik had veel zin om haar te bewerken met het vleesmes dat op het hakblok links van me lag, maar ik hield me in en deed alsof ik haar welwillend toelachte. Ze was mijn baas, ze kon het maken om vroeg naar huis te gaan. Ook al was ik hier twee uur voor haar gearriveerd, had ik alle voorbereidingen gedaan en ook nog eens drie uur geserveerd, terwijl zij op haar kont in de keuken had zitten pimpelen.

'Nu we het toch over Victoria hebben...'

'De lijntrekker.' Shona knikte. 'Jezus, wat liep die de kantjes ervanaf.'

'Dat kun je wel zeggen,' zei ik met veel te veel enthousiasme. 'Onvoorstelbaar dat ze zomaar is weggegaan.'

'Echt iets voor haar,' antwoordde Shona. 'Nou ja, ze was toch waardeloos, dus liever kwijt dan rijk.'

Even voor alle duidelijkheid: Victoria was waardeloos noch lui. Sterker nog, ze is een erg aardige dame die met een man is getrouwd die ooit met ons samenwerkte en waar Shona een oogje op had. Voor hun eigen veiligheid was het misschien maar beter dat ze allebei weg waren gegaan.

'Wat ik wilde vragen: is er nu een vacature? Heb je al iemand anders op het oog?'

Aan de andere kant van het kookeiland liet Shona haar glas zakken en hield het met beide handen vast. Heel, heel langzaam reikte ik naar het vleesmes en legde het in de gootsteen achter me.

'Victoria was waardeloos,' zei Shona afgemeten, zonder haar blik van me af te wenden. 'Vergeleken met mij. Vergeleken met anderen in de business was ze briljant.'

'Oké.'

Ik wou dat ik haar woorden had kunnen opnemen, dan had ik ze naar Victoria geappt. Misschien dat het iets goed had gemaakt voor de keer dat Shona iedereen op kantoor had gemaild met het verzoek om niet in haar bijzijn te snacken, omdat ze net bij de Weight Watchers was gegaan en we haar allemaal moesten steunen in haar afvalavontuur. Het was zo'n beetje het aardigste wat ze ooit over iemand had gezegd.

'Maar jij krijgt die baan niet, Maddie. Dus zet jezelf niet voor gek door ernaar te solliciteren.'

Op een of andere manier leek ik te zijn opgehouden met ademen. Sórry?

'Je bent een heel acceptabele assistent, Maddie. Maar je moet nog veel leren en veel ervaring opdoen. Je weet dat ik geen eventplanner ben, ik ben een...?'

Met een vragende blik daagde ze me uit om de zin af te maken.

'Een belevingsarchitect,' zei ik, waarbij ik probeerde niet te kokhalzen.

'Een belevingsarchitect,' bevestigde ze. 'En laten we eerlijk zijn, je hebt het niet in je om manager te worden, toch? Ik weet dat ik dat tegen je kan zeggen zonder je te kwetsen, omdat we elkaar al zo lang kennen.'

Te lang, zouden sommige mensen zeggen.

'Als je voor iemand anders zou werken, zou die vast niet zo veel geduld met je hebben als ik al heb gehad.' Ze zette haar glas weer aan haar lippen om verder te drinken. 'Ik ben zo aan je gewend dat ik amper nog merk hoe je het soms laat afweten.'

Ik zei niets en knikte alleen.

'Ik wil maar zeggen: je zou net als iedereen moeten solliciteren, je cv moeten inleveren en op gesprek gaan bij meneer Colton.' Shona's ogen sprankelden bij het idee alleen al. 'En om je de waarheid te zeggen, voelt die zich zo bedreigd door mij dat het waarschijnlijk niet in je voordeel is dat je al zo lang voor mij werkt.'

'O nee?'

'Als je al op gesprek zou mogen komen,' zei ze, en even kromp ze ineen om haar twijfel te illustreren. 'Ik weet dat iedereen je graag mag en dat de baan leuk lijkt, maar zo'n promotie betekent veel meer verantwoordelijkheid. Je zou letterlijk mij moeten worden.'

Dat betekende dus twintig kilo afvallen, mijn haar verkloten en voortaan motivatietips van Darth Vader aannemen.

'Overspeel je hand niet, Maddie. Wie hoog reikt, kan diep vallen.'

Ik knipperde een paar keer en herinnerde mijn longen er vriendelijk aan dat ze weer aan de slag moesten, wilde ik in leven blijven. Ze waren niet erg overtuigd. We hadden samen al een lange dag achter de rug.

'Ik dacht eigenlijk dat je de lat ook weer niet te laag moest leggen.'

'Om de sterren te kunnen pakken, moet je een ster zijn.' Shona keek me vriendelijk kritisch aan. 'Voel je je een ster, Maddie?'

Ik keek naar beneden, naar het bloesje dat iets te strak over mijn borsten zat, de zwarte rok die tot op mijn knieën kwam en de schoenen die de goedkeuring van elke oma konden wegdragen. Ik voelde me geen ster. Ik voelde me een schoolmeisje dat uit haar uniform was gegroeid, maar ermee door moest lopen, omdat haar moeder pas weer in september een nieuw wilde kopen.

'Weet je wat?' Ze liet zich van de kruk glijden en landde op haar twaalf centimeter hoge hakken. In haar sluike grijze jurk sloeg ze het laatste restje champagne achterover zonder een krimp te geven. 'Ga jíj maar eerder naar huis. Het heeft geen zin om hier een assistent te hebben die er niet met haar hoofd bij is. Dan lig ik toch maar wakker.'

Ik wist niet hoe ik kans had gezien om me zo te laten afzeiken en beledigen en toch eerder weg te mogen, dus hield ik mijn kaken op elkaar en mijn ogen op de grond gericht.

Shona liep om het keukenblok heen en klopte me op mijn schouder. 'Ga naar huis en denk nog eens goed na over wat je net suggereerde,' zei ze terwijl ik ineen kromp. 'Vraag je af of je het jezelf echt wel wilt aandoen. Ik kan niet garanderen dat je baan er nog zal zijn als je besluit dat je wel wilt proberen om mij te spelen en het allemaal misloopt.'

'Dat is niet…' Ze onderbrak mijn uitleg met triest schouderophalen.

'Je hebt het gewoon niet in je, Maddie,' zei ze met een beminnelijke glimlach. 'Je bent een assistent. Daar ben je goed in. Meestal. Maak het jezelf niet te lastig.'

Toen ze me alleen achterliet in de keuken, restte me niets anders dan naar buiten vluchten met de fles, waar nog een restje champagne in zat. Vanuit de tuin was goed te zien dat het feest in volle gang was. Alle ramen waren verlicht en toonden silhouetten van mensen die aanzienlijk blijer waren dan ik was. Of toch in ieder geval meer hadden gedronken. Pruilend keek ik naar de fles en kwam tot de conclusie dat het ongemanierd was om het weg te gooien, puur omdat ik het niet wilde. Bovendien kon ik me als eenendertigjarige op een doodlopend carrièrepad niets beters voorstellen dan in mijn eentje bingedrinken.

Terwijl ik zonder echt iets te zien naar het feest keek, werd ik me bewust van iets trillends tegen mijn rechterdij. Foon. Het was mijn foon.

'O nee, Sarah, helemaal vergeten!' mompelde ik, en ik slingerde mezelf onder een boom als een vijftienjarige met een Breezer. *Ben je thuis?*

Dit werd gevolgd door een sippe emoji en een revolver. Met prompt daarna twee martiniglazen en een dansend meisje. Het mobieltje biepte bijna uit mijn hand, zo snel kwamen de berichten die ik lurkend aan mijn champagnefles probeerde te ontcijferen. Wat had ik toch een klasse.

Zeg me dat je jezelf nog niet van kant hebt gemaakt.

Als ik mezelf van kant had gemaakt, zou ik je niet kunnen appen, toch? tikte ik. *Ik ben nog aan het werk. Gaat het een beetje?*

Er bleek geen betere manier te zijn om die vraag te stellen.

Nee.

En geen betere manier om die te beantwoorden.

Heb je FB gezien?

Nee, tikte ik, terwijl ik me afvroeg welk geweldig nieuwtje er op me wachtte in de wondere wereld van het web. *Wat is er dan?*

Er viel even een app-pauze in de vorm van drie puntjes.

Sebs vrouw is bevallen.

O, als het toch eens puntjes hadden kunnen blijven.

Seb had een kindje. Er was een baby-Seb. Een klein, huilend mini-Sebje met een rood hoofdje.

En die had hij niet van mij.

Seb. Voorheen Bash of Sebby, later Eikelmans en Kloothommel en recentelijk de absolute klootzak die systematisch al mijn organen als Cheestrings uit elkaar plukte voor hij mijn hart eruit kon rukken om het te bevriezen, te ontdooien in de magnetron, het weer in te vriezen, te ontdooien en weer in te vriezen tot er niets meer van over was dan een leerachtig brokje slachtafval waar honden nog hun neus voor zouden optrekken. Ik kreeg nog altijd brieven over zijn autoverzekering en hij was al getrouwd en had een baby.

Ja, nou en?

Ik tikte de woorden makkelijk in, alsof ik de voormalige liefde van mijn leven niet in een chique kraamkamer in een privékliniek zag zitten met zijn nieuwe baby in zijn armen, terwijl zijn bezwete, maar nog altijd mooie echtgenote hem veelbetekenend toelachte. Ik had niet meer dan een paar slokken champagne en een te krap bloesje. Het enige wat dit nog enigszins kon rechttrekken, was op weg naar huis een kebab eten.

Ik moet weer aan het werk. Liegen was zo veel makkelijker per app. *Zie ik je morgen?*

'Ha, daar ben je. Ik heb je overal lopen zoeken.'

Een zeer lange man verscheen uit het niets, voor ze antwoord kon geven, en heel even was ik heel erg bang dat ik niet lang genoeg zou leven om die kebab te scoren.

'Dat is dus helemaal geen enge manier om iemand aan te spreken die je helemaal niet kent,' zei ik. Het bleek de beledigende ceremoniemeester te zijn. 'En ik dacht dus ook helemaal niet dat je me zou gaan vermoorden.'

'Sorry.' Hij meende er overduidelijk geen woord van. 'Zit je weer niet te roken?'

'Nee, dit keer ben ik niet aan het drinken.' Ik hield de fles champagne omhoog. 'Proost.'

Hij hurkte naast me, nam de fles van me over en nam een slok.

'Je zou wel eens de interessantste serveerster kunnen zijn die ik ooit heb ontmoet,' zei hij, en hij gaf me de fles terug. Zelfs gehurkt was hij nog lang. Ik ben vrij gemiddeld met mijn één meter achtenzestig, maar hij moest zeker twee meter zijn. Het zou heel nuttig zijn zo'n man als kennis te hebben, in het geval er plafondlampen moesten worden vervangen.

'Dank je wel.' Ik dronk zo damesachtig mogelijk rechtstreeks uit de fles. 'Ik doe mijn best.'

Het had geen zin hem uit te leggen dat ik geen serveerster was. Ik zou net zo goed wel een serveerster kunnen zijn. De meeste serveersters die ik kende waren niet echt serveerster van beroep. Het waren aspirerende actrices, modellen of muzikanten, of anders studeerden ze aan de universiteit wel iets onvoorstelbaar boeiends. Dát of ze hadden thuis een enig gezin en werkten alleen parttime in de bediening. Het enige wat ik thuis had waren veertien oude nummers van *Marie Claire*, waarvan er drie nog in het folie zaten, en een ouwe chocoladecroissant die ik vermoedelijk toch zou opeten als ik thuiskwam.

'Ik wilde mijn excuses aanbieden,' zei hij. 'Ik meen dat ik zonet erg onbeschoft was.'

Seb had een kind.

'Sorry?' Verbaasd keek ik hem aan.

'Zonet, toen we stonden te praten.' Hij liet zich op zijn achterwerk vallen en zag er opeens uit als een oversized schooljongen. 'Ik heb het gevoel dat ik je mijn verontschuldigingen schuldig ben.'

'Je méént dat je onbeschoft was en je hebt het gevóél alsof je sorry moet zeggen?' zei ik. 'Wauw, wat een gewetensnood, zeg. Ik zou maar oppassen als ik jou was.'

'Oké, ik wás onbeschoft en het spijt me,' zei hij overdreven articulerend, maar zonder aanstalten te maken om weg te gaan, wat echt het enige was wat ik van hem wilde. 'Ik heb een absolute rotdag.'

Ik nam nog een slok en lachte. 'Mijn baas heeft net tegen me gezegd dat ik niets voorstel en nooit promotie zal krijgen, mijn ene beste vriendin ligt in scheiding, mijn andere beste vriendin gaat trouwen en mijn ex heeft letterlijk net een kind gekregen met zijn nieuwe vrouw. En daarmee bedoel ik echt: het afgelopen uur.'

'Niet ideaal.' Hij kamde het haar uit zijn gezicht. Het had inmiddels alle pretentie van stijl opgegeven en begon over zijn kraag te krullen. Ik vond dat hij er zo veel beter uitzag, minder als een jonge backbencher van de Conservatieven en meer alsof hij net thuiskwam van het laatste rondje met de hond en zo naar bed zou gaan. 'Wist je niet dat zijn vrouw in verwachting was?'

Je kunt het aan een man overlaten om de plank volledig mis te slaan. 'Jawel,' zei ik. 'Maar dat maakt het niet minder vreemd dat er nu een nieuw mensje is dat voor de helft uit hem bestaat.'

De ceremoniemeester dacht hier even over na, zijn wenkbrauwen kropen naar elkaar toe in ernst, voor hij knikte.

'Waarom denkt je baas dat je niets voorstelt?' vroeg hij terwijl hij de fles weer overpakte. Weer zonder het te vragen. 'Heeft ze gelijk?'

'Volgens mij niet.' Bot, maar eerlijk. 'Ze is niet het aardigste mens ter wereld. Of het redelijkste. En ook niet de gezondste van geest.'

'Waarom werk je dan voor haar?' Hij stak zijn tong uit toen hij probeerde de champagnefles neer te zetten op het bobbelige gras.

Iemand was hier behoorlijk aangeschoten en helaas, ik was het niet. 'Serveren kun je toch overal doen?'

'Dat klopt, al kan ik het me moeilijk voorstellen,' zei ik. 'Ik doe dit nu al zo lang dat ik waarschijnlijk ook gewoon bang ben om ergens opnieuw te beginnen. En wat als ze gelijk heeft? Wat als ik het echt niet in me heb?'

Raar, hoe je soms makkelijker je hart lucht bij een vreemde dan bij een bekende. Ik wist dat ik mijn werk goed deed, maar het zou heel goed kunnen dat ik er niet briljant in was. Het was zeker niet zo dat ik er prijzen voor had gewonnen, of dat er headhunters achter me aan zaten. Het idee van solliciteren naar een nieuwe baan en die dan niet krijgen of erger nog: de baan krijgen en vervolgens verkloten, boezemde me diepe angst in.

'Ik geloof er geen woord van.' Hij strekte zijn arm stijf uit en klopte me als een robot op mijn schouder. 'Afgezien dan de rookpauzes terwijl je niet rookt en drinken onder een boom onder werktijd, durf ik te wedden dat je een geweldige serveerster bent.'

'De beste,' bevestigde ik, en tot zijn ontzetting duwde ik de wankele fles om met mijn voet. 'Wat is er zo vreselijk aan jouw dag? Je bent op een feest, je maakt deel uit van een bruiloft, hoe erg kan het zijn?'

Hij sloot zijn ogen en schudde met zijn slordige haar. 'Dat wil je niet weten.'

'Nee, niet echt,' stemde ik in. 'Maar je begon er zelf over en ik heb er nu naar gevraagd, dus is het niet meer dan beleefd dat je het aan me vertelt.'

'Wat is hier in vredesnaam gaande?' Een andere stem mengde zich vanuit de duisternis in het gesprek en het silhouet van een man verscheen. 'Stoor ik?'

Lieve hemel, het was de getuige.

'Alsof jij je daar ooit door hebt laten tegenhouden.' De ceremoniemeester ontrolde zich en kwam onvast overeind tot hij weer stond. Hij was echt heel lang. 'We zaten alleen maar even te kletsen.'

'Dat zie ik,' zei de getuige, en met de punt van zijn schoen tikte hij op de lege fles. 'Heeft hij zich misdragen?' vroeg hij aan mij.

'Will, hou alsjeblieft je kop.' De ceremoniemeester stak zijn handen diep in zijn zakken. 'We zaten echt alleen maar wat te praten.'

'Over mij?' Hij pakte de knoop van zijn donkerblauwe das en trok die los voor hij de bovenste twee knoopjes van zijn overhemd openmaakte. Het was een zeer aantrekkelijke man. Alleen naar hem kijken maakte me al zweverig en gaf me het gevoel volstrekt overbodig te zijn. 'Wat hij ook allemaal heeft beweerd, het is niet waar,' zei hij tegen mij.

'Gek genoeg heb ik ook wel eens conversaties die niet over jou gaan.' Mijn champagne jattende kompaan was niet half zo onder de indruk van Getuige Will als ik. 'Wat kom je doen?'

'Frisse neus halen, het werd me binnen allemaal een beetje te veel,' zei Getuige Will met een hoofdbeweging richting feest. 'Zou jij niet binnen moeten zijn, bij je verloofde?'

De ceremoniemeester deed een stapje terug. 'Zou jij niet...'

'Ik zou een heleboel dingen moeten, maar als ik jou was zou ik me daar maar geen zorgen over maken,' onderbrak Will hem voor hij zijn zin kon afmaken. Hij richtte zich weer tot mij. 'Laat me eens raden: hij heeft zichzelf voor schut gezet door enorm aanstootgevend te zijn en te pruilen als een klein meisje?'

'Zoiets,' zei ik. 'Al geloof ik niet dat hij het allemaal expres deed.'

Heel even staarden ze elkaar aan. Will met zijn kraag en das los en een grijns van oor tot oor, de ceremoniemeester hooggesloten en zinderend van zeer Britse verontwaardiging. Het was helemaal *Eastenders* versus *Downton Abbey*. Vanaf mijn plekje onder de boom, waar ik een paar uur eerder het bruidspaar nog onder had gedirigeerd voor de bruidsreportage, had ik zomaar het gevoel dat mijn dag compleet was nu twee kerels dreigend naar elkaar keken op de klanken van de Village People. Ze gingen elkaar óf in elkaar slaan óf zoenen.

'Zoenen!' riep ik.

Ze staarden me glazig aan. Ik haalde mijn schouders op en tastte naar de helaas lege fles.

'Nou, oké dan.' De ceremoniemeester trok aan zijn hagelwitte manchetten en verbrak de testosteronrijke spanning. 'Ik kwam hier om mijn excuses aan te bieden en dat heb ik gedaan. Ik hoop dat je dag nog opknapt, maar ik moet je wel waarschuwen dat er van praten met deze klootzak niets goeds zal komen.'

'Au,' antwoordde Will, die zich onmiddellijk naast me op de grond liet vallen. 'Wat ben je toch een bruut, Thomas.'

Ik applaudisseerde, omdat hij zich niet aan me had voorgesteld. 'Je heet Thomas!' Toen sloeg Will zijn arm om mijn schouders en raakte ik mijn spraakvermogen terstond kwijt.

'Tom,' zei Thomas en hij wreef over zijn nek. 'Ik heet Tom.'

'Het is Thomas,' fluisterde Will in mijn oor. 'Iedereen noemt hem Thomas.'

Waarom raakte hij me aan? En hoe kon ik ervoor zorgen dat hij dat zou blijven doen? En het dan zo aanpakken dat het zou leiden tot een huwelijk en een baby die ik op Facebook kon zetten om aan Seb te laten zien?

Thomas de Ceremoniemeester leek helemaal niet zo happy met mijn huidige situatie als ik. Hij schonk me een laatste waarschuwende blik voor hij zich omkeerde en terugliep naar het feest.

'Dag Thomas,' riep ik hem na.

'Ja, dag Thomas,' echode Will en lachend wendde hij zich naar mij. 'Jij bent grappig.'

'Is dat zo?'

Ik voelde me helemaal niet grappig. In ieder geval niet oergeestig.

'Ja.' Hij haalde zijn arm weg en leunde achterover op zijn ellebogen om me eens goed te bezichtigen. Ik wist dat ik er, na een lange werkdag en enkele uren in een stomende keuken, niet op mijn best uitzag, maar omdat daar toch niets aan te doen was, hield ik mijn blik op zijn rechteroor gericht en hoopte er het beste van. 'Hoe heet je?'

'Maddie,' zei ik terwijl er een vreselijk pieplachje aan mijn lippen ontsnapte, alsof mijn naam het grappigste was wat ik ooit had gehoord. 'Heb je het naar je zin?'

Hij negeerde mijn vraag. 'Maddie,' herhaalde hij. 'Wat moest Thomas van je?'

‘We kletsten alleen maar.’ Ik zwaaide doelloos met mijn handen. ‘Het ging nergens over. Hij gedroeg zich niet als een eikel.’

‘Heel verfrissend, voor de verandering,’ zei Will lijzig. ‘Nou ja, doet er ook niet toe, hij is nu weg. Je bent veilig.’

‘Is dat zo?’ herhaalde ik alsof ik niet meer tekst in me had. Is dat niet wat moordenaars zeggen pal voor ze toeslaan?

We waren helemaal alleen, binnen druiste het feest. Hier en daar viel wat licht op het gazon, er dreunde een Kanye West-soundtrack die ik niet voor dit moment zou hebben gekozen.

Will keek me nog steeds aan, nog steeds met die brede grijns. Het was heel verontrustend.

‘Goede speech, hoor.’ Ik lachte terug. Ik zag er vast getikt uit. ‘Heel belangrijke rol, getuige zijn. Je deed het geweldig.’

Hij wreef over zijn opkomende stoppels en leek me nog altijd te bezichtigen.

Steels likte ik langs mijn lippen en streek een paar losse haren achter mijn oor.

‘Heel belangrijke rol,’ beaamde hij. ‘Maar het is een lange dag geweest. En ik heb veel te lang moeten staan, naar mijn mening. Ik ben bekaf.’

‘Het is inderdaad een heel lange dag geweest,’ erkende ik, en met de rug van mijn hand veegde ik over mijn glimmende neus. ‘Maar nu zit het er bijna op.’

‘Ben je klaar voor vanavond?’

Ik knikte, hij knikte terug en sloeg toen, zonder enige waarschuwing vooraf, met zo’n klets op mijn blote bovenbeen dat ik een gilletje slaakte en op mijn onderlip beet.

‘Moet je horen, Maddie. Ik was eigenlijk net van plan weg te sluipen toen ik je hier zag zitten.’ Energiek kwam hij overeind en stak zijn hand uit om me omhoog te trekken. ‘Kan ik je een lift geven?’

Dit was het dus. Dit was het moment. Of zo voelde het toch. Het soort moment waar een meisje dat fatsoenlijk haar haar föhnde en zich professioneel liet manicuren wel raad mee wist. Ik staarde naar mijn ongelakte, afgekloven nagels en ademde in. Stel je eens voor hoeveel je bespaart op een taxi, zei ik tegen mezelf. Het is alleen maar een lift, maakte ik mezelf wijs.

'Dat is heel aardig van je.' Ik rechtte mijn rug en probeerde zelfverzekerder te lijken dan ik me voelde. 'Maar ik wil je niet tot last zijn. Welke kant ga je op?'

Hij glimlachte opnieuw en dit keer leed het geen twijfel wat zijn bedoelingen waren.

'Ik zet je af,' zei hij, zonder te vragen waar ik woonde. Hij hield mijn hand nog altijd vast. 'Ga je mee?'

'Alleen als je er niet voor hoeft om te rijden.' Ik bedwong Teigetje-achtige sprongen van vreugde omdat hij nog altijd mijn hand vasthield.

'Maddie, ik zet je af,' zei hij weer en hij gaf een kneepje in mijn vingers toen we naar de parkeerplaats liepen. 'Geen probleem.'

En zo kwam het dat ik, voor het eerst in eenendertig jaar, wakker werd met een vreemde man in mijn bed.

5

Zondag 17 mei
Vandaag voel ik me: sletterig op een goede manier
Vandaag ben ik dankbaar voor: Netflix, Lauren en Mini-Cheddars

Ik was de volgende ochtend als eerste wakker. Will lag nog met zijn gezicht in het kussen te snurken en genoot van de diepe, verkwikkende slaap van een man die goed gepresteerd had. Ik had zelf niet zo best geslapen. Geen idee hoe andere mensen zich ontspannen in bed met een wildvreemde naast zich, zelfs als die wildvreemde net alles van je heeft gezien, van dichtbij. Met iemand slapen is in mijn ogen een veel intiemere zaak dan met iemand seksen.

In plaats van hem wakker te maken en daadwerkelijk een gesprek met de man te moeten hebben, deed ik het enige verstandige: ik glipte uit bed, sloot me op in de badkamer en raakte in paniek. Ik had een scharrelwip gehad. Ik was er vrij zeker van dat het een goede was geweest, maar het was alweer een tijdje geleden en wat mensen ook zeiden, het was niet zoals fietsen, dat je blijkbaar nooit verleerde. En als het dat wel was, deed ik het vast verkeerd.

'Hallo, wat is er aan de hand, is alles oké? Je komt toch nog wel naar het feest?'

Lauren zou weten wat ik moest doen. Verstandige, lieve Lauren.

'Ik heb een man mee naar huis genomen,' siste ik in mijn telefoon terwijl ik een handdoek tegen de onderkant van de deur propte om het geluid van mijn stem te dempen. 'Gisteravond. Ik ben met hem naar bed geweest. Wat nu?'

'Goed van je!' antwoordde ze, en ze klonk slechts een beetje verbaasd. 'Is het een lekkere vent? Vind je hem leuk? Komt hij mee naar het feest?'

'Hij is lekker.' Ik inspecteerde mezelf op zuigzoenen en liefdesbeten en zag dat ik er godzijdank goed van af was gekomen. 'Volgens mij vind ik hem leuk en nee, hij komt niet mee naar het feestje.'

'O.' Ze klonk slechts een beetje teleurgesteld. 'Volgens mij heb ik de catering te ruim ingeschat. Hoe hem je hem ontmoet, via Tinder?'

'Ik heb Tinder gewist om ruimte te maken voor het album van Taylor Swift.'

'Het nieuwste?'

'Yep.'

'Goede beslissing, dat is het helemaal waard.'

'Het is het helemaal waard,' beaamde ik terwijl ik willekeurig deksels en doppen van mijn crèmes en lotions nam en me afvroeg welke me minder grauw zou laten lijken. 'Hij was op de bruiloft waar ik gisteren werkte.'

'Goed werk.' Lauren klonk oprecht onder indruk.

Ik klopte dikke, witte moisturizer in één wang. 'Dank je wel.'

'Maddie, het is zondagmorgen en nog voor negenen,' zei ze met een geeuw. 'Is er specifiek iets, of belde je alleen om op te scheppen, omdat ik nu bijna een oude getrouwde vrouw ben?'

'Ik weet niet wat ik moet doen,' fluisterde ik. Ik sloot de deksel van de wc en ging er voorzichtig op zitten voor ik de overtollige crème met een tissue van mijn huid veegde. 'Ik heb dit nog nooit eerder gedaan.'

'Je hebt nog nooit zomaar een vent mee naar huis genomen?' Ik hoorde haar het archief in haar geheugen kraken. 'Jezus, mens, je bent al twee jaar te laat om het nog reboundseks te kunnen noemen.'

'Zeg nou maar gewoon wat ik moet doen,' zei ik, terwijl ik me afvroeg of hij lang genoeg zou blijven slapen om mijn teennagels opnieuw te kunnen lakken. Gisteravond leken teennagels er niet toe te doen, maar vanmorgen wel. Voor mij dan toch.

‘Oooh, je eerste onenightstand,’ koerde Lauren. ‘Wat geweldig, ik ben gewoonweg ontroerd dat je mij hebt gebeld. Niet dat je Sarah kon bellen, gezien de omstandigheden.’

Ik kromp in elkaar bij het idee. ‘Nee, dat leek me geen goed idee. Maar nu weer even over mij graag.’

‘Doe het rustig aan, wat je wilt is er volstrekt natuurlijk uitzien. Even douchen, minimaal even tanden poetsen en je gezicht wassen. Beetje mascara en lipbalsem, misschien een beetje poeder als je erg glimt,’ instrueerde ze. ‘Wat heb je aan?’

‘Mijn T-shirt van gisteravond en een niet al te aantrekkelijke onderbroek.’ Ik snoof aan een oksel. ‘Raak je al opgewonden?’

‘Zorg dat je er leuk, maar comfortabel uitziet,’ adviseerde Lauren. ‘Denk aan een wijde trui, iets wat eruitziet alsof je erin leeft. Maar dan wel een mooie. Heb je iets van kasjmier?’

‘Nee, ik heb geen mooie, wijde, kasjmier trui om na gemeenschap te dragen in mijn badkamer,’ zei ik. Alsof ik al niet genoeg stress had over mijn afbladderende teennagels moest ik me nu ook nog zorgen maken over het feit dat ik onvoldoende gebreide kleding uit het premiumsegment had om in huis te dragen? ‘Laat wat ik aan moet maar even zitten, wat moet ik dóén?’

‘Liefje, als ik je dat moet vertellen, begrijp ik niet goed hoe je hem zo gek hebt gekregen om met je mee naar huis te gaan.’

‘Ik heb het niet over seksen,’ fluisterde ik. Misschien had ik toch beter Sarah kunnen bellen. Of mijn moeder. Of wie dan ook met een polsslag. ‘Ik bedoel: wat moet ik doen? Wat moet ik zeggen?’

‘Weet ik veel,’ antwoordde Lauren. ‘Wees gewoon cool.’

O, cool zijn. Tuurlijk.

‘Doe alsof het allemaal niet zo veel voorstelt,’ vervolgde ze voor ik haar kon uitschelden. ‘Of zeg gewoon dat je al plannen voor vandaag hebt en dat hij weg moet.’

‘Oké.’

‘Je wilt dat hij weggaat, toch?’

Ik staarde naar het slordige verfwerk op mijn teennagels en liet het even bezinken.

Aan de ene kant was hij een knappe man die bereid was geweest zijn penis in me te steken en een eigen auto had. Aan de andere kant was hij verder in alle opzichten een vreemde die bereid was geweest zijn penis in me te steken zonder zelfs maar naar mijn achternaam te informeren. Waarschijnlijk wilde ik wel dat hij zou vertrekken, ja. En waarschijnlijk wilde hij ook wel weg.

'Het is maar een scharrelwip,' zei ik in een poging mezelf te overtuigen. 'Hij was de getuige van de bruidegom op het huwelijk van gisteren. Op een bruiloft is iedereen op zoek naar een wip, toch?'

'Hij was de getuige van de bruidegom en hij is met jou mee naar huis gegaan?' Lauren lachte haar hese Amerikaanse lach. Het is een uitmuntende lach: luid en diep. Vrouwen gaan ervan applaudisseren, bij mannen vallen de onderbroeken spontaan van hun kont.

'Ja, hoezo?'

'Ik wil alleen maar zeggen dat de getuige van de bruidegom meestal kan kiezen uit de leukste meisjes. Goed gedaan, meid. Het was hoog tijd dat je weer eens van bil ging.'

'Kweenie.'

'Ging het niet goed? Heb je iets verkeerd gedaan?'

Lieve hemel, mijn grootste angst werd bewaarheid.

'Maddie?'

'Lauren?'

'Waar zit je nu?'

'In de badkamer.'

'We zijn al een hele tijd aan het bellen. Misschien kun je beter ophangen en wat gaan doen.'

'Ja.' Ik dofte mijn haar op en streek het onmiddellijk weer glad. 'Het is oké, toch? Niets aan de hand.'

'Zie je straks,' zei ze. 'Ik wil alle smerige details.'

'Een dame hoort discreet te zijn. En jij bent walgelijk. Hou van je.'

Ik verbrak de verbinding, stopte mijn mobieltje tussen de reserve-wc-rollen en staarde in de spiegel. Mijn groene ogen waren een beetje rood, maar ik had oogdruppels die dat konden verhelpen. Mijn haar was nu eenmaal mijn haar en het zag er opgestoken niet beter uit dan los, dus besloot ik het maar gewoon te laten hangen om het een beetje sexy over mijn schouders te kunnen gooien. En wat betreft de rest: hij had me vanuit elke denkbare hoek naakt gezien, dus dat liet ik ook maar zo.

Weer een zorg minder.

'Nu alleen nog een ruime, sexy trui die eruitziet alsof ik erin woon,' hield ik mezelf voor. 'En ik kan ertegenaan.'

'Morgen.'

Toen Will uit de slaapkamer kwam, trippelde ik demonstratief rond in mijn keuken, gekleed in afzakkende sportsokken, een min of meer schoon T-shirt en het Marks & Spencer-vest dat mijn moeder bij haar meest recente bezoek was vergeten. Het was een zorgvuldig samengestelde look die ik had gebaseerd op iets wat ik in een Nivea-reclame had gezien, in combinatie met wat ik in de badkamer aan kleding voorhanden had en wat me geschikt leek voor een houding van 'O, hé, hoi, willekeurige man die ik gisteravond mee naar huis heb genomen', gevolgd door een paar keer mijn haar over mijn schouder gooien. Dat was in ieder geval wat ik voor ogen had.

'Goedemorgen,' piepte ik.

Will stond piemelnaakt midden in mijn flat. Shit, dit gebeurde nou nooit in Nivea-reclames. Het vestje van mijn moeder was ontzet.

'Ik vroeg me al af waar je was.' Hij rekte zich uit, zijn mannelijke onderdelen flapten vrijelijk rond toen hij verder liep en zijn kont parkeerde op een barkruk aan de ontbijtbar. Naakt. 'Ik dacht even dat je ervandoor was gegaan, vanuit je eigen huis.'

'Ik had zin in koffie,' zei ik, waarbij ik ontzettend mijn best deed om niet naar zijn piemel te kijken. Maar het was net zoiets als een zonsverduistering: je wist dat je er niet in moest kijken, maar je deed het toch. 'Wil je ook koffie?'

'Ja, lekker.' Hij keek uit mijn raam.

O, god beware me, de buren. Mevrouw Meakins hart trok dit vast niet.

'Dus, grote plannen voor vandaag?' vroeg ik terwijl ik met trillende handen de besteklade opentrok. Een femme fatale was ik bepaald niet.

'Nee,' antwoordde Will, nog altijd in zijn nakie. 'Ik had de dag al min of meer vrijgehouden om bij te komen van een kater. Je weet hoe bruiloften kunnen zijn. Maar gelukkig is dat dit keer niet het geval.'

Ik knikte. 'Ja, dat heb je met bruiloften,' murmelde ik terwijl ik probeerde geen melk te morsen.

'Ik moet nog wel een beetje werken.' Hij trommelde met zijn vingers op de ontbijtbar en keek om zich heen. Gelukkig was het bewolkt, zodat je niet goed kon zien hoe onvoorstelbaar smerig het er was. Als hij weg was, ging ik eerst stoffen. Of nee, dat was nummer drie op de lijst, nadat ik de kruk waar hij op zat met Dettol had afgenomen en even was gaan liggen. 'Maar dat stelt niet zo veel voor.'

'Je moet nog werken?' vroeg ik, zo cool mogelijk. 'Wat doe je precies?'

'Ik ben vennoot op een advocatenkantoor.' Hij liet zijn ellebogen op de ontbijtbar rusten. 'Ik heb samen met Ian rechten gestudeerd.'

Het was vermoedelijk mijn lot om uitsluitend door juristen te worden gepenetreerd. Het kon erger, maar was het te veel gevraagd om ook eens met een arts of een architect in bed te liggen?

'Die andere man was ook advocaat, toch?' zei ik toen ik me de lange onder de boom herinnerde. 'De ceremoniemeester? Van gisteravond?'

'Thomas?' Will trok een zuremelkgezicht. 'Ja, hij studeerde ook rechten met ons, maar heeft zijn studie onderbroken, dus hij is niet samen met ons afgezwaaid.'

'Waarom kapte hij er tijdelijk mee?' Ik snoof aan mijn literpak halfvolle melk en bedankte de goden bij zuivelproducent Cravendale dat hun producten tot een dag na de uiterste houdbaarheidsdatum goed bleven.

Will haalde zijn schouders op. 'Dat weet ik niet meer.' Hij sloot zijn handen om de mok instantkoffie alsof het een gouden kelk gevuld met de tranen van een eenhoorn was. 'Vermoedelijk omdat hij er niets van bakte.'

Het leek erop dat ik de peptalk die Thomas me gisteravond had gegeven niet te serieus moest nemen.

'Leuk werk?' Ik nam een slokje koffie en bekeek hem nog eens goed. Hij leek geen haast te hebben om te vertrekken. Misschien kon ik het me veroorloven om een heel klein beetje optimistisch te zijn? 'De advocatuur?'

'Lange uren, dat hakt erin.' Hij krabde aan zijn stoppels. Die op zijn kaak, niet op zijn keurig getrimde edele delen. 'Maar het verdient goed. En het is interessant. Hou jij van je werk?'

'Meestal wel,' zei ik omdat ik geen zin had om op de details in te gaan. Dat was meer het soort gesprek dat je op zaterdagavond dronken onder een boom hield, niet iets voor de zondagmorgen met een wildvreemde vent, die een paar uur eerder nog met zijn piemel in je had gezeten. 'Tenzij ik een stel dronken gasten moet bedienen. Ik werk voor het bedrijf dat de bruiloft heeft georganiseerd, ik liep gisteren alleen maar in de bediening omdat we handen tekortkwamen.'

'Klinkt als dolle pret.' Hij klokte zijn koffie naar binnen en lachte. 'Ik kan me niet voorstellen hoe dat is, elk weekend een bruiloft. Dat moet uitputtend zijn.'

'Nou ja, we doen ook nog andere dingen,' zei ik en ik vergat bijna even dat hij naakt was, voor ik me er prompt weer bewust van was. 'Verjaardagen, jubilea, soms bedrijfsfeesten of -events. Op dit moment ben ik bezig met een verjaardagsfeest en een verlovingsfeest. Van alles wat, houdt me scherp.'

'Het laatste feestje dat ik heb gehad was voor mijn achttiende verjaardag,' zei Will. 'Mijn beste vrienden hadden een nogal ranzige stripper voor me gehuurd en mijn moeder huilde. Het was in het gemeenschapshuis. Dat waren nog eens tijden.'

'Onze events zijn wat eh... verzorgder dan dat.' Ik wilde diplomatiek zijn, maar ik wilde ook niet langer denken aan een uitgezakte dorpsstripper van middelbare leeftijd met een sigaret aan haar lip, die haar borsten in het gezicht van een achttienjarige Will wreef. 'Al heb ik wel eens *burlesque*-optredens georganiseerd.'

'Als een van de danseressen zich ziek meldt, val je dan ook in?' vroeg hij met een schoudershimmy die nooit zou mogen worden uitgevoerd door een naakte man, hoe knap hij ook is. 'Is er iets wat je me wilt vertellen?'

Ik stond midden in mijn vieze keuken, in mijn zorgvuldig nonchalante outfit, met mijn bijna antieke Garfield-mok in mijn hand, en staarde naar de naakte vreemdeling op de barkruk.

'God, het was maar een geintje.' Hij verliet zijn kruk en kwam op me af. Ik slikte en keek hem aan, zo lang als ik het kon verdragen om oogcontact met hem te hebben. Wat ongeveer vier seconden was. 'Ik vraag je niet om voor me te strippen of zo. Althans, niet nu meteen.'

'Dit is niets voor mij.' Ik hield mijn mok hete koffie weg van zijn lijf en negeerde zijn semistijve die tegen mijn dij drukte.

'Je hoeft niets uit te leggen,' zei Will, die nog altijd voor me stond, met een erectie die steeds nadrukkelijker tegen mijn been prikte. 'Ik veroordeel je niet.'

'Ik wed dat iedereen dat zegt.' Ik probeerde mijn mok neer te zetten op het aanrecht, maar het was net te ver weg. 'Ik wed dat iedereen zegt: "Oooh, normaal gesproken doe ik dit niet."'

'Ik zou het niet weten,' mompelde hij in mijn oor, en zijn handen gleden om mijn middel tot ze op mijn billen lagen. 'Want ik doe dit normaal gesproken ook nooit.'

Er was niet genoeg tijd om erachter te komen of hij een grapje maakte of me in de zeik nam, of gewoon de waarheid vertelde, want voor ik het wist klauterden we ongemakkelijk over elkaar heen op de grond, had ik het vestje van mijn moeder niet aan en deden we het op de keukenvloer.

Dat laatste is iets wat ik voor me zal houden als ik de kleinkinderen vertel hoe we elkaar hebben leren kennen, maar al wel aan al mijn vriendinnen heb geappt. Uiteraard.

Bruidsmeisje zijn is niet alleen een enorme eer, je viert er ook een bijzondere vriendschap mee! Vertel ons alles over je bruid en jullie bijzondere band.

Vertel ons over de dag waarop je je bruid leerde kennen:
We waren huisgenoten in onze studententijd en ik vond het heel opwindend om een echte Amerikaanse te leren kennen. Ze kocht onze liefde met Peppermint Patties, Reese's Pieces en Maybelline Great Lash-mascara. Toen was geluk nog heel gewoon.

Wat was je eerste indruk van haar?
Ik vond haar onvoorstelbaar glamoureus omdat ze uit New York kwam en heel coole kleren had, zoals echte Levi's en Abercrombie & Fitch-truien, en omdat ze 'sneakers' zei in plaats van 'gympen'. Ze was lief, grappig en attent, en ondanks dat ze lief was, toch nooit klef. Op een of andere manier leek ze volwassener dan wij.

Wat was je eerste indruk van haar aanstaande echtgenoot?
Voor ik hem leerde kennen, wist ik alleen dat Michael Lauren een Swiffer-zwabber had gegeven voor haar verjaardag. En dat was totaal niet ironisch bedoeld. Toen ik hem op Laurens feestje voor het eerst ontmoette, hadden we een prettig gesprek over dinosauruserotica en de prijs van Kentucky Fried Chicken. Het Swiffer-cadeau heb ik hem echter nooit helemaal vergeven.

Deel een mooie herinnering uit het begin van je vriendschap met je bruid:
Voor Lauren naar Engeland verhuisde, had ze nog nooit een druppel gedronken. Daar hebben we onmiddellijk verandering in gebracht door haar voor te stellen aan het duo Paardenkut en Raketje. Helaas dronk ze een glaasje te veel en kotste ze de toiletten van de studentenvereniging onder, waarna ze voor de rest van het semester geschorst werd. Je had erbij moeten zijn.

Welke levensles heb je geleerd door jullie vriendschap?
Ze was de eerste door wie ik de wereld met een bredere blik bekeek en die me deed beseffen dat er meer was dan mijn eigen kringetje. Ze heeft me ook geleerd hoe ik fajita's moet maken en dat is werkelijk onbetaalbaar.

6

Zondag 17 mei, 's avonds
Vandaag voel ik me: vol
Vandaag ben ik dankbaar voor: voedsel

'Allejezus.'

Toen Lauren de e-vites had verstuurd voor haar verlovingsfeest bij haar vader thuis, hadden we een gezellige zondagmiddag voor ogen met verse sandwiches en met een beetje geluk een glas Pimm's in de tuin.

Het was tien jaar geleden dat we voor het laatst bij Laurens vader thuis waren geweest. Laurens vader was sindsdien verhuisd.

'Kan iemand echt zo wonen?' Sarah overhandigde haar jas aan een van de twee mensen die er bij de deur al om stonden te springen. 'Zijn dit zijn bedienden? Heeft hij personeel?'

'Ik heb geen idee,' fluisterde ik, en ik nam een glas champagne aan van een ander personeelslid met een vlinderdas. 'Sinds wanneer is hij zo rijk?'

We wisten wel dat Lauren uit een welgesteld gezin kwam, maar voor zover ik wist, hadden we het hier niet over Dagobert Duck-rijk. Het zag eruit alsof er zakken gouden munten naar buiten zouden rollen om me te smoren als ik hier een kast zou opentrekken.

'Misschien heeft hij de staatsloterij gewonnen en heeft ze verzuimd ons dat te vertellen?' opperde Sarah terwijl we werden voorgegaan door de villa naar een enorme partytent in de tuin. 'Misschien dacht ze dan we dan raar zouden gaan doen?'

'En daar kon ze wel eens gelijk in hebben,' zei ik. 'Dit is krankzinnig.'

In een hoek speelde een strijkje en het hele plafond van de tent was opgeleukt met feeërieke feestverlichting, die vocht met het afgrijselijke Britse weer, om de stemming erin te houden. In het midden stond Lauren en klampte zich blij vast aan de arm van Michael de Swiffer-liefhebber.

'Hé!' Ze liet hem los zodra ze ons zag en haastte zich in onze richting, zo snel als haar tien centimeter hoge hakken haar konden dragen. 'Jullie zijn er, wat fijn!'

'Mooie schoenen,' merkte ik op terwijl ik me liet huggen en op mijn wang kussen.

'Dank je wel.' Ze schopte een voet omhoog terwijl ze Sarah begroette. 'Ik heb ze voor ogen voor jullie bruidsmeisjesschoenen.'

'Ideaal om een enkel in te breken,' constateerde ik. 'Zeg, sinds wanneer is je vader het hoofd van een internationaal drugskartel? Want ik kan me niet voorstellen dat iemand anders zich zo'n huis kan veroorloven.'

'O, haha.' Ze pakte een glas champagne van het blad van een passerende ober.

Sarah pakte haar tweede glas, het eerste was al bijna leeg. 'Wat nou?' zei ze schouderophalend op mijn verbijsterde blik.

'Hij is vastgoedmakelaar,' zei Lauren en ze zwaaide naar nieuwe arriverende gasten. 'Hij regelt goede deals op mooie huizen.'

'Zeker als hij de vorige eigenaren laat omleggen,' zei Sarah. 'Ik heb altijd een maffiavibe bij je vader gehad. Is dat hoe hij in Amerika terecht is gekomen? Heeft hij zo je moeder ontmoet?'

'Hij zit niet bij de maffia en hij runt geen drugskartel,' antwoordde Lauren. 'Hij heeft gewoon een goed jaar gedraaid. En sinds mijn moeder is hertrouwd, hoeft hij haar geen alimentatie meer te betalen, dat zal financieel ook schelen.'

'Is je moeder er ook?' Angstig keek Sarah om zich heen. 'Zeg me alsjeblieft dat ze niet kon komen.'

'Ze kon niet komen,' zei Lauren, totaal niet onder de indruk. 'Het is een heel eind voor haar. Ze heeft bloemen gestuurd. Uiteraard zal ze wel bij de bruiloft zijn. Ik weet niet waarom je toch zo bang voor haar bent.'

'Lauren, je moeder is de enige vrouw ter wereld die me ooit bewusteloos heeft gemept.' Sarah wreef demonstratief over haar kaak, waar zich een tien jaar oude blessure bevond. 'En ze is nog wel dertig jaar ouder dan ik.'

'Nou ja, had je mijn vader ook maar niet moeten versieren,' wees Lauren haar terecht. 'Het gebeurde niet zomaar, toch?'

Sarah pruilde. 'Ik wist niet dat hij je vader was.' Ze wreef nog eens over haar kaak, alsof het gisteren nog maar was gebeurd. 'En als ik zie hoe hij nu woont, wou ik dat ik wat meer mijn best had gedaan.'

'Je had de moeder van de bruid kunnen zijn.' Bemoedigend klopte ik haar op de rug. 'Heel ontroerend zou dat zijn geweest.'

'Als je negentienjarigen gaat uitnodigen op het bedrijfskerstfeest van je vader, zou je minimaal vooraf een handleiding moeten uitreiken waarin staat wie er wel en niet gekust mag worden onder de mistletoe,' verdedigde Sarah zich. 'Het was gewoon een ongelukje.'

'Je had je tong zo diep in zijn keel dat ik bijna moest kotsen,' antwoordde Lauren. 'Je mag van geluk spreken dat ik nog met je praat.'

'Dit is een prachtig feest.' Schaal na schaal vol lekkere hapjes werd uitgeserveerd. 'En dat is mijn officiële mening als professional. Wie heb je ingehuurd?'

'Voor dit feestje? Niemand, mijn stiefmoeder heeft het geregeld.'

Ik keek haar glazig aan. 'In twee dagen? Ze heeft dit allemaal in twee dagen voor elkaar gekregen?'

Lauren knikte.

'God, misschien moet Colton-Bryers haar inhuren,' mompelde ik. 'Dan zou je tenminste echt goede hulp voor de bruiloft hebben.'

'Maar jij gaat me helpen met de bruiloft, toch?' zei Lauren en ze dronk wat champagne. 'Ik wil niet lullig doen omdat ze dit feest heeft geregeld, maar ik wil niet dat mijn stiefmoeder mijn bruidsfeest organiseert. En trouwens, jij bent een professionele weddingplanner. Het zou veel leuker zijn om het met zijn drieën te doen, toch?'

'Nou en of,' zei ik terwijl het klamme zweet me uitbrak bij de gedachte aan een bruiloft organiseren met een bridezilla, iemand die net in scheiding lag en een ouwe vrijster. Snik. Het leek zinloos om nog eens te roepen dat ik eigenlijk een eventorganisator was en niet alleen maar een weddingplanner, dus daar mokte ik in stilte over, in mijn eentje.

'Dus, hoe ver ben je al?' Sarah volgde Lauren naar een weelderige witte bank die in een hoek van de feesttent stond en ging zitten. 'Is het allemaal al geboekt, gepland en betaald?'

'O, was dat maar waar,' zei de aanstaande bruid en ze wuifde naar elke nieuwe gast die arriveerde. 'Ik weet niet hoe jij dit dag in, dag uit volhoudt, Maddie. Steeds als ik denk dat ik ergens een besluit over heb genomen, zijn er weer tien nieuwe dingen om over na te denken.'

'Daarom is het ook een echte baan,' zei ik. 'Er komt veel meer bij kijken dan je denkt.'

'De hemel zij dank dat ik jou heb om me te helpen!' Stralend keek ze me aan. 'Mijn eigen persoonlijke weddingplanner.'

'Ja, tuurlijk.' Met moeite lachte ik terug. Voor de zoveelste keer: niet alleen een weddingplanner. 'Heb je al een datum geprikt?'

'Daar wilde ik het met jullie over hebben,' zei Lauren, die opeens een tikje ongemakkelijk keek en het uiteinde van haar blonde paardenstaart om haar wijsvinger wikkelde. 'Moet je horen, dat is Michaels oma, daar.'

Ze wees naar een oude dame in een rolstoel die de meest spectaculaire hoed ophad die ik ooit had gezien.

'Ze is echt heel ziek,' fluisterde Lauren.

'Zo ziet ze er anders niet uit,' vond Sarah. 'Wat drinkt ze?'

'Whisky,' zei Lauren. 'Ik moest haar steeds bijschenken, dus ik heb haar maar gewoon de fles gegeven.'

'En daar drinkt ze nu met een rietje uit?' vroeg ik.

'Hoe dan ook, ze is ziek,' vervolgde Lauren. 'Dus als we willen dat ze erbij is, moet er een beetje vlot getrouwd worden. Hoe eerder hoe beter, zeg maar.'

'Als je haar erbij wilt hebben, kun je misschien het beste gewoon hier vanmiddag trouwen,' zei Sarah fronsend. Ze kon haar ogen niet van de hoed af houden. Echt, het was een fenomenaal hoofddeksel.

'Als je het over "een beetje vlot trouwen" hebt, hoe vlot bedoel je dan precies?' vroeg ik. 'Januari volgend jaar? Volgend voorjaar?'

'Augustus of zo?' Lauren kromp in elkaar alsof ze een klap verwachtte.

'Dat valt nog best mee.' Ik telde op mijn vingers af. 'Vijftien maanden is redelijk standaard.'

Lauren lachte al haar Amerikaanse tanden bloot met een verontschuldiging in haar ogen. 'Ik bedoelde eigenlijk: augustus aanstaande.'

'Augustus dit jaar?' vroeg ik. 'Je bedoelt de augustus die over drie maanden begint.'

'1 augustus, om precies te zijn,' bevestigde ze en ze keek me hoopvol aan, maar ik had haar niets te bieden. 'Het gaat allemaal goed komen, toch? Maddie?'

Ik staarde haar aan zonder iets te zien. Tweeënhalve maand?

'Mijn vader zegt dat hij het feest zal betalen en mijn moeder betaalt mijn jurk.' Lauren keek beurtelings van mij naar Sarah. 'En ik doe geen krankzinnig prebruiloftcrashdieet dat zes maanden kost, dus dat levert ook geen problemen op.'

'Mensen plannen hun bruiloft niet zo ver van tevoren om nog een paar pondjes af te kunnen vallen,' zei ik, en opzettelijk ontweek ik Sarahs blik. We herinnerden ons allemaal nog haar prebruiloftdieet. Het waren barre tijden geweest, barre met Slim-Fast gevulde tijden. 'Het kost tijd om de jurk te maken. Wat je past in de bruidswinkel zijn monsters, de meeste ontwerpers maken de jurk helemaal opnieuw en op maat als je hem bestelt.'

'Maar jij kunt me daar toch bij helpen?' zei ze met smekende ogen. 'Ik wil gewoon dat het allemaal perfect zal zijn.'

'Natuurlijk help ik je,' zei ik automatisch. 'Maar als je in krap drie maanden een bruiloft wilt organiseren, zul je compromissen moeten sluiten.'

Waarom had ik opeens het gevoel dat ik op mijn werk was? O ja, omdat mijn beste vriendin me had gevraagd een onmogelijke klus te klaren en dat allemaal ongetwijfeld voor een vriendenprijs, wat in dit geval vermoedelijk 'voor niets' was.

'Het gaat allemaal goed komen,' herhaalde ze haar mantra. 'En het gaat geweldig worden.' Ze lachte alweer, alsof ze halverwege mijn laatste opmerking was opgehouden met luisteren. 'Ik weet gewoon dat je me gaat helpen aan de perfecte bruiloft. Ik heb al wat research gedaan om je te helpen. Denk je dat we de koets kunnen krijgen die bij de royal wedding van Kate en William is gebruikt? Daar doen ze nu toch niets meer mee?'

Voor ik iets kon zeggen reikte ze onder de bank, haalde haar tas tevoorschijn en trok er een enorme poederblauwe multomap uit, die ze met een zware plof voor me op tafel liet vallen. 'Zo ver ben ik inmiddels.' Ze gooide haar haar over haar schouder, opeens een en al zakelijkheid. 'Wil je het nu even doornemen, of neem je alles mee en bel je me later?'

'Ik denk dat ik het maar even meeneem,' zei ik langzaam terwijl ik de map doorbladerde. Vintage Rolls-Royces voor de bruiloftsgasten, een oude Londense dubbeldekker om de gasten naar de locatie voor het feest te brengen, Monique Lhuillier, Vera Wang, Jenny Packham, een vuurwerkshow, zwanen, duiven, bigbands, een pick-and-mix-snoeptafel voor de receptie, chocoladefontein, champagnefontein, knettersnoepfontein – het was mijn grootste nachtmerrie met een bestevriendinlintje erom. Ik wilde Lauren graag helpen, maar tegelijk was ik nu al een beetje misselijk. 'Maar weet je, het is erg kort dag, waarschijnlijk zal ik dit niet allemaal kunnen regelen voor augustus.'

'Tuurlijk wel,' zei ze vol vertrouwen. 'Je bent geweldig.'

'Dat ontken ik niet. Maar dit allemaal op zo'n korte termijn regelen is een fulltimebaan en bij mijn weten heb ik die al.'

'Kan ik iets voor jullie halen?' Een serveerster dook naast me op, notitieblok in de aanslag.

‘Drie glazen champagne, graag,’ zei Sarah snel. ‘En wat willen jullie drinken?’

Tegen alle verwachtingen in was het een leuk feest. Ik beloofde Lauren dat ik Sarah zou weghouden van haar vader en Sarah liet mij beloven dat ze te allen tijde een gevuld champagneglas in de hand zou hebben. Het is een zegen dat conflictbeheersing mijn dagelijks werk is.

‘Het is anders wel een lekker ding.’ Sarah keek wellustig naar de eerder genoemde vader, ditmaal vanaf een zitje dat buiten de feesttent stond.

‘Hij is en blijft Laurens vader,’ zei ik met een blik op de zestiger die zijn hand stevig op de billen van zijn nieuwe vrouw had, die net in de dertig moest zijn. ‘Ik zie het niet zo.’

‘Hij is een zilvervos.’ Ze zwijmelde hoorbaar toen hij een hand door zijn – naar mijn mening veel te gelikte – grijze kuif liet glijden. ‘Stel je eens voor wat je allemaal van hem zou kunnen leren?’

‘Zoals hoe je een T-Ford moet aanslingeren? En hoe het was toen hij jong was, ergens in de achttiende eeuw?’

‘Val dood.’ Sarah liet een vinger in de kraag van haar zijden blouse glijden en trok die een stukje van haar nek. ‘Ik durf er wat om te verwedden dat hij goed in bed is.’

Ik propte een bladerdeeghapje in mijn mond. ‘Volgens mij word ik een beetje misselijk.’

‘Dames, ik heb eens zitten denken.’ Voor Sarah me daadwerkelijk aan het kotsen kreeg, liet Lauren zich op de derde stoel aan ons smeedijzeren tafeltje vallen, waardoor alle seksuele theorieën over de vader van onze beste vriendin abrupt stilvielen. ‘Sarah, ik vind het heel erg voor jou en Steve dat het zo is gelopen,’ zei ze tegen Sarah. ‘Ik heb zomaar het gevoel dat het moeilijk voor je zal zijn om dingen voor mijn bruiloft te regelen, gezien alles wat er gaande is. Dus als je er liever niet bij betrokken wordt, dan begrijp ik dat volkomen.’

Sarah, half dronken en half wakker, snoof luid.

‘Als ik het allemaal had geweten, zou ik je nooit zo voor het blok hebben gezet bij ons etentje,' vervolgde Lauren en ze fronste haar knappe snoetje tot één grote rimpelbult. Ik wist dat ze het meende, ze was de meest attente vrouw die ik kende. 'Ik heb me een beetje laten meeslepen.'

Sarah lachte ongemakkelijk en schudde haar hoofd. 'Dat is je goed recht, als je gaat trouwen mag je je laten meeslepen.' Ze legde haar hand even op die van Lauren. 'Het is inderdaad een beetje raar en zo, maar natuurlijk wil ik helpen. Sorry als ik raar heb gedaan.'

'Je hebt helemaal niet raar gedaan!' zei Lauren, die opsprong en om het tafeltje danste om Sarah te omhelzen. 'Het is vreselijk wat je nu doormaakt en de timing van mijn bruiloft is waardeloos. Als ik het aan kon passen, zou ik het doen, maar we zitten echt met de oma van Michael...'

Ik keek nog eens naar het kleine, oude dametje met de spectaculaire hoed. De fles whisky in haar schoot was inmiddels leeg, maar ze was overgestapt op een fles gin die me nog redelijk vol leek, dus ik ging ervan uit dat ze het wel naar haar zin had. Ze was alvast mijn held van de dag.

'Het komt allemaal goed,' beloofde Sarah. 'Beter dan goed. Ik red me wel en de bruiloft zal fantastisch worden. Geef me maar gewoon iets te doen, ik ben altijd op mijn best als ik het druk heb.'

'Het spijt me dat ik jullie moet storen...' Michael, nooit Mike, altijd voluit Michael, leunde over de schouder van zijn kersverse verloofde en gaf er een kneepje in. 'Maar mijn ouders staan op het punt om te vertrekken en willen even afscheid nemen.'

'Gefeliciteerd, Michael,' zei ik, en ik keek stralend naar de bruidegom. 'Wel even in je oren knopen dat ik je omleg als je haar verdriet doet.'

Hij deed een stapje terug en staarde me aan. 'Waarom zeg je zoiets?' vroeg hij met grote bruine bambiogen. 'Op ons verlovingsfeest?'

Niemand kon beweren dat Michael het buskruit had uitgevonden. Hij was erg aardig en overduidelijk dol op Lauren, maar ik zou nooit vergeten dat hij een keer films met Sarah aan het bespreken was en toen zei dat *Dumb and Dumber* de meest onderschatte film ooit was.

'Het was maar een grapje,' zei ik en voor steun keek ik naar Sarah en Lauren, die beiden niet thuis gaven. 'Ik meende het niet echt.'

'Vreselijk om zoiets te zeggen.' Hij pakte Laurens hand stevig vast en trok haar weg bij het tafeltje, zodat ze naast hem stond. 'En jij moet onze bruiloft organiseren?'

'Technisch gezien ben ik slechts bruidsmeisje,' antwoordde ik. 'Ik hélp de bruiloft organiseren. En het was niet mijn bedoeling je te kwetsen.'

'Vreselijk om zoiets te zeggen,' zei hij nu tegen Lauren. 'Je weet toch dat ik je nooit verdriet zal doen? Waarom zegt ze zoiets?'

'Laat maar.' Lauren kneep haar ogen tot spleetjes en keek me hoofdschuddend aan. 'Maddie denkt dat ze grappig is.'

'Ik bén grappig, toch?' siste ik tegen Sarah, die nonchalant haar schouders ophaalde.

'Niet zo grappig als hij,' antwoordde ze. 'Al geloof ik niet dat hij me expres aan het lachen maakt.'

'Ik kom er zo aan, schat,' zei Lauren tegen haar nog altijd ontzette verloofde. 'Zorg dat ze niet weggaan voor ik ze gedag heb gezegd.'

Hij knikte plichtsgetrouw en liep terug naar de andere kant van de ruimte, een beetje wiebelig op zijn lange benen, met de houding van iemand die net te horen heeft gekregen dat zijn puppy terminaal is.

'Sorry.' Ik liet mijn hoofd in onzekere schaamte hangen. 'Hij is een tikje overgevoelig, niet?'

'Wat doen we met het vrijgezellenfeest?' zei Lauren, die me volledig negeerde. 'We zijn al eeuwenlang niet meer ergens met zijn drietjes heen geweest. We zouden iets als meiden onder elkaar moeten gaan doen.'

'Dat klinkt leuk,' zei Sarah en ze keek naar mij voor bevestiging. Ik knikte maar wat en checkte steels mijn mobieltje in de hoop op een bericht van Will. Iets als '*Topwip, wil je met me trouwen?*' maar helaas, niets. 'Wanneer wil je dat doen?'

'Volgende maand?'

'Perfect. Maddie, welke weekenden moet je volgende maand werken?'

‘Huh?’ Ik stopte mijn foon weg. ‘Wat is er met mijn weekenden?’

Sarah mepte me met haar clutch op mijn hoofd. ‘Het is niet haar schuld dat ze zo wazig doet, ze is gewoon helemaal suf geneukt.’

‘O!’ Lauren knipperde en applaudisseerde luid. ‘O mijn god, ik ben helemaal vergeten aan je te vragen hoe het was.’

‘Geeft niet.’ Ik wilde tegenover Sarah niet te veel kraaien over mijn redelijk spectaculaire nacht met Will en had haar slechts wat nietszeggende details gevoerd, in een poging haar aandacht af te leiden van Laurens vader bij het buffet. Ik had zomaar het gevoel dat mijn binnenkort gescheiden vriendin niet te veel wilde horen van de succesvolle scharrelwip van haar single vriendin op het verlovingsfeest van haar andere vriendin.

‘En?’

Vol verwachting keken ze me aan.

Het voelde raar. Het enige wat ik de afgelopen twee jaar aan relatieperikelen had ingebracht, was hoeveel ik Seb miste en nu was ik zomaar uit het niets het middelpunt van de belangstelling geworden. Sarah ging scheiden, Lauren ging trouwen, ik was de enige met seksavonturen. Hoewel ze mijn beste vriendinnen waren, had ik wel eens het gevoel dat ze medelijden met me hadden. Eindelijk iets nieuws en veelbelovends als gespreksonderwerp hebben leek een hele opluchting voor hen te zijn.

‘Hij is… Ik weet het niet goed,’ zei ik een beetje confuus en opeens raar verlegen. ‘Ik vind hem leuk.’

‘Oooh, je vindt hem leuk!’ Lauren deed een zittend dansje in haar stoel. ‘Neem je hem mee naar de bruiloft?’

‘Volgens mij is het nog wat te vroeg om daar al aan te denken,’ zei ik honend.

Het was helemaal niet te vroeg, ik dacht er al aan sinds hij die ochtend was weggegaan.

Sarah stopte een complete bruschetta met tomaat en geitenkaas in haar mond, de passerende ober was zichtbaar geschokt over haar vingervlugge gegraai naar voedsel. ‘Vertel ons alles.’

‘Zijn naam is Will,’ zei ik.

'Will hoe?' wilde Lauren weten.

'O.' Ik kromp even in elkaar. 'Dat weet ik niet.'

'Hoe oud is hij?'

'Geen idee.'

'Wat doet hij voor de kost?'

'Hij is advocaat!'

'O.' Lauren fronste. 'Niet wéér een.'

'Hoe weet jij nou of Will misschien een of andere geweldige advocaat is, die voor een goed doel werkt of kinderen uit illegale naaiateliers redt, of voorkomt dat cosmeticabedrijven lipstick testen op konijntjes?' vroeg ik.

'Doet hij dat?'

'Dat weet ik niet,' moest ik toegeven. 'Ik weet alleen dat hij advocaat is, ik weet dat hij Ian McCallans getuige was op de bruiloft van gisteren, dat hij graag op zijn linkerzij slaapt en dat hij in de ochtend graag spiernaakt door mijn flat loopt.'

'Hoe ziet hij eruit?' vroeg Lauren, die op haar telefoon tikte. Sarah rolde met haar ogen.

Onbeschoft. Allebei.

'Donker haar, maar heel, heel kort,' zei ik. Het was vreemd om over hem te praten, alsof ik het had over iemand die ik op tv had gezien in plaats van iemand waar ik het bed mee had gedeeld. 'Leuke lach, aanstekelijk, als je hem ziet lachen moet je ook lachen. Goudbruine ogen, lekker lijf.'

'Geef me eens wat vergelijkingsmateriaal.'

'Eh... George Clooney voor hij grijs werd? Maar dan Engels en zonder de gaygeruchten.'

Lauren keek me woedend aan. 'George is nu getrouwd! Dat soort dingen mag je niet meer zeggen.'

'Elton John was ook getrouwd,' kaatste ik terug. 'Verder weet ik dat Will in Holborn werkt en dat de ceremoniemeester van gisteren en hij totaal niet met elkaar overweg kunnen.'

'Nou, die valt dan vast ook op je,' zei Sarah. 'Mannen krijgen altijd alleen maar ruzie over vrouwen en voetbal.'

‘O, hij speelt rugby! Ik weet dat hij rugby speelt,’ voegde ik er nog aan toe. ‘En de ceremoniemeester vond me maar niks, die zei dat ik eruitzag als een dikke panda en bovendien is hij verloofd. Volgens Will is het een eikel en daar zou hij wel eens gelijk in kunnen hebben.’

‘Is dit ’m?’ Lauren hield haar mobieltje omhoog en toonde een foto in iPhone-plusformaat van de man waar ik nog geen drie uur eerder met had liggen seksen.

‘Jezus, hoe heb je dat zo snel voor elkaar gekregen?’ Ik rukte de telefoon uit haar hand en bekeek de foto. Ik vond hem zo leuk dat ik er bijna niet naar kon kijken.

‘Facebook? Ik heb gezocht op Ian McCallan en daar vond ik de trouwfoto’s. Dames, maak kennis met Will Jennings. Zijn profiel is privé, maar de kloothommel die net is getrouwd heeft alles nog openbaar staan.’

‘Maddie Jennings,’ zei ik hardop. Online stalken was echt het einde. ‘Klinkt best goed.’

‘Wacht even,’ zei Sarah, die het laatste restje bruschetta doorslikte voor ze een propje van haar servet maakte. ‘Wat is er gisteravond precies gebeurd?’

Ik wist niet goed wat ik moest delen en wat niet. We hadden gezoend als tieners en zodra we bij mij thuis waren had mijn onderbroek al om mijn enkels gehangen. Het was heel lang geleden dat ik iets voor iemand had gevoeld, dat ik me zo begeerd had gevoeld en zo naar een ander had verlangd. Het was allemaal nogal overweldigend geweest.

‘Serieus?’ vroeg ik. ‘Jullie willen de details?’

‘Ik wel,’ gilde Lauren.

‘Ik bedoelde eigenlijk meer of jullie nog een nieuwe afspraak hebben gemaakt,’ overstemde Sarah haar. ‘Zijn jullie aan het daten?’

‘Nou, we hebben elkaar gisteravond nog maar leren kennen. En ik geloof niet dat dertigers het hebben-we-nu-verkering-gesprek nog houden, Sarah,’ zei ik, alsof ik wist waar ik het over had. ‘Maar oké, ja, we hebben wel plannen gemaakt. Hij hield het op “misschien woensdag”.’

'Wie is die ceremoniemeester die ook op je viel?' onderbrak Lauren ons, terwijl ze met een groepsfoto voor mijn neus zwaaide.

'Deze.' Ik pakte het mobieltje over en vergrootte de foto om Tom de ceremoniemeester te kunnen laten zien. 'Maar serieus, die valt echt niet op me. Hij was nogal onhandig. Het was een vrij ongemakkelijk gesprek.'

'O, die valt ook op haar,' fluisterde Sarah tegen Lauren. 'Laat mij eens zien?'

'Ook best een leuke vent,' concludeerde Lauren, die de telefoon doorgaf. 'Is hij een reus of zo?'

'Hij is inderdaad belachelijk lang,' bevestigde ik. 'Volgens mij is dit zijn verloofde.'

Ik veegde door tot ik de bruidsmeisjes te pakken had en zoomde in op een obsceen knappe blondine waar ik vrij zeker van wist dat ze Vanessa heette.

'Shit zeg.' Sarah hing nu naast Lauren om samen met haar te kunnen kijken. 'Ik dacht dat het een faux pas was om mooier te zijn dan de bruid op een trouwdag?'

'Ik laat jullie in vuilniszakken rondlopen,' mompelde Lauren en ze tikte op het scherm. 'Tom Wheeler. Maddie Wheeler. Niets mis mee.'

'Ik zou mijn achternaam toch niet veranderen.' Ik veegde terug naar een foto van de bruidegom. Hij werd links geflankeerd door slungelige Tom en rechts door lachende Will.

'Wat is er met Maddie Jennings gebeurd?' wilde Sarah weten.

'Die moest naar de gevangenis omdat ze haar beste vriendin had vermoord,' zei ik. Ik keek om me heen of er nog meer hapjes waren en gaf Lauren haar mobieltje terug. 'Vertel eens wat meer over die vuilniszakken, dan kan ik die gaan bestellen.'

Als bruidsmeisje moet je soms hard werken! Maar je bruid heeft jou gekozen omdat ze weet dat jij de klus kan klaren. Schrijf hier op wat je unieke kwaliteiten zijn en waarom je bruid op je kan rekenen in deze bijzondere periode.

Als je wie dan ook zou kunnen zijn, wie zou je dan zijn?
Het heeft me 31 jaar gekost om een jeans te vinden die goed past, ik begin niet nog eens opnieuw, dus ik hou het op mezelf.

Als je moest kiezen tussen wereldvrede en over de wereld heersen, wat zou je dan kiezen?
Als ik kies voor wereldvrede, ben ik dan nog steeds de baas?

Wie of wat inspireert je?
Lorraine Kelly van het ochtendjournaal. Stel je toch eens voor dat je al zo lang midden in de nacht moet opstaan en dan toch nog met een lach op je gezicht voor een camera kunt zitten.

Wat is het belangrijkste wat je voor jezelf zou wensen?
Niet alleen overblijven.

Waar zie je jezelf over vijf jaar?
Dan ben ik vast nog altijd bezig deze vraag te beantwoorden.

7

Maandag 18 mei
Vandaag voel ik me: in tweestrijd
Vandaag ben ik dankbaar voor: Nurofen en Dolly Parton

'Maddie, kan ik je even spreken?'

Het gebeurt niet elke maandagmorgen dat ik door het hoofd van Personeelszaken het herentoilet in word getrokken, maar gelukkig ben ik een nieuwsgierige ziel, dus deed ik er niet moeilijk over.

'Is er iets aan de hand?' vroeg ik toen Matilda Jacobs controleerde of alle hokjes wel leeg waren. Ik had geen idee wat er zou gebeuren als dat niet het geval was, moest de arme stakker in kwestie dan zijn beklag doen bij Personeelszaken?

'Nee.' Ze waste haar handen. 'Maar dit is de enige plek waar we kunnen praten zonder dat Shona meeluistert.'

'Waarom heb ik daar niet eerder aan gedacht?' vroeg ik me hardop af. Dat was dus waarom zij zo'n vet salaris had. 'Maar ze is er vandaag niet, dus je kunt vrijuit spreken. Wat is er aan de hand, waarom moeten we Shona-proof zijn?'

Matilda was een fatsoenlijk mens. Ze werkte ongeveer even lang voor de zaak als ik, alleen was zij begonnen als assistent-Personeelszaken en was ze nu het hoofd, terwijl ik was begonnen als Shona's eventassistent en nu nog steeds Shona's eventassistent was. Je ziet meteen dat onze carrièrepaden niet gelijk op zijn gegaan.

'Je weet dat er een vacature uitgaat voor Victoria's baan?' vroeg ze terwijl ze haar armen over elkaar sloeg op haar enorme boezem. Het was het enige juiste woord voor haar voorgevel: boezem.

'Ja,' antwoordde ik. 'Ik heb zelfs een cv voor je.'

'Dus je gaat erop solliciteren?' Matilda zette ogen als schoteltjes op. 'Wat fantastisch.'

'O nee.' Ik kapte haar enthousiasme meteen af. Het ging om Sarahs cv. Hoewel ik een beetje misselijk werd van het idee om te moeten werken met mijn beste vriendin, kon ik het niet maken om haar op dit moment niet te helpen. 'Wacht even, wat zei je nou?'

'Shona mailde me vanmorgen om me in zeer klare taal me te laten weten dat ik onder geen beding een sollicitatie van jou mag accepteren,' zei ze.

Shona. Jij megatrut.

'Ik heb uiteraard gezegd dat als je wilde solliciteren, we wettelijk verplicht zijn om je mee te laten dingen, net als ieder andere sollicitant.'

'Maar ik heb niet gesolliciteerd,' zei ik met groeiende paniek. 'Ik heb een vriendin die wil solliciteren, ik ga niet solliciteren.'

'O jawel,' zei Matilda. 'Aan het einde van de dag wil ik je cv op mijn bureau hebben.'

'Nee, dat hoeft echt niet,' hield ik vol. 'Ik ben blij met mijn huidige werk. De managementkant is niet echt iets voor mij, ik denk niet dat ik daar geschikt voor ben.'

Matilda stond heel stil, keek me recht aan en lachte. 'Maddie. Doe niet zo idioot.'

Ik wist niet zeker of die zin wel in het Handboek Personeelszaken voorkwam. 'Doe ik idioot?'

'Ja,' bevestigde ze. 'Ik vraag je niet om te solliciteren naar de positie van CEO, maar naar een baan waar je – op alle denkbare manieren – al negen jaar ervaring voor hebt opgedaan. Ik stel voor dat je het voor meer geld en betere secundaire arbeidsvoorwaarden gaat doen en zonder verantwoording af te leggen aan een vrouw die tegen de managingdirector heeft gezegd dat hij je geen promotie kon aanbieden, omdat ze vermoedt dat je aan de crystal meth bent. Dit heb je niet van mij.'

'Ik vroeg me al af wie toch die brochures van afkickklinieken in mijn postvakje achterliet,' zei ik. 'Waarom vertel je me dit nu?'

Matilda tuurde naar de polystyreen panelen in het plafond. 'Victoria was een goede vriendin van me en Shona is niet mijn meest favoriete persoon ter wereld.'

'Dus het is niet omdat ik gewoon erg goed ben in wat ik doe?' vroeg ik een beetje verslagen. Mathilde antwoordde met een gezichtsuitdrukking die ik niet meer had gezien sinds de wiskundeles op de middelbare school.

'Ik ben hier niet om je ego op te poetsen, Maddie,' antwoordde ze. 'Ik ben hier om te zorgen dat de zaak de beste mensen aanneemt. Jij zou moeten solliciteren op deze baan, punt uit. Dat het de vrouw woest zal maken die me vorig jaar een abonnement van zes maanden op Gay.com cadeau gaf omdat ze mij had getrokken met de kerstlootjes is mooi meegenomen.'

'Ik had geen idee dat je gay was.'

'Dat ben ik ook niet. Op het kerstfeest zei ze dat ik een gay vibe had en dat ik leukere schoenen moest dragen als ik niet wilde dat mensen dachten dat ik op vrouwen viel.'

'Chic.' Ik had dat feest gemist omdat ik op kantoor had gezeten, waar ik honderd theelichthouders had beplakt met Swarovski-kristallen, voor de winterbruiloft van de volgende dag. Dat waren nog eens tijden.

'Je kunt me je cv mailen of je kunt het langsbrengen, wat maar voor het minste gedoe zorgt. Ik weet dat ze je mails leest.'

Mijn mond viel op. 'Wat zeg je me nu nou?'

'Ze leest je mail.' Matilda knikte. 'Technisch gezien kunnen alle managers de mails van hun team inzien, maar Shona is de enige die van dit privilege gebruikmaakt. En volgens mij is ze ook je naaste familie, afgaand op de gegevens in het bedrijfspensioen, dus laten we hopen dat je niets overkomt voor je dit rechtzet bij Juridische Zaken.

'Je maakt een grapje, toch?' vroeg ik toen ze langs me heen naar de deur liep en haar hand in haar mouw trok om de klink niet te hoeven aanraken.

'Het feit dat je dat vraagt is precies de reden waarom je op deze baan moet solliciteren,' riep ze over haar schouders. 'Hoe eerder, hoe beter, Maddie.'

'Goedemorgen Maddie.' Paul de Perverseling, ook bekend als de adjunct van Sales, liep naar binnen terwijl Matilda naar buiten liep. 'Heb je een speciale reden om je in het herentoilet op te houden?'

'Dat weet ik niet zeker.'

'Nou, laat me de eerste zijn om je te verwelkomen.' Hij opende zijn gulp en begon pal naast me te plassen. 'Doe alsof je thuis bent.'

'Dank je wel, Paul,' zei ik, en ik liep de deur uit.

Het is zoals iedereen altijd zegt. Negentien maanden lang zie je geen penis en dan zie je er opeens twee achter elkaar.

Het hadden een paar ontspannen dagen moeten worden. Shona werkte op locatie met een pr-team dat haar een paar hotels wilde laten zien die mogelijk konden worden gebruikt voor toekomstige events en bleef er ook overnachten en ik had geen heel dringende zaken in mijn agenda staan. Ik keek ernaar uit om wat administratie weg te werken, een cateraar voor Lauren te vinden, misschien een beetje online te shoppen en voor de verandering eens klokke half zes het pand te verlaten.

Ik ging zitten in mijn ergonomisch verantwoorde, hoogst oncomfortabele stoel, met een mok verse thee in mijn hand en wilde Sarah PB'en voor advies aan het banenfront. Alleen kon ik dat niet: Personeelszaken wilde dat ik zou solliciteren op de baan die zij ook wilde. Op Laurens verlovingsfeest had ze me gevraagd of ze een kans maakte en ik had natuurlijk ja gezegd. Ook omdat ze, afgaand op het cv dat ze me die avond had gestuurd, meer dan geschikt was. En ze al genoeg aan haar hoofd had met al dat gedoe van Stephen. Ik had haar nog nooit zo kapot gezien van iets en ik wilde het haar niet nog moeilijker maken. Maar dit moest beslist een een-op-eengesprek worden, het kon niet per mail of PB.

Dus klikte ik maar op Laurens naam, stuurde haar een dansende krab en wachtte op haar respons.

Heb je schaamluis??? was haar onmiddellijke reactie.

Nee, ik heb geen schaamluis, typte ik terug en ik vroeg me meteen af of ik schaamluis had. Dat zou ik wel merken, toch? *Ik heb een werkprobleem en heb advies nodig.*

Klinkt als een Sarah-dingetje, als ik eerlijk ben.

Alsof ik dat zelf niet wist.

Ik kan het niet aan Sarah vragen, daarom vraag ik het jou.

En bedankt.

Niet beledigd zijn, typte ik zo snel als ik kon, met één oog op de glazen wand die Shona's kantoor van mijn werkplek scheidde. Op een rare manier vond ik het prettiger als ze er was, dan wist ik tenminste wáár ze was. Dat ze nu los rondliep was net zoiets als weten dat er ergens in je flat een spin zat, maar geen idee hebben wanneer die eens op je zou springen. *Ze hebben me gevraagd om te solliciteren op een functie die een promotie betekent, maar het is dezelfde baan waar Sarah haar zinnen op heeft gezet.*

Sarah wil solliciteren bij jou op de zaak????

Lauren is dol op overmatige leestekens. Als kind van twee leraren Engels deed het gewoon pijn aan mijn ogen.

Ja, antwoordde ik. *Maar ik ben bang dat het raar zou zijn als ze hier werkte.*

Ze heeft niet tegen mij gezegd dat ze op zoek is naar een nieuwe baan. Totale radiostilte. Denk je dat ze boos op me is vanwege de bruiloft?

Ik denk eerder dat ze overstuur is over Stephan.

Ik kan er nog steeds met mijn kop niet bij dat ze echt, echt gaan scheiden.

En toch gaan ze echt, echt scheiden. Het ziet er niet goed uit.

Even was het stil aan de andere kant.

Dus ze neemt geen introducé mee naar de bruiloft?

Ik staarde ruim een minuut naar mijn scherm.

Sorry, typte Lauren en voor alle zekerheid gooide ze er een huilende puppy tegenaan. *Geintje. Die baan, wil je die?*

Ja, ik denk het wel, antwoordde ik. *Het zou meer geld betekenen en ik zou niet meer voor Shona hoeven te werken.*

Dat zal Shona niet leuk vinden.

Dat is nog zwak uitgedrukt. In gedachten ging ik de wraakscenario's af die me mogelijk te wachten stonden. *Ze heeft tegen mij gezegd dat het geen zin had om te solliciteren en aan Personeelszaken laten weten dat ze me niet op gesprek mogen laten komen.*

Lauren reageerde met een knipoog.

Wacht, dat is niet de goede, vervolgde ze en ze stuurde een geschokte emoji. *En je gaat het niet tegen Sarah zeggen?*

Ik zou niet weten hoe. Was dat niet het hele punt van deze conversatie? *Ze is al zo van slag door de scheiding, ik wil haar niet nog gekker maken.*

Ik kan er nog steeds niet bij dat ze gaan scheiden, herhaalde Lauren voor er een klein blauw linkje tussen onze regels verscheen. *Wat vind je van deze jurk?*

Mooi, hoor, zei ik zonder erop te klikken. *Het is raar, nietwaar? Ik weet dat het echt gaat gebeuren, maar het voelt helemaal nog niet echt.*

We hebben hem al een hele tijd niet meer gezien. Hoe lang is het inmiddels geleden dat hij met ons mee ging stappen?

Al heel lang. Ik denk dat het al een tijdje niet meer zo lekker ging, maar dat ze dat niet wilde toegeven.

Ik snapte wel waarom Lauren moeite had gehad met het concept. Toen ik maandagmorgen wakker werd, herinnerde ik me pas dat Sarah ging scheiden toen ik onze wijnglazen van vrijdagavond onder de bank vond. Sarah had vermoedelijk niet kunnen slapen. Het was iets groots, zeg maar gerust gigantisch. En niets had ons kunnen voorbereiden op de impact, niet alleen op haar, maar ook op de mensen om haar heen. Mijn hart deed pijn als ik dacht aan hoe moeilijk zij het moest hebben.

Ik vind dat je moet solliciteren op die baan, typte Lauren.

Echt waar?

Als de zaak het van je vraagt, maak je een slechte beurt als je de kans niet aangrijpt. Zij zijn duidelijk van mening dat je het kunt. Sarah zal het wel begrijpen, zeg gewoon tegen haar dat ze je de baan hebben aangeboden.

Ik moet erop solliciteren, de baan is niet zomaar van mij, legde ik uit. Afgezien van de stress dat Shona erachter zou komen, dat ik Sarah zou kwetsen, en de algemene doodsangst dat ik het zou verkloten, vond ik het ontzettend opwindend om gevraagd te worden om te solliciteren. *Maar het zou wel leuk zijn...*

Absoluut, stemde ze in. *En met mijn bruiloft kun je mooi nóg meer ervaring opdoen!!!!*

Wat heb ik toch een mazzel met zulke goede vriendinnen.

De beste manier om over een man heen te komen is onder een andere man te gaan liggen, volgens Lauren. Misschien heeft ze gelijk. Toen ik thuiskwam, lag er een brief op de mat die aan Seb was geadresseerd. Voor het eerst kon ik die zonder zelfs maar te overwegen om in tranen uit te barsten in de doos op het telefoontafeltje leggen, waar nog nooit een telefoon op had gestaan. Het was duidelijk dat ik groeide als mens.

Ik legde mijn mobieltje aan de lader, liet mezelf op de bank vallen, zette de tv aan en liet mijn gedachten de vrije loop. Er was veel om over na te denken. Ik moest Sarah zo tactisch mogelijk zien duidelijk te maken dat ik ging solliciteren op de baan. Ik moest zien uit te vogelen hoe ik kogelvrij materiaal in een representatieve kantooroutfit kon verwerken voor als Shona erachter kwam dat ik op de baan ging solliciteren. En ik moest de bruiloft van mijn beste vriendin organiseren. Dus uiteraard vroeg ik me alleen maar af waarom Will nog niets van zich had laten horen. Mijn eigen brein faalde in de Bechdel-test. Ik was de ergste vierdegolffeministe ooit. Hij zou echt nog wel bellen, hij had het vast gewoon druk met zijn werk. Advocaten hielden er geen kantooruren op na. Seb werkte vrijwel altijd over. Maar Seb had ook een affaire....

Nee.

'We laten ons gewoon allebei niet kennen, dat is het,' zei ik hardop, en ik dwong mezelf de waterkoker aan te zetten voor ik op de koekjestrommel aanviel. Hij had mijn nummer, hij wist waar ik woonde; als hij wilde bellen, dan zou hij wel bellen. Tenslotte was de seks geweldig geweest, al zei ik het zelf. Waarom zou hij niet bellen? Ik zou de heer Will Jennings echt wel weer zien.

20.02 uur

Ik zou de heer Will Jennings nooit meer zien. O, god. O, god. O, god. Het is al negenentwintig uur geleden en ik heb nog niets van hem gehoord. Hij heeft niet geappt, niet ge-sms't, me niet toegevoegd op Facebook of op mijn LinkedIn-profiel gekeken. Volgens mij heb ik echt mijn eerste onenightstand gehad en het voelt vreselijk. Waarom heeft hij nou niet even een appje gestuurd? Ik weet dat je volgens *De Regels* drie dagen moet wachten, maar niemand wacht drie hele dagen, toch? Het is vreselijk. Ik voel me zo'n slet. Wat heb ik verkeerd gedaan? Mijn arme vagina. Ze verdient beter dan dit!

20.34 uur

Ik ga hem sms'en. Dat is toch net even anders dan appen. Ik wil maar zeggen: hij heeft me zijn nummer gegeven, dus dan zal hij vast wel willen dat ik het gebruik, toch? En het doet er niet toe wie het eerste contact zoekt, want we zijn al met elkaar naar bed geweest. Ik kan gewoon een klein berichtje sturen om even hallo te zeggen, niks aan de hand. Dit is belachelijk. Als ik niet net met hem had liggen seksen, zou ik hem zonder aarzelen sms'en. Als hij gewoon een man of een vrouw was die ik net had ontmoet en aardig vond en met wie ik veel gemeen had en die ik nog wel eens zou willen zien, zou ik die gewoon sms'en. Ik ga hem sms'en.

20.56 uur

Ik heb hem ge-sms't. Ik heb alleen maar gezegd: *Hoi! Zo blij dat de maandag erop zit!* Dat is oké, toch? Volkomen normaal. Het zegt: 'Hé, hoest? Ik ben geen gek!' Hij zal hierop antwoorden. En weet je, als hij me leuk vindt, maakt het helemaal niet uit wie wie als eerste heeft ge-sms't en vindt hij het gewoon alleen maar leuk om iets van me te horen. Het wordt vast een grappige anekdote in een van de speeches op onze trouwdag. 'Ze kon niet wachten om weer iets van me te horen, dus sms'te ze als eerste en daar was ik zo blij mee!' Nu ik er goed over nadenk, geloof ik dat ik ook Seb als eerste sms'te. Niets aan de hand dus.

21.13 uur

Hmm.

21.33 uur

Er kunnen een miljoen goede redenen zijn dat hij niets van zich laat horen. Mannen kijken nu eenmaal niet de hele tijd op hun mobieltje, toch? Hij kan zijn foon niet in zijn zak steken voor het geval hij er teelbalkanker van krijgt. Waarschijnlijk heeft hij zijn mobieltje niet eens bij zich.

21.45 uur

Hij heeft mijn berichtje beslist gezien. Hij moet het gewoon gezien hebben. Misschien wil hij gewoon de coole jongen uithangen?

22.07 uur

Wat de fuck heb ik nou toch gedaan? Ik had NOOIT als eerste moeten sms'en. Dat is vast waarom het is stukgelopen met Seb. Onze hele relatie was gebaseerd op het feit dat hij die macht over me had, dat hij wist dat ik als eerste door de knieën was gegaan en hem had gesms't, omdat ik hem zo wanhopig graag in mijn leven wilde. En het was ook zo'n stom berichtje! Ik had hem niet eens een vraag gesteld! Hoe moet hij nu ergens op antwoorden als ik hem niets vraag? Dat is echt appiquette voor beginners. O, wat ben ik hier toch waardeloos in. En nu heb ik het voorgoed verpest. Ik ga het bad laten vollopen en ik laat mijn foon in de andere kamer en ik ga heel goed nadenken over DE KEER DAT IK EEN MAN ALS EERSTE SMS'TE EN HET MIJN LEVEN RUÏNEERDE.

22.42 uur

Een berichtje! Maar het is van Lauren. Die wil weten of ik iemand ken bij Vera Wang.

Dus we zijn begonnen.

Ik ga naar bed. Ik stel me aan.

23.17 uur

Nog even foon gecheckt. Niets.

23.33 uur

Nog altijd niets.

23.45 uur

Hij heeft gereageerd! HIJ HEEFT GEREAGEERD.

Met een smiley. Wat betekent dat nou weer?

00.04 uur

God, nu wou ik bijna dat hij helemaal niets van zich had laten horen...

Hoe reageer ik op een smiley? Dit is krankzinnig.

00.32 uur

Een verdomde smiley? SERIEUS?

Bruiloften draaien helemaal om liefde en toewijding. Niet alleen om die van de bruid en bruidegom, maar ook die tussen alle aanwezigen. Liefde kan verschillende gezichten hebben en op veel manieren worden geuit. Neem even de tijd om erover na te denken: wat betekent liefde voor jou?

Geen liefde zo intens als kalverliefde. Hoe heette je eerste vriendje?
Gowri Gopalan. We waren allebei zeven. Het duurde van de eerste pauze tot de theepauze.

Wanneer heb je voor het eerst 'Ik hou van je' gezegd en het ook echt gemeend?
Tegen Seb, twee maanden nadat we verkering kregen. Hij zei het eerst toen we een avond aan het stappen waren, maar ik dacht dat hij dronken was en zomaar wat zei, dus op dat moment kon ik het niet terugzeggen. Ik moest wachten tot we thuis waren en ik dacht dat hij sliep. Toen heb ik het gezegd en hij moest lachen, kuste me op mijn kruin en zei: 'Zo kan-ie wel weer, Maddie.'

Wat heb je over de liefde geleerd dat je aan de bruid en bruidegom zou willen vertellen?
Mijn ouders zeggen altijd dat je nooit met een kwaaie kop naar bed moet gaan. Maar ik zou zeggen: als hij niets te verbergen heeft, waarom laat hij je dan niet zijn telefoon gebruiken om een pizza te bestellen?

8

Half in slaap en met amper cafeïne in mijn lijf ben ik niet op mijn best, maar dinsdagmorgen had besloten om eens extra shitty van start te gaan. Sarah reageerde niet op mijn opgewekte berichtjes waarin ik voorstelde om even af te spreken, zodat ik haar over de ontwikkelingen rond de baan kon vertellen. Lauren had me voor achten al vijftien Pinterest-links betreffende zomerhuwelijken gestuurd. En ik zat al in de bus toen ik de deodorantvlekken in mijn trui zag. Vervolgens brandde ik drie lagen huid van mijn tong met een kop gesmolten lava, die net deed alsof hij een koffie verkeerd was. En alsof ik me niet al genoeg vond falen als een volwassene, wilde de deur van de zaak niet openen, hoe vaak ik ook met mijn handtas tegen de sensor sloeg.

'O, verdomme,' lispelde ik gekweld en ik drukte mijn hand tegen mijn hart toen Matilda haar pasje tegen de sensor drukte en de deur onmiddellijk openschoof. 'Sorry, ik schrok van je.'

'Mooi zo.' Ze schonk me een stijf lachje. 'Dan ben je meteen je zenuwen kwijt. Loop maar mee, je hebt een afspraak met meneer Colton.'

'Wanneer?' vroeg ik nerveus.

'Nu,' antwoordde ze. 'Zullen we de trap nemen?'

Laat ik even duidelijk maken dat de zaak op de vijfde verdieping van dit bedrijfspand zit en dat het ronduit wreed is om te verwachten dat iemand op hoge hakken die klim maakt. Zeker als ze amper heeft geslapen omdat ze geobsedeerd was door een slecht uitgevoerde emojiconversatie. En niet voorbereid is op een gesprek met de managing director van het bedrijf waar ze werkt. Bovendien mag je dan al helemaal niet van iemand verwachten dat er intussen ook nog beleefde conversatie wordt afgewerkt. Matilda is een monster.

'Zie ik er een beetje fatsoenlijk uit?' vroeg ik, sjorrend aan mijn trui.

'Maddie.' Matilda hield de deur naar ons kantoor voor me open en zag er koel en beheerst uit, terwijl ik haar zweterig bedankte. 'Ik denk dat we allebei wel weten dat als je het moet vragen, het wil zeggen dat je eigenlijk het antwoord al wel weet.'

Daar zat wat in. Korte rokjes en enkellaarsjes zijn in theorie een coole combinatie, maar als je onverwacht bij de baas moet komen, zie je erin uit alsof je de onderkant van een cowgirlkostuum hebt aangetrokken. Sarah zou dit enig staan. Lauren zou niet dood willen worden gevonden in deze combinatie. En ik zou er vermoedelijk in blijven.

'Madeline.'

Meneer Colton zat al in de vergaderkamer van Personeelszaken. Meneer Colton droeg een pak en een das. Waarom had ik uitgerekend vandaag uitgekozen om eens iets geks met mijn kleding te doen? Dit had je er nou van als je dacht dat je cool genoeg was om een onenightstand te hebben. Het begint met vreemde jongens mee naar huis nemen en vervolgens ga je, geheel ten onrechte, denken dat je het in je hebt om 'een interessante look' samen te stellen.

'Meneer Colton,' zei ik bij wijze van begroeting en ik ging tegenover hem zitten. Matilda kwam ook binnen en plofte in de stoel naast de baas. 'U ziet er netjes uit, zeg.'

Hij keek me aan over de rand van zijn peperdure bril.

'Mooie zoenen,' zei ik met een brede lach, waarna ik wat meer mijn best deed met mijn verbrande tong. 'Mooie schoenen. Heel mooi. Klasse.'

'Dank je wel, Madeline.' Hij nam een vel papier aan van Matilda en schonk haar een weet-je-het-zeker-blik.

De enige mensen die me ooit Madeline noemden waren mijn vader en de meester op de lagere school, wat me het gevoel gaf dat ik bij de bovenmeester moest komen. Ik was verdomme eenendertig, waarom voelde ik me dan nog steeds een stout klein kind?

'Zorry dat ik een beetje raad klink, ik heb mijn dong verbrand.'

'Je werkt al een hele tijd voor ons, hè?' merkte hij op, en hij krabbelde iets op wat vermoedelijk het cv was dat ik haastig in elkaar had geflanst voor Matilda. 'Bijna tien jaar als Shona's assistent?'

'Ze is heel goez in wat ze doez,' antwoordde ik. Het was niet gelogen. Ze mocht dan een psychotisch secreet van een baas zijn, ze was briljant in het organiseren van feesten, bruiloften en partijen. 'Ik heb heel veel van haar gezeerd.' Nog maar eens. 'Ik heb heel veel van haar geleehrd. Heel veel.'

Godzijdank, dat was eruit.

'Ze heeft veel talent,' beaamde mijn baas. Hij gaf het cv terug aan Matilda en vouwde zijn vingers samen. 'Je hebt ons nog nooit eerder benaderd voor een promotie, klopt dat, Madeline?'

'Dat klopt,' zei ik, heen en weer schuivend op mijn stoel. Mijn blote dijen plakten aan het kunstleer en het was Niet Comfortabel.

'Waarom dan nu wel?' vroeg Colton. 'Waarom denk je dat je een geweldige eventmanager zou zijn?'

Ik keek naar Matilda en bedwong de neiging om te zeggen dat ik van haar moest solliciteren. 'Omdat ik deze kans helemaal zie zitten,' zei ik langzaam, aangemoedigd door het bemoedigende geknik van het hoofd personeelszaken. 'Ik heb de ervaring en ik ben nu toe aan meer verantwoordelijkheid?'

Het was niet mijn bedoeling om het als een vraag te laten klinken, maar het klonk gewoon niet als iets wat ik normaal gesproken zou zeggen. Twee weken geleden was ik drie dagen bezig geweest om drie getrainde zeeleeuwen te vinden die konden optreden op een feestje van een kind dat één werd en een party met een circusthema kreeg. Was dat niet al opwindend genoeg, qua werk?

'Uiteraard geef ik het liefst promotie aan iemand binnen het bedrijf,' zei Colton. 'En je hebt beslist genoeg uren gemaakt. Maar zonder je te willen ontmoedigen: dit is een grote stap omhoog. En als onderdeel van het selectieproces, willen we je een opdracht geven. Bij wijze van test.'

'Een test?' zei ik met visioenen van de arena van *The Hunger Games* voor ogen. Ik zou nooit zo'n strak pakje aankunnen en was vast binnen tien minuten dood.

'We zouden graag willen dat je je over een speciaal project ontfermt,' verduidelijkte Matilda. 'Victoria heeft een aantal events achtergelaten waarvan Shona het grootste deel heeft overgenomen, iets waarvan je ongetwijfeld al op de hoogte bent. Maar deze klus is pas gisteren definitief bevestigd. En we willen graag dat jij die onder je hoede neemt.

Ik opende de map die ze me toeschoof en bladerde door de papieren die erin zaten. Homostel, geadopteerde baby, groot feest. Geen verzoek voor dierentuindieren. Althans, nog niet.

'We gaan met de vacature naar buiten,' zei meneer Colton terwijl ik snel de formulieren doorkeek. 'En we zullen ook andere gegadigden op gesprek laten komen, maar zoals ik net al zei geef ik de voorkeur aan een interne kandidaat. Iemand waarvan we weten dat het een teamspeler is. Iemand die we vertrouwen.'

Abrupt keek ik op.

'Is Shona hiervan op de hoogte?' vroeg ik. Het drong opeens tot me door dat dit ook wel eens een test zou kunnen zijn. Matilda zou zomaar haar gezicht eraf kunnen trekken en dan zou Shona eronder zitten en die zou me in mijn maag stompen tot ik het in mijn broek deed terwijl meneer Colton op tafel een tapdansje zou doen.

'Ik zal je manager op de hoogte stellen,' zei Matilda. 'Vrijdag begint een nieuwe collega die ik voorlopig in jullie team plaats. Zij zal wat taken van je over kunnen nemen terwijl jij aan je project werkt, maar in de tussentijd blijft je wel Shona's eventassistent, ik kan je niet helemaal van die positie halen.'

'Nee, dat begrijp ik.' Ik voelde het bloed in mijn oren gonzen. 'Geen probleem.'

Een best wel goede wip en kans op een promotie, allemaal in één week. En dan zeggen ze nog dat dromen bedrog zijn. Ik zou een kraslot moeten kopen op weg naar huis.

‘Goed dan.’ Meneer Colton sloeg met zijn vlakke hand op tafel, zodat ik geschrokken opvloog, waarbij zo te voelen enkele repen huid op het kunstleer achterbleven. Ik schudde zijn uitgestoken hand met een grimas en tranen in mijn ogen. ‘Ik laat alle details verder aan Matilda over. Dit is een mooie kans, Madeline. Ik ben heel blij dat je de uitdaging wilt aangaan.’

‘Ontzettend bedankt, meneer Colton,’ zei ik, en ik maakte een kleine buiging. ‘Ik vind het echt super-duper te gek.’

Hij keek nogmaals onzeker naar Matilda en verliet toen hoofdschuddend de vergaderruimte.

Ik keek Matilda aan. ‘Ik heb dit nu al verkloot, hè?’ Ik voelde de moed in mijn schoenen zinken bij de gedachte aan het niet krijgen van een baan waarvan ik geen idee had gehad dat ik hem wilde.

‘Het zal je prima lukken,’ zei Matilda. ‘Ga nu maar zitten en trek je rok naar beneden, de achterkant zit in je onderbroek.’

Ik reikte naar achteren en probeerde mijn minirok uit mijn slip te trekken. ‘Nee, hoor, dat hoort zo.’

‘O.’ Matilda fronste. ‘In dat geval raad ik je aan, als je hoofd Personeelszaken, om een andere rok te kopen.’

Ik knikte. ‘Dat lijkt me niet meer dan redelijk.’

‘En als je vriendin,’ voegde ze eraan toe, ‘gebiedt de eerlijkheid me te zeggen dat je er niet de kont voor hebt, Maddie.’

Sinds Seb heb ik weinig meegemaakt op het gebied van daten, maar ik weet wel dat je nooit moet toestemmen om met een man uit te gaan op de dag dat hij je dat vraagt. Daarom zei ik, toen Lauren en Sarah ernaar vroegen, dat Will me dinsdagmiddag mee uit had gevraagd en niet woensdag rond lunchtijd, voor woensdagavond.

Ja, oké, ik overtrad *De Regels*. Nou en? Ik gooide mijn haar over mijn schouders als een Engelse middenklasse-Beyoncé. *De Regels* waren achterhaald op het moment dat een scharrelwip trekjes van een relatie kreeg, want hier zat ik dan toch maar, in een pub, op woensdagavond. En misschien dat het door de gin-tonic kwam die ik naar binnen had gegooid, maar ik was buitengewoon in mijn nopjes over de keuzes die ik recentelijk in mijn leven had gemaakt.

Het feit dat hij al een kwartier te laat was, deed daar niets aan af.

Ik was wat minder blij met de voicemail van Lauren, die me vroeg of we donderdag voor het werk samen konden ontbijten, omdat ze 'nog wat meer ideeën' met me wilde doornemen.

Dat mens had me nu al op meer ideeën getrakteerd dan willekeurig welke bruid waar ik ooit mee had gewerkt, maar zeker één op de drie suggesties sloeg echt helemaal nergens op. Ja, Lauren, het is geen probleem om een suikerspinmachine voor je receptie te regelen. Nee, Lauren, het is niet mogelijk om Katy Perry speciaal voor Michael suikerspinnen te laten draaien. Ja, Lauren, je kunt vlinders vrijlaten als jullie je geloften uitspreken. Nee, Lauren, er is geen tijd om je eigen speciale hybride vlinder te kweken.

Met frisse tegenzin controleerde ik mijn berichten, en ik negeerde de drie nieuwe mailtjes van mijn BFF. Geen woord van Will. Als iemand die altijd op tijd is, stond te laat komen niet op mijn lijstje van wenselijke eigenschappen voor een potentiële vriend, maar zoiets kon nu eenmaal gebeuren. Misschien stond het verkeer vast, misschien was er een noodgeval op zijn werk, het kon van alles zijn. Hij was degene die me had gevraagd om hiernaartoe te komen. Waarom zou hij me laten zitten?

'Wil je nog wat drinken?' riep de verweerde kroegbaas vanachter de bar.

Will had voorgesteld om voor onze liaison af te spreken in de Butcher's Arms, een authentieke oude pub. Misschien niet helemaal het etablissement dat ik zou hebben gekozen, maar het had wel een zekere charme. Helaas had het ook een nieuwsgierige eigenaar die me nog geen seconde met rust had gelaten sinds ik was binnengekomen.

'Nee, dank je,' riep ik terug met iets wat op een lachje moest lijken. Aan alle houten tafeltjes zaten overduidelijk stamgasten. Een paar oude mannen zaten achter het bier, verderop zat een treurig stelletje achter een halve shandy en een groot glas witte wijn en in de hoek hing een Franse buldog die duidelijk al de hele avond deed over een portje met citroen. De hemel mocht weten waar zijn baasje was.

'Aaah, kom op, neem er nog eentje.' De barman was al bezig een glas te vullen voor ik het aanbod opnieuw kon afslaan. 'Hij is aan de late kant, hè?'

'Eh... ja.' Ik wierp weer een blik op mijn telefoon. Bijna twintig minuten, inmiddels.

'Nog op kantoor?' Er verdween een zeer gulle scheut gin in mijn glas.

'Ik vermoed van wel.'

Er bleek nog een drupje tonic in het glas te kunnen.

'Oooh, heeft hij nog niet even laten weten waar hij uithangt? Wat een lamlul, zeg. IJs en citroen?'

'Ja, graag.'

'Maak je maar geen zorgen, wijffie,' zei hij, en hij bracht het glas persoonlijk naar mijn tafel, zodat ik van dichtbij kon aanschouwen dat hij de tandarts duidelijk al jaren uit de weg ging. 'Getrouwd?'

'Nee.' Ik accepteerde het drankje zo beleefd als ik kon opbrengen. O, fijn, hij ging erbij zitten.

'Verloofd?'

'Nee.'

'Wonen jullie samen?' vroeg hij door.

'We kennen elkaar nog maar net.' Ik nam een klein slokje uit het glas. Lieve hemel, wat was dat sterk. Ik wist niet eens zeker of het wel gin was – het had beslist een vleugje terpentijn in zich. 'Het geeft niet, hij is advocaat, hij maakt vaak lange dagen.'

'O nee, meid, dat heb je mis.' De kroegbaas trok een smerige lap uit de achterkant van zijn broek, veegde ermee over de tafel en snoot er vervolgens zijn neus in, voor hij het lor weer terugstopte. 'Hier moet je meteen korte metten mee maken. Hoeveel te laat is hij inmiddels?'

'Twin– Tien minuten,' loog ik.

'Als hij nu al geen moeite wil doen om op tijd te komen voor een knap ding als jij, zal dat er nooit in zitten. Je wilt geen onbetrouwbare kerel, geloof me.' Hij knipoogde. 'Ik zie hier alles voorbijkomen en neem nou maar van mij aan dat als zij er eerder is dan hij, er eentje in tranen vertrekt.'

'Hij heeft vast een goede verklaring,' zei ik tandenknarsend. Ik wilde dolgraag mijn glas omgooien om de tafel daadwerkelijk schoon te maken. Gezien de hoeveelheid alcohol die erin zat moest het lukken om alle bacteriën te doden die hij er net over had uitgewreven. Misschien. 'Hij zal zo wel komen.'

'Toch is het geen goed teken, liefje.' De vrouw aan het tafeltje naast me, die van het treurige stel, schonk me een meelevend lachje. 'Hij heeft gelijk, het zegt veel hoe hij je in het begin behandelt. Heb je *De Regels* wel eens gelezen?'

'Hebt u dat boek gelezen?' vroeg ik, een tikje geschokt.

'Zo ben ik aan mijn Bobby hier gekomen,' zei ze trots. 'Maak altijd als eerste een einde aan het telefoongesprek, hou ze scherp.'

Ik keek nog maar weer eens op mijn mobieltje. Niets. Vijfentwintig minuten te laat.

'Ga toch lekker online daten,' stelde de kroegbaas voor en hij kreeg instemmend geknik van de vrouw en haar Bobby voor zijn inbreng. 'Persoonlijk bevalt Tinder me het beste, maar ik hoor ook goede dingen over Match.com. Is er niet ook een krant waarmee je kunt daten? Je bent nog hartstikke jong.' Hij liep terug naar de bar en klakte met zijn tong. 'Het heeft geen zin een half uur in een pub te wachten op een advocaat die te beroerd is om op te komen dagen.'

'Tien minuten,' corrigeerde ik hem halfslachtig. 'En ik ben al eenendertig.'

Bobby en de kroegbaas zogen hun adem tussen hun tanden door. Hun verkleurde, scheve en hier en daar missende tanden.

'Ze ziet er prima uit voor haar leeftijd,' zei de andere vrouw bestraffend. 'Laat haar met rust.'

'Dank je wel.' Moedig nam ik een aanzienlijk grotere slok van mijn drankje. Zou de kroegbaas dit bocht zelf stoken in het bad? Hendrick's Gin was het in ieder geval niet.

'Toch verandert dat niets aan de feiten, liefje,' vervolgde de vrouw.

'Of je er nu nog goed uitziet of niet, je wordt er niet jonger op. Je moet de deal sluiten als het allemaal nog fris en nieuw is. Zorg dat hij je ten huwelijk vraagt.'

'Net moest ik nog met hem kappen omdat hij er nog niet is.' Kribbig sloeg ik mijn armen over mijn nog hartstikke pronte borsten over elkaar. 'Gelden *De Regels* opeens niet meer?'

'Weg ermee,' zei ze. 'Ik weet dat het controversieel is onder sommige vrouwen, maar heb je wel eens overwogen om een zwangerschap te faken?'

Na nog eens vijftien minuten ongevraagd advies over mijn liefdesleven was ik er klaar mee. Het was vijf over half acht. Ik had honger, ik was moe en dankzij de meest walgelijke gin die ik ooit het genoegen heb gehad te drinken was ik ook half aangeschoten. Misschien maar beter ook. Tipsy Maddie maakte zich lang niet zo druk over een blauwtje lopen bij Will die zijn telefoon had uitgezet als Nuchtere Maddie zou hebben gedaan. Tipsy Maddie wilde alleen maar thuis zijn voor het zou gaan regenen, wat haar volmaakte door-de-kapper-geföhnde haar zou verpesten, zodat ze het in ieder geval nog aan de Domino's-koerier zou kunnen laten zien. Dan was het tenminste nog ergens goed voor geweest.

De rare types in de pub hadden het mis, maakte ik mezelf wijs. Ik stapte uit de bus en begon aan de wandeling van tien minuten naar huis. Eenendertig was tegenwoordig helemaal nog niet zo oud, ik hoefde geen overhaaste dingen te doen. Lauren was van mijn leeftijd en ging trouwen. Alhoewel Sarah óók van mijn leeftijd was en ging scheiden. Seb was even oud als ik, maar zijn vrouw was drie jaar jonger, nog maar achtentwintig. Ik vroeg me af wie er als eerste zou hertrouwen, Sarah of Steve. Zou zij voor een oudere man gaan? Zou hij een jongere vrouw trouwen? Toen we jonger waren, op school en op de universiteit, dateten we allemaal mensen van onze eigen leeftijd, maar nu tekenden de leeftijdsverschillen zich steeds duidelijker af. Ik vroeg me af hoe dat kwam. Waarom kozen vrouwen voor oudere, meer volwassen mannen en waarom gingen mannen achter jongere vrouwen met minder bagage dan hun leeftijdgenoten aan?

Zo hadden vrouwen die ouder waren dan negenentwintig al eigenlijk geen schijn van kans meer.

Ik was bijna thuis toen de hemelsluizen zich openden en uiteraard had ik geen paraplu bij me.

'Shit,' mompelde ik. Ik hield mijn handtas boven mijn hoofd en voelde mijn dansende krullen uitzakken terwijl ik zo snel als mijn met gin doordrenkte benen het toestonden door de plassen rende.

En daar, ineengedoken bij mijn voordeur, stond Will.

'Wat de fuck doe jij hier?' Ik liet mijn handtas zakken en vergat ter plekke alle zorgen om mijn haar.

'Hoe bedoel je: wat de fuck doe ik hier?' Hij keek woedend. 'Ik heb twintig minuten op je gewacht en nu ben ik zeiknat.'

'Ik zat in die stomme pub op jou te wachten!' schreeuwde ik. Keurden *De Regels* op een eerste date tegen een man schreeuwen goed? Waarschijnlijk niet.

'Maar ik wás in de pub,' zei hij terwijl hij de kraag van zijn jasje wat verder omhoogtrok. Over zijn neus rolde een indrukwekkend grote regendruppel. 'Ik zat op jou te wachten.'

We hadden duidelijk niet in dezelfde pub gezeten, anders zou hij nu wel dronken zijn en de keuzes in zijn leven betreuren.

'In de Butcher's?' vroeg ik.

'Ja. Op de hoek.'

O, shitterdefuck.

'Zat je in de Jolly Butcher aan Cambridge Street?'

'Ja, die op de hoek, zoals ik al zei,' herhaalde hij geërgerd. 'Waar was jij?'

'In de Butcher's Arms,' zei ik al even kwaaiig terwijl ik de mascara uit mijn ogen veegde. 'In Holborn.'

Ongelovig keek Will me aan. 'Waarom, in vredesnaam, zat je daar?'

'Omdat dát de Butcher's is, niet de Jolly Butcher,' antwoordde ik, en ik voelde mijn laatste restje zelfbeheersing wegglippen. 'Waarom heb je me niet gebeld?'

'De batterij van mijn telefoon is leeg.' Hij veegde de regen uit zijn gezicht. 'Ik was tien minuten te laat en bang dat je al weg zou zijn, daarom ben ik maar naar je huis gegaan om hier in de stromende regen op je te wachten.'

Wat, even afgezien van die pub-fuck-up, eigenlijk hartstikke romantisch was.

'Puur uit interesse,' zei ik terwijl ik een glimlach probeerde tegen te houden. 'Hoe lang zou je hebben gewacht?'

'De hele nacht,' antwoordde hij. 'Dat spreekt vanzelf.'

Ik hield mijn hoofd een beetje schuin. 'Misschien dat ik nog even een rondje ga doen om te kijken of je er straks nog staat.' Hij pakte mijn hand en trok me naar zich toe voor een lange kus, zijn mond voelde warm in de koude regen.

'Misschien zou je de deur even open kunnen doen, zodat we deze drijfnatte kleren kunnen uittrekken,' stelde hij voor, waarna hij me opnieuw kuste. 'Jezus, mens, wat heb je gedronken?'

'Het is aan me verkocht als gin.' Ik rommelde in mijn tas, op zoek naar mijn sleutels. Hij kuste mijn nek. 'Maar controleer morgenochtend vooral even of ik er niet blind van ben geworden.'

'Is dat een uitnodiging om te blijven slapen?' vroeg hij grijnzend.

'Nou ja, je staat hier nu al zo lang in de regen voor mijn deur dat ik me wel verplicht voel om je voor vannacht onderdak aan te bieden.' Triomfantelijk hield ik mijn sleutelbos omhoog.

De regen nam wat af toen hij zijn handen om mijn gezicht legde, met zijn duimen mijn mascarastrepen wegveegde en zijn mond weer op die van mij drukte.

'Dat is heel fatsoenlijk van je,' zei hij. 'En doe nou je deur maar open, voor ik me laat meeslepen en je hier op de stoep pak.'

'Wat ben je toch romantisch,' fluisterde ik. 'Naar binnen, jij, ik bevries bijna.'

Regels zijn er tenslotte om gebroken te worden.

9

Vrijdag 22 mei
Vandaag voel ik me: een ontzettende trut
Vandaag ben ik dankbaar voor: Sarah Hempel (en hoe!)

Toen Shona op vrijdagmorgen haar pas inhield bij mijn bureau, voelde ik me meteen een tikje draaierig. Uit haar gezichtsuitdrukking viel op te maken dat ze op de hoogte was gesteld van mijn speciale project. Het was dat, óf ze was achter de Shona Matthews versus Joffrey Baratheon-meme gekomen dat de ronde deed op Facebook, dat kon ook nog. Het was moeilijk in te schatten.

'Ik heb een mailtje gekregen van Matilda dat je hebt gesolliciteerd op de baan van Victoria,' zei ze. 'Spannend, joh.'

'Spannend?' Mijn hand klemde zich om mijn Bic. Ik weet wel dat ze zeggen dat de pen machtiger is dan het zwaard, maar ik had op dat moment een lief ding overgehad voor een machete.

Ze knikte. 'Ja. Je denkt vast dat ik overdreef toen je erover begon op de McCallan-bruiloft, maar ik testte je alleen maar.'

'O ja?' Echt waar?

'Ik meen het, Maddie. Ik vind het een fantastische kans voor je.' Shona keek me aandachtig aan met haar beste oprechte lach. 'Ik hoop dat je het niet verpest. Denk je dat je tijd hebt om even bij me binnen te stappen? Ik wil je voorstellen aan mijn nieuwe assistent.'

Ik knikte.

Fijn dat ze het liet klinken alsof ik al vervangen was.

'Nu meteen, misschien?' vervolgde ze. 'Als het niet te veel moeite is?'
O, lieve god, wat had ik gedaan?

'Maddie, dit is Sharaline.' Shona wees naar een heel jong, heel gretig kijkend meisje dat op mijn stoel in haar kantoor zat. 'Sharaline gaat ons helpen terwijl jij je... omstandigheden aanpakt.'

Omstándigheden? Was ik opeens een ongehuwde tienermoeder in de jaren vijftig?

En belangrijker nog: Sharalíne?

Het meisje sprong op uit mijn stoel en stak zo uitbundig haar hand uit dat ik al moe werd van alleen naar haar kijken. Uiteraard had ik toen alle belangrijke dingen al gezien. Geweldig haar, zo'n beetje heel koel, witblond, maar met blauwe punten. Wat er bij andere mensen uit zou zien als een afgrijselijke pruik, stond haar enig. Ze was niet zorgwekkend skinny, maar had mooie benen en fantastische tieten. Het meest verontrustende was nog dat ze geen spoortje make-up leek te dragen. Niets. Zelfs geen mascara. En toch zag ze er helemaal niet shitty uit.

Hoe durfde ze?

'Jij bent vast Madeline.' Ze pakte mijn hand met twee handen en pompte die geestdriftig op en neer. 'Ik ben Sharaline.'

'Zeg maar Maddie,' zei ik. Na het debacle van de minirok op maandag had ik gekozen voor een aanzienlijk meer flatterende gebloemde rok tot op de kuit en kleine leren flatjes met veters, maar in plaats van chic en trendy, zag ik eruit als Sharalines vrijgezelle tante.

SHARALINE.

'Hallo, leuk dat je er bent. Hoe oud ben je?'

'Tweeëntwintig,' zei ze en ze ging weer op mijn stoel zitten, zodat ik gedwongen was plaats te nemen op een hoge plastic kruk. 'Ik ben vorig jaar afgestudeerd en heb in de tussentijd gereisd.'

'Kijk eens aan. Waar ben je geweest?'

'O, je weet wel...' Ze maakte een zorgeloos handgebaar dat er snel genoeg uit geslagen zou worden. 'Zuidoost-Azië, India, Centraal-Amerika, Zuid-Amerika. Overal waar iedereen al is geweest.'

'Maddie is vorig jaar naar een huisje van Butlin's geweest met haar ouders, nietwaar, Maddie?' merkte Shona op.

'Het was een huisje van Pontin's,' corrigeerde ik haar. 'Familiereünie, weet je wel?'

'Waar is Vanpontins?' vroeg Sharaline. 'Ligt dat in Australië?'

'Is ze niet geweldig?' zei Shona. 'Ik mag haar nu al. Onze eerste afgestudeerde junior.'

'Ik ben destijds direct na mijn studie begonnen,' wees ik haar terecht. 'Was ik geen afgestudeerde junior?'

'Laten we hopen van niet,' zei ze met een opgetrokken wenkbrauw terwijl ze door wat papieren op haar bureau bladerde. 'Dat zou bepaald geen positief beeld geven van de opleiding. Nou, gezien het feit dat het al halverwege de ochtend is, zullen we dan maar eens beginnen?'

O, dit begon al goed, nietwaar? Echt heel fijn.

'Wat in mijn ogen het beste zou zijn,' vervolgde Shona, 'is dat jij gewoon de lopende zaken blijft doen en dat Sharaline de nieuwe dingen oppakt die binnenkomen. Dan loopt het allemaal niet zo door elkaar en heeft iedereen duidelijke taken, denk je ook niet?'

Ik knikte. 'Als je het hebt over lopende zaken…?'

'Ik ga Sharaline dingen geven die ze makkelijk op kan pakken, zakelijke kwesties en zo,' verduidelijkte Shona. 'Maar jij weet hoe ik het graag wil hebben, Maddie. Het heeft niet veel zin Sharalines tijd te verspillen aan haar leren hoe ik mijn koffie wil terwijl ze hier is om ingewerkt te worden.'

'En wat als ik Victoria's baan krijg?' vroeg ik. 'Wie zal er dan weten hoe jij je koffie wilt?'

Shona keek op en liet een klein, verstikt lachje horen. 'Sorry.' Ze legde haar hand op haar decolleté om zichzelf te kalmeren. 'Dat zien we dan wel weer. En nu zou ik graag de nieuwe projecten met haar willen doornemen, dus waarom loop jij niet even naar Starbucks om even iets te drinken te halen?'

Sharaline, die goddelijk stil was geweest tijdens onze conversatie, vond opeens haar stem weer. 'Voor mij graag een flat latte,' liet ze weten. 'Vetvrij, uiteraard.'

'Uiteraard,' antwoordde ik. 'Vetvrij voor Sharaline.'

Sharaline. Het was niet eens een echte naam. Wat een vreselijke ouders.

'Fantastisch.' Shona glimlachte nog steeds toen ik opstond om weg te gaan. 'Volgens mij gaan we een heel gezellige familie worden.'

Als ik heel eerlijk ben, voelde met hen in dat kantoor zitten al net zoals een week in een huisje met mijn échte familie.

Aan het einde van de dag kon ik niet wachten om naar huis te gaan. Naast mijn normale werkzaamheden moest ik alles minimaal twee keer voordoen aan Sharaline, therapeutisch appen met Sarah en intussen ook nog een bruiloft plannen met Lauren. Met andere woorden: ik was toe aan een borrel. Will stuurde me al de hele dag enige berichtjes, maar hij had niet voorgesteld om samen iets te doen, zodat ik mijn eigen plan trok, vastbesloten om mijn avond niet te verspillen aan hem stalken op Facebook, of hem om drie uur 's nachts dronken op te bellen om 'Waarom bel je me niet?' naar hem te schreeuwen, met op de achtergrond 'All by Myself'. Ik ruilde net mijn verstandige werkschoenen om voor hoge hakken in de categorie Enkelbrekers-voor-de-vrijdagavond toen de liftdeuren openschoven en er iemand binnenliep die ik helemaal niet had verwacht.

'O!' zei ik, met één schoen aan en één schoen uit. 'Wat kom jij hier doen?'

Het was de boomlange ceremoniemeester van de bruiloft van vorige week.

'Tom,' zei hij voor alle zekerheid. Hij keek naar mij en keek toen om zich heen. 'Ben ik hier aan het goede adres?'

'Het ligt eraan waar je naar op zoek bent.' Ik hobbelde achter mijn bureau vandaan. 'Wat kan ik voor je doen?'

Hij woelde door zijn haar, waar vandaag geen stylingproducten in zaten, zodat het er meteen een stuk beter uitzag. 'Ik dacht dat je serveerster was.'

'Ik viel in voor een van de serveersters,' verklaarde ik, terwijl ik me afvroeg wat hij hier in mijn kantoor deed. 'Ik maak deel uit van het eventsteam hier. Maar ik heb hartstikke veel respect voor serveersters.'

'Wie niet?' Tom duwde zijn haar maar weer eens naar achteren. 'Iedereen die voor eten en drinken zorgt, staat bij mij hoog aangeschreven.'

'Fijn dat we daaruit zijn,' zei ik. 'Maar ik vermoed dat deze mededeling niet de reden van je komst is.'

'Eh, nee.' Ik had het gevoel dat hij me stond aan te staren, maar het kon ook zo zijn dat hij zo lang was dat hij gewoon moeite had om iemand te zien die hier helemaal beneden stond. 'Heb je nou echt maar één schoen aan?'

Aha, hij staarde dus wel degelijk.

'Ja,' antwoordde ik. 'Is dát de reden dat je hier bent?'

'Ik kom wat spullen ophalen die op de receptie zijn achtergebleven,' zei hij, met zijn blik nog altijd op mijn voeten. Hij had vast een of andere voetfetisj.

'O, geen probleem. Ik pak de doos even voor je.'

Interessant dit. Ik had een bericht ingesproken bij Vanessa, een van de bruidsmeisjes, dat we een doos met gevonden voorwerpen klaar hadden staan en hij was beslist geen meisje dat Vanessa heette. Zij moest zijn verloofde zijn. Niet alleen was hij een erg lange advocaat, hij deed ook nog klusjes voor haar. Mazzeltrut. Ik probeerde me de bruidsmeisjes voor de geest te halen, maar de McCallans hadden er zo'n vijfentwintig (oké, zes) gehad en ik wist niet meer precies wie van hen Vanessa was. Ik meende dat het de knappe blondine was. Er was beslist een correlatie tussen knappe meiden en lange mannen. Allemaal de schuld van online dating, ze konden tegenwoordig makkelijker op lengte selecteren. Dat betekende dat de rest van ons twee keer zo hard moest werken om in het wild nog wat fatsoenlijks te kunnen vangen.

'Er zitten mooie spullen bij,' zei ik terwijl ik hem de zware doos gaf die deze week als mijn voetenbankje had gediend. Tom nam hem van me over alsof de doos niets woog, plukte er een vossenbontje uit dat nog een hoofdje en pootjes had en grimaste. 'Afgezien van dat dan. Wie draagt er nou een dode vos naar een zomerhuwelijk?'

'Je zou denken dat ik het me wel zou herinneren als Ivana Trump aanwezig was geweest, maar daar herinner ik me niets van.' Hij liet de vos terug in de doos vallen en veegde zijn hand af aan zijn broek. Daarna verschoof hij de doos een beetje in zijn armen en knikte in de richting van het bedrijvige kantoor achter me. 'Dus je bent in werkelijkheid een eventplanner?'

'Het is natuurlijk niet te vergelijken met de Binnenlandse Veiligheidsdienst,' zei ik. 'Maar ik schep nu eenmaal niet graag op. Hoe is het met het advocatengedoe?'

Mijn welbespraakte, geestige conversatie is de reden dat ik de mannen echt van me af moet slaan.

'Strikt gesproken ben ik een strafpleiter bij de hogere rechtbanken,' zei hij met een glimlach. 'Ik heb net mijn kwalificatie binnen.'

'Gefeliciteerd,' zei ik. 'Is een strafpleiter iets anders dan een advocaat?'

'Ze werken allebei met de regels van de wet, maar...' Tom maakte zijn zin niet af, dacht even na en knikte toen. 'Ja, het is iets anders.'

Hij had helemaal gelijk dat hij dacht dat ik verdere uitleg niet waardig was.

'Dus dan werk je niet met Will?' vroeg ik, waarbij ik zo achteloos aan namedropping deed dat ik niet eens wist of het me wel kon schelen. 'En Ian de Bruidegom?'

'Ik ben samen met hen aan de studie rechten begonnen.' Opeens keek hij me wat achterdochtig aan. 'Maar ik ben niet tegelijkertijd met hen afgestudeerd.'

'Ja, Will zei al zoiets,' zei ik, alsof het de normaalste zaak van de wereld was dat Will dit soort dingen met me besprak. In werkelijkheid gingen onze postcoïtusgesprekken niet veel verder dan gifjes, zinnen van hooguit drie woorden en een foto van zijn penis, maar vooruit, dat hoefde Tom niet te weten. 'Dat jij het niet in één keer had afgemaakt en zo.'

'O, is dat zo?' Tom was binnen één keer knipperen veranderd van een beminnelijke jongeman in een hoog oprijzend fornuis vol broeierige woede. 'En wat heeft Will allemaal nog meer gezegd?'

'O, je weet wel.' Ik wapperde wat met mijn handen en probeerde koket te lachen. Het deed hem niets. 'Will is nu eenmaal Will.'

'Ja, daar weet ik alles van.' Hij leek zijn razernij van zich af te schudden en deed een stapje opzij. 'Dus jullie hebben contact.'

'Ja, zo'n beetje, niks bijzonders,' wauwelde ik. Had ik al gezegd hoe welbespraakt ik ben? 'We gaan straks even wat drinken.'

'Je hebt vanavond een afspraak met hem?' vroeg hij. 'Serieus?'

Ik kon niet helemaal verklaren waarom de haartjes in mijn nek omhoogkwamen: lag het aan manier waarop hij het zei, of aan zijn ongelovige blik?

'Ja, waarom niet?' vroeg ik. Het is lastig de confrontatie aan te gaan op één schoen, maar ik deed mijn best.

'Doet er niet toe,' zei Tom, meer tegen zichzelf dan tegen mij. 'Het zijn mijn zaken niet.'

'Jij zegt het.'

Hij haalde diep adem en schudde even met zijn schouders. 'Ik wens je een prettige avond toe. Leuke plannen?'

'Ik kan me even niet herinneren waar hij wilde afspreken.' Ik tikte met mijn vinger tegen mijn lip van Inspecteur Clouseau-achtige verstrooidheid. Het was een echte leugen, hij had gezegd dat we ooit na het werk eens wat zouden moeten gaan drinken. Hij had alleen niet gezegd wanneer. 'Ergens in de buurt van zijn kantoor.'

'The Plumtree? Hij heeft met je afgesproken in The Plumtree?' Tom klonk alsof hij zijn oren niet kon geloven. Waarom zou Will niet met me willen afspreken in The Plumtree voor een drankje? Wat een eikel.

'Ja, zoiets,' zei ik schouderophalend, omdat ik hem weg wilde hebben. 'Ik weet het niet precies.'

'Nou, fijne avond dan,' zei hij stijfjes.

'Dank je wel, jij ook.' In mijn hoofd herhaalde ik keer op keer de naam van de pub.

Tom schudde de doos een stukje hoger in zijn armen. 'Ik ga er maar weer eens vandoor,' zei hij, waardoor de spanning werd verbroken. 'Ik heb geen idee hoe lang een vrouw zonder een dooie vos kan.'

'Vertel mij wat, ik zou ervan wakker liggen.' Ik haastte me om hem heen om op het knopje van de lift te drukken. 'Fijn dat je de doos hebt opgehaald.'

En fijn dat je nu weggaat, voegde ik er in stilte aan toe, terwijl de liftdeuren naar elkaar toe schoven en me het uitzicht op zijn nieuwsgierige blik ontnamen.

Zodra hij uit zicht was, greep ik mijn telefoon en appte Sarah.

Nieuw plan, typte ik. *Laten we afspreken in The Plumtree in Holborn.*

'Waarom val je toch altijd op juristen?' vroeg Sarah vanachter haar tweede gin-tonic. 'Ben je stiekem een crimineel genie?'

'Ik voel me niet aangetrokken tot dit exemplaar,' bracht ik haar in herinnering, nog achter mijn eerste glas. Ze had haar eerste drankje naar binnen gewerkt in de tijd dat ik haar het Tom-Will-verhaal vertelde en laten we eerlijk zijn, het was geen lang verhaal. 'Hij kwam alleen maar die doos ophalen. Punt is dat hij duidelijk iets tegen Will heeft, maar niet wil zeggen wat.'

'Lang, knap en goed afgericht,' verzuchtte ze terwijl ze met haar rietje tegen het partje limoen in haar glas porde. 'Je moet je echt eens over die advocatenfetisj van je heen zetten, het is niet gezond voor je.'

Verlangend keek ik uit het raam van de pub. 'Maar ik vind het zo'n enig vooruitzicht om op ouderavonden te kunnen zeggen dat mijn man te laat is omdat hij moest overwerken op de rechtbank.'

'Je spoort niet,' zei Sarah. 'Vind je het dan helemaal niet raar dat je sinds de breuk met Seb als een non hebt geleefd en dan je celibaat verbreekt met iemand die zo'n beetje een kloon van je ex is?'

'Onvoorstelbaar dat hij nu een kind heeft.' Ik wikkelde een pluk haar om mijn vinger. 'Seb heeft een baby.'

'Wil je er foto's van zien om er gemene dingen over te kunnen zeggen?' bood ze aan. 'Want ik heb het intussen in de gaten gehouden en ze mogen hopen dat het wurm nog een beetje bijtrekt.'

'Je mag geen gemene dingen zeggen over een baby,' zei ik streng tegen mijn beste vriendin, alsof ik niet de hele week naar Facebook had gestaard en precies hetzelfde had gedacht. 'Hoe dan ook, het doet er niet toe. Will en ik gaan beeldige baby's krijgen. Twee. Allebei jongens. Het gaat helemaal goed komen.'

'Ik maak me zorgen over je,' zei Sarah gedempt en ze dronk van haar gin. 'Ernstige zorgen.'

'Let maar niet op mij.' Ik strekte mijn nek om de mannen in de bar te checken en keek weer op mijn horloge. Nog maar half zeven. Aan de vroege kant. 'Hoe is het met jou, hoe was je week?'

Sarahs schouders krulden even omhoog voor ze ze weer naar beneden dwong. 'Gaan we weer praten over advocaten,' zei ze. 'Ik had deze week een afspraak met een advocaat. Een collega van mijn werk is vorig jaar gescheiden en zij raadde me haar aan. Het klinkt stom, maar de scheiding zal extra lastig worden omdat we geen van beiden iets stoms hebben gedaan. De enige manier om het nu voor elkaar te krijgen is als een van ons de ander aanklaagt wegens ontrouw of onredelijk gedrag. Ik heb geen zin om twee jaar te wachten om aan te tonen dat we gescheiden van tafel en bed leven.'

'Er was die keer dat hij dronken thuiskwam en alle chocolade uit je adventskalender opat,' zei ik. 'Dat noem ik best onredelijk gedrag.'

'Ik denk niet dat een rechter daar genoegen mee zal nemen. Ik heb wel overwogen om naar het huis van zijn moeder te gaan en daar een paar ruiten in te gooien, maar ik ga nog liever dood dan nieuwe dubbele beglazing voor die heks te moeten betalen.'

'Snap ik.'

'Mijn beste optie is nu een onvoorstelbaar aantrekkelijke, succesvolle man ontmoeten, die me zijn bed in sleept.' Ze trok haar knotje wat strakker. 'Dan kan Steve me aanklagen voor overspel. Dat is het advies van mijn advocaat: ga eropuit en laat je neuken. Ze zei letterlijk dat ik een beurt nodig had.'

'Waarom zeggen mensen dat toch?' vroeg ik. 'Zo vulgair.'

'Maak je maar geen zorgen,' zei Sarah en ze klokte de rest van haar glas leeg. 'Als ik op dit moment benaderd zou worden door een onvoorstelbaar aantrekkelijke, succesvolle man, zou ik hem vermoedelijk een linkse geven.'

'Voordeel is wel dat je altijd nog meer ervaring hebt dan wie ik verder ook ken,' zei ik om haar op te monteren. Sarah was seksueel nogal actief geweest tijdens onze studie en iedereen was dan ook stomverbaasd dat ze zo jong trouwde. Maar zoals ze destijds zei, had ze alles al wel een keertje gezien en meegemaakt, en was ze eraan toe om zich te settelen. 'Dat dan weer wel.'

'Lauren is me nu toch zeker wel gepasseerd?' vroeg ze terwijl ze aan haar neus krabde. Ik kon haar wel slaan, ze was veel te knap om ziekenfondsbrilletjes te dragen. 'En jij doet ook weer mee.'

'Ik heb het gevoel dat ik al eeuwen in de aanbieding ben, maar dat niemand me wil.' Ik haalde mijn tenen uit mijn schoenen en stopte ze weer terug. De schoenen waren hoger dan ik me herinnerde en de ballen van mijn voeten brandden. 'Ik lig niet goed in de markt. Of ik lig op een foute markt, je weet wel, waar ze tweedehands dvd's en nep-Manchester United-shirts verkopen.'

'Doe niet zo raar, je hebt een topnotering aan de beurs,' zei Sarah lachend. 'Jij bent Harrods. Nou ja, misschien niet Harrods, dat is best ordinair tegenwoordig. Wat vind je van Harvey Nichols?'

'Dank je wel.' Ik lachte terug, maar mijn blik dwaalde af naar de deur, waardoor drie mannen binnenkwamen. Maar niemand die ik kende. 'Ik hoop echt dat je de moed kunt opbrengen om je door een lekker ding te laten pakken, zodat je man van je kan scheiden wegens overspel.'

'Wat ben je toch een schat. Heb je nog wat van Lauren gehoord? Het is de afgelopen week nogal stil geweest uit die hoek.'

'Het komt allemaal wel goed,' loog ik. 'Ik heb een paar levenstekenen van haar gehad.'

Zeventien mails, honderddertien berichtjes en een telefoongesprek, om precies te zijn. En dat was alleen nog maar wat er de afgelopen achtenveertig uur binnen was gekomen.

'Ik probeer er niet over te freaken,' zei Sarah en ze keek stralend naar de serveerster toen die kwam vragen of we nog wat wilden drinken. 'En ik wil er voor haar zijn, maar het gaat wel moeilijk worden, vrees ik.'

'Logisch.' Ik gooide mijn G&T achterover om plaats te maken voor de volgende. Als ik zo indrukwekkend wilde blijven liegen had ik een hoger promillage nodig. 'Maar ik kan als buffer dienen. Als het je te veel wordt, kunnen we een codewoord afspreken en dan zorg ik dat je weg kan. Zoiets als banaan of zo.'

Sarahs gezicht vertrok in de grimas die mensen vertonen als ze op het punt staan om te gaan huilen.

'O, god, dat was toch hopelijk geen sekswoord tussen jou en Steve?' vroeg ik zowel geschrokken als gegeneerd.

Ze schudde haar hoofd. 'Hoe kan ik nu mijn vriendin helpen haar huwelijk te plannen als ik zelf een scheiding moet regelen?' mompelde ze en ze wreef met haar vinger over de plek waar ze haar trouwring had gedragen. Je kon het amper nog zien. Tien jaar uitgewist in iets meer dan een week.

'Je komt er wel doorheen,' beloofde ik. 'Desnoods zwaar onder invloed van drank en pillen. Laurens moeder heeft altijd allerlei opwindende Amerikaanse medicijnen in huis. We regelen wel wat.'

Ze knikte, alsof ze zichzelf ervan wilde overtuigen dat ze het met me eens was.

'Heb je hem alweer gezien?' vroeg ik. 'Stephan?'

'Nee. Ik heb mijn man al bijna twee weken niet meer gezien. Hoe idioot is dat? Zo lang zijn we nog nooit uit elkaar geweest. Ik blijf maar denken: wat als we niet die stomme ruzie over wijn…'

Ze maakte haar zin niet af en keek afwezig uit het raam. 'Fuck, sorry, Maddie, het was niet mijn bedoeling om je avond te verpesten.'

'En dat doe je ook niet.' Ik gaf haar een vriendelijk schopje onder de tafel. 'Wil je weg?'

'Nee,' zei ze. Ze vermande zich, leunde achterover en keek om zich heen. De wanden van de pub waren bekleed met donkere, houten panelen en het zat er kamerbreed vol met pakken. Als ik niet al een goede reden had om hier te zijn, zou ik gek van vreugde worden over zo veel driedelige porno. 'Waarom wilde je hier afspreken? Het is helemaal geen tent voor jou.'

'Oké, niet lachen,' zei ik in de wetenschap dat ze dat inderdaad niet zou doen. 'Maar ik had zomaar het vermoeden dat Will hier zou zijn.'

Sarah schonk me een dodelijke blik. 'Ik moest helemaal naar het andere eind van Londen komen om te dure gin te drinken in een pub vol met piemelzwaaiers, omdat jij vermoedt dat de vent waar je afgelopen weekend een wip mee hebt gemaakt hier wel eens zou kunnen zijn?' De serveerster zette nieuwe glazen voor ons neer met een lach die door geen van ons werd beantwoord. 'Meen je dit nou?'

'Ja?'

'En dat heb je niet even van tevoren tegen me gezegd?'

'Nee?'

Sarah nam een grote teug G&T en bestudeerde me door haar brillenglazen. 'Weet hij dat je hier bent?'

'Nee.' Ik trommelde met mijn vingers tegen het glas.

Ze nam nog een slok. 'Je had het moeten zeggen,' zei ze uiteindelijk. 'En je had je even moeten omkleden. Wat de fuck heb je aan?'

'Ik zie er leuk uit!' zei ik schril, en ik keek naar mijn donkerblauwe jurk met het witte kraagje waarin ik me na werktijd had verkleed. 'Is dit niet leuk?'

'Enig,' zei Sarah. 'En dat is ook meteen het probleem. Je probeert die kerel toch tussen de lakens te krijgen? In deze jurk zie je eruit alsof je met een pakje druivensap hand in hand over het strand wilt huppelen.'

Het leek mij geen slecht plan voor een middagje aan zee.

'Alsof jij met je tieten te koop loopt.' Ik wees naar haar hooggesloten blouse en shorts met hoge taille. 'Iedereen weet dat mannen een korte broek over een panty vreselijk vinden.'

Sarah zei regelmatig dat ze de combinatie droeg als afschrikwekkend middel tegen verkrachting als ze in haar eentje door Oost-Londen liep en Lauren wachtte regelmatig tot Sarah naar het toilet was om tegen mij te zeggen dat de combinatie een pure penisverschrikker was, of het nu ging om gewenste of ongewenste intimiteiten.

'Mooi zo, ik haat mannen.' Ze streek haar blouse glad. 'En trouwens, ik kleed me niet om advocaten aan te trekken, ik kleed me om dotcomondernemers te versieren en kerels die te oud zijn om nog in een band te kunnen spelen, maar er nog altijd van dromen.'

'Ik ga gekleed als een kleuter,' zei ik toen het besef tot me doordrong. 'Daarom heb ik zeker nooit sjans?'

'Er zijn veel redenen waarom je nooit sjans hebt,' zei ze knikkend. 'Nu even een ijdele poging om je af te leiden van je belachelijke jurk, hoe zit het met die baan? Heb je mijn cv nog aan die vrouw van Personeelszaken gegeven?'

'Te laat,' zei ik met mijn ogen op de deuropening. Ik hoorde haar eigenlijk niet eens meer. 'Dat is Will, hij is net binnengekomen.'

Toen de dubbele deuren openvlogen, begon er in mijn hoofd een powerballad te spelen. Will liep met grote stappen in slow motion naar de bar en gooide zijn hoofd achterover om iets waar hij smakelijk om lachte. Echt waar, hij was de aantrekkelijkste man die ik ooit had gezien. Het was me een raadsel waarom niet elke vrouw in de pub tegen zijn been probeerde te rijden terwijl hij langsliep.

'Welke van de vier?' vroeg Sarah dwars door mijn softrockfantasie heen, en ze verdraaide haar nek om Will en zijn drie vrienden naar de bar te zien kuieren. 'Over wie hebben we het?'

Ik probeerde in zijn richting te knikken zonder aandacht op mezelf te vestigen. Heel raar, aan de ene kant wilde ik wanhopig graag dat hij me zou zien, aan de andere kant wilde ik in een gat onder de tafel verdwijnen om op mysterieuze wijze te worden getransporteerd naar mijn bank, om daar herhalingen van *Friends* te kijken en een enorme pizza weg te werken.

'Blauw gestreepte das,' fluisterde ik. 'Grote bruine mannentas. Stekeltjes.'

'O ja, ik herken hem van de foto's. Ziet er goed uit.' Sarah wreef afwezig over het ribfluweel van haar korte broek terwijl ze hem aanstaarde. 'Complimenten. Moet je niet even gedag gaan zeggen?'

‘Nee.’ Ik keek haar aan alsof ze gestoord was. ‘Waarom zou ik dat doen?’

‘Omdat je me helemaal naar Holborn hebt laten komen om in een pub te zitten voor het geval de man waar je mee hebt liggen vozen daarheen zou komen? En hij hier inderdaad is?’

‘Ja, nou en?’ Soms was Sarah echt heel erg dom.

‘Sorry, ik ben even het spoor bijster. Je bent hiernaartoe gekomen om hem te zien, maar nu wil je niet met hem praten?’

‘Ik wil dat hij hiernaartoe komt om met mij te praten,’ zei ik, en ik voelde mijn hele lijf gloeien. ‘Ik ga niet naar hem toe, straks denkt hij nog dat ik hier speciaal voor hem naartoe ben gekomen.’

‘Mads, je bént hier speciaal voor hem naartoe gekomen.’

‘Ja, maar dat hoeft hij toch niet te weten?’

Ik wilde haar het voordeel van de twijfel geven – tenslotte was ze nog maar net weer single – maar allejezus, hoe stompzinnig kun je zijn?

‘Dus we zitten hier, drinken onze glazen leeg, kletsen over niks en wachten tot hij je heeft gespot?’ vroeg Sarah.

Ik trok mijn lipstick tevoorschijn en stiftte kuis mijn lippen bij. ‘Ja.’

Sarah rolde met haar ogen, leunde weer achterover en goot haar G&T leeg in haar keel. ‘Oké dan. Hoeveel mails heeft Lauren je nu echt gestuurd over haar bruiloft?’

Zevenendertig minuten en nog een G&T later begon Sarah zich te ergeren. We hadden Blake Lively’s baby besproken, of dijhoge sokken gepast of ongepast waren en waar cola light nu precies van was gemaakt, en ik had net even iets meer gedronken dan goed voor me was.

‘Dus jij vindt het niet raar om in dezelfde pub te zitten als de man met wie je twee keer naar bed bent geweest en dan net te doen alsof je hem niet hebt gezien?’ vroeg Sarah en ze trok haar panty op. ‘Verdomme, Maddie, je bent eenendertig. Ga die vent even gedag zeggen.’

‘Maar wat als hij me heeft gezien en me expres negeert?’ Het leed geen twijfel, ik begon in paniek te raken. Vanaf het moment dat hij de pub in was gekomen, was ik onzeker geweest. Mijn hersens waren doordrenkt van gin en adrenaline en het begon me allemaal een beetje te veel te worden.

‘Dan verdient hij het dat zijn ballen eraf worden gehakt en aan zijn moeder worden opgestuurd.’ Ze zette haar glas met een klap op tafel. ‘Je krijgt nog vijf minuten van me om op hem af te stappen, anders doe ik het en dan zal het pas echt voelen alsof we weer zestien zijn.’

‘Wat moet ik zeggen?’ zei ik met weer een blik op mijn prooi. ‘Wat moet ik doen?’

‘Maddie, twee dagen geleden had je er geen moeite mee om naakt op deze man te gaan zitten en hem allerlei lichaamsdelen in jouw openingen te laten steken…’

‘Doe even normaal, zo kinky was het allemaal niet,’ onderbrak ik haar.

‘Hou je mond,’ zei Sarah streng. ‘Wat ik wil zeggen is dat er iets niet klopt als je kunt seksen met een wildvreemde, maar geen gewoon gesprek met hem kunt voeren. Dan is er iets mis en niet noodzakelijkerwijs met hem.’

Ik wist dat ze gelijk had, maar dit was nu typisch een gevalletje gemakkelijker-gezegd-dan-gedaan. Door je onderbroek uit te trekken stel je je aanzienlijk minder kwetsbaar op dan door te zeggen: ‘Ik vind je leuk.’ Dat weet iedereen. Alleen iemand die recentelijk het trauma heeft moeten doorstaan van een lief te horen zeggen: ‘Ik vind je helemaal niet leuk en ik wil van je af,’ denkt daar anders over.

‘Heeft hij je een reden gegeven om te denken dat hij een klootzak is?’ vroeg ze. ‘Even afgezien van het feit dat hij een man is en daar kan hij niets aan doen.’

‘Nee,’ zei ik terwijl ik het kartonnen onderzettertje ronddraaide op het tafelblad. ‘Hij is heel aardig geweest. Heel apperig.’

‘Ga dan gedag zeggen.’ Ze wees naar de drukke bar waar Will met zijn rug naar me toe stond. ‘Je doet gewoon alsof je wat wilt bestellen, je doet reuze nonchalant, je bent hier omdat ik hier met je wilde afspreken. Je bent geen gestoorde die hem hiernaartoe gevolgd is omdat ze te ongeduldig is om te wachten tot hij haar weer mee uit vraagt. En daarna gaan we hier weg om wat te eten, want ik sterf verdomme van de honger en ze hebben hier alleen maar Kettle Chips. Is hier een Nando's in de buurt? Ik heb zin in kip. Heb je zin in Nando's?'

Ik had beslist zin in kip van Nando's. Ik had er in ieder geval veel meer zin in dan naar die nu overvolle bar lopen en Will storen, terwijl die in druk gesprek was met zijn vrienden op vrijdagavond. Hoe had ik dit in mijn hoofd gehaald? Het was het stomste plan ooit. Ik maak dit kapot voor het zelfs maar is begonnen, zei ik in mezelf, en ik sleepte me naar de bar. Ik sta nu pal voor hem. Ik –

'Maddie?'

'Will?'

Ik spoor echt niet.

'Hallo!'

Hij trok me in een grote, sterke, stevige hug waar iedereen bij was, en kuste me op mijn wang.

Ik ben een genie.

'Hallo,' zei ik, vastbesloten om niet te gaan stotteren, blozen of struikelen, of iets anders vreselijks te doen wat morgen een leuk verhaal bij de brunch zou opleveren, maar mijn leven minimaal zou ruïneren. 'Hoest?'

'Ik drink even wat met de mannen.' Hij wees met zijn glas naar de drie andere mannen in overhemden en dassen in stemmige tinten. 'Jongens, dit is Maddie. Ze was vorige week ook op de bruiloft van Ian.'

De jongens wuifden, grinnikten en lieten hun blikken over mijn zedig bedekte borsten glijden. Sarah had gelijk over de jurk. Dankzij de biertjes die ze al ophadden en de hitte in de bar hadden ze allemaal knalroze wangen en schaapachtige grijnzen, zodat ze sprekend op uit de kluiten gewassen schooljongens leken. Elke man werd sexy'er van een pak en elke man zag er belachelijk uit als hij zijn jasje uittrok, zijn mouwen oprolde en zijn das losmaakte. Bovenste knoopje los, das iets los: hot. Bovenste drie knoopjes los en das helemaal los en je bent Paul de Perverseling op het kerstfeest van kantoor. Dan ben je nog maar één stapje verwijderd van de das om je hoofd binden en dansen op de 'Wig-Wam Bam'.

'Twee keer in één week,' zei hij lachend. 'Heb ik eens even mazzel. Wat brengt jou hier in deze uithoek?'

'Jou stalken natuurlijk,' zei ik, met een manische gorgellach.

Will staarde me even aan.

O, Maddie, hou toch je kop.

En toch schoot hij in de lach.

'Ik had een afspraak met mijn vriendin Sarah,' zei ik snel, voor hij de kans kreeg om te beseffen dat ik geen grapje maakte. Ik wees naar het tafeltje waar Sarah aandachtig naar het scherm van haar mobieltje keek. 'Ze werkt hier in de buurt.'

Ze werkte helemaal niet in de buurt, maar daar zou hij vanzelf wel achter komen.

'Altijd leuk om spontaan mensen tegen het lijf te lopen,' zei Will, nog altijd met een glimlach om zijn mond. Zijn vrienden sloten de gelederen en wendden zich iets van ons af, zodat we daadwerkelijk een gesprek konden hebben. 'Hoe was de rest van je week?'

'Shit,' antwoordde ik automatisch. 'We hebben een nieuwe assistent en ze is absurd.' SHARALINE. 'En die van jou?'

Hij knikte. 'Manisch. Ik heb een grote nieuwe zaak aangenomen, dus ik heb elke avond tot na middernacht op kantoor gezeten, afgezien van woensdag.'

'Wauw.' Ik kopieerde zijn geknik. Mijn lipstick voelde te dik en mijn mond voelde te droog. Het was vreselijk. 'Dat klinkt heftig.'

'Ik probeer het werk op kantoor achter te laten, dat is de enige manier om niet gek te worden,' zei Will. Hij glimlachte weer en opeens maakte ik me geen zorgen meer over mijn lipstick. Nou ja, nog maar een beetje zorgen. 'Wat staat er op jouw programma voor vanavond?'

Ik vroeg me af of hij het zou zien zitten om met Sarah en mij naar Nando's te gaan.

'We staan op het punt om weg te gaan.' Het aanbod om samen Portugese kip te gaan eten liet ik nog maar even.

'Ja, deze lichtgewichten hadden het ook al over zo naar huis gaan.' Hij wreef over zijn korte haar. 'Vrijdagavonden zijn niet meer hetzelfde als je wat ouder wordt, nietwaar?'

Ik wilde over zijn stekeltjes aaien en opeens herinnerde ik me hoe die stekeltjes hadden gevoeld tussen mijn dijen en voelde ik mijn knieën knikken. Wie had ooit kunnen denken dat Action Man zo verdomd sexy zou kunnen zijn?'

'Ja,' zei ik als een robot. 'Vrijdagavonden hakken erin.'

'Zeg, als jij op het punt staat om weg te gaan en ik op het punt sta om weg te gaan...' Hij leunde naar voren tot ik zijn adem in mijn haar en op mijn hals kon voelen. 'Waarom gaan we dan niet samen?'

'Ik d-dacht dat je moe was.' Ik mompelde, stamelde en stotterde tegelijk.

'Zo moe ben ik nou ook weer niet.' Zijn hand gleed over mijn rug naar een plek die nog net als sociaal acceptabel kon worden beschouwd.

'Ik betaal even mijn rekening hier en zie je over vijf minuten buiten. Hou jij alvast een taxi aan?'

'Oké,' mompelde ik, terwijl ik me afvroeg hoe ik aan Sarah kon uitleggen dat ik haar in de steek moest laten. 'Zie ik je buiten.'

Hij schonk me nog een laatste slettenbakblik, glimlachte, kneep in mijn heup en wendde zich weer naar de bar. Met een laatste struikel over mijn schoenen rende ik terug naar mijn tafeltje.

'En?'

'Hij wil naar huis,' zei ik snel. 'Nu meteen.'

'Loser.' Ze liet haar mobieltje in haar tas glijden. 'Nando's voor twee dus.'

'O... nee.' Ik trok mijn beste alsjeblieft-haat-me-niet-gezicht, hoewel ik wist dat ze volledig in haar recht stond om me te haten. 'Hij wil naar mijn huis.'

'Maar jij gaat niet naar huis,' wees Sarah me terecht. 'Wij gaan naar Nando's.'

Ik perste mijn lippen op elkaar en probeerde een manier te bedenken om het zo tactvol mogelijk te brengen. 'Ja, we zouden naar Nando's gaan,' zei ik. 'Maar zou het heel, heel erg zijn om dat een ander keertje te doen?'

'Je vraagt me of het heel, heel erg is om je hartsvriendin, die in een pijnlijke scheiding ligt en er altijd voor je is, te dumpen omdat jij wilt neuken met een vent die je vorig weekend op een bruiloft hebt leren kennen?'

'Ja, dat dekt de lading wel zo'n beetje.'

'Je bent de Slechtste Vriendin Ooit,' verklaarde ze.

'Dat is helemaal waar.'

'En je staat voorgoed bij me in het krijt.'

'Ook helemaal waar.'

Sarah keek van Will naar mij. 'Je vindt hem echt leuk, hè?' Ze legde de leren riem van haar koerierstas over haar hoofd.

'Ja,' zei ik, blozend van verliefdheid en kwetsbaarheid.

'Vooruit dan maar,' wuifde ze me weg. 'Beschouw me maar als je goede fee. Heb het leuk, ik zie je morgen wel weer.'

'Dank je wel.' Ik omhelsde haar innig. 'Ik zal dit niet vergeten. Als je eraan toe bent, zal ik jouw goede fee zijn en je duizend prinsen bezorgen.'

'Eerst maar eens zorgen dat je niet meer zo'n heks bent,' zei ze terwijl ze opstond en haar panty rechttrok.

'En laten we niet vergeten dat je nog een rondje Nando's van me tegoed hebt.' Ik hoopte dat ze me daaraan zou houden. 'Ik zie je morgen.'

Twintig minuten later, toen ik nog altijd in mijn eentje buiten stond en taxi na taxi liet passeren, vroeg ik me af of ik wel de juiste keuze had gemaakt. Sarah was allang weg en groepjes meiden liepen langs me heen, innig gearmd en lachend om grappen waar ik buiten stond, terwijl ik hier maar rondhing, met mijn tas over mijn schouder en mijn voeten gekruist bij de enkels, alsof ik op niemand stond te wachten.

Het was nu zo druk in de bar dat ik niet kon zien wat er allemaal gebeurde en hoewel ik graag naar binnen wilde om Will te halen, wilde ik geen veeleisend meisje lijken. Ik wilde cool zijn, alsof het me allemaal niets kon schelen en zo. Niet dat ik ooit zo was geweest, maar toch…

Een helderoranje licht kwam in mijn richting gescheurd en ik stak mijn arm uit. Genoeg was genoeg, ik wilde naar huis.

'Volmaakte timing.'

Net toen de taxi tot stilstand kwam aan de rand van de stoep, dook Will uit het niets op en legde zijn arm om mijn schouder.

'Ja,' antwoordde ik en ik klom naar binnen, terwijl hij het portier voor me openhield. 'Ik dacht al dat je niet meer zou komen.'

In mijn stem klonk een geforceerde luchtigheid door die me een beetje misselijk maakte.

'Sorry, het duurde een eeuwigheid voor ik mijn creditcard terugkreeg.' Hij nestelde zich naast me met een warme hand op mijn koude dij. 'Zo lang heb je toch niet hoeven wachten?'

'Lang genoeg.' Ik haalde een wenkbrauw op en verloor het gevecht al voor ik eraan was begonnen. Hij was te leuk. 'Laat maar, geeft niet.'

'Als vrouwen "geeft niet" zeggen, bedoelen ze het tegenovergestelde,' zei hij en hij duwde zijn gezicht in mijn hals terwijl ik de chauffeur mijn adres gaf. 'Hoe kan ik weer in een goed blaadje bij je komen?'

'Geen idee.' Ik zou een koele, kalme afstandelijke ijskoningin blijven. Ook nu zijn hand al onder mijn rok zat. 'Ik heb thuis nog wel wat klusjes liggen.'

'Ik kan wel een klusje bedenken dat ik graag wil doen,' fluisterde hij terwijl zijn vingers de rand van mijn onderbroek vonden. Godzijdank dat ik een leuke aanhad.

Ik vroeg me af hoe vaak per dag mensen lukraak God bedankten voor dingen waar hij vast niet voor bedankt wilde worden.

Deel uitmaken van een bruidsgezelschap is te vergelijken met deel uitmaken van een gezin. Je kunt je broers en zussen niet uitkiezen en iedereen moet zijn eigen taken uitvoeren om het huishouden op rolletjes te laten lopen! Maar belangrijker nog is dat jij en het andere bruidspersoneel in de aanloop naar de bruiloft het soort gezin worden dat ervoor kan zorgen dat alles op de grote dag vlot zal verlopen voor het bruidspaar.

Gebruik deze ruimte om op te schrijven hoe belangrijk je eigen familie voor je is en neem een momentje om dankbaar te zijn voor alle liefde die je naar deze dag in je leven heeft gebracht.

De naam van je moeder: Tracy
De naam van je vader: Peter
De naam van je broer(s): Daniel Michael
De naam van je zus(sen): Eleanor Jane
Hoe zit het met volle neven en nichten? Ik heb een neef, maar daar spreken we niet meer mee, want hij zat in *Big Brother* nadat dit naar Channel 5 verhuisde en is officieel 'een schande voor de familie'.
Heb je neefjes en nichtjes? Ik heb één nichtje en dat is nog redelijk pasgeboren, zodat er niet veel over te zeggen valt. Ze is heel roze en huilt niet veel, dat lijkt me wel een bonus.
Wat voor goede eigenschappen deel je met je moeder? Grote borsten, een irrationele liefde voor tomatensaus, en we zijn allebei allergisch voor katten.
En wat voor goede eigenschappen heb je van je vader? Bruin haar, groene ogen, gevoel voor humor, de onverklaarbare behoefte om een hele doos Quality Street leeg te eten op kerstavond, hoewel we daar allebei misselijk van worden, en een onvergankelijke liefde voor *Game of Thrones*.

10

Zondag 24 mei

Vandaag voel ik me: alsof ik mogelijk geadopteerd ben

Vandaag ben ik dankbaar voor: laat me even nadenken... ik kom er zo wel op

Gezien het feit dat ik in de zomer vrijwel geen weekenden vrij had en vorig weekend ook al had gewerkt en tussendoor nog gratis de bruiloft van mijn vriendin aan het plannen was, vond ik het heel nobel van mezelf om in te stemmen met het verzoek van mijn moeder om de zondag bij hen door te brengen, terwijl ik ook languit op de bank naar slechte films op ITV zou kunnen kijken. Ik was echt een goede dochter.

'Wat kijkt ze me raar aan. Waarom kijkt ze me zo raar aan?'

'Misschien omdat jij zo raar naar haar kijkt?' antwoordde mijn zus. Ze pakte mijn babynichtje uit mijn armen en legde haar weer in de reiswieg. 'Wat zit er toch allemaal voor zooi op de achterkant van je vest?'

'Vast van de trein.' Ik trok mijn vest uit en propte het in mijn handtas. Trein, keukenvloer, wie zou het zeggen? Will was vanmorgen langsgekomen op weg naar de rugby, die dingen gebeuren. 'Je ziet er goed uit.'

'Vind je dat echt of is het gewoon een manier om te zeggen dat ik dik ben?'

'Ik dacht eerlijk gezegd dat het verbazingwekkend is dat je al zo snel weer op je oude gewicht bent.' Ik staarde in de groene ogen van de baby. Die staarde terug, maar zei niets. Zo verwarrend. 'Dus ja, ik meende wat ik zei.'

'Ik heb er niet eens mijn best voor gedaan,' zei Eleanor en ze geeuwde. 'Maar ik ben voortdurend uitgeput en ik heb al maanden niet meer geslapen, dus dat verbrandt vast veel calorieën, denk je ook niet?'

'Geef je borstvoeding?' vroeg ik.

'Ja,' antwoordde ze. 'En daar hoef je niet zo'n vies gezicht bij te trekken, op een dag is het jouw beurt.'

Ik wou dat ik daar net zo zeker van was als zij.

'Daar zijn mijn meisjes!' Mijn vader kwam bulderend de kamer in, zoals mijn vader dat nu eenmaal altijd doet, en stortte zich op me. Mijn vader is geen tengere man. Het was niet erg comfortabel. 'Ik moet van mama zeggen dat het eten klaar is en dat jullie snel aan tafel moeten komen, omdat anders Daniel alles in zijn eentje opeet. Zal ik hier blijven bij de kleine dame?'

'Nee, ze redt zich wel,' zei Eleanor. Ze trok een trui aan en loerde vanonder de trui even naar haar dochter Emily. 'Als ze iets wil hebben, dan laat ze dat wel merken.'

Mijn zusje is precies vijf weken moeder en is nu al een betere ouder dan onze beide ouders bij elkaar.

'Laat je haar hier gewoon zomaar liggen?' vroeg ik, en ik staarde nogmaals naar de baby.

Eleanor haalde haar schouders op. 'Ze gaat toch nog nergens heen.'

Mijn ouders wonen niet meer in het huis waarin ik opgroeide, maar om een of andere bizarre reden, die alleen zij doorgronden, hebben ze hun nieuwe huis precies zo ingericht als het oude. Heel verontrustend.

'Wie wil er Yorkshire pudding?'

In de nieuwe oude eetkamer hing mijn moeder boven de tafel met een enorme schaal vol pasteitjes.

'Mam zegt dat Sarah gaat scheiden.' Daniel pakte de juskom om die voor de helft op zijn bord leeg te gieten, voor anderen de kans kregen jus te pakken. Dan, hoeveel ik ook van hem hou, is een echte kloothommel. Hoe zijn vriendin het al zo lang met hem volhield, was me een raadsel. 'Wat is er aan de hand?'

'Van wie weet jij het?' vroeg ik aan mijn moeder, die haar schort losknoopte en afwezig stralend om zich heen keek.

'Van wie weet ik wat?'

'Van wie weet jij dat Sarah gaat scheiden?'

Mijn moeder drukte haar handen tegen haar hart en trok een gezicht dat ze normaal gesproken bewaarde voor *Children in Need* of als ze erachter was gekomen dat een of andere BBC-presentator een pedo was.

'Haar moeder heeft het me verteld,' zei ze terwijl ze muntsaus over haar lamsbout schepte. 'Ze was erg overstuur.'

'Dat kan ik me niet voorstellen,' zei ik. 'Zo graag mocht ze Steve nou ook weer niet.'

'Nou ja, het is toch pijnlijk.' Mijn moeder wilde duidelijk niet het exacte gesprek herhalen. 'Logisch dat ze van slag is.'

'Wat is er gebeurd?' vroeg Eleanor. 'Heeft hij haar bedrogen?'

Ik schudde mijn hoofd. 'Ze zegt van niet.'

'Hmm.' Mijn moeder snoof. 'Hij zegt van niet.'

'En ik zag dat Seb vader is geworden,' zei mijn vader en hij pakte zijn glas wijn. 'Heb je hem nog gesproken?'

'Moeten we hem een kaart sturen?' vroeg mijn moeder zich af. 'Ik stuur wel een kaart.'

Ik legde mijn bestek neer. 'Zijn jullie nog Facebook-vrienden met Seb?'

'Natuurlijk, liefje,' zei mijn moeder. 'Waarom niet?'

'Omdat we uit elkaar zijn en hij met iemand anders is getrouwd?'

'Hij heeft lang deel uitgemaakt van ons gezin.' Mijn vader zwaaide met een vork vol lam om de spanning te doorbreken, maar bereikte daar alleen mee dat het vlees van zijn vork op Eleanors schoot vloog. 'Daar is FB toch voor, om met elkaar in contact te blijven?'

'Nee, het is om online te kunnen stalken en de levens van anderen te kunnen veroordelen,' zei ik. 'Dus jullie zijn Facebook-vrienden met mijn ex, maar niet met mij? En noem het niet FB, dat staat stom.'

'We dachten dat het ongemakkelijk zou zijn,' zei mijn moeder. 'Dat je ons niet als vrienden zou accepteren.'

'Ze zijn wel Facebook-vrienden met mij,' mengde Eleanor zich in het gesprek.

'En met mij,' zei Daniel. 'En met Rachel.'

Nu begon ik pissig te worden. 'Je bent Facebook-vrienden met de vriendin van Dan?'

'Ze zijn ook Facebook-vrienden met Jessica,' voegde Eleanor er aan toe. 'En met Emily.'

'O, dan is het goed,' zei ik. 'Dus alleen maar met Dan, de vriendin van Dan, Eleanor, haar vrouw en hun dochter.'

'Zoals gebruikelijk maak je weer van een mug een olifant,' merkte mijn moeder op. 'Ik zal je een vriendschapsverzoek sturen.'

'Laat maar.' Ik viel aan op de aardappelpuree. 'Ik zet je toch bij de kennissen zodat je niet alles kunt zien.'

'Ze wil niet dat je je gaat bemoeien met al haar avonturen,' zei mijn vader en hij porde me aan. 'Al die jongens die met haar willen wippen.'

Daniel kreunde. 'Jeez, pa, ik zit te eten. En er zijn helemaal geen jongens die met haar willen wippen. Ze is onwipbaar.'

Ik stierf van verlangen om ze over Will te vertellen, maar het was nog te vroeg. Zodra ik zijn naam zou laten vallen, zouden ze het over niets anders meer hebben tot onze tiende trouwdag. Ik weet niet wanneer het precies gebeurt, volgens mij ergens in de puberteit, maar zodra je enige belangstelling begint te tonen voor het andere geslacht, is je liefdesleven vogelvrij en een geliefd gespreksonderwerp, aan willekeurig welke tafel, tot je je settelt en te saai wordt om over te praten.

Seb en ik waren al eeuwen uit elkaar en toch kwam hij elke keer dat ik thuis was weer ter sprake, omdat ze niet in staat waren het niet over hem te hebben. Altijd weer kwam de relatievraag ter sprake. De natuur verfoeit een vacuüm en het vacuüm waar de natuur nog het meest de pest aan had, was dat in mijn vagina.

'Dus, geen nieuwe aanbidder in beeld?' informeerde mijn vader. 'Geen drieste kerels waar we van af zouden moeten weten?'

'Niemand waar je van op de hoogte zou moeten zijn,' bevestigde ik.

'En nu Sarah weer single is, heb je er nog concurrentie bij ook,' merkte Dan op.

'En bedankt, Dan.'

'En Sarah is een lekker ding.'

'Nogmaals bedankt, Dan.'

'Als ik single was, dan zou ik het wel met haar kunnen.'

'Zo kan-ie wel weer, Dan.'

'Hoe is het met Lauren?'

'Die gaat trouwen.'

'O, wat opwindend!' Mijn moeder ruilde haar o-nee-niet-ook-Rolf-Harris-gezicht in voor haar jeej-Dennis-Lynam-is-op-tv-uitdrukking. 'Heeft ze je als bruidsmeisje gevraagd?'

Ik knikte en kauwde bedachtzaam. 'Yep. Wat allemaal wel een beetje raar is, omdat Sarah in scheiding ligt en Lauren bezig is met haar bruiloft en...'

'Raad eens? Ik ga volgende week naar Japan voor een shoot,' zei Dan. Hij woelde door zijn korte bruine krullen. 'Kan wel eens interessant worden.'

En ziehier een sterk staaltje rivaliteit tussen broer en zus.

'Wat spannend,' zei mijn vader. 'Daar ben je al een tijdje niet meer geweest, toch?'

'Het is inderdaad al een paar jaar geleden.' Dan haalde zijn schouders op. 'En het is maar een paar dagen Tokyo.'

Maar een paar dagen Tokyo. Zoals ik al zei: Dan is nogal een kloothommel.

'En jij, Ellie?' vroeg mijn moeder. 'Heb jij nog bijzondere dingen meegemaakt?'

'Nou, ik heb een kind gekregen,' zei ze. 'En nu ben ik altijd moe. Dit is het hoogtepunt van de week, dat zegt wel iets.'

Mijn moeder negeerde het antwoord van haar jongste dochter

volledig. ‘Het is zo fijn om jullie weer eens allemaal bij elkaar te hebben. Echt enig.’

‘En jij, Maddie?’ vroeg mijn vader. ‘Nog mooie feesten georganiseerd?’

‘Ik heb de Chuckle Brothers geboekt voor een feest ter ere van iemands veertigste verjaardag.’ Ik trok mijn haar in een paardenstaart. ‘En ik maak min of meer kans op promotie op de zaak.’

Mijn moeder mepte mijn handen weg van mijn hoofd. ‘Niet met je haar spelen aan tafel! Een promotie? Wat voor promotie? Organiseer je dan geen feesten meer?’

De opwinding in hun stem brak mijn hart een beetje. Na al die jaren hadden mijn ouders nog steeds niet echt een beeld van wat ik deed. Beiden waren leraar Engels en hun idee van een chic feestje ging niet verder dan een ruimte boven de pub huren en wat kant-en-klare hapjes van Marks & Spencer serveren.

‘Het draait nog altijd om events organiseren, maar in plaats van assistent zou ik manager worden.’

‘Heb je nog wel eens overwogen om les te gaan geven?’ vroeg mijn vader en ik zag dat hij zijn vork zo stevig vasthield dat zijn knokkels wit kleurden. ‘Want je weet dat we altijd hebben gezegd dat wij je studie zullen betalen als je terug naar de universiteit zou willen.’

‘Ik zou een heel slechte lerares zijn,’ zei ik. Dan en Eleanor knikten. ‘En je hoeft me niet te betalen om weer te gaan studeren.’

‘Je had ze anders wel nodig om een flat voor je te kopen,’ merkte Dan op. ‘Waar je nog altijd in woont.’

‘Dat is ons pensioenpotje,’ antwoordde mijn moeder voor mij. ‘Maddie betaalt huur en past er gewoon op, voor ons.’

‘Je bent er anders de laatste tijd niet meer geweest, toch?’ mompelde Dan door een vork vol erwten.

‘Je zou zo’n goede lerares zijn,’ vervolgde mijn moeder en ze worstelde met een niet helemaal gare spruit. ‘Je wilt toch niet de rest van je leven feestjes bouwen?’

‘Ik bouw geen feestjes,’ zei ik, geërgerd omdat ik geen zin had om hetzelfde gesprek voor de zoveelste keer te voeren. 'En ik wil niet het onderwijs in.'

'Jij wilt gewoon helemaal niets,' verklaarde mijn vader. Hij legde zijn vork met enige kracht neer. 'Het leven is niet alleen maar vrijblijvende lol, Madeline. Je kunt niet zomaar een eind aanmodderen.'

Ik wist niet wat ik had gedaan om opeens een officiële Madeline te verdienen, maar mijn vader leek behoorlijk kwaad.

'Oké,' zei ik langzaam terwijl ik om me heen keek voor hulp, maar niemand had die te bieden. 'Dit slaat echt nergens op. Dat ik geen leraar wil worden, wil niet zeggen dat ik niets wil doen. Deze promotie zou enorm veel verantwoordelijkheid opleveren, het is echt een zware baan.'

'De Chuckle Brothers inhuren voor iemand die veertig is geworden,' merkte Dan op. 'Dat klinkt inderdaad heel indrukwekkend.'

'Dat jij niet begrijpt wat ik doe, wil nog niet zeggen dat het niet lastig is,' antwoordde ik kalm. 'Jij zou jezelf nog niet eens kunnen aankleden als Rachel je kleren niet klaarlegde, laat staan dat je een groot event zou kunnen organiseren.'

'De hemel behoede je als je ooit een baby krijgt,' zei Eleanor. Op de achtergrond begon Emily met perfect gevoel voor timing te jengelen. 'Ik heb geen idee hoe je je zal redden als je eens iets echt belangrijks hebt om je mee bezig te houden.'

Ik draaide me naar haar toe om mijn zusje de volle laag van mijn 'Sorry?!'-gezicht te geven.

'Oooh, Sarah is boos op Lauren en Lauren haat Sarah en ik kan maar niet besluiten wat ik wil met mijn leven hoewel ik al dertig ben,' zei ze zangerig. 'Weet je wat? Ik ga een feestje plannen voor een rijke stinkerd met meer geld dan gezond verstand.' Het klonk helemaal niet zo grappig als ze het bedoelde. 'Arme ik, arme ik, arme ik.'

Dan schraapte zijn keel. 'Ze is eenendertig.'

'Is het allemaal niet, hoe zal ik het eens zeggen, zinloos?' Eleanor keek me recht aan. 'Verveelt het je dan nooit, feestjes organiseren voor andere mensen? Ik weet niet hoe je het voor elkaar krijgt om 's morgens je bed uit te komen, het lijkt allemaal zo leeg.'

O. O nee. Nu was ik kwaad.

'Zeg dat nog eens als je het fucking lef hebt,' zei ik kalm.

'Madeline! Dat soort woorden gebruiken we niet!'

Die Madeline had ik waarschijnlijk wel verdiend.

'Wat nou?' Eleanor was niet eens gestopt met eten tussen haar beledigingen door en haar baby's gejengel ging langzaam over in gebrul op de achtergrond.

'Het is allemaal zo oppervlakkig, Maddie. Ik wil niet bot doen, maar hoe meer je erover vertelt, hoe zinlozer het allemaal lijkt.'

Verbijsterd keek ik mijn zusje aan. 'Wou je nou zeggen dat mijn leven zinloos is?'

'Ik had het over je baan, niet je leven, maar laten we eerlijk zijn: het is niet zo dat je kanker de wereld uit aan het helpen bent, toch? Misschien is "zinloos" niet helemaal het juiste woord,' mijmerde ze hardop, op zoek naar woorden die de keuzes die ik had gemaakt volledig de grond in zouden kunnen trappen. 'Nutteloos. Leeg. Het is leeg.'

Ik neem alles terug wat ik heb gezegd over haar excellente ouderschap. Je kunt geen goede ouder zijn als je een shitty mens bent.

'WAAR HEB JE HET OVER?' Schreeuwen was niet toegestaan aan de tafel van de Frasers, maar het was schreeuwen of mijn vuisten gebruiken en fysiek geweld werd nog strenger afgekeurd. 'HOEZO IS MIJN LEVEN LEEG?'

'Niets wat je doet heeft echt iets te betekenen,' antwoordde de vijfentwintig jarige moeder van één kind. 'Al dat gestress over niets. Ik probeer je niet af te branden, ik probeer het in perspectief te zetten. Je hebt veel te veel tijd om te piekeren over dingen die er niet toe doen. Als je ooit een kind krijgt, zul je het snappen. Dan weet je wat prioriteiten zijn.'

'O, Els, ze slaat je zo helemaal in elkaar,' zei Dan grinnikend.

'Daniel.' Mijn moeder gaf haar zoon een waarschuwende blik voor ze haar aandacht richtte op haar dochters. 'En nu is het afgelopen met dat gekibbel tussen jullie. Eleanor, het leven van je zus is niet zinloos. En Maddie, je zus heeft gelijk.'

'Wat?'

'Sorry, niet wat.'

'Wat?'

'Je leven is niet zinloos, Eleanor bedoelde dat niet zo. Maar alles verandert als je een kind hebt,' zei ze met haar handen in de lucht wapperend. 'Dat merk je vanzelf, dan heb je geen tijd meer voor al die onzin.'

Zou doodslag uit zelfverdediging strafbaar zijn in Engeland? Of kwam je daar alleen in Amerikaanse politieseries mee weg?

'Hoezo, is een baby zaligmakend?' vroeg ik. 'Wat als ik geen kind wil? Wat als ik geen kinderen kan krijgen?'

'O, Maddie.' Mijn moeder klampte haar handen samen voor haar borst. 'Wat is er gebeurd? Zijn het je eileiders? Je tante Ivy had ook zo'n problemen met haar eileiders...'

'Zo gaat het nou altijd,' onderbrak Eleanor. 'Alles draait weer eens om jou.'

'O mijn god.' Ik liet mijn hoofd zo ver mogelijk achterover hangen en haalde heel diep adem voor ik antwoord gaf. 'Jij bent hierover begonnen. Jíj bent degene die zei dat mijn leven zinloos is.'

'Dat zei ze helemaal niet,' zei mijn moeder.

'Echt wel,' zei Dan. 'Letterlijk zelfs.'

'MIJN LEVEN IS NIET LEEG!' schreeuwde ik. 'Ik heb een GEWELDIG leven. Ik heb vrienden en een baan en ik date een erg knappe man die advocaat is.' Ik stond op en sloeg met beide handen op tafel om mijn woorden kracht bij te zetten. 'Inderdaad, een advocaat.'

'Een blinde advocaat?' informeerde Dan.

'Hou je mond, Dan!' riepen mijn moeder en ik tegelijkertijd.

'Ik ben dol op mijn leven, voor het geval jullie dat willen weten. En ja, ik heb het vaak over mijn vriendinnen, wat is daar mis mee? Ik héb tenminste vriendinnen en ik ben bij ze betrokken. En ik heb geen tijd om te stressen over dingen die er niet toe doen, omdat mijn dagen boordevol zitten, dus daar hoeven jullie je ook al niet ongerust over te maken. Ik werk tachtig uur per week, ik ga naar yoga, spinning en een boekenclub en ja, ik spreek af met mijn vriendinnen. Vriendinnen die het nu in Ceviche leuk zitten te hebben, terwijl ik word afgezeikt door mijn familie. Gezellig etentje, hoor!'

'WANNEER GA JIJ NOU NAAR YOGA?' schreeuwde Eleanor.

'IK GA BEST WEL EENS,' schreeuwde ik terug.

'Wat is een ceviche?' vroeg mijn vader.

'Rauwe vis,' antwoordde ik, al iets kalmer. 'Doet er niet toe, pap.'

'Ik dacht dat sushi rauwe vis was?' fluisterde hij tegen mijn moeder. 'Is dat veranderd?'

'Het is iets anders dan sushi,' legde Dan uit. 'Spaanser en pretentieuzer.'

'Het is niet pretentieus, het is verrukkelijk.' Ik ademde lang uit. 'En jezus, Eleanor, kun je dat kind niet even uitzetten?'

'We laten haar huilen,' zei ze doodleuk. 'Ze is een baby, ze hoort dit geluid te maken. Ik weet niet wat jouw excuus is.'

'Als we nu allemaal eens even diep ademhalen en het over iets anders hebben, zodat we rustig kunnen afeten?' stelde mijn moeder voor met een stem die zo schril was dat ik vreesde dat de ramen het zouden begeven. 'Ik heb nog warm appelgebak in de oven staan als dessert.'

'O, appelgebak,' zei mijn vader.

'Vooruit, Maddie.' Mijn moeder haalde diep adem en sneed een klein stukje lam af, terwijl de rest van het gezelschap naar zijn bord staarde. 'Vertel ons eens even alles over die advocaat.'

11

Woensdag 27 mei
Vandaag voel ik me: GEWELDIG
Vandaag ben ik dankbaar: omdat ik me GEWELDIG voel

Ik weet niet waar ik me zo druk over maakte.

Ik blijk, zoals ik stiekem al vermoedde, in alles geweldig te zijn en dus niet alleen in op de bank zitten en kaaschips eten, zoals mijn zusje denkt. Hoewel ik daar ook heel goed in ben, want ik ben in het algemeen GEWELDIG.

Toegegeven, mijn eerste meeting met het stel dat ons hun naamfeestje wilde laten plannen, ging niet helemaal soepel van start, maar aan het einde was ik toch best tevreden.

'Hallo, ik ben Maddie,' zei ik bij binnenkomst in de vergaderzaal, gewapend met hoge hakken, diverse schrijfblokken en Sharaline (zucht). 'Fijn dat u er bent, meneer en eh, meneer Dickinson.'

'Zeg maar Andrew en Christopher,' zei Andrew en hij wees naar zichzelf en zijn echtgenoot. 'Ik heb zijn naam aangenomen, wie zou er nou zijn hele leven Andrew Higglebottom willen heten? Rare naam.'

'En dit is Sharaline.' Ik gebaarde naar mijn stagiaire. Als we het nu toch over rare namen hadden. 'Willen jullie iets drinken? Koffie, thee, een glaasje champagne, misschien?'

'Ik heb wel zin in een glaasje bubbels,' zei Christopher. Hij flonkerde me bijna blind met een nogal forse diamanten trouwring.

Mooi zo, dacht ik. Ruim budget dus. Als ik de managersfunctie zou krijgen, zou ik ook commissie krijgen. Hoe groter de diamant, hoe groter het feest, hoe groter het extraatje voor Maddie.

'Sorry dat we vorige week steeds moesten afzeggen, het was allemaal nogal hectisch.'

'Dat kan ik me voorstellen.' Ik wuifde de verontschuldiging weg, hoewel ik er best blij mee was. Ik was er zo van overtuigd geweest dat ze het hele feest zouden afzeggen, dat ik er een week slecht van had geslapen. 'Met een baby op komst is het al gauw een gekkenhuis, jullie hoofd moet omlopen.'

'Je hebt geen idee wat er allemaal bij komt kijken,' zei Andrew. 'Heb je zelf kinderen?'

'O, god, nee.' Ik lachte kakelend als een krankzinnige en pakte de afstandsbediening om het scherm aan de muur aan te zetten. 'Yuk.'

Andrew en Christopher grinnikten niet met me mee.

'Maar mijn zusje heeft net een kind gekregen,' zei ik terwijl ik mijn pony uit mijn gezicht schraapte.

Nog altijd geen respons.

'En zij is gay.'

'En heb je ook haar naamfeest georganiseerd?' vroeg Christopher hoopvol.

'Nee, ze hield een heel traditioneel doopfeest.' Ik bladerde door mijn mappen. 'Heel leuk, goedbeschouwd.'

Ze keken naar elkaar en wisselden een blik die ik voor het laatst had gezien op het gezicht van mijn ouders.

'Heb je al veel van dit soort events georganiseerd?' vroeg Andrew.

'Massa's. Je bent in goede handen.' Ik veegde zo ruw over het scherm van mijn iPad dat die door de vergaderruimte zeilde. Ik klom uit mijn stoel en sloop door de kamer om hem weer op te pakken.

'De eerste keer dat we belden, hebben we gesproken met ene Victoria,' zei Andrew. 'Is zij er vandaag ook?'

Ik moest even slikken. 'Victoria werkt niet meer voor ons,' zei ik. Ik ging zitten, kruiste mijn benen en probeerde de meest professionele versie van mezelf te lijken, wat allemaal niet meeviel in een kokerrok. Beide mannen keken ongerust toe terwijl ik net zo lang schuifelde op mijn stoel tot ik mijn ene knie over de andere had. 'De events worden nu gedaan door Shona en mij.'

'Shona? Wie is Shona?' Christopher kikkerde onmiddellijk op. 'Komt Shona er ook bij zitten?'

'Nee, ik ga alles voor je regelen.' Ik probeerde geruststellend te klinken en me niet af te vragen of ik het nu gebarsten scherm van mijn iPad zelf zou moeten betalen. 'Je hoeft je nergens zorgen over te maken. Afgezien van jullie baby, dan. Niet dat dat een zorgenkindje wordt, natuurlijk. Dat weet ik natuurlijk niet.'

Sharaline kwam weer binnen, ditmaal met vier glazen en een fles Bollinger.

'Alsjeblieft,' zei ze en ze zette de fles midden op tafel. Andrew en Christopher persten hun lippen samen als kattenkonten. 'Zal ik inschenken?'

'Graag, dank je wel,' zei ik met een knikje. Ik schraapte mijn keel en gooide mijn papieren door elkaar. Als dit niks zou worden, zou ik er in ieder geval een glas Bolli aan overhouden. 'Ik vroeg net aan meneer en meneer Dickinson om me alles te vertellen over hun kindje.'

Het stel wisselde een blik, haalde de schouders op en namen een glas champagne aan. Ze gingen deze meeting duidelijk met dezelfde houding in als ik.

'We krijgen een dochtertje, Audrey Dickinson,' zei Christopher. Andrew haalde intussen een foto van een echo tevoorschijn. Sharaline en ik ooh'den en aah'den in koor. Wanneer was het sociaal acceptabel geworden om zomaar iedereen de binnenkant van iemands baarmoeder te laten zien? Ik snapte er niets van. 'Onze draagmoeder is over drie weken uitgerekend en we denken aan eind juli voor het naamfeest.'

'Oké.' Ik knikte als de wijze eventplanner die ik voor moest stellen. 'En je wilt het feestje in een weekend geven?'

'Idealiter op de vijfentwintigste,' bevestigde Andrew.

Eén week voor Laurens bruiloft, krabbelde ik op mijn schrijfblok. Niets aan de hand, moet kunnen, gaat lukken.

'Nou, ik wil jullie graag een presentatie laten zien van events die we eerder hebben georganiseerd.' Ik zette het document klaar. 'Hebben jullie zelf misschien al ideeën over hoe jullie het willen hebben? Een bepaald thema of een locatie die we als uitgangspunt kunnen nemen?'

'Jazeker,' zei Andrew en hij haalde zijn eigen, onbeschadigde iPad tevoorschijn. 'We zijn allebei nogal van de details, dus we hebben al aardig wat research gedaan.'

Daar was geen woord van gelogen. Voor ik mijn powerpoint kon starten, scrolde hij al door een Pinterest-board en liet me foto's zien van bloemenarrangementen die zeker tweeduizend pond per stuk zouden kosten, taarten die ik niet onder de duizend euro zou kunnen krijgen en locaties die niet eens bestonden in het Verenigd Koninkrijk.

'We weten precies hoe we het willen hebben.' Hij veegde zo snel door de foto's dat ik niets in me kon opnemen. Mijn algemene indruk was dat deze heren een feestje van Elton John goedkoop en aan de tamme kant zouden vinden. 'Een afternoontea in een Engelse tuin, met ooievaars en rozen, dat is het thema.'

'Ooievaars en rozen,' herhaalde ik, en snel schreef ik het op.

'De ceremonie zal plaatshebben met rozen op de achtergrond en de kleuren moeten perzik en roze zijn. Alle rozen moeten perzik en roze zijn. Al het eten moet ook perzik en roze zijn. Alle decoraties moeten perzik en roze zijn. En daarna willen we een geweldig, geweldig feest voor de volwassenen en kinderen, maar het moet wel niveau hebben en niet ordinair zijn. En Christopher heeft coeliakie, dus de hele catering moet glutenvrij zijn. O, en er mogen geen ballonnen worden gebruikt, ik lijd aan globofobie.'

Ik klakte met mijn tong en probeerde niet te gaan huilen. 'Okééé.'

Sharaline pakte haar glas champagne en sloeg het in één keer achterover. Misschien was ze toch niet zo hersenloos als ik dacht.

'Uiteraard moet het iets buitengewoons worden,' zei Andrew en hij pauzeerde even bij een foto van het theepartijtje van de Maartse Haas en de Hoedenmaker uit *Alice in Wonderland*. 'Iets extravagants en surrealistisch en spectaculairs. Het moet iets worden wat de gasten helemaal van hun sokken blaast.'

'Oké.'

'Maar kindvriendelijk.'

'Oké.'

'Maar wel totaal krankzinnig.'

'Oké.'

'Maar toch ook mooi.'

'Uiteraard.'

'Maar wel fantastisch.'

'Te gek.'

'Geld speelt geen rol.'

'Dat is mooi.'

'Maar het moet ook weer niet te gek worden.'

'Oké.'

'Klinkt dat als iets wat je aankunt?'

'Je wilt een prachtig, fantasievol en spectaculair feest in een tuin met perzik en roze rozen, zonder gluten of ballonnen, maar met de wauw-factor waar mensen nog jaren over zullen napraten, maar weer niet zo wauw dat het de kinderen bang maakt?' zei ik. 'Eitje. Glutenvrij eitje.'

Ze keken elkaar aan. Andrew pakte Christophers knie en gaf hem een kort knikje.

'Als dit iets is wat je niet zo ligt,' zei Glutenvrije Christopher bijna opgelucht, 'dan kunnen we het altijd nog zelf doen, hoor.'

'We hebben het hierover gehad,' siste Andrew hem toe. 'Je hebt het veel te druk om een feest te organiseren. Je kunt niet álles doen, Christopher.'

'Heus, dit gaat helemaal goed komen.' Ik probeerde zelfverzekerder te klinken dan ik me voelde. 'Niets wat ik niet al eerder heb gedaan.'

'Echt waar?' Christopher kreeg weer iets hoopvols. 'Echt waar? Ook op deze schaal?'

'Duizenden keren,' zei ik, niet zonder overdrijven. 'Als het niet vaker is.'

‘Hallo allemaal.’

De deur vloog open en Shona marcheerde binnen, haar Blond Ambition-paardenstaart zwaaide dynamisch boven op haar hoofd. Ze droeg een zwart-wit geruite broek die zo strak zat dat zelfs Andrew en Christopher haar vagina konden aanwijzen.

‘Hoe gaat het hier?’ vroeg ze terwijl ze over een lege stoel aan tafel leunde. ‘Heeft Maddie jullie al verpletterd met haar visie?’

‘We zijn nog maar net begonnen,’ zei ik, en ik voelde mijn bravoure verdampen. ‘Ik wilde de presentatie laten zien.’

‘Ik ben Shona.’ Met kordate passen liep ze om de tafel heen en ze schudde de handen van de mannen zo krachtig dat ik dacht dat hun armen eraf zouden vliegen. ‘Jullie zijn vast Andrew en Christopher, van harte gefeliciteerd met jullie aanstaande kindje, jullie zullen er wel naar uitkijken.’

‘Dank je wel.’ Andrew straalde nog meer dan zijn trouwring. ‘We zijn heel blij dat je erbij komt zitten.’

‘O, nee.’ Shona lachte zo breed dat haar gezicht in tweeën dreigde te breken. ‘Ik kom alleen Sharaline ophalen.’

Christopher stootte Andrew aan. ‘Ik zei toch dat dat haar naam was?’

‘Ik maak aantekeningen voor Maddie,’ zei Sharaline. Ze zwaaide met haar notitieblok naar de baas.

‘Sharaline maakt aantekeningen,’ herhaalde ik, en ik probeerde zo recht te zitten als de steunkous die voor mijn kokerrok doorging toestond. ‘Ze komt zo. Het duurt niet lang meer.’

‘Echt niet,’ bevestigde Andrew.

‘Je hebt Sharaline helemaal niet nodig,’ spinde Shona en ze keek vuil naar onze nieuwe assistente. ‘Je kunt uitstekend zelf aantekeningen maken, vorige week deed je dat nog voor mij, weet je nog wel?’

Sharaline sloot haar schrijfblok, schoof uit haar stoel en wierp mij een verontschuldigende grimas toe. Shona klopte het meisje op haar schouder en duwde haar zo meteen de vergaderkamer uit. Daarna schonk ze Andrew en Christopher nog een innemende lach en knipoogde zo’n beetje in mijn richting.

'Jullie zijn in goede handen,' zei ze, al bijna de deur uit. 'Alles wat ze weet, heb ik haar geleerd.'

En met die woorden knalde ze de deur achter zich dicht.

'Ik denk dat we maar eens moeten opstappen,' zei Andrew en hij dronk zijn glas champagne leeg. 'Om hier even over na te denken. Bedankt voor je tijd.'

'Nee,' zei ik met mijn ogen op mijn schrijfblok gericht. 'We zijn nog niet klaar.'

'Het geeft niet.' Hij gebaarde naar Christopher dat hij door moest drinken, terwijl hij zelf al overeind kwam. 'Je hoort nog van ons.'

'Ga zitten,' zei ik luid. Ik stond op en keek ze om de beurt recht aan. 'Alsjeblieft.'

Ik ging dit niet zomaar opgeven. Ik liet me niet intimideren door een peroxideblondine met maat zesendertig en haar stompzinnig genaamde slaafse volgeling. Het enige wat Shona deed dat ik niet deed, was een show opvoeren. Ik was degene die al het werk deed, alles regelde en de hele logistiek in de gaten hield. En als je de rotkanten van het werk onder controle hebt, zou je geen enkele moeite moeten hebben met de sexy kanten.

Ik kon dit.

Vast wel.

Andrew ging langzaam weer zitten en hield onder de tafel Christophers hand vast.

'Fantastisch.' Ter ondersteuning van mijn iets te luide stem gebruikte ik jazzhandjes, terwijl ik een stalen glimlach op hen losliet. 'Zullen we even naar mijn presentatie kijken?'

'Graag,' zei Christopher. 'Zou ik nog wat mogen drinken?'

'Maar natuurlijk,' zei ik en ik zette mijn laserpointer aan. Het was menens. 'Pak de fles, ga maar los.'

Een uur later, met dank aan een combinatie van pure bluf, een musicalmedley (die Andrew enig vond, maar Christopher verschrikkelijk) en nog eens twee glazen champagne, had ik ze zover dat ik ze voor het einde van de week een voorstel mocht sturen voor het naamfeest van hun aanstaande dochter. Voor het eerst sinds Matilda had gezegd dat ik moest solliciteren op de functie van Victoria, voelde ik meer opwinding dan angst. Sterker nog, ik had het zo druk met zoeken naar rozentuinen met roze en perzikkleurige rozen waarin ik een spectaculair, babyvriendelijk fabuleus feest kon organiseren met ooievaars en zonder gluten, dat het al na vieren was voor ik besefte dat ik nog niets had gehoord van Will. Had hij niet gezegd dat hij woensdagavond iets samen wilde doen? Was het vandaag geen woensdag? Ik trok de lade van mijn bureau open om op mijn telefoon te kunnen kijken. Niets.

Oké, dacht ik, pruilend als de Onafhankelijke Vrouw die ik nu eenmaal ben. Ik ben vandaag niet in de stemming om me iets te laten flikken door een vent, dus ik ga hem gewoon appen. En voor ik in de greep kon komen van de laffe, kleffe wat-moet-hij-wel-niet-van-me-denken-mindfuck, had ik het berichtje al gestuurd. En voor ik spijt kon krijgen, had ik al antwoord.

Score!

Oké, schoonheid, las ik. *Werk nog steeds een gekkenhuis. Laten we een beetje chillen bij jou, ik ben er rond achten.*

Met de zelfingenomen lach van een vrouw die onmiddellijk antwoord had gekregen van een nieuw vriendje dat officieel nog geen echt vriendje was, appte ik *Kee* terug en schoof mijn mobieltje terug in de lade. Ik was een vrouw die alles onder controle had en die de touwtjes in handen had. Ik was een vrouw die moest uitrekenen of het financieel en vooral ook ethisch verantwoord was om twee dozijn witte konijnen roze en perzik te verven voor het idiootste feest ter wereld.

Er hoeven tenminste geen zeeleeuwen aan te pas te komen, hield ik mezelf voor en ik huiverde bij de herinnering. Je zou denken dat ze een aanbiddelijke aanvulling zouden zijn op een zwembadfeestje, maar dat zijn ze dus helemaal niet.

Ik zat mezelf net in te lezen op het gebied van plantaardige verf versus chemische verf, toen er een nieuwe afspraak in mijn agenda verscheen: *17:00 uur, consult nieuwe klant*. Dat moest een vergissing zijn.

Ik belde naar onze receptioniste die de afspraak had gemaakt. 'Hé Sacha, ik zie voor vijf uur een nieuwe klant in mijn agenda staan, maar Shona is al naar huis.'

'Het is niet voor haar,' antwoordde ze opgewekt.

Sasha was al drie jaar onze receptioniste, maar Shona bleef haar hardnekkig Michelle noemen, omdat onze oude receptioniste zo heette en ze geen zin had een nieuwe naam te leren.

'Hij komt voor jou,' zei ze. 'Heeft zelfs speciaal naar je gevraagd.'

'Hij?'

'Hij,' bevestigde ze. 'En hij ziet er nog leuk uit ook. Ik heb hem net naar de vergaderruimte gebracht. Haal een kam door je haar en schiet een beetje op.'

Vreemd bleek altijd nog vreemder te kunnen.

'Mijn haar hoeft niet gekamd te worden,' zei ik toen ze de verbinding al had verbroken. Snel pakte ik een schrijfblok en pen, hield mijn pas in toen ik een glimp van mezelf in een raam zag weerspiegelen en gooide toen alles weer neer om op zoek te gaan naar een kam.

'Hallo daar,' zei ik even later, toen ik opkeek naar Tom de Ceremoniemeester.

'Hallo,' zei hij, van grote hoogte.

Ik stond in de deuropening, hield mijn spullen tegen me aan en trok mijn buik in. Ik was zijn pandaopmerking nog niet vergeten.

'Zullen we gaan zitten?' stelde hij voor.

'Ja?' Ik bleef staan.

'Ik bedoelde eigenlijk: zullen we aan tafel gaan zitten.'

Ik perste mijn lippen op elkaar, schuifelde naar de andere kant van de vergadertafel, stortte daar mijn spullen neer en ging in verband met mijn kokerrok zo omzichtig mogelijk zitten.

Tom kwam tegenover me zitten, wit overhemd, grijze broek, haar in de war, aktekoffertje op de stoel naast hem. Een aktekoffer! Een echte! Ik had niet eens een echte pen, de meeste van mijn pennen waren reclamepennen die ik had gejat van de bank.

'Wat doe je hier?' vroeg ik. 'Ik bedoel: wat kan ik voor je doen?'

'In september wordt mijn moeder zestig,' hij pakte een agenda met een harde kaft uit zijn koffertje om erdoorheen te bladeren, 'en ik wil iets speciaals voor haar verjaardag doen. Een feestje geven. En jij organiseert feestjes.'

'Ja, dat klopt.' Ik klapte mijn notitieblok open en schreef op: 'moeder', 'zestig', 'verjaardag' en 'aktekoffertje'. Allemaal heel belangrijke informatie. 'Dus je wilt dat wij een feestje voor haar organiseren.'

Hij knikte. 'Ja, een surpriseparty. Zoiets heeft ze nog nooit gehad.'

Ik duwde mijn haar achter mijn oren en was blij dat ik het nog even had gekamd. Alleen jammer dat ik niet ook meteen aan een beetje lipgloss had gedacht. Niet dat het er iets toe deed, maar ik vond het een vervelend idee dat Will op een of andere manier te horen zou krijgen dat ik er niet volkomen volmaakt uitzag, in de fase waarin ik nog elke dag mijn benen onthaarde voor-geval-van-je-weet-maar-nooit.

'Is je vader ervan op de hoogte, of wil je hem ook verrassen?' vroeg ik.

'Dat zal lastig gaan,' zei Tom. 'Hij is dood.'

'Oké.' Eerste regel van eventplanning: nooit rechtstreekse vragen over familieleden stellen. Velen van hen zijn reeds overleden. Ik ben een lipglossloze imbeciel. 'Sorry.'

'Geeft niet,' zei hij met een glimlach. 'Jij hebt hem niet gedood.'

Ik snakte naar adem. 'O mijn god, is hij vermoord?'

'Nee, ik bedoelde alleen maar... Het was niet letterlijk bedoeld.' Tom onderbrak zichzelf met een zucht. 'Hij heeft jaren geleden een hartaanval gekregen. Laat maar zitten, doet er niet toe.'

'Sorry,' zei ik nogmaals. 'In het algemeen, zeg maar. Dus, even over dit feestje.'

Mijn tweede meeting solo ging geweldig. Al bijna even goed als de eerste.

'Vertel eens wat over je moeder.' Ik schraapte mijn keel en kraste agressief door de woorden 'dooie pa'. Zo lieftallig mogelijk lachte ik mijn potentiële klant toe. 'Wat vindt ze leuk?'

'Nou, eh, moederdingen,' suggereerde hij, alsof ik daar wijzer van werd. 'Taart, bloemen, John Nettles van *Midsomer Murders*, Poirot. O, en snooker. Ze is echt gek op snooker.'

Ik had visioenen van Steve Davis die uit een groene cake sprong, gewapend met een keu.

'Je wilt een snookerfeestje?' polste ik. 'Want ik denk dat we Ronnie Sullivan voor een redelijke prijs kunnen krijgen.'

'Interessante suggestie, maar nee. Ik denk meer aan gewoon een leuk feestje,' zei Tom. 'Een mooie taart, al haar vrienden en vriendinnen, cadeautjes, gin, dat soort dingen.'

'Met gin kan ik je beslist helpen,' antwoordde ik terwijl ik mijn pen tussen mijn vingers heen en weer bewoog. 'Het klinkt alsof je iets vrij eenvoudigs wilt. Met het risico dat ik ontslagen word: weet je zeker dat je hier een partyplanner voor nodig hebt?'

Hij reikte met een hand achter zijn hoofd en masseerde zijn nek. Ik zag de stof van zijn overhemd over zijn biceps spannen door de beweging. Het was geen onaardige biceps. Het soort biceps dat een vrouw die de beschikking over zicht heeft opvalt. Puur objectieve observatie mijnerzijds. Zijn vriendin was een mazzelmeisje.

'Ik weet dat het niet zo spectaculair is als een bruiloft,' zei hij. 'Maar ik heb het op dit moment zo druk met mijn werk dat ik dit er niet bij kan doen. Want ik wil wel dat het bijzonder wordt. Ze verdient een heel leuk, speciaal feestje.'

Ik smolt een beetje. 'Dan maken we er een heel leuk, speciaal feestje van.'

Na jaren naast Shona te hebben gezeten, wist ik dat dit een opdracht was die we normaal gesproken niet aannamen. Onze events waren peperdure showstoppers, geen theepartijtjes voor moedertjes en hun vriendinnen. Maar hoe kon ik nee zeggen tegen dat gezicht? Hij zag eruit als een gigantische puppy. Een heel lange, knappe puppy met enorme ogen waar je in zou kunnen verdrinken.

Nogmaals, een puur objectieve observatie.

Met één oog op de klok en de wetenschap dat ik nog moest opruimen, het bed moest verschonen en mijn benen moest scheren voor Will, doorliep ik met Tom onze basispresentatie, waarbij ik zo snel mogelijk langs het vuurwerk, de waterpartijen, ijssculpturen en de megajachten skipte. Ik deed net alsof ik niet zag hoe zijn gezicht steeds bleker wegtrok naarmate we vorderden.

'Als er iets langskomt wat je wat lijkt, geef even een seintje.' Ik pauzeerde even zodat hij een groot glas water kon wegklokken. 'Of misschien heb je nog vragen?'

'Heb je werkelijk een robotdraak voor dat verjaardagsfeestje kunnen krijgen?' vroeg hij.

'Drie zelfs,' zei ik. 'Ze spuwden nog vuur ook. Het feestje had een *Game of Thrones*-thema. Houdt je moeder van draken?'

Hij schudde zijn hoofd. 'We hebben geen draken nodig.'

'Geen vuurspuwende draken,' noteerde ik. 'Dat maakt het vinden van een locatie meteen een stuk makkelijker.'

Tom leunde over de tafel heen. 'Is dat het meest getikte wat je ooit hebt moeten regelen?' vroeg hij. 'Drie vuurspuwende draken?'

'Was dat maar zo.' Ik rolde met mijn ogen. 'Waar zal ik eens beginnen? Het recreëren van het koboldenbal uit *Labyrinth*? Dwergen aankleden als cherubijnen en ze gedurende een hele huwelijksceremonie boven het gangpad laten hangen? Zeemeerminnen?'

'Serieus?'

Ik klikte met mijn afstandsbediening naar de volgende pagina in mijn presentatie. 'Kijk en huiver: dit is de onderwaterwereld van koning Neptunus.'

'Allejezus.' Ongelovig staarde hij naar het scherm. 'Onvoorstelbaar. Hoe lang doe je dit al?'

'Bijna tien jaar,' zei ik en ik klikte door een decennium van mijn leven. De *Geheime Tuin*-verjaardag, de *Harry Potter*-bar mitswa, de nudistenbruiloft. 'Hoewel ik assistent was, tot, nou ja, vandaag.'

'Ben ik je eerste klant?' vroeg hij met een stralende blik.

'Mijn tweede,' antwoordde ik. 'Als de eersten mijn voorstel accepteren. Wat ze misschien niet doen, dus alles ligt nog open.'

'Nou, is dat even opwindend,' zei hij, wat zo'n beetje de tegenovergestelde reactie van die van de Dickinsons was. 'Wat is het ergste feest dat je ooit hebt georganiseerd?'

‘Het ergste?’

‘Het rampzaligste,’ verduidelijkte hij. ‘Het feest dat je graag voorgoed uit je geheugen zou willen wissen.’

‘We hebben ooit een *Breakfast at Tiffany’s*-verjaardagsfeest gedaan. Heel chic, heel glamoureus.’ Ik drukte mijn handen tegen mijn ogen, zelfs eraan terugdenken was pijnlijk. ‘Maar het zusje van de jarige was erg jaloers en werd erg dronken. Waardoor ze zich geroepen voelde om een speech te geven. Hier legde ze uitgebreid uit dat het thema veel toepasselijker was dan iedereen dacht, omdat Holly Golightly een harteloze hoer was, net als haar zus.’

‘Wauw,’ zei hij onder de indruk.

Ik knikte. ‘Zeg dat wel. Ze bleek ook nog echt een prostituee te zijn. Geweldig feest, overigens. Iedereen kreeg een cadeautje van Tiffany.’

Tom schoot in de lach. ‘Misschien heb ik het verkeerde vak gekozen.’

‘Dat zei ik toen ook,’ beaamde ik. ‘Ik zou meer geld verdienen en er ook nog af en toe een wip aan overhouden.’

Tom stopte abrupt met lachen en werd zo rood als een biet.

Hmm. Misschien was ik een ietsepietsie te ver gegaan. Zou zomaar kunnen.

‘Maar ik dwaal af,’ zei ik terwijl ik de presentatie sloot en mijn handen op tafel legde. ‘De volgende stappen zijn nu dat jij me een paar data en een budget geeft, dan stuur ik je een voorstel en dan spreken we dat weer even samen door.’

‘Klinkt goed.’ Hij kamde met zijn vingers door zijn haar. ‘Ik wil gewoon iets speciaals voor haar doen. Ze staat altijd klaar voor anderen en ze heeft haar hele leven hard gewerkt.’

‘Hopelijk niet zo hard als de hoer,’ merkte ik op. ‘Haar feest kostte meer dan tweehonderdduizend pond.’

‘Voor zover ik weet heeft mijn moeder nooit getippeld,’ zei hij en hij legde zijn agenda terug in zijn koffertje. ‘Dus ik denk dat het budget iets lager zal uitpakken.’

‘Het is niet iets waarover een moeder eens uitgebreid zal vertellen, toch?' antwoordde ik. 'Niet dat ik wil beweren dat je moeder ooit een prostituee is geweest.'

'Natuurlijk niet.' Tom stond op. 'Zulke flaters sla jij nooit.'

'Nooit,' herhaalde ik. 'Ik probeer mijn voorstel maandag bij je te hebben.'

'Dat is prima,' zei hij. Hij pakte zijn koffertje, dat door zijn reusachtige lengte eerder een handtasje leek. 'Nog opwindende plannen voor vanavond?'

Ik keek toe terwijl hij zijn jasje aantrok. Ik had inderdaad opwindende plannen, ik zou Will weer zien, maar het voelde niet goed om dit tegen Tom te zeggen. Wat er ook tussen die twee speelde, ik moest zakelijk en privé gescheiden houden en deze opdracht niet verkloten.

'Ja.' Ik zwaaide met mijn notitieblok naar hem en stapte daadkrachtig langs hem heen om de deur van de vergaderruimte voor hem te openen. Hij knipperde een paar keer en schudde toen zijn hoofd. 'Nou, ik heb je mailadres, ik stuur je maandag mijn voorstel en dan kun je daar eens op schieten.'

Ik stond in de deuropening en wachtte tot hij zou vertrekken. Hij maakte echter geen aanstalten, stond daar maar en bleef me aankijken.

'Nou, dank je wel,' zei ik. 'Ik mail je.'

'Geweldig.'

Hij pauzeerde even en stak toen zijn hand uit.

Ik staarde ernaar tot ik besefte dat hij van mij verwachtte dat ik hem de hand zou schudden.

'Je wilt een hand van me?' vroeg ik voor alle zekerheid.

'Het is traditie,' antwoordde hij. 'Maar het hoeft niet.'

Met die woorden beende hij de vergaderkamer uit en liep meteen de deur uit en de trap af.

En dat was dus woensdag.

'Ik heb zitten denken...'

Will was nog maar een uur in mijn flat, maar we hadden het al twee keer gedaan en genoten nu van een postcoïtusmaaltijd van Papa

Joe's, die we hadden laten bezorgen. Om kort te gaan: ik was in de zevende hemel.

'Misschien kunnen we vrijdagavond uit eten gaan.'

Ik wist niet of het nu door de dubbele dosis seks kwam of de pizzakorst met kaasvulling, maar om een of andere reden voelde ik me buitengewoon dapper.

'Het kan zijn dat ik moet overwerken, maar oké,' antwoordde hij terwijl hij drie gebakken aardappelpartjes tegelijk in zijn mond propte. Zo geil. 'Klinkt goed.'

'Het kan ook zaterdag als dat je beter uitkomt,' stelde ik voor, en in gedachten liep ik even door mijn weekendschema. Ik had een haar- en make-uprepetitie voor Lauren gepland, maar dat was 's middags, 's avonds had ik nog niets.

'Vrijdag past beter in mijn schema.'

Wat had hij op zaterdagavond? Wat had hij op zaterdagavond?

'Dan spreken we vrijdag af,' zei ik. 'In de buurt van het bedrijf waar ik werk zit zo'n cool pop-uprestaurant boven een pub, zal ik proberen of ik daar een reservering kan krijgen?'

'Ik vind dit restaurant ook prima.' Hij stopte een aardappelpartje in mijn mond. Ik glimlachte en kauwde en probeerde niet te stikken in de droge aardappel. 'Je hebt bijna niets gegeten.'

'Niet zo'n trek,' zei ik met mijn hand voor mijn mond. Het was een grove leugen, ik rammelde van de honger toen ik wegging van kantoor, maar zodra we die pizza hadden besteld wist ik dat ik er amper van zou kunnen eten. Hij was het beste dieet ooit: zodra ik bij hem in de buurt was, verloor ik onmiddellijk mijn eetlust. Wie heeft er nu behoefte aan echt voedsel als je draait op hormonen en complimenten?

'Heb je een goede dag achter de rug?' vroeg ik.

'Nee, het was een klotedag,' zei Will. Hij pakte de pizzadoos en liet die naast mijn bed op de grond vallen. 'Wil je allemaal niet weten.'

'O jawel,' sprak ik hem onmiddellijk tegen. En dat was ook zo. Ik wilde alles weten: wie hij graag mocht, aan wie hij de pest had. Ik wilde weten wie het kopieerapparaat kapot had gemaakt en wie elke dag dezelfde lunch mee naar kantoor nam. Ik wilde echt alles weten. Ik had geen trek in pizza, maar ik snakte naar alles over Will.

'Nee,' zei hij weer en hij corrigeerde me met een kusje op mijn neus. 'Echt niet.'

Dus, de namen van zijn collega's uit mijn hoofd leren zou moeten wachten.

'Ik had best een stressdag.' Ik trok zijn arm achter me langs en liet mijn hoofd op zijn schouder rusten. Want dat mocht ik zomaar doen, nu hij mijn vriend was. 'Tom, die vriend van je die ook op de bruiloft was, als ceremoniemeester?'

Hij wreef met zijn stoppels tegen mijn voorhoofd op de manier waarvan mannen denken dat het enig is, maar die in werkelijkheid alleen maar je huid schaaft. 'Ik zou hem geen vriend van me noemen, maar wat is er met hem?'

'Hij kwam vandaag langs.'

Ik trok het dekbed over mijn blote benen en streelde over het zwarte donshaar op zijn platte buik. Hoe kon iemand een complete pizza verorberen en toch nog buikspieren hebben?'

'Op je werk?'

'Yep.'

'Waarom?'

Ik keek naar hem op. Was dat een vleugje jaloezie in zijn stem? Alstublieft, God, laat het een vleugje jaloezie zijn. Ik ben geen volwassen persoonlijkheid, ik heb het nodig.

'Hij wil dat ik een feestje organiseer voor zijn moeder,' zei ik. 'Ze wordt zestig.'

'Maar jij bent toch een weddingplanner?' Will strekte zich uit tot zijn tenen het voeteneinde van mijn Ikea-bed raakten.

'Ik organiseer events,' verduidelijkte ik. 'Niet alleen bruiloften.'

Het was een vergissing die wel vaker werd gemaakt, zelfs mijn ouders begrepen niet goed wat ik deed. En ik was er zeker van dat hij zaterdagavond iets heel saais te doen had, dat moest de reden zijn dat hij er niet over uitweidde.

Niet dat ik daar nog mee bezig was of zo.

'Is zijn moeder niet overleden?' Will fronste zijn voorhoofd, zo liet hij zijn hersens kraken. 'Ik dacht dat hij een volbloed Harry Potter was.'

'Nee, zijn vader leeft niet meer,' zei ik. 'Hij is geen verweesde tovenaar.'

Will haalde zijn schouders op en leunde achterover op mijn schone kussenslopen. 'Whatever, het is gewoon een slome duikelaar. Je gaat het toch niet doen?'

'Het is gewoon werk.' Ik voelde zijn hand door mijn haar glijden. Het bezorgde me kippenvel. 'Doet er verder niet toe.'

'Dat is ook wel zo,' zei hij, en hij zoende mijn hals. Hoewel de kamer naar pizza rook, rook hij hemels. Een zweterige postseksgeur met nog een vleugje van een dure aftershave.

'Wat voor aftershave draag je?' vroeg ik, omdat ik altijd voor de belangrijke vragen des levens ga. 'Je ruikt heerlijk.'

'Ik heb een idioot vroege vergadering morgenochtend.' Onder het dekbed deed hij van alles met zijn handen in plaats van mijn vraag te beantwoorden. 'Dus ik kan niet blijven slapen.'

'Echt niet?' Ik sloot mijn ogen en probeerde niet al te teleurgesteld te klinken. 'Maar ik heb nog een restje pizza als ontbijt.'

'Nietes, want dat neem ik mee,' antwoordde hij. 'Maar vrijdag samen uit eten, oké?'

'Oké.' Ik smolt weg in de kussens toen hij voor een derde ronde ging. 'Vrijdag samen uit eten.'

Twee geplande dates in één week. Ik stond op het punt om hem toe te voegen op Facebook.

Op. Het. Punt.

Een van de opwindendste momenten op de reis van je bruid zal de dag zijn waarop ze De Ware vindt. Nee, niet haar man, haar bruidsjapon! Of het nu een gekoesterd erfstuk is of een schitterende nieuwe japon, iedereen kan je vertellen dat het de trouwjurk is die een vrouw tot bruid maakt.

Als je al getrouwd bent, plak dan hieronder een foto van je eigen trouwjapon. Ligt die magische stap nog voor je, knip dan een foto van je droomjurk uit en plak die hieronder of teken de jurk waarin je wil trouwen!

12

Zaterdag 13 juni
Vandaag voel ik me: heel, heel moe
Vandaag ben ik dankbaar voor: Red Bull en Sky Plus

'Ik kan er met mijn hoofd niet bij dat je niet één van de jurken mooi vindt.' Ik drukte de poederblauwe ringband met trouwideeën tegen me aan. 'Dit is krankzinnig, Lauren.'

'Ik dacht dat ik zeker wist wat ik wilde,' zei Lauren. Ze maakte een pirouette op de verhoging en fronste voor de vijftiende keer die middag naar haar knappe spiegelbeeld. 'Maar het is het gewoon steeds net niet.'

Sarah, ik en een zeer vermoeid ogende verkoopster bevonden ons in de nachtmerrie van een bijna gescheiden vrouw, omringd door de meest exclusieve trouwjaponnen ter wereld, terwijl Lauren naar haar spiegelbeeld fronste.

'Laten we eens kijken wat je bevalt aan dit model,' zei Carol, een verkoopster met engelengeduld. 'Van de eerste vond je het hartvormige decolleté mooi en van de tweede de baljaponrok. Wat vind je mooi aan deze?'

'Ik vind het mooi dat hij eenvoudig is.' Lauren staarde in de spiegel. 'En dat ik er heel slank in lijk.'

'En waar knap je op af?'

'Het ziet er te veel uit als een trouwjurk.'

Verkoopster Carol wendde zich tot mij en keek me aan. Als blikken konden doden... Ik had allerlei contacten moeten inschakelen en de ziel van mijn eerstgeborene moeten verkopen om Lauren op zo'n korte termijn aan een afspraak op zaterdag in juni te helpen. Ik was er zeker van dat ze de eerste jurk zou kopen die ze aantrok. Ze had een klapper vol modellen, ze had het voorwerk gedaan en nu waren we omringd met voor honderdduizenden ponden aan designertrouwjaponnen en wilde ze opeens niet meer dat haar bruidsjapon op een bruidsjapon leek.

'Als we haar vermoorden, hoeven we haar lichaam alleen maar in een vuilniszak te stoppen en is het probleem opgelost,' fluisterde Sarah me toe. 'Ik wil er best wat kristallen op plakken als je denkt dat dat helpt.'

'Weet je, het kan soms net even een nieuw beeld geven als je een paar jurken probeert die je bruidsmeisjes voor je hebben uitgezocht,' zei Carol en ze hielp Lauren in haar geleende hoge hakken van de verhoging. Ze had zelfs nog niet eens schoenen uitgekozen en Lauren was dol op schoenen. 'Ik ben zelfs getrouwd in een jurk die mijn bruidsmeisje voor me had uitgekozen. Het kan soms helpen om jezelf in de visie van een ander te zien.'

'Misschien.' Lauren bleef maar in de spiegel staren. 'Maar ik had zo'n duidelijk idee van wat ik wilde.'

'Soms kennen je vriendinnen je stijl nog beter dan jij,' zei Carol met een lachje. Het was een lachje dat zei: 'Waarom gaan jullie niet even wat belachelijk zware jurken uitzoeken die ze nooit zal kopen, terwijl ik even ga zitten, stelletje trutten?'

'Niet te veel over nadenken,' instrueerde ze ons. 'Pak wat je bevalt en breng het naar de kleedkamer, dan help ik onze bruid alvast uit deze.'

Sarah en ik sprongen overeind, verrukt om weer even te kunnen staan na twee uur op een keiharde bank. Bruidswinkels zijn bizar. Oogverblindend wit, tranentrekkend duur en vol hysterische vrouwen. Ik vroeg me af of de regering wel eens had overwogen om hier terroristen te ondervragen.

'Weet je nog hoe Dorothy in *Return to Oz* door een kamer vol afgehakte hoofden moet lopen?' Sarah liet haar handen over de japonnen glijden. 'Dat zou ik nu liever doen dan dit.'

'Laten we er gewoon twee uitkiezen, dan zijn we ervanaf,' zei ik, en ik hield mijn pas in bij een buitengewoon schuimig ontwerp, voor ik doorliep. Te bol, te veel glitters, geen hartvormig decolleté. 'Ik heb dit eerder meegemaakt, ze gaat vandaag geen keuze maken.'

'Hoe weet jij dat nou?' vroeg Sarah. Ze hield een strak zeemeerminnenmodel omhoog met kristallen op de buste. Ik schudde mijn hoofd en ze hing de jurk terug.

'Ik heb dit al miljoenen keren gedaan,' zei ik met een zucht. 'Als een vrouw echt haar jurk wil vinden, dan zal ze hem vinden. Het is het belangrijkste voor een bruid. En ja, al deze jurken zijn verschillend, maar ook weer niet. Als bruid weet je wat voor model je wil, je weet wat voor stof je wil. Lauren heeft nog niets besloten en hoeveel jurken heeft ze nu aangehad, een stuk of vijftien, toch?'

Sarah hield haar pas in en haalde een eenvoudige jurk uit het rek. Het model had een A-lijn en een zijden strik in de taille. Ze hield hem voor me omhoog.

'Te basic,' oordeelde ik. 'Sterker nog, hij lijkt sprekend op jouw...'

Shitterdefuck.

'Onvoorstelbaar.' Ik griste Sarahs eigen trouwjurk uit haar handen en gooide die over een stoel achter me. 'Dat die nog in de collectie zit.'

'Banaan,' zei Sarah. Ze stond aan de grond genageld. 'Geldt het codewoord nog? Maddie, banaan me.'

'Wil je naar buiten?' Ik stond klaar om haar op te vangen voor het geval ze van haar stokje zou gaan. 'Wil je weg?'

'Ja,' zei ze met vochtige ogen. 'Maar ik kan me niet meer bewegen.'

'Laten we even gaan zitten.' Ik wees naar een roze bank vol dikke kussens. 'Is dat haalbaar?'

'Ik denk dat ik maar gewoon op de grond ga zitten,' zei Sarah en ze zakte ter plekke in elkaar. 'Banaan.'

'Het spijt me.' Ik liet me naast haar vallen en trok haar tegen me aan. 'We hadden je nooit moeten vragen om mee te gaan. Ik lijk wel niet goed bij mijn hoofd.'

‘Ik wilde mee,’ zei ze snuffend. Haar blik hield ze nog altijd gefixeerd op de jurk die over de stoel lag. Haar eigen trouwjurk. ‘Echt waar. Ik dacht gisteravond nog hoe leuk het destijds was om mijn trouwjurk te kopen.’

Nou, dat bewees dat ze echt knettergek was geworden. Shoppen voor Sarahs trouwjurk bestond destijds uit twee vreselijke dagen, waarin haar moeder haar steeds dik noemde en weigerde om meer dan duizend euro voor een jurk uit te geven, tenzij ze minimaal zes kilo zou afvallen. Dit werd stelselmatig gevolgd door huilbuien, verwijten en vreetbuien waarin grote hoeveelheden chocolade werden weggewerkt in de kleedkamer. Sarah lijnde er uiteindelijk twaalf kilo af zodat haar moeder een fortuin kwijt was aan het weer op maat maken van de jurk, maar oké, als het in Sarahs herinnering leuk was, dan ging ik daar welwillend in mee.

‘Ik wil dit niet verpesten voor Lauren,’ fluisterde ze. ‘Maar dit had ik niet verwacht.’

‘Maak je nou maar geen zorgen over Lauren.’ Ik trok een dubieus ogende tissue uit mijn zak en depte haar uitgelopen eyeliner weg. ‘Dat doe ik wel. Pas jij nu maar gewoon goed op jezelf.’

Ze gaf me een halfslachtig lachje en knikte.

‘Stephan is nu thuis.’ Ze veegde met haar mouwen haar gezicht af. ‘Hij is de rest van zijn spullen aan het pakken. Hij wilde het niet doen als ik in huis was.’

‘Misschien maar beter ook.’ Ik herinnerde me mijn laatste samenzijn met Seb in de flat. Hij was beleefd en joviaal, alsof hij iemand was die ik via mijn werk kende en toevallig weer was tegengekomen. Ik had niet eens gehuild, daarvoor had ik me te leeg gevoeld. Afgezien van het moment waarop hij zei dat hij bij me wegging was dat het ergste geweest. Dat was het moment waarop hij niet langer mijn Seb was, maar mijn ex.

‘Maar serieus, de hemel zij dank voor iTunes. Als ik samen met hem alle cd’s had moeten uitzoeken, had ik mezelf van kant gemaakt.’

‘Nee, je zou hém van kant hebben gemaakt,’ corrigeerde ik haar terwijl ik mijn eigen breukherinneringen afschudde. 'Je gaat niet je polsen doorsnijden over wie de Coldplay-cd heeft gekocht.'

'Die is van hem,' snufte ze. 'Eikel.'

Ik knikte bedachtzaam. Sarahs schouders stonden strak van de inspanning om niet te gaan huilen. Als vriendin brak het mijn hart, maar als weddingplanner, die vijftien gunsten had moeten verlenen om deze afspraak te krijgen, maakte ik me vooral zorgen over de enorme hoeveelheid uitgelopen eyeliner tussen zo veel witte jurken.

'Weet je wat ik me gisteren realiseerde?' vroeg ze. Haar neus en ogen waren helemaal rood en opgezwollen. 'Dat hij dit al een hele tijd van plan was. Al die tijd heb ik gedacht dat we gewoon een beetje tegenwind hadden. Maar hij was gewoon al bezig om te vertrekken.'

'Het heeft weinig zin jezelf nog dieper de put in te praten,' zei ik, en ik hielp mezelf in de hurkstand. Ik hoopte maar dat mijn kont aan de achterkant niet uit mijn jeans hing. Normaal gesproken was dat het geval. Slechte snit, Topshop. 'Hoe had je zoiets kunnen weten als hij niets tegen je gezegd heeft?'

'Omdat hij niet meer echt met me praatte?' opperde ze. 'Vroeger konden we uren kletsen, over alles. Toen we elkaar net kenden, lagen we naast elkaar in bed en praatten we de hele nacht. Ik wist alles over hem, ik vertelde hem alles over mij, en toen opeens, als een donderslag bij heldere hemel, had ik niet eens door dat mijn echtgenoot bezig was om me te verlaten. Hoe treurig is dat?'

Onwillekeurig dacht ik aan de vorige avond in bed met Will, voor ik de gedachte verdrong. We zouden nog wel toekomen aan midden in de nacht jeugdherinneringen delen, als de fase van wilde seks en pizza in bed voorbij was.

'Het zijn allemaal stomme, kleine dingen waar ik aan kapotga,' zei ze. 'Wil je weten hoe sneu ik ben? Ik heb nieuwe tandenborstels gekocht om in de houder naast die van mij te zetten, zodat mijn borstel er niet zo eenzaam bij stond in zijn eentje. Het was het eerste wat ik 's morgens zag en het laatste voor ik naar bed ging.'

'Dat is helemaal niet sneu, maar heel begrijpelijk. Toen Seb vertrok, nam hij de tandpasta mee. Daar heb ik een week om gehuild.'

‘Het is wél ontzettend sneu,’ wierp Sarah tegen. ‘Ik wou dat ik de tijd terug kon draaien om te zien wat ik verkeerd heb gedaan.’

‘Je weet best dat je niets verkeerd hebt gedaan.’ Ik probeerde me alles te herinneren wat ze de afgelopen twee jaar tegen me had gezegd. ‘Je hebt hem nooit bedrogen, je was nooit gemeen tegen hem, hij kwam altijd op de eerste plaats. Wat er nu is gebeurd is vreselijk maar… God, ik wil het niet zeggen omdat het zo’n cliché is, maar…’

‘Het is maar beter zo?’ maakte Sarah de zin voor me af. ‘Het is wat het is? Je kunt het verleden niet veranderen? Tijd heelt alle wonden? Ik weet het, Mads. Ik heb ze allemaal al gehoord. Ik wou gewoon dat ik wakker kon worden en alle ellende weg kon vegen. Is daar geen pil voor?’

‘Ja, maar die zorgt slechts voor twaalf uur geheugenverlies en wordt meestal uitgedeeld door heel, heel foute mannen. Ik sta niet toe dat je je de komende zes maanden elke avond laat drogeren. Dronkenschap, prima. Drugs, nee.’

‘Ik kan de katers nu al niet meer aan,’ zei ze, met haar hele gezicht in een frons. ‘En het is nog maar twee weken geleden.’

‘Dat zeg je nu.’ Ik aaide over haar haar. ‘Laten we geen overmoedige dingen roepen waar we straks op terug moeten komen.’

‘Wat moet ik nu?’ Ze ging ruggelings op het tapijt liggen en sloot haar ogen. Ik wuifde een verbaasd kijkende verkoopster weg voor ze zich ermee kon gaan bemoeien. ‘Ik ben eenendertig. Ik zal eenendertig en een gescheiden vrouw zijn. Ik ga nooit meer iemand ontmoeten. Ik zal nooit kinderen krijgen. Hij zal volgende week alweer een ander aan de haak geslagen hebben, als hij niet al iemand heeft.’

‘Dat is niet waar,’ loog ik. Afgaand op wat ze zei, had ze volkomen gelijk. In de afgelopen twee jaar had Seb zich verloofd, was getrouwd en had een kind gekregen. Ik had even lang nodig gehad om een aardige man te vinden die op regelmatige basis met me naar bed wou. Het bewijs sprak niet in ons voordeel. ‘Het gaat allemaal goed komen, ook voor jou. Je bent een lekker ding en ziet eruit als drieëntwintig.’

‘Maar ik ben geen drieëntwintig. Geen van ons is nog drieëntwintig. We zullen allemaal alleen sterven.’

'En bedankt,' zei ik, en ik ging naast haar liggen. Het was rustgevender dan ik dacht. 'We gaan niet in ons eentje dood.'

Ze liet een grote, natte huilsnuif horen. 'O ja, jij bent nu verliefd, jij bent onder de pannen.'

Ik produceerde een aantrekkelijk geluid, alsof ik stikte. 'Je hoort mij niet zeggen dat ik verliefd ben.'

Maar alleen omdat ik me niet wilde laten kennen. Als het aan mij lag, zou ik het van de daken schreeuwen en het tegen iedereen die me passeerde willen zeggen. Maar dan zou ik vast worden gearresteerd en naar een inrichting worden afgevoerd. Ik was hoteldebotel verliefd. Maar dit was niet het moment om het daar eens over te hebben.

'Ik kan maar beter even gaan kijken hoe het met onze bruid is.' Ik klopte op Sarahs knotje. 'Zou je me een enorme lol kunnen doen en ergens een cola light voor me kunnen gaan halen voor ik sterf van de dorst?'

'Natuurlijk.' Sarah knipperde haar laatste tranen weg, glimlachte en prikte onmiddellijk door mijn list heen. Feit was dat ik haar een opening gaf om hier op een normale manier weg te komen, feit was echter ook dat ik uitgedroogd was. 'Hoe is het met mijn make-up?'

Haar make-up was een drama, uitgevoerd in vlekken en strepen.

'Je ziet er prima uit,' zei ik terwijl ik met de tissues de ergste vegen wegveegde. 'Alleen hier zit een beetje. Oké, niets meer te zien. Dus húp, wegwezen. Ik zeg wel tegen Lauren dat ik je heb weggestuurd in verband met mijn cafeïneverslaving.'

'Ik ga eens kijken of ik ergens een blikje voor je kan vinden,' zei ze met een dankbare lach. 'Dank je wel, Mads.'

'Whatever,' zei ik grinnikend, en in het wilde weg greep ik een zachtroze *off-shoulder*-japon van het rek naast me. 'En nu opzouten, gek wijf.'

'Ik heb deze – O mijn god, wat is er aan de hand?'

Ik wist niet zeker of ik Laurens kleedkamer was binnengekomen of in een angstaanjagend wormgat met een tijdlus was gevallen. De aanstaande bruid zat, opgerold als een klein menselijk balletje, in de hoek van het vertrek, gekleed in slechts haar ondergoed en een paar torenhoge glitterschoenen. Haar mascara was zo uitgelopen dat die van Sarah er 'subtiel goth' naast leek. Ze zag eruit als de treurigste stripper ter wereld en als je ooit een stripper hebt gezien, weet je dat dit een hele prestatie is.

'Ik vind alle jurken vreselijk,' zei ze met een klein stemmetje. 'Ik vind ze afschuwelijk.'

'Dan hoef je geen van deze jurken te kopen.' Ik hing de nieuwe japon aan een haakje aan de muur en nam opnieuw mijn positie in naast een snikkende vriendin. Serieus, konden we de grote crises in ons leven voortaan niet iets beter plannen? 'Niemand zal je dwingen om iets aan te trekken wat je niet mooi vindt. We gaan gewoon op zoek naar een andere jurk.'

'Het is niet de jurk.' Met de rug van haar hand wreef ze over haar ogen en zag zo kans haar make-up nog verder uit te smeren. Ik stak mijn hand in mijn zak voor de dubieuze tissue, maar daar was Sarah mee vertrokken. 'Het is gewoon alles.'

'Alles?'

'Het gaat allemaal zo snel, ik weet gewoon niet waar ik mee bezig ben,' zei ze met een trillende onderlip. 'Ik weet dat zijn oma ziek is, maar het vliegt me gewoon zo aan, Maddie.'

'Maar je wilt toch wel met hem trouwen? Dat is het enige wat telt.'

'Ik weet het niet,' zei ze lachend. Toen liet ze kreunend haar hoofd op haar knieën rusten. 'Ik stel me aan, hè? Zeg dat ik me aanstel. Zeg dat ik even normaal moet doen en dat het allemaal wel goedkomt.'

Ik schuifelde wat dichter naar haar toe, negeerde de stekende pijn in mijn knieën en pakte haar hand. 'Je moet doen wat jij wilt doen,' zei ik. 'We leven allang niet meer in de jaren vijftig, je hoeft niet met iemand te trouwen als je dat niet wilt, omdat je dat nu eenmaal hebt gezegd. Als je er niet honderd procent zeker van bent, is het makkelijker om het nu uit te stellen dan later. Of op de dag zelf.'

Op de zaak spraken we altijd van 'uitstellen', nooit 'afzeggen'. Van 'afzeggen' raakten vrouwen in paniek, dat associeerden ze met mensen in de steek laten, mensen op kosten jagen en iets slechts doen. 'Uitstellen' klonk veel vriendelijker en gaf ze nog even de gelegenheid om na te denken over hoe ze gingen uitleggen dat er echt geen denken aan was dat de bruiloft nog door zou gaan.

'Ik hou van hem,' herhaalde Lauren nog maar eens. 'Ik wou alleen dat ik wat meer tijd had om alles goed te overdenken. Waarom is dit zo moeilijk?'

'Het wordt alleen maar moeilijker naarmate we ouder worden.' Ik trok een verse tissue uit de doos op de bijzettafel. 'Iedereen denkt dat vrouwen boven de dertig wanhopig staan te springen om te trouwen, maar volgens mij gaat het er vooral om dat het lastiger is om compromissen te sluiten en te settelen als je zelf al het een en ander hebt meegemaakt. Toen ik jonger was, pikte ik aanzienlijk meer shit dan ik nu nog zou doen.'

Ze slaakte een diepe zucht. 'Daar heb je wel gelijk in, volgens mij.'

'En belangrijker nog: je weet wat jíj voelt.' Ik kneep even in haar hand, kwam met enige moeite overeind en raapte de trouwjurk op die op een hoopje naast haar lag. 'Het enige wat op dit moment telt, is wat jij wilt. Als je wilt dat ik deze weghang en nooit meer de woorden 'bruid' of 'trouwen' gebruik, dan gebeurt dat. Ik regel alles, je hoeft je nergens zorgen over te maken.'

'Wat zou ik toch zonder jou moeten beginnen?' vroeg Lauren. Er brak weer een lach door, tussen de ravage van mascarastrepen op haar wangen. 'Je bent geweldig.'

'Weet ik toch,' zei ik bescheiden. 'Kleed je maar even aan, dan zeg ik tegen Carol dat we er voor vandaag mee ophouden.'

Ze knikte en prutste aan het gespje van haar schoen. Ik liep de kleedkamer uit, sloot de deur achter me en liet me op de dichtstbijzijnde stoel vallen.

'Alles in orde, Maddie?' vroeg Carol, die uit het niets opdook.

'Nee, Carol.' Uitgeput drukte ik mijn hand tegen mijn voorhoofd en schudde mijn hoofd. 'Het is een puinhoop.'

13

Zondag 14 juni
Vandaag voel ik me: erg in de war
Vandaag ben ik dankbaar voor: mijn broer. Wat de verwarring alleen maar groter maakt

'Hallo daar, jij bent wel de laatste die ik hier had verwacht.'

Alsof het al niet heerlijk genoeg was om de halve zondag op kantoor achter mijn computer door te brengen, op zoek naar een bedrijf dat in staat was voor de eerste zaterdag in augustus honderd paar gepersonaliseerde slippers te leveren, stond opeens Shona in mijn kantoor.

'Wat doe jij nou, doorwerken in het weekend?' vroeg ze, alsof ik dat niet standaard deed.

'Ik zoek even het een en ander uit.' Ik haalde een hand door mijn slordige zondagshaar en vroeg me af of ze daadwerkelijk wakker werd als Barbie. Ik wist dat haar borsten altijd pront paraat stonden, omdat ik haar had vervangen in de week dat ze die had laten vergroten. 'En ga er zo weer vandoor.'

'Van mij hoef je niet weg, hoor,' zei ze, nippend aan een Starbucksbeker die even groot was als haar hoofd. 'Goed van je om wat ambitie te tonen. Zomaar werken op zondag zonder dat ik je erom moet smeken!'

Ik glimlachte stijfjes en slikte een krijs in die het had kunnen laten lijken alsof er een One Direction-concert op kantoor was.

'Dus, hoe gaat het met je dingetje?' In plaats van naar haar eigen kantoor te gaan, nam Shona plaats achter het bureau van Sharaline, pal tegenover me. 'Dat naamfeest?'

'Alles oké.' Ik moffelde twee lege blikjes cola en drie zakjes chips in mijn prullenbak. Het was niet mijn bedoeling geweest om zo lang op kantoor te blijven, maar zo gingen die dingen nu eenmaal: voor je het wist, bleef je hangen achter make-uptutorials op You Tube en gifjes waarop Daniel Craig zijn bovenlichaam ontbloot. 'Komt goed.'

'Je kunt er best over praten met mij, hoor.' Ze dronk koffie zonder haar blik van me af te wenden. 'Ik ben de vijand niet.'

HA!

'Weet je nog dat feest voor die eerste verjaardag, toen je hier net was begonnen?' Ze stond op om haar trui uit te trekken en streek toen glimlachend haar haar glad. 'God, dat was een gestoorde klus. Met draaimolens, weet je nog wel?'

Het was onmogelijk dat feest te vergeten. 'Ja, de Fergusons.'

'De Fergusons! Hoe jij toch altijd al die details weet te onthouden.' Shona lachte en leunde achterover in Sharalines stoel. 'Krankzinnige mensen. Echt honderd procent van het padje.'

'Dat volwassen mannen en vrouwen zich wensen te verkleden als baby's wil nog niet zeggen dat ze krankzinnig zijn,' wees ik haar terecht en bij de herinnering kromp ik ineen. 'Niet helemaal normaal, misschien, maar wie zijn wij om daarover te oordelen?'

'Een feest voor een eerste verjaardag faken zodat je een seksfeestje kunt geven voor liefhebbers van luiers en rompertjes, is waar ik de grens trek tussen "niet helemaal normaal" en "krankzinnig",' zei ze. 'Hoe lang hebben we die locatie niet meer mogen gebruiken?'

'We hebben hem nooit meer gebruikt, Shona,' zei ik. 'Zelfs toen het weer mocht, kon ik het niet opbrengen. De dingen die ik daar heb gezien...'

'Begrijpelijk.' Een grote, plakkerige vlek begon uit de onderkant van haar beker op Sharalines aantekeningen te lekken. 'Ik zal nooit vergeten dat ik een kamer in liep en een vrouw de luier van haar man zag verschonen.'

'Dat waren nog eens tijden.' Ik proostte op haar met een blikje cola. 'Ik vraag me af of ze nog altijd bij elkaar zijn.'

'O, dat soort stellen gaat nooit uit elkaar,' zei Shona. 'Hoe meer de fetisj afwijkt, hoe groter de kans dat het voor altijd is. Net als bij lesbiennes.'

Ik grimaste, iets waartoe Shona niet in staat was vanwege alle botox. 'Volgens mij is lesbisch zijn geen fetisj.'

'O, dat is ook zo, je zus is een pot, toch? Sorry, zo bedoelde ik het niet. Ik wilde alleen maar zeggen dat lesbiennes bijna nooit uit elkaar gaan.'

'Volgens Eleanor is dat een stereotype.' Ik probeerde even niet te denken aan alle andere dingen die Eleanor recentelijk had gezegd. 'Volgens haar is het niet waar dat vrouwen altijd bij elkaar blijven.'

'Is zij niet op haar zestiende al getrouwd?'

'Tweeëntwintig.'

'Eerste vriendin?'

'Ja,' antwoordde ik. Ik had geen poot om op te staan. 'Maar Eleanor staat natuurlijk niet model voor alle lesbiennes.'

'Moet toch raar voor je zijn, dat je zusje al getrouwd is.' Shona rommelde in Sharalines pennenbeker en haalde een nagelvijl tevoorschijn. 'Is je broer nog altijd samen met die visagiste?'

'Ja.' Ik voelde mijn schouders verstijven. 'Rachel.'

De relaties die je op je werk smeedt zijn altijd een beetje vreemd. Het doet er niet toe wat je van de ander vindt, als je samen vaak meer dan zestig uur per week doorbrengt, is het onvermijdelijk dat je bij elkaars leven betrokken raakt. Maar gezien mijn gevoelens jegens Shona, vond ik het toch ongemakkelijk om mijn echte leven met haar te bespreken. Ze had een ijzeren geheugen als het haar uitkwam en het was verontrustend om te horen dat ze alles van mijn dierbaren wist.

'Rachel, dat was het,' zei ze langzaam, alsof ze zich de naam inprentte. 'Zie je Seb nog wel eens? Zijn jullie vrienden gebleven?'

'Alleen op Facebook.' Ik trommelde met mijn vingers op mijn blikje. 'Hoezo?'

'Ik vroeg het me alleen maar af.' Ze tikte met de nagelvijl tegen het bureau. 'Het is moeilijk om single te zijn in een wereld vol setjes.'

Ik wilde haar vertellen dat ik niet single was. Ik wilde tegen haar zeggen dat ik een geweldige man had leren kennen die me het gevoel gaf dat ik het einde was en die altijd reageerde op mijn berichtjes, een knappe kerel was, een goede baan had en nog al zijn haar en geen zichtbare lichamelijke afwijkingen, maar ik vertrouwde haar gewoon niet.

'Het is al moeilijk iemand te leren kennen, laat staan om een relatie te houden, toch?' Ze schuurde met de vijl langs haar nagels. Het viel me op dat ze niet gelakt waren, voor het eerst... ooit? 'En al dat online daten heeft het alleen maar lastiger gemaakt. Het is makkelijker om iemand voor een wip te vinden, maar onmogelijk om een fatsoenlijke vent te leren kennen.' Ik knikte opnieuw, te bevreesd om zelf iets bij te dragen aan het gesprek.

'Al die feesten voor bruiloften en dopen en huwelijksjubilea organiseren...' Ze hield haar blik op de nagelvijl gericht terwijl ze sprak. 'En dan kom je thuis in een leeg huis, of je hebt weer een date die nergens toe leidt met weer een nutteloze rukker.'

'Dat is inderdaad lastig,' stemde ik in. Het was niet zo dat Shona geen vriendjes had, maar ze bleven nooit lang en dat was niet alleen omdat ze een van de zeven ergste mensen was die op aarde leefden. Ze maakte het altijd uit. Op een of andere manier kreeg elke man in haar leven het uiteindelijk voor elkaar om haar te vervelen, teleur te stellen, of tekort te schieten op een van de vele niet nader gespecificeerde criteria die ze weigerde met wie dan ook te delen.

'Al mijn vriendinnen zijn inmiddels getrouwd.' Eindelijk maakte ze oogcontact met me. 'Afgezien van jou dan.'

'Wat vervelend.' Ik vroeg me af of ze me echt als een vriendin zag, of alleen maar beleefd was. Ik hoopte dat het 't laatste was, want als ze mij als een vriendin beschouwde, wilde ik niet weten hoe ze haar vijanden behandelde. 'Lauren gaat trouwen.'

'Je Amerikaanse vriendin Lauren?' vroeg ze. 'Help je haar met de organisatie?'

'Een beetje.' Ik haalde mijn schouders op. Hoe minder persoonlijke details, hoe beter. 'Waar ik kan.'

'Vriendinnen kunnen zo egoïstisch zijn.' Shona schudde haar hoofd. 'Ze vergeten gewoon dat het je werk is. Alsof je zin hebt om thuis te komen en dan gratis weer aan het werk te gaan. Je zou het moeten weigeren.'

'Dat is een beetje lastig,' zei ik, verrukt van het idee. 'Gezien het feit dat ze een van mijn beste vriendinnen is.'

'Dat wil nog niet zeggen dat ze je als een deurmat mag behandelen,' zei Shona. 'Wanneer heeft ze voor het laatst iets voor jou gedaan?'

Hmm, even nadenken. Ze had me om drie uur 's nachts wakker gebeld om haar excuses aan te bieden voor het trouwjurkdebacle en vervolgens een uur later nog eens om te vragen of ik een nieuwe afspraak kon regelen in dezelfde bruidsboetiek. En toen om half vijf nogmaals, om weer haar verontschuldigingen aan te bieden.

'Alles in overweging genomen is ze een prima meid,' loog ik.

Shona trok een gebotoxte wenkbrauw op, voor zover ze daartoe in staat was. 'Alsof je niet al je handen vol hebt aan dat babyfeest. Klinkt als een nachtmerrie.'

Een beschaafd gesprek voeren met Shona was net zoiets als converseren met een aardige haai. Ik had geen idee of we nu gewoon gezellig zaten te kletsen, of dat ze een zwakke plek zocht, zodat ze kon toeslaan.

'Het komt wel goed. Hoezo, heb je wat gehoord?'

'O niks. Sharaline liet zich ontvallen dat de vaders nogal veeleisend waren, dat is alles. Hoe gaat het met de planning, alles onder controle?'

'Het is niet het makkelijkste feest ooit,' zei ik. 'Het wordt best een uitdaging.'

Dat was niet gelogen. Nu ik alles vanuit Shona's perspectief benaderde, was het aanzienlijk meer werk dan ik had ingeschat en aangezien ze Sharaline helemaal voor zichzelf hield, kon ik niet terugvallen op een assistent om klusjes aan over te dragen. Waar was die kloonmachine als je erom zat te springen?

'Nou,' ze rommelde rond in de bovenste bureaulade, 'als ik iets voor je kan doen, moet je het zeggen.'

Ik checkte de kalender. Nee, Pasen en Pinksteren vielen niet op één dag.

'Dank je wel?' zei ik, en ik stikte bijna in mijn slok cola light.

'Maar ik heb het hier wel tegen een vrouw die een seksfeest van de grond kreeg voor een stel volwassen baby's.' Ze liet de nagelvijl op het bureau vallen, stond op en liet haar beker koffie verder leeglekken op Sharalines werk. 'Dit krijg je ook wel voor elkaar.'

'O mijn god, het zal toch niet weer gebeuren?' vroeg ik me hardop af en ik voelde dat ik verbleekte. 'Wat als er helemaal geen baby is? En het weer om een luierfetisjorgie gaat?'

'Een deel van me zou dat best willen,' zei ze lachend. 'Maar zelfs ik ben niet zó gemeen. Het komt allemaal goed, geloof nu maar gewoon in jezelf.'

In mezelf geloven? Zou ze haar hoofd hebben gestoten op weg hiernaartoe?

'Ik weet dat ik krengerig reageerde toen je aangaf dat je Victoria's functie wilde.' Shona keek me nog altijd aan en ik was doodsbang. Eén onverwachte beweging en ze kon aanvallen. 'Maar toen ik er nog eens over nadacht, vond ik het eigenlijk alleen maar logisch. Ik wil niet dat een volkomen vreemde gaat proberen hier de boel over te nemen. We zijn een goed team, Maddie. Er is geen reden waarom we dat niet kunnen blijven, toch?'

'Geen enkele reden,' beaamde ik en even vreesde ik dat mijn ogen uit hun kassen zouden vallen van verbazing.

'En ik mag die Sharaline wel, ze zit overal bovenop,' vervolgde Shona. 'Kun jij het een beetje met haar vinden?'

'Zodra ik aan haar naam gewend ben, word ik vast dol op haar.'

'Há, vertel mij wat.' Ze tikte op Sharalines beeldscherm. 'Haar ouders moeten wel een enorme hekel aan haar hebben. De hemel zij dank dat ze nu ons heeft om op haar te passen. Wij zijn nu haar werkouders.'

'De hemel behoede haar,' zei ik terwijl Shona opstond en de Kitkat pakte die op Sharalines bureau lag. 'Ik hoop dat we niet opdraaien voor de rekeningen van haar therapeut als ze hier vertrekt.'

'Ik doe mijn best haar met fluwelen handschoenen aan te pakken.' Ze slingerde haar schoudertas over haar schouder. 'Maar goed, zoals ik al zei, als ik iets kan doen voor het babyfeest, gewoon vragen.'

'Dat zal ik doen.' Meende ze het? Had Colton tegen haar gezegd dat ze aardig tegen me moest zijn? Was dit haar lang verloren gewaande sympathieke tweelingzus? 'Dank je wel.'

'Ik ga nog even het een en ander doen,' zei ze met een hoofdgebaar naar haar kantoor. 'Als je hier nog lang zit, kunnen we straks misschien even samen wat gaan drinken?'

'Ik stond eigenlijk net op het punt om weg te gaan,' zei ik, bijna spijtig. 'Maar dat moeten we gauw eens doen.'

'Goed plan,' stemde Shona in. 'Laten we Sharaline trakteren op een welkom-bij-het-team-drankje of zo.'

'Drank is altijd goed. Dat lijkt me leuk. Volgens mij geeft Jen van de boekhouding morgen een borrel voor haar verjaardag. Daar zouden we heen kunnen gaan, is dat wat?'

'Die ouwe taart?' Shona kokhalsde en keek me vol medelijden aan. 'Alsjeblieft, Maddie, wanneer leer je nou eens dat het besmettelijk is om met treurige, wanhopige types op te trekken? Je gaat er niet heen, want ik sleep je er persoonlijk aan je haren vandaan.'

Ik knikte opgelucht en voelde mezelf ontspannen. Alles was weer bij het oude.

'Hoe komt het dat je flat niet zo'n vuilnisbelt is als gewoonlijk?'

Mijn broer Dan stond midden in mijn semiopgeruimde woonkamer en keek vol argwaan om zich heen.

'Ik heb geen idee waar je het over hebt,' loog ik terwijl ik een leeg bakje van de afhaal onder de bank schopte. 'Het is hier altijd netjes.'

In werkelijkheid was ik moeite gaan doen om de boel aan kant te houden, sinds Will er een gewoonte van maakte om onverwacht langs te komen. Niet alleen qua flat, maar ook bij mezelf. Ik kon me niet herinneren wanneer ik zo veel dagen achter elkaar mijn benen had onthaard.

'Wat kun je toch slecht liegen,' zei Dan. Hij bladerde door de stapels papieren die op tafel lagen. 'Wat is dit allemaal?'

'Dat gaat over Laurens bruiloft.' Ik mepte zijn hand weg. 'Niet aankomen, er zit een systeem in.'

'Zo ziet het er anders niet uit,' zei hij met een opgetrokken wenkbrauw. 'Zet de waterkoker eens aan, zus. Ik heb dorst.'

Vervuld van wantrouwen vulde ik de waterkoker. Dan kwam nooit 'zomaar' langs voor een kopje thee, als Dan langskwam, dan wilde hij iets van me. Waarom zat hij eigenlijk niet in Tokyo?

'Dus, wat wil je?' zei ik, om er maar zo snel mogelijk vanaf te zijn.

'Koffie graag.' Hij ging op de bank zitten en legde zijn gigantische schuiten op mijn net gestofte salontafel. 'Twee klontjes suiker, geen melk.'

'Nee, ik bedoel: waarom ben je hier? Wat moet je van me?'

'Kan een broer niet gewoon op een zondagavond bij zijn zusje langsgaan zonder verdere bijbedoelingen?'

'Misschien een normale broer wel, maar jij niet. Voor de draad ermee of ik spuug in je koffie.'

'Oké,' zei hij met een zucht. 'Moet je horen: Rachels verjaardag komt eraan en ik heb besloten dat ik haar ten huwelijk ga vragen.'

'O, Dan!' Ik klapte in mijn handen en stortte mezelf op de bank om hem stevig te omhelzen. 'Wat leuk, ik ben hartstikke blij voor je.'

'Jaja.' Hij duwde me van zich af. 'Doe even normaal, mens. Nou ja, hoe dan ook, ik wil haar een aanzoek doen en ik wil er wat bijzonders van maken.'

'Heb je al een ring?' Ik liep terug naar de keuken om koffie te zetten. 'Wanneer ga je haar vragen?'

'Nou, zusje, ik dacht eigenlijk dat jij me daar wel bij zou kunnen helpen.'

Ik keek de woonkamer in en zag Dan met een grote, kleffe grijns over de rugleuning van de bank naar me kijken.

'Jij bent tenslotte de expert, toch?'

'O, nu ben ik opeens de expert?' zei ik met mijn handen op mijn heupen. 'Vorig weekend was ik anders nog een leeghoofdige, onwipbare trut met een zinloos leven.'

Dan stak zijn handen omhoog alsof hij zich overgaf. 'Ter verdediging: ik was niet degene die dat heeft gezegd.'

'Ik hoorde anders ook niet dat je het voor me opnam. Ik weet dat ze mijn zus is, maar serieus, wat mij betreft kan ze even doodvallen.'

'Heb een beetje geduld met haar, Mads. Ze heeft het niet makkelijk met de baby, als ik haar spreek, zit ze eigenlijk altijd behoorlijk in de put. Wanneer heb jij haar voor het laatst gebeld?'

Ik tikte met een theelepeltje in mijn hand en opende mijn mond om mezelf te verdedigen, maar ik kon het me niet herinneren. O, shit.

'Wou jij nu zeggen dat jij nooit iets stoms hebt gezegd als je niet fatsoenlijk hebt geslapen? Moet je je voorstellen dat er 24/7 een minimens aan je hangt. Probeer je eens een minuutje in haar situatie in te leven.'

Eleanor had nooit tegen me gezegd dat ze het zwaar had. Eleanor belde mij net zo goed niet. Voor ik iets kon zeggen, begon mijn mobieltje te buzzen op de salontafel.

'Het is Lauren,' zei Dan met een blik op het scherm. 'Zal ik hem even opnemen?'

'Geef hier,' commandeerde ik. 'Jij mag helemaal niet met mijn vriendinnen praten.'

Mokkend ruilde hij mijn mobieltje voor een mok koffie.

'Hé, met mij,' zei ik tegen Lauren en ik zag Dan vuil kijken naar de mok Nescafé die ik net in zijn handen had gedrukt. 'Ja, dat is besteld. Ja, volgende week is het er. Nee, er is geen tijd meer om het kleurenschema aan te passen. Nee, er is geen budget om gewoon nieuwe te bestellen. Ik bel je morgen, Dan is op bezoek. Prima, schat, hou van je.'

Ik verbrak de verbinding, stopte mijn mobieltje in de achterzak van mijn jeans en liet mezelf in een fauteuil vallen.

'Organiseer je haar bruiloft?' vroeg Dan.

Ik knikte. 'Het is een nachtmerrie. Het ene moment flipt ze over de tafelindeling, even later weet ze niet eens of ze nog wel wil trouwen en twee minuten later heeft ze een obsessie over de kleur van de jurken voor de bruidskinderen. Ze heeft nog niet eens een trouwjurk, maar al wel drie jurkjes voor de twee bloemenmeisjes. Het is absurd.'

'Het verbaast me niet echt,' zei hij. 'Die meid straalt aan alle kanten uit dat ze bepaald niet onderhoudsarm is.'

'Rijke Engelse vader, chique Amerikaanse moeder.' Ik haalde mijn schouders op. 'Ze weet niet beter. Maar goed, even over je aanzoek.'

'Is het raar om daarover te praten met jou?' vroeg Dan. 'Het voelt raar.'

'Het is niet raar.' Ik voelde mijn mobieltje weer trillen. Ditmaal was het een appje van Sarah. 'Wacht even. Hier moet ik op reageren.'

'Weet je wat jouw probleem is,' merkte Dan op. Hij nam nog een slok koffie en zette de mok toen met een zure blik terug op tafel. 'Je neemt altijd veel te veel hooi op je vork. Geen wonder dat je geen vriend hebt, je hebt het veel te druk met het redden van je vriendinnen.'

'Sarah heeft het nu even heel moeilijk.' Ik hield mijn blik op het scherm gericht en tikte een antwoord op Sarahs vrees voor een miserabele maandag. 'Ze heeft me nodig.'

'Ze zal je altijd nodig hebben,' zei Dan. 'Maar er is wel een verschil tussen nodig zijn en misbruik van jezelf laten maken.'

'Is het niet raar dat ik het verschil tussen die twee niet weet, terwijl ik toch uit zo'n liefhebbende familie kom, waar niemand over elkaar oordeelt?' Ik legde mijn foon weer weg. 'En zoals ik al zei: ik heb wel degelijk een vriend, dus val dood.'

'Echt waar?' Dan keek oprecht verbaasd. 'Ik ging ervan uit dat je dat verzonnen had om mam zoet te houden.'

Wat was hij toch een fijne grote broer. 'Nee.' Ik schudde mijn hoofd. 'Hij bestaat echt. Hij heet Will, hij werkt als advocaat, hij heeft een mooie kop met haar en geen valse tanden of glazen ogen, voor zover ik weet en ik heb nog geen grote mentale defecten bij hem ontdekt. Het is nog pril, maar volgens mij gaan we lekker.'

Buzz-buzz. Weer een berichtje.

'Neem je ook altijd je telefoon op als hij hier is?'

Ik pakte mijn mobieltje en zag dat het van Tom was. Ik voelde een kleine nerveuze rilling van opwinding die ik zo snel niet thuis kon brengen. 'Ja, hoezo?'

'Dan gaat het vermoedelijk niet zo lekker als je denkt.'

'Hou je mond, dit is werk.' Ik las het berichtje en herlas het nogmaals, daarna zette ik het toestel op stil. Hij bevestigde alleen maar onze afspraak, heel beleefd en professioneel. 'Het gaat om een afspraak voor woensdag, de klant bevestigde die net.'

Dan klakte met zijn tong. 'Om acht uur op zondagavond?'

'Ik heb geen kantoorbaan van negen tot vijf,' zei ik. 'Dat zou jij als fotograaf toch moeten weten.'

'Ja, oké.' Hij pakte opnieuw zijn mok en nam nog een moedige slok. Arme Dan, zo verwend met de super-de-luxe espressomachine die pa en ma hem voor kerst hadden gegeven. Ik had 'een nette jas' van ze gekregen, omdat ik blijkbaar niet in staat was mezelf fatsoenlijk te kleden. Dat het een jas was waar mijn oma nog niet dood in gezien zou willen worden, maakte het er niet beter op. 'Maar je lijkt altijd zo gehaast. Je moet eens leren om nee te zeggen. Ik zeg dit voor je eigen bestwil.'

'Daar heb je wel een punt,' zei ik en ik zag Laurens naam weer oplichten op mijn scherm. Discreet liet ik het gesprek naar de voicemail gaan en mijn broer schonk ik een vermoeide lach. 'Het komt erop neer dat ik op dit moment eigenlijk twee banen heb en daarnaast Laurens bruiloft organiseer. En Sarah is hier om de avond. Ik ben bekaf.'

'Gewoon nee zeggen,' herhaalde Dan. 'Ik was vroeger ook zo, ik nam alles aan wat er langskwam, maar dan lever je gewoon niet je beste werk af. Soms moet een mens ook even uitrusten, Mads.'

'Gewoon nee zeggen.' Ik nam een teug van mijn eigen mok koffie en zette die haastig weer terug. Jezus, wat smerig. 'Nou, vertel op: aanzoek, plannen, hoe zit het?'

'Ik wil iets verpletterends doen,' zei Dan en zijn ogen lichtten op. 'Iets extravagants, geweldigs en gedenkwaardigs.'

'Oké.' Het was leuk hem zo enthousiast te zien. 'Wat heb je in gedachten?'

'Nou, ik dacht dat jij me daarbij zou kunnen helpen.' Hij lachte me opgewekt toe. 'Hoe zou jij het aanpakken?'

Ik staarde hem aan, knipperde niet en lachte niet terug.

'En hoe zit het dan met "gewoon nee zeggen"?' wilde ik weten.

'Ik ben je broer,' zei hij beledigd. 'Ik bedoelde natuurlijk niet dat je nee tegen mij moet zeggen.'

'Natuurlijk niet.'

'Ik heb wel een paar ideeën.' Hij haalde een iPad tevoorschijn. 'Ik ben benieuwd naar je mening.'

Ik slaakte een zucht en zag dat hij Pinterest opende. Had ik maar wat sterkers dan Nescafé. Dit zou een lange avond worden.

Iedereen weet dat verliefd worden de meest geweldige ervaring is die je kunt hebben, maar het pad naar dat magische moment is voor iedereen weer anders. Gebruik dit deel van het dagboek om je mooiste herinneringen vast te leggen.

Hoe voelt het om verliefd te zijn? Duizelingwekkend, opwindend, verwarrend en in het algemeen alsof ik gek geworden ben.

Wat vind je het fijnst aan verliefd zijn? Het warme, knusse, bruisende gevoel als je bij elkaar bent, zonder dat er anderen bij zijn.

Hoe weet je wanneer de liefde echt is? Als je je helemaal veilig voelt bij de ander, hem onvoorwaardelijk vertrouwt, je begrepen en gezien voelt, het gevoel hebt dat de ander echt om je geeft en je gewoon weet dat hij er niet vandoor zal gaan met dat grietje van kantoor om haar onmiddellijk zwanger te maken.

14

Woensdag 17 juni
Vandaag voel ik me: ehmm…
Vandaag ben ik dankbaar voor: de minieme hoeveelheid aangeboren gratie waarmee ik ben gezegend

Op een dag zal ik dit dagboek pakken en schrijven dat ik een heerlijke dag heb gehad waarop eigenlijk niets is gebeurd. Al zal dat vermoedelijk niet gebeuren, want ik heb wel eens van die dagen gehad en aan het einde van zo'n dag heb ik meestal niet meer de puf om ook nog maar iets te doen. Vandaag ben ik nogal op de proef gesteld. Vandaag kwam ik zo doodmoe en in de war thuis dat ik de afstandsbediening heb meegenomen naar het toilet en het ding prompt een half uur heb lopen zoeken.

In de toekomst zullen historici Twitter en Facebook analyseren en tot de conclusie komen dat onze hele generatie bestond uit mensen met een bipolaire stoornis.

Niets was makkelijk vandaag. Ik had de hele ochtend met kwekers aan de telefoon gezeten in een poging roze en perzikkleurige rozen te vinden voor de Dickinsons en rode rozen voor Lauren, terwijl ik simultaan Sarah uit de wc's op haar werk probeerde te appen, omdat een van haar collega's een exemplaar van *Scheiden: niet huilen, maar onderhandelen* op haar bureau had achtergelaten.

Het komt zelden voor dat ik opgelucht ben omdat ik een afspraak met een klant heb, maar toen ik Tom deze middag naar me zag wuiven voor het Palm House, had ik hem wel kunnen zoenen. Ik had hem niet meer gezien sinds onze impromptu afspraak op kantoor, maar we hadden gemaild en ondanks Wills herhaalde waarschuwingen leek hij me geen al te grote eikel te zijn. Belangrijker nog: hij wilde geld besteden aan een event dat ik voor hem mocht plannen.

'We zouden hier ronde tafels in kunnen zetten.' Ik gebaarde om me heen in de grote lege ruimte en probeerde de indruk te geven van veel meubilair zonder om te vallen. 'En dan kunnen we de tea serveren in de vorm van een buffet, afhankelijk van het budget. Dan is er in de aangrenzende ruimte plek om te dansen. Een klassiek thé dansant, zeg maar.'

Ik leidde Tom door de chique glazen deuren naar het aangrenzende vertrek en maakte een zwierig gebaar. 'Het is handig om de dansvloer en de bar dicht bij elkaar te houden, dan drinken de mensen meer.'

'Willen we dat mensen meer drinken?'

Ik kon mijn verspreking nog horen echoën in de holle ruimte. 'De locatie ziet dat graag,' zei ik. 'Maar we kunnen een limiet stellen aan de open bar of de gasten zelf voor alcoholische versnaperingen laten betalen. Sorry, ik wil je niet onnodig op kosten jagen.'

'Hmm.' Tom wierp een blik op de bar. 'De vrienden van mijn moeder lusten wel een slokje.'

'In dat geval zetten we een limiet op de open bar,' stelde ik voor. 'Of we serveren alleen bier en wijn.'

Hij fronste. 'Ik denk dat de vrienden van mijn moeder ook een bar met alleen bier en wijn wel kunnen drooggleggen.'

'Dat kunnen we later altijd nog beslissen,' zei ik om maar van onderwerp te kunnen veranderen. 'In de grote ruimte kunnen we vijf tafels voor acht personen kwijt, zodat we plek hebben voor veertig van je moeders fabuleuze vrienden.' Ik nam hem snel weer mee naar de andere ruimte, voor hij nerveus kon worden, een truc die ik van Shona had geleerd. *Laat ze niet te lang over het budget denken, want dan zien ze overal van af. Verkoop het met zoals het zal zijn, niet met hoeveel het gaat kosten.* 'Het zal prachtig worden, Tom. En ze zal het geweldig vinden. Overal bloemen, zacht licht, muziek. Onze cateraars zijn het einde, het eten is om je vingers bij af te likken.'

'We zullen ze aan het einde de deur uit moeten duwen.' Hij keek naar de grote hoge ramen, die fantastisch licht in de ruimte lieten vallen. 'Wat een schitterende locatie. Ik moet hier honderden keren langs zijn gelopen en heb nooit geweten dat dit er allemaal was.'

'Nou ja, dat is mijn werk.' Het is heel lastig om nederig te klinken als je eigenlijk reuze met jezelf in je nopjes bent. 'Ik heb gewacht tot het juiste feest langskwam om deze locatie te kunnen gebruiken, het is zo'n romantische plek.'

Tom kuchte en knikte, zijn handen diep in zijn zakken.

'En volmaakt voor de verjaardag van je moeder,' voegde ik eraan toe en maaide wat in het rond met mijn beschadigde iPad. Ik was er inmiddels achter dat ik het zelf zou moeten betalen als ik een nieuw scherm wilde. Ik had besloten het met zijn doorleefde look te doen tot mijn salaris weer was gestort. 'Dus, deze ruimte voor het eten en de toosts en de andere voor dansen en drank, zodat ze hier rustig kunnen praten zonder last te hebben van de muziek.'

Hij zei helemaal niets. Tom was het tegenovergestelde van de Dickinsons, ik had echt geen flauw idee waar hij opuit was.

'We zullen een kleurenschema kiezen dat terugkomt in de bloemen en het tafellinnen,' jakkerde ik dapper door, mijn lijstje afwerkend. 'En ik zorg ervoor dat lichtontwerpers de ruimte zo belichten dat het ook nog prachtig is als de zon is ondergegaan. Ik denk zelf aan veel feestlichtjes en gedempte lampen, niets overweldigends of hards. Alleen maar een heel flatterende gloed.'

'Klinkt goed,' zei hij.

Niet te enthousiast, dacht ik.

'Dank je wel,' zei ik. 'Wat betreft entertainment, heb je voorkeur voor een band of een dj?'

'Wat hebben ze hier voor geluidsinstallatie?' Ineens kwam hij tot leven. 'Kan ik de versterkers zien? Waar zijn de speakers?'

'Ik heb de technische specificaties hier.' Ik bladerde door mijn aantekeningen. 'Zullen we even gaan zitten om ze door te nemen?'

Met een stralende blik volgde Tom me naar een klein tafeltje bij het raam en trok een van de stoelen voor me uit. Ik bleef even staan omdat ik me afvroeg wat de bedoeling was. Hij stond daar maar en keek me aan.

'O, dank je,' zei ik, toen ik besefte dat hij gewoon galant was.

Gegeneerd nam ik plaats en staarde naar mijn iPad. Zijn moeder verdiende een mooi feest, ze had hem verschrikkelijk goed opgevoed.

'Dus, we kunnen beschikken over een projector, een dvd-speler, en een Blu-ray-speler, iPod-dock, 5.1 surround sound, drie snoerloze microfoons en een audioset voor livemuziek. Klinkt dat goed?'

Hij pruilde. 'Nou, het kan ermee door.'

'Aha, je bent een audiofiel.' Ik glimlachte beleefd naar de serveerster die verscheen met een etagère met drie verdiepingen lekkernijen en een enorme pot thee. Dit was altijd het leukste aan deze baan, de proeverijen. 'Je hebt interesse voor geluidstechniek?'

'Vroeger wel.' Hij leunde achterover terwijl de thee werd ingeschonken. 'Op de universiteit speelde ik in een bandje en ik was altijd de klos als de apparatuur moest worden opgezet.'

'Rockgod, roadie én advocaat?' Ik schudde mijn servet los en legde het zo elegant mogelijk op mijn schoot. Ik moest mezelf eraan herinneren dat ik aan het werk was en niet alle zaligheden onmiddellijk in mijn mond kon proppen. 'Dat is een heel indrukwekkend cv.'

'Manusje-van-alles,' zei hij, en hij wachtte tot ik een miniaardbeientaartje had geselecteerd voor hij er zelf een nam. 'We waren niet erg goed. Of beter gezegd: we waren helemaal niet goed.'

'Ik zou je graag in een band zien spelen,' zei ik lachend. Hij was zo keurig en stijfjes tot en met zijn bovenste dichtgeknoopte knoopje. Ik kon me hem gewoon niet voorstellen op een podium.

'De andere bandleden heb je al ontmoet.' Hij schudde zijn hoofd, maar met een glimlach bij de herinnering. 'Ian speelde drums, Will de bas. Ik zong en speelde gitaar.'

'Will zat in je band?' vroeg ik een beetje verbaasd. 'Wat grappig.'

Tom schonk zich nog eens thee in en trok een wenkbrauw op. ‘Grappig omdat hij niet de voorman was of grappig omdat we het nu niet meer zo goed met elkaar kunnen vinden?’

‘Allebei?’ zei ik met een mond vol kruimeldeeg.

Hij keek me zijdelings aan en pakte toen zijn kopje.

‘Wat is er zo grappig?’ wilde hij weten toen ik mijn hand voor mijn mond hield om mijn proestlach niet al te onsmakelijk te maken.

‘Niets. Maar dat kopje is zo klein en jij bent zo groot.’ Probeer nooit een lach te smoren als het risico bestaat dat er kruimeldeeg uit je neus komt. Kakelen is aanzienlijk aantrekkelijker dan snurken. Niet veel, maar toch. ‘Het lijkt wel een poppenkopje.’

Hij vernauwde zijn ogen tot spleetjes, stak zijn pink uit en dronk onverstoorbaar door.

‘Doe normaal, gek,’ zei ik lachend terwijl ik van mijn eigen thee nipte.

‘Sorry, ik zal voor meer esthetische verhoudingen voortaan een gigantische mok met me meedragen,’ zei hij verontschuldigend. ‘Of een emmer of zo.’

‘Ik zou best een emmer thee lusten,’ vertrouwde ik hem toe, en ik schonk ons allebei nog eens in. ‘Het zijn echt heel kleine kopjes. Ik sterf van de dorst.’

‘Zware avond gisteravond?’ Hij nam een minisandwich en knabbelde er voorzichtig aan.

Hoofdschuddend keek ik hem aan. ‘Je spoort niet. Nee, het was geen zware avond, maar ik zou niet moeten drinken als de volgende dag een gewone werkdag is.’

Of tot vier uur ’s nachts Amerikaanse series moeten bingewatchen. *Baltimore* kon voorgoed van mijn lijstje.

‘Ik ben geschokt door je gebrek aan professionaliteit,’ zei hij droog.

Ik haalde mijn schouders op en opende mijn schrijfblok. ‘Vertel eens, wat vind je van de sandwiches?’

‘Zie je Will vaak?’ vroeg hij abrupt.

Ik liet een kort, gekunsteld lachje horen en ontweek zijn blik. ‘Is het niet een beetje raar om met jou over hem te praten? Hoe dan ook: de sandwiches?'

'Hmm.' Hij zette zijn minuscule theekopje neer en duwde zijn mouwen omhoog. Zulke Fijne Armen. Echt waar. Zelfs als ik probeerde er niet op te letten, kon ik er niet omheen. Ze waren enorm. 'Sorry, het is niet aan mij om je daar iets over te vragen.'

'Nee, geeft niet, het spijt me,' antwoordde ik, terwijl ik naar mijn minitaartje staarde. 'Ik wil niet hopeloos onprofessioneel overkomen, maar mag ik jou iets vragen?'

'Je hebt me al een gek genoemd en je laten ontvallen dat deze tent zal proberen de barnota op te jagen. Ik zou zeggen: vraag maar raak.'

'Oké.' Ik beet in de cupcake en slikte snel een hap door. Ik kon hem net zo goed even proeven voor mijn klant zou opstaan en het hele feest af zou blazen. 'Eh...'

Ik wilde heel graag weten wat er tussen hen was voorgevallen. Iedere keer dat ik Will zag, werd ik weer een beetje gekker op hem en het zat me dwars dat er mensen rondliepen die hem niet het einde vonden. Ik wilde weten waarom niet. Ik wilde alles over hem weten, van de naam van zijn eerste huisdier tot zijn schoenmaat. Het was een ziekte.

Vol verwachting keek Tom me aan op een manier die me deed vermoeden dat er iets op mijn gezicht zat. O wacht even, dat zat er ook. Ik zat onder het glazuur.

'Alsjeblieft.' Tom haalde een kraakheldere gestreken witte katoenen zakdoek uit zijn borstzak, terwijl ik mijn plakkerige wangen betastte. 'Wat wil je weten?'

'Tijdens het feest zullen we uiteraard meer dan genoeg servetjes hebben.' Ik nam de zakdoek van hem aan en depte er mijn rode, geglazuurde gezicht mee af. 'Dank je wel.'

Tom knikte kort.

'Dus...'

'Maddie.' Meneer McDonnell, de manager van het Palm House, kwam op ons af gelopen, luisterrijk in een pruimkleurig fluwelen pak en zich zalig onbewust van het feit dat hij een betekenisvol moment aan tafel verstoorde. 'Is alles naar je zin?'

'Het is allemaal perfect,' verzekerde ik hem en ik schudde zijn hand terwijl Tom opstond. 'Dit is Tom, ik bedoel: meneer Wheeler. We plannen een feestje voor de verjaardag van zijn moeder.'

'Wat leuk.' Meneer McDonnell reikte naar boven om Tom de hand te schudden, hij was een heel stuk kleiner dan de reus met het stalen gezicht voor hem. 'Zijn er nog vragen?'

'Tom, ik bedoel meneer Wheeler,' corrigeerde ik mezelf opnieuw, 'heeft nog wat vragen over de audioapparatuur.'

'Ik hoop dat ik ze kan beantwoorden.' Hij gaf Tom het respectvolle knikje van een man die dingen over elektronica weet. 'Wilt u de apparatuur even zien?'

'Graag,' zei Tom. Hij pakte een blinkende, zilverkleurige iPod uit zijn koffertje. 'Zouden we de spullen even kunnen testen?'

'Geen probleem.' Meneer McDonnell schonk hem een elegant knikje en maakte een weids gebaar. 'Zullen we?'

De andere ruimte had dezelfde prachtige ramen als de eerste en omdat de twee kroonluchters aan het plafond niet aan waren, zorgden we voor drie lange namiddagschaduwen op de dansvloer.

'Alle elektronica bevindt zich hier,' zei meneer McDonnell en hij ging ons voor naar wat een kleine kast naast het podium achterin leek. Toen hij de deur opende, bleek zich er de natte droom van elke techneut achter te verschuilen. Ik was uitstekend in staat mijn tv op de kabel aan te sluiten en een Blu-Ray-speler aan de tv te koppelen, maar dit ging boven mijn pet. Tom wist echter precies wat hij zag en wat hij ermee moest doen. Hij drukte op een paar knoppen, zette een paar schakelaars om, stak een kabel in zijn iPad en presto – opeens was de ruimte gevuld met muziek.

'Ik zal eens even kijken of ik iets aan het licht kan doen.' Meneer McDonnell glipte langs Tom met een snelle knipoog naar mij. 'Dan krijg je een beter idee van deze zaal. Het is hier altijd net wat donkerder na theetijd.'

'Wie is dit?' vroeg ik, een beetje meewiegend op de muziek die uit onzichtbare speakers klonk. 'Prachtig, zeg.'

'Etta James,' zei Tom, en voorzichtig zette hij zijn koffertje op de grond. 'Mijn moeder is een echte jazzliefhebber. Ik ben hiermee opgegroeid.'

'Mazzelaar.' Ik sloot mijn ogen. 'Bij mij thuis werd er vooral naar Phil Collins geluisterd en er is werkelijk geen enkele culturele verrijking te vinden in "Su-su-sudio".'

Voor ik mijn ogen weer open had, voelde ik een hand die van mij pakken en me naar het midden van de ruimte trekken.

'Wat doe je?' vroeg ik paniekerig. Hij was zo groot en sterk en, voor zover ik het kon inschatten, echt heel boos op me. Maar zijn stalen gezicht was opengebroken in een lach die begon in zijn ogen en bijna zijn mond bereikte.

'Kun je dansen?'

'Watte?' Ik keek naar hem op en verrekte mijn nek omdat hij zo dichtbij stond.

'Weet je dat je reuze onbeleefd bent?' Hij pakte mijn andere hand en legde die op zijn schouder. 'Echt totaal geen manieren.'

'Ik ben een middelste kind,' antwoordde ik, en ik voelde hoe stevig hij mijn andere hand vasthield. 'Ik verontschuldig me nergens voor.'

'Kun je walsen?' Hij nam een stap naar voren.

'Geen idee,' zei ik terwijl ik me door hem naar achteren liet duwen. 'Ben ik daar nu mee bezig?'

'Inderdaad.' Hij leidde me rond in kleine cirkels. 'Niet te veel over nadenken, doe maar gewoon mee.'

'Oké,' zei ik timide. 'Ik zal niet nadenken.'

Makkelijker gezegd dan gedaan. Het was onmogelijk. Niet nadenken? Wat een verdomde grappenmaker. Twee minuten geleden had ik nog gedacht dat hij zou weglopen, het hele feestje zou afblazen en mogelijk Will zou afrossen omdat hij toch bezig was en nu zwierde hij me over de dansvloer als een ouderwetse gentleman in een zwart-witfilm. Wat spookte McDonnell toch uit met die lichten? Waarom was het hier zo donker? Hoe kon een meisje nou bij zinnen blijven als een heel lange man, die erg lekker rook en prima haar had, met haar danste, echt danste, in een schitterende balzaal?

Ik wil maar zeggen: dit was het soort gedrag dat zelfs Disney-prinsessen verliefd laat worden op een Beest. Ik had geen schijn van kans.

'Je hebt aanleg,' zei hij toen we iets sneller gingen en hij me van zich af duwde om me rond te tollen. Ik struikelde uiteraard over mijn eigen voeten en was opgelucht toen hij me opving. Opgelucht en in de war.

'Dank je wel.' Veel te makkelijk vouwde ik mezelf weer in zijn armen. 'Jij kunt er anders ook wat van.'

Als je stellen samen ziet dansen op tv, zie je niets dan dramatische cameraperspectieven en wulpse dips, maar als het je zelf overkomt, is het volledig anders. Ik was me pijnlijk bewust van elke stap, elke misstap en elke keer dat ik vloekte en me dan onmiddellijk verontschuldigde voor het vloeken. Ik was bepaald geen Audrey Hepburn. Het enige wat echt precies was wat je je erbij kon voorstellen, was het moment waarop ik tegen hem aan leunde, tegen zijn borstkas rustte en Toms hart voelde kloppen.

Hoewel hij kalm en beheerst leek en de indruk maakte alles onder controle te hebben, klopte zijn hart als een bezetene. Ik moest mijn adem inhouden tot de song was uitgespeeld. Terwijl de muziek langzaam wegstierf, kwam hij elegant tot stilstand. Met frisse tegenzin nam ik afstand van zijn lijf, tuurde naar mijn voeten en herhaalde in gedachten het mantra allejezus allejezus allejezus allejezus eindeloos. Ik dwong mezelf naar hem op te kijken en zag dat hij naar mij keek. Geen van tweeën zei iets. Het duurde even voor ik doorhad dat ik nog steeds mijn hand in die van hem had liggen. Ik wist niet wie van ons degene met de klamme handen was, maar ik had zomaar het gevoel dat ik het was. Achter ons stond de zon laag aan de hemel en wierp rode schaduwen over Toms haar en het was echt te veel van het goede, op een heel goede manier.

'Dat was prachtig,' klonk de stem van meneer McDonnell, voor Etta James aan een nieuwe song kon beginnen. 'Er wordt tegenwoordig wel wat meer echt gedanst hier, maar niet zo veel als ik zou willen. Dit was een feest om naar te kijken.'

Ik schraapte mijn keel, deed een stapje terug en schudde mijn hand los, maar in plaats van een keurig kuchje, klonk ik eerder als een melodramatische geit. Dat had ik weer. Voor iemand kon reageren, had meneer McDonnell een schakelaar omgezet en baadde de ruimte in heldergeel licht, dat alle romantiek verdreef.

'Volgens mij is dat alles.' Ik wreef mijn handpalm langs mijn jeans. 'Is dat alles? Dit is alles, toch?'

'Volgens mij wel,' antwoordde hij, en hij keek net zo verschrikt als ik me voelde.

'Dat is dus alles,' bevestigde ik aan de een tikje verward kijkende meneer McDonnell. 'U hoort gauw van me. Jullie horen allebei gauw van me. Over het feest. Voor je moeder. Ik moet er nu vandoor.'

Verdwaasd marcheerde ik weg. Gewoon de ene voet voor de andere blijven zetten, moest lukken, ook zonder partner. Al was het lastig.

'Maddie?' riep McDonnell me na.

Ik hield me vast aan een stoel en draaide me om, een grote stralende lach op mijn onvoorstelbaar professionele smoel. 'Mm-hmm?'

'Dat is de deur naar de keuken.'

'Goed dat u het zegt.'

'En je tas staat nog op tafel.'

'U hebt helemaal gelijk.'

Blozend van top tot teen sloop ik aanzienlijk minder gracieus en doelbewust dan eerst terug door de ruimte.

'Maddie?' riep Tom. Ik keek op en zag dat hij net niet lachte, met één hand in zijn zak, terwijl hij de andere door zijn haar haalde. 'Deze locatie is volmaakt. Laten we het feest hier houden.'

'Prima, gaan we regelen.' Ik pakte mijn jas, mijn tas en mijn iPad. 'Je hoort nog van me. Dank je wel, dag, bedankt.'

Met een blinde wuif vermande ik mezelf en liep ditmaal wel naar de goede deur.

Maddie Fraser, professioneel tot op het bot.

‘We hebben een locatie, de catering is geregeld, de uitnodigingen worden gedrukt, Michael heeft een pak en de cadeaulijst is af.’ Lauren pauzeerde even om haar mond vol sla te stoppen. Ze was de enige die sla at, ze had de bak zelf meegenomen. ‘We zijn er wel zo’n beetje, toch, Maddie?’

‘Min of meer.’ Ik nam een grote hap pizza en leunde tegen de bank. We zaten met zijn drieën op mijn nieuwe tapijt. Het enige wat Lauren nog niet rond had was een trouwjurk, jurken voor de bruidsmeisjes, een fotograaf, videograaf, de muziek, de bloemen, het tafellinnen, verlichting, een tafelplan, cadeautjes voor het bruidspersoneel en de gasten, de ambtenaar van de burgerlijke stand en de auto’s. Geen paniek, dus. En ooit zouden we de epische emotionele meltdown in de bruidswinkel moeten bespreken, maar ook daar was geen haast bij. Het was tenslotte niet zo dat de bruiloft al over zes weken was. O wacht even, dat was wel zo.

‘En alles is geregeld voor het vrijgezellenfeest aanstaand weekend,’ zei Sarah. Ze trok de gesmolten kaas van haar pizza en at die op. Walgelijke gewoonte. ‘Ik pik jullie hier allebei na werktijd op.’

‘Ik kan niet wachten,’ zei ik, Lauren knikte. ‘Je gaat ons toch hopelijk niet dwingen in dezelfde T-shirts rond te lopen of zoiets?’

‘Hoe vulgair denk je dat ik ben?’ vroeg Sarah en ze rimpelde haar neusje. ‘En wat zou daar dan eens op moeten staan: *Vluchten Kan Niet Meer*? *Laurens Laatste Wilde Avond*? Alsjeblieft, zeg.’

‘Ik heb bijpassende joggingpakken voor ons,’ beweerde Lauren. ‘Op die van mij staat *bruid* op de kont en op die van jullie *bruidsmeisje*. Heel smaakvol allemaal.’

‘Geloof geen woord van wat ze zegt,’ zei Sarah. ‘Ze kletst uit haar nek.’

‘Dat mag ik toch hopen,’ zei ik.

‘Weet je, ik moet jullie jurken nog uitkiezen,’ zei Lauren. ‘Hou dat in je achterhoofd. Dit zou nog wel eens beroerd voor jullie kunnen aflopen.’

‘Je gaat hier vanavond niet weg voor je een keuze hebt gemaakt,’ antwoordde ik terwijl ik een stapel catalogi over mijn salontafel naar haar toe schoof, waarbij ik twee pizzadozen uit de weg duwde. ‘Deze kunnen binnen een maand worden geleverd. Heeft je zus haar maten doorgegeven?'

'Ja,' zei Lauren. Ze opende de eerste catalogus en grimaste. 'Maar ze klonken niet juist. Ik moet mijn moeder vragen haar opnieuw op te meten.'

'Ik moet ze voor aanstaande vrijdag bestellen.' Ik richtte me erop zo veel mogelijk pizza in mijn mond te proppen, in een poging mijn gevoelens te smoren in koolhydraten. 'Dus zorg dat ze een beetje opschiet.'

'Ze is volledig ontoerekeningsvatbaar door haar zwangerschap,' zei Lauren. 'Niet dat ze daarvoor niet ook ontzettend stom kon doen, maar nu ze een kind krijgt, melkt ze het echt uit. Compleet babybrein. Het IQ van jouw zus zakte volgens mij niet met twintig punten toen ze in verwachting was, toch?'

Ik strekte mijn benen uit en wiebelde met mijn tenen. 'Nou nee, maar mijn zus zei tegen me dat mijn leven leeg en zinloos is. Dus doe mij maar babybrein.'

Beide vrouwen keken me met open mond aan.

'Wat zeg je me nou?' zei Sarah.

'Dat ik, nou ja wij,' corrigeerde ik mezelf om mijn woorden wat extra gewicht te geven, 'onze levens verspillen door te piekeren over zinloze zaken, omdat het er allemaal niet meer toe doet als we eenmaal een kind hebben.'

'Jeezes.' Lauren pakte een in knoflook gesmoord deegballetje. 'Zoiets zeg je toch niet?'

'Het is shitty, niet eerlijk en het slaat nergens op,' beaamde ik.

'Ik weet het nog zo net niet,' zei Sarah langzaam. 'Misschien heeft ze gelijk?'

Lauren en ik vielen allebei stil en keken naar de vrouw die ooit zwangerschap had omschreven als 'de makkelijkst te genezen soa die je kunt oplopen'.

'Het is net zoiets als je mobieltje. Je weet wel, er is een limiet aan wat je kunt opslaan aan foto's, apps, muziek en zo. Volgens mij is een baby krijgen net zoiets.'

'O ja? Leg eens uit dan.' Lauren was absoluut niet overtuigd.

'Nou ja, wat ik wil zeggen...' Sarah was er duidelijk niet helemaal zeker van of Sarah wist wat Sarah bedoelde. 'Je hebt bergen foto's en muziek en dingen die je leuk vindt. Maar op een gegeven moment kan er niets meer bij en moet je dingen wissen om ruimte te maken voor dingen die belangrijker voor je zijn. Dat wil niet zeggen dat je niet meer van die dingen houdt of ze niet belangrijk vindt, maar het kan gewoon zijn dat je LinkedIn even belangrijker is dan je Instagram.'

'LinkedIn zal nooit het belangrijkste zijn voor wie dan ook,' antwoordde Lauren. 'Die app is voor rare types.'

'Jij begrijpt toch wel wat ik wil zeggen?' Sarah keek hoopvol naar mij, maar ik had bitter weinig hulp te bieden.

Sarah zuchtte gefrustreerd. 'Ik zeg niet dat Eleanor gelijk had, natuurlijk is Maddies leven niet zinloos en leeg omdat ze geen kind heeft, maar als je het bekijkt uit Eleanors perspectief kan ik me zo voorstellen dat alles wat niet te maken heeft met om vier uur 's nachts voeden, of tobben of ze haar baby wel of niet moet laten vaccineren, even niet meer zo belangrijk lijkt. Het is vast lastig om mee te leven met iemand die zich afvraagt of een jongen nu wel of niet iemand heeft gebeld, als je probeert een ander mens in leven te houden.'

'Om te beginnen: laat je kind verdomme inenten,' zei Lauren en ze pakte een tweede knoflookballetje. Tot zover haar salade. 'En ten tweede: beloof me dat jullie niet volkomen verdwijnen als er baby's in beeld komen, want dat zou ik niet aankunnen.'

'Ik voorzie voorlopig geen problemen,' zei Sarah. 'Als gescheiden vrouw moet ik eerst weer aan de man zien te komen voor er baby's geproduceerd kunnen worden.'

'Sorry,' zei Lauren verontschuldigend; ze accepteerde een trap tegen haar dijen als straf. 'Maar je begrijpt wel wat ik bedoel.'

'Het is niet jouw schuld,' zei Sarah. Ze was aanzienlijk kalmer dan de laatste keer dat ik haar had gezien, maar ik had toch het gevoel dat er niet veel hoefde te gebeuren om haar weer te laten flippen. 'Ik red me wel. Maar blijf vooral tegen me zeggen dat ik er zo knap en slank uitzie.'

'Ik ken niemand die zo goed is in scrabble,' zei ik zo snel mogelijk. Ze keek me recht aan, zonder een spier te vertrekken. 'En je ziet eruit alsof je bent afgevallen,' voegde ik er haastig aan toe.

'Een van de voordelen van 's avonds niet meer koken, is 's avonds niet meer eten. Doe mij nog eens een stuk pizza.'

'Nou was je altijd al een waardeloze kok, dus of je er nou veel aan mist?' Ik duwde een pizzadoos in haar richting. 'Zolang je straks nog maar in je bruidsmeisjesjurk past vind ik alles prima.'

'Ik heb nooit meer wat gehoord over die baan,' zei Sarah bedachtzaam kauwend, tussen twee happen door. 'Je had mijn cv toch aan jullie afdeling Personeelszaken gegeven?'

Het cv dat nu al een week op mijn bureau lag? Het cv met alle briljante kennis en relevante ervaring dat haar vrijwel zeker aan mijn baan zou helpen? Bedoelde ze dat cv?

'Natuurlijk,' zei ik, misschien net iets te laat. 'Volgens mij is er een vacaturestop. Tijdelijk. Zou me er geen zorgen over maken, als ik jou was.'

Lauren keek me aan, een en al verwarring. Ik schonk haar een waarschuwende blik en probeerde niet over te geven in mijn mond.

'Oooh,' zei Lauren met grote ogen toen het besef indaalde. 'Maar daar wil je toch helemaal niet werken? We willen niet eens dat Maddie er werkt, weet je nog wel?'

'Zij kan weg, ik kan aan de slag.' Sarah haalde haar schouders op. 'Perfecte oplossing.'

'Pas als ze klaar is met het regelen van mijn bruiloft,' wierp Lauren tegen. 'Niet zo egoïstisch doen, Sarah.'

'Heb ik hierin nog iets te zeggen?' vroeg ik.

'Nee,' antwoordden ze in koor.

Ik hou van mijn vriendinnen, hield ik mezelf voor. Ik hou van mijn vriendinnen. Ik hou van mijn vriendinnen.

'Ik had geen idee dat er zo veel komt kijken bij het plannen van een bruiloft,' zei Lauren. Ze overwoog nog een knoflookbal, maar keerde toen met tegenzin terug naar haar salade. 'Ik ben er van vroeg tot laat mee bezig.'

Ik keek haar aandachtig aan, op zoek naar een signaal dat ze zich groothield, maar niets daarvan. Misschien was het toch alleen maar een trouwjurkcrisis geweest. Misschien was alles verder oké.

'De hemel zij dank dat je niet ook nog moet werken voor de kost,' merkte Sarah op. Dat was een béétje onder de gordel, maar ik was niet van plan voor Lauren in de bres te springen, gezien het feit dat zij geen moer uitvoerde en ik me in mijn vrije tijd gratis en voor niets een slag in de rondte werkte. Aangezien ik helemaal geen vrije tijd had, was dat een hele prestatie.

'Ik werk wel,' gilde ze. 'Je weet dat ik werk!'

'Je post updates voor je vader op Twitter,' zei Sarah. 'Dat is geen werk.'

'Ik ben de socialmediadirector voor een van de belangrijkste makelaars in luxe onroerend goed in het zuidoosten. Het gaat niet alleen om Twitter, ik doe ook Facebook en Instagram.'

'Geen Pinterest?' vroeg ik.

'Ik kan niet alles, Maddie. Ik ben geen supervrouw.'

Ik beet op mijn tong. Heel hard.

'Zullen we het even vijf seconden over iets anders hebben?' stelde ik voor, voor iemand de mep zou krijgen die ze zo overduidelijk verdiende. 'Wat dan ook?'

'Hoe gaat het met Will?' vroeg Sarah onmiddellijk.

'Iets anders?' vroeg ik, en ik keek naar Lauren. Voor het eerst wilde ik het niet over Will hebben.

Lauren schudde haar hoofd met een mond vol ongekookte boerenkool en wees naar Sarah. 'Vertel op!' mompelde ze. 'Komt hij naar de bruiloft?'

'Ik heb het hem nog niet gevraagd.' Ik prutste aan mijn foon tot ik het scherm uit mijn ooghoek zag oplichten. 'Ik heb het gevoel dat het nog te vroeg is.'

'Jullie zijn anders best vaak samen,' merkte Sarah op. 'En hoe lang hebben jullie nu al wat, iets van een maand, toch?'

Een maand en drie dagen. Als je iemand was die dit soort dingen bijhield.

'Dus hebben jullie nu echt verkering? Is hij je vriend?'

'We hebben het hier al eens over gehad. We zijn te oud voor al die onzin. We zijn gewoon twee volwassenen die van elkaars gezelschap genieten. En samen seksen. Vaak. Het is prima zo, zonder er meteen allemaal etiketjes op te plakken.'

Sarah trok haar knotje wat strakker en trok een wenkbrauw op, ik dwong mezelf haar niet te meppen. En had al helemaal geen zin om eraan toe te voegen dat ik hem al een week niet had gezien. Het etentje op vrijdag was inmiddels al drie keer verzet en hoewel hij kans had gezien om een paar keer langs te komen voor een tussendoorwip als hij van zijn werk op weg naar huis was, had hij op een of andere manier zo'n volle agenda dat hij nooit kon blijven slapen, omdat hij de volgende dag vroeg op moest. Aangezien dat etentje niet door was gegaan en hij het te druk had om me in het weekend te zien, hadden we nog geen nieuwe plannen gemaakt. Hij appte nog wel, maar het was allemaal veel minder en ik wist niet wat ik daarvan moest denken.

'Hoe ziet zijn huis eruit?' vroeg Sarah. Ze legde een kussen van de bank onder haar hoofd. 'Is het een super-de-luxe vrijgezellenflat, of de mannenversie van dit krot?'

'Ik ga ervan uit dat hij leuk woont.' Mentaal bereidde ik me voor op wat er ongetwijfeld ging komen. 'Ik ben er nog niet geweest.'

'Je bent er nog niet geweest?' Lauren deed niet eens haar best om de veroordeling uit haar stem te houden. 'Nog nooit?'

Sarah was aanzienlijk minder omzichtig. 'Waar slaat dat nu op? Wat heeft hij te verbergen?'

'Het is niet echt een spannende samenzwering,' zei ik, starend naar het plafond. 'Hij verhuurt zijn logeerkamer aan een vriend die nog geen eigen woonruimte heeft gevonden. Ik woon alleen, dus hier hebben we privacy, dat is alles. Bovendien is mijn flat voor ons allebei dichter bij ons werk.'

'Nou, is dat even handig,' zei Sarah.

'Precies,' antwoordde ik.

Sarah keek me veelzeggend aan. 'Zo bedoelde ik het niet en dat weet je best.'

Ze keek naar Lauren, die samen met haar tot een woordeloos besluit leek te komen.

'Gaan we geen bruidsmeisjesjurken uitzoeken?' vroeg ik, voor een van hen weer op me zou gaan vitten. Ik duwde de catalogus naar hen toe en liet die op magische wijze openvallen bij een lila strapless geval dat ik eerder al had uitgekozen. 'Laten we dat nu nog even regelen.'

'Ik wil hem ontmoeten,' zei Lauren. Ze duwde de catalogus weg. 'Ik kan niet wachten, Maddie.'

'Je zult hem enig vinden.'

Sarah schoot overeind. 'O mijn god, hou je van hem?'

'Dat zei ik toch helemaal niet?' Jammerend hield ik een kussen tegen mijn gezicht. 'Ik weet het niet. Ik weet helemaal niets meer. Ik heb een bizarre dag gehad.'

'Wat heeft Shona nu weer gedaan?' wilde Lauren weten. 'Of was het ditmaal de lieftallige Sharaline?'

'Geen van beiden,' bromde ik vanonder mijn kussen. 'Als ik het jullie vertel, mogen jullie er niet meer van maken dan het is.'

'We beloven dat we er niet meer van zullen maken dan het is,' zongen ze in koor.

'Herinneren jullie je nog die kennis van Will, die ceremoniemeester was op de bruiloft waar ik Will leerde kennen?'

'Die vent die op je valt?' vroeg Sarah.

'Hij valt helemaal niet op me,' zei ik, met helemaal niet meer zo veel overtuigingskracht als eerst. 'Ik regel een feestje voor zijn moeder en vanmiddag, toen ik met hem de locatie bekeek die ik ervoor in gedachten heb, heeft hij met me gedanst.'

Sarah snakte naar adem. 'Wat een smeerlap.'

'Bedoel je dat super-eufemistisch of zo?' informeerde Lauren.

'Nee!' Ik trok het kussen van mijn gezicht, maar hield het bij de hand, voor het geval ik er iemand mee zou moeten slaan. 'We waren de speakers aan het testen en toen de muziek speelde, pakte hij me vast en ging met me dansen. We hebben gedanst.'

'Hij dwong je op en neer te springen of zo?' Sarah snapte er niets van. 'Moeten we de politie bellen? Aangifte doen?'

'We hebben gewalst.' Ik kromp in elkaar van ellende. 'Ik heb gewalst, als een echte dame.'

Beide vrouwen staarden me aan. Sarahs mond was een hard, stijf streepje, die van Lauren hing wijd open.

'En toen?' wilde Sarah weten.

'En toen ben ik weggegaan.' Ik verzweeg het deel waarin ik eerst naar de keuken was gelopen, op zoek naar de uitgang. 'Meer niet.'

Afgezien van de mail die ongeveer een kwartier geleden was binnengekomen.

'Dat is het meest romantische wat ik ooit heb gehoord,' zei Lauren met een zucht. 'Ik ben dol op mannen die kunnen dansen. Mijn vader kan dansen.'

'Ik wed dat hij geweldig kan dansen,' verzuchtte ook Sarah. 'Wat een man.'

'Waag het niet!' Lauren smeet een kussen naar Sarah, dat haar recht op haar tiet raakte. 'Laat mijn vader erbuiten.'

'Oké dan.' Sarah keek aanzienlijk minder dromerig naar mij. 'Maar serieus, Mads, spoort die vent niet of zo? Moeten we de politie bellen?'

'Als ik heel eerlijk moet zijn...' ik legde mijn pizzapunt neer, hield mijn blikje cola vast en trok mijn schouders op tot oorhoogte, 'was het nogal leuk.'

'Wacht even, je organiseert een feestje voor zijn moeder?' vroeg Lauren. 'Voor je werk?'

'Ja.' Ik vroeg me af of ze ooit wel eens luisterden naar wat ik zei. 'Zo gek is dat toch niet? Het is mijn werk.'

'Met het risico dat ik net zo klink als Sarah, maar het is wel gek,' corrigeerde Lauren. 'Je leerde hem kennen tijdens die bruiloft, toch? Op dezelfde avond dat je Will ontmoette?'

Ik knikte bevestigend.

'En toen kwam hij op je werk om de achtergelaten spullen van de bruiloft voor zijn verloofde op te halen en nu plan je een feest voor zijn moeder en wals je samen met hem door een balzaal? Is zijn moeder de koningin? Ben je in *The Princess Diaries* terechtgekomen?'

'Zijn moeder wordt zestig.' Alles kon verdacht klinken als je het zo bracht. 'Hij wil er iets speciaals van maken, omdat zijn vader jong is gestorven en ze heel close zijn.'

Sarah huiverde. 'Zo close als moeder en zoon van het Bates Motel?'

'Hou je mond.' Lauren haalde naar haar uit, zodat Sarah haar tweede aanval in vijf minuten te verduren kreeg. 'Ik vind het lief van hem. Ik snap alleen niet waarom hij een professionele eventplanner nodig heeft voor een verjaardagsfeest van zijn moeder.'

'Hij werkt als jurist,' zei ik. 'Voor een van de hogere rechtbanken. Hij heeft het druk.'

'Alweer een verdomde advocaat,' mompelde Lauren. 'Het wordt echt tijd voor een interventie.'

'Hij is een jurist die met je van bil wil,' zei Sarah. 'Puur uit interesse: wat had je aan op die bruiloft, dat je de mannen bij bosjes aantrok?'

'Hij is verloofd!' Ik was te moe om te schreeuwen, maar had nog genoeg energie om over de begintune van *EastEnders* heen te komen. 'Het stelt niets voor! Hij probeert me niet te versieren en wil niet met me naar bed. Jullie blazen iets op wat niets voorstelt!'

'In dat geval is hij gewoon een potentiële lul,' zei Sarah. 'Maar dat wil nog niet zeggen dat hij niet op je valt. Heb je het al aan Will verteld? Wat zei hij?'

'Will vindt niet zo veel van Tom. Hij zegt alleen dat het een klootzak is. Ze liggen elkaar niet zo.'

'Vind jij hem een klootzak?'

Ik ademde diep in en uit. De zweterige twee minuten van onze *Come Dancing*-realiteit waren door mijn hersens al door zeker vijfentwintig Instagram-filters bewerkt tot een episch en intiem moment dat ik nooit meer zou vergeten. Hoe vaker ik de scène afspeelde, hoe meer de ruwe randjes wegsleten, tot er alleen nog een volmaakte diamant van een herinnering flonkerde.

'Nee,' zei ik. 'Hij is aardig, hij houdt van zijn moeder, hij is grappig, hij is erg attent, hij stelt altijd veel vragen aan me.'

Lauren aaide over mijn haar. 'Maar...?'

'Hij is verloofd,' maakte ik de zin voor haar af. 'Ik weet het.'

'Ik wou eigenlijk zeggen "maar je hebt wat met Will".' Ze beet op haar lip en trok haar wenkbrauwen op.

'O ja,' mompelde ik, en ik sloeg mezelf met het kussen in mijn gezicht.

Alle drie pakten we tegelijk een punt pizza.

'Moet jij niet in een trouwjurk passen?' Ik wedijverde met Lauren om het laatste stuk peperoni.

'We hebben nog geen jurk, weet je nog wel?' antwoordde ze terwijl ze mijn hand wegmepte. 'En ik ben een brave meid, ik ben op mijn streefgewicht. Alleen mijn armen mogen nog wel wat strakker. Dus kan ik maar beter aan pizzaheffen doen.'

'Nogmaals: als we de jurken voor de bruidsmeisjes niet voor de zesentwintigste bestellen, komen Sarah en ik in jeans naar je trouwdag. Zo simpel is het.'

'Mijn streefgewicht is twee kilo lichter dan ik nu ben plus wat Chris Hemsworth zou wegen als hij boven op me lag,' zei Sarah. Ze pakte de catalogus op die zich onder de pizzadoos uit had weten te wurmen. 'Hé, Lauren, wat vind je van deze lila jurk?'

Ik pikte het laatste stukje pizza in en glimlachte.

Toch nog één ding geregeld.

Het werd een welbestede avond. Na de pizza en de beslissing over de jurken voor de bruidsmeisjes bekeken we online foto's van otters die op Benedict Cumberbatch leken en schuimden het net af naar flatterende badpakken voor een strandvakantie die we nooit zouden boeken. Tegen de tijd dat *Newsnight* begon, vertrok Lauren in een Uber en lag Sarah voor de tweede keer deze week te slapen in mijn logeerbed.

Ik kroop onder mijn dekbed, koppelde mijn iPhone aan de lader en deed nog één rondje online.

Er was een mailtje van Tom.

Beste Maddie,

Formeel, zakelijk gepast, vreemd opwindend.

Ontzettend bedankt voor de tour door de locatie vandaag. Hij lijkt me perfect voor het feest en ik zou graag alles door willen laten gaan, op 13 september aanstaande.

Tot zover niets bijzonders.

Wat betreft de muziek zou ik graag zelf een playlist aanleveren. De geluidsapparatuur in de zaal is in mijn ogen toereikend.

Toereikend? Toe maar.

Te zijner tijd hoor ik graag van je,
Met vriendelijke groet,
Tom Wheeler

En meer stond er niet in.

Serieus, dit was het. Geen 'Sorry dat ik je heb meegesleept in mijn versie van *Come Dancing*, dat was wellicht ontzettend ongepast van me' of een 'Nou, dat waren twee ongemakkelijke minuten van je leven die je nooit meer terugkrijgt, LOLZ'. Alleen maar dit zakelijke, iets te formele mailtje. Nu weet je zeker dat hij niet op je valt, hield ik mezelf voor. Het is misschien maar beter ook, gezien het feit dat hij verloofd is, jij rotzooit met zijn vriend-van-ooit en jullie samen moeten werken. Maar toch voelde het een beetje… Nou ja, je weet wel hoe het voelde. Echt wel.

Misschien vond ik hem toch wel een heel klein beetje leuk.

Maar niet echt, natuurlijk. Het kwam alleen maar omdat hij met me had gedanst, dat was alles. Hoewel hij wel geestig was en best knap, met schitterend haar en heerlijke grote handen, en hij had met me gedanst en hij was heel lang en slim en hij hield van zijn moeder en o, shitterdefuck…

15

Zondag 21 juni
Vandaag voel ik me: moordlustig
Vandaag ben ik dankbaar voor: waterproof mascara

'Hallo daar.' Zodra ik de deur had geopend, had Will me al haastig tegen de muur gedrukt. Hij zoende me zo hard dat ik bloed proefde toen hij zich terugtrok. 'Je ziet er leuk uit.'

Normaal gesproken zou ik open hebben gestaan voor zo'n soort begroeting. Ik had het zo lang zonder moeten doen, dat ik het openlijk had aangemoedigd met suggestieve berichtjes en een of twee foto's waar ik vast spijt van zou krijgen als ik ooit nog eens de politiek in wilde. Maar de avond met mijn vriendinnen en de zwijmelwals met Tom hadden me aan het denken gezet. En dat pakt nooit goed uit.

De afgelopen maand was leuk geweest, maar ik was toe aan meer dan seksen en ik wilde dat 'meer' met Will. Het was tijd om onze relatie uit de slaapkamer te halen en naar buiten te brengen. En dan weer terug naar de slaapkamer te slepen met optionele avonturen buiten.

'Dank je wel,' piepte ik terwijl ik zijn hand over mijn dij onder mijn rok voelde glijden. Ik had beter een broek aan kunnen trekken. Mijn plan zou vast makkelijker uit te voeren zijn in een strakke jeans. 'Hoe was het op je werk?'

'Saai,' antwoordde hij, en hij wreef met zijn gezicht door mijn haar.

Ik had niet alleen een jeans moeten aantrekken, maar ook mijn haar moeten opsteken. 'Je wilt het niet weten.'

'Dat zeg je altijd.' Ik kronkelde mijn lijf zo dat ik hem aan kon kijken. O, die ogen. 'Maar ik wil het wel weten.'

'Ik vertel het straks wel.' Hij begon mijn hals te kussen, zijn handen waren overal. Lieve hemel, wat was dit moeilijk. 'Wat heb je toch een geweldig achterwerk. Heeft iemand je wel eens gezegd hoe briljant je kontje is?'

Met al mijn kracht en meer wilskracht dan ik dacht dat ik in me had duwde ik hem zachtjes, maar kordaat van me af. 'Om je de waarheid te zeggen is dat nog nooit ter sprake gekomen. Kunnen we even praten?'

'Wat is er?' vroeg Will en hij herschikte zijn kroonjuwelen. 'Ben je kwaad op me of zo?'

'Nee.' Ik leidde hem naar de woonkamer. 'Er is niets aan de hand. Ik wil gewoon even kletsen. Het is net alsof we nooit een normaal gesprek hebben.'

'Dat komt omdat jij één grote afleiding bent,' zei hij met een sexy lach. 'Het is allemaal je eigen schuld.'

'Gelukkig klinkt dat helemaal niet bedreigend.' Ik dook onder zijn alweer graaiende arm door. 'Zullen we even een hapje buiten de deur gaan eten? Ik heb niets in huis.'

Will hield zijn hoofd schuin en trok zijn das los. 'Maddie, wat is er?'

Onder mijn felle keukenlampen kon ik zien hoe moe hij was. Zijn stoppels waren zeker drie dagen oud en hij zag er uitgeteld uit. Als ik uitgeteld was en stoppels van drie dagen had, zag ik eruit als Dustin Hoffman in *Tootsie*, alleen minder overtuigend. Hij zag eruit als een god. Thor, om precies te zijn, maar dan zonder het blonde haar. Ik vroeg me af of ik hem zover zou kunnen krijgen dat hij zijn overhemd uit zou doen om wat met een grote hamer te zwaaien… nee. NEE.

We gingen samen naar buiten, ook al zou ik erin blijven.

'Als we nu eens even naar de pub op de hoek gaan om daar wat te eten.’ Ik pakte mijn handtas en slingerde die daadkrachtig over mijn schouder, waarbij ik een kandelaar omgooide, die op mijn voet landde.

‘Verdomme,’ mompelde ik. Ik pakte de kandelaar op en hield die tegen me aan, terwijl ik de hele tijd vastberaden probeerde te blijven kijken. ‘Ik rammel.’

‘Dan laten we gewoon iets bezorgen,’ stelde hij voor terwijl hij zijn das af trok. ‘Ik ben moe.’

‘Je bent altijd moe.’ Er gaat niets boven een beetje grenzen verleggen op een zondagavond, als je nieuwe vriendje net het hele weekend heeft gewerkt. ‘We zijn volgens mij zelfs nog nooit samen deze flat uit gegaan.’

Ik twijfelde er niet aan, ik wist het zeker. En het zat me dwars.

‘Als je wilt dat ik wegga, ook goed.’ Will rolde zijn das op en stak die in zijn zak. ‘Ik heb een rotweek gehad, gevolgd door een rotweekend, sorry dat ik alleen bij jou wil zijn en geen zin heb in de hele stad.’

‘Het spijt me,’ zei ik automatisch, hoewel ik niet zeker wist of dat wel zo was. Zoals ik ook niet wist waarom ik nog altijd de kandelaar vasthield. ‘Maar vind jij het dan helemaal niet raar dat we nooit samen uitgaan?’

Zelfs het woord ‘we’ gebruiken maakte me al ziek. Misschien had ik geen vriendje nodig, maar een therapeut.

‘Nee,’ zei Will. ‘Als we uitgaan kan ik nog niet de helft van alle dingen met je doen die ik met je wil doen.’

‘Ik weet het niet.’ Ik sloeg mijn armen om mezelf heen, met kandelaar en al. ‘We zouden gewoon eens de deur uit moeten gaan?’

‘Wie zegt dat?’ vroeg Will.

Ik haalde mijn schouders op, het was een goed punt.

‘Compromis.’ Hij kuste me met aanzienlijk meer tederheid en pakte de kandelaar uit mijn hand. ‘We blijven thuis, doen de kaars in deze kandelaar aan en dan neem ik je volgend weekend mee uit eten. Jij mag kiezen waar.’

Draaiden relaties niet altijd om compromissen? Ik wilde voet bij stuk houden en erop staan dat we uit eten zouden gaan en wel hier en nu, maar tegelijk wist ik hoe het was om het hele weekend te moeten werken. Ik zou ook geen zin hebben om naar een pub te gaan en daar een half uur te luisteren naar het gekibbel van andere mensen en het gegil van kinderen, in afwachting van dubieuze scampi. Hij was niet onredelijk.

'Ik ben volgend weekend weg,' bracht ik hem in herinnering. 'Kun je ook woensdag?'

'Ja, hoor.' Hij kuste me opnieuw. 'Dan gaan we naar een leuk restaurant.'

Ik sloot mijn ogen en gaf me even over aan de zoen. Het voelde nog altijd nieuw, het was nog altijd anders dan bij Seb. 'Dus, wat wil je eens eten?'

Zijn antwoord kwam in de vorm van een opgetrokken wenkbrauw en een gekmakende zelfverzekerde grijs.

'Ik heb hier wat menu's liggen.' Ik pakte hem bij de hand en trok hem mee. 'Indiaas, Chinees, volgens mij is de sushitent ook open op zondag. Even kijken.'

'Oké.' Hij haalde zijn opgerolde das weer uit zijn zak en gooide hem op de bank. 'Kies jij maar, ik vind alles best.'

Het is echt niet zo dat ik zit te stressen over het feit dat een heel aantrekkelijke man voortdurend met me naar bed wil. Het is leuk, het is opwindend en het is een geweldige vorm van cardio. Maar we deden nu al een maand niets anders en ik wilde meer. Ik voelde me net Oliver Twist of de Kleine Zeemeermin. Of toch niet echt de Kleine Zeemeermin. Laten we niet vergeten dat ze een zestienjarige prinses was die in een kasteel woonde met haar persoonlijke zangcoach, een liefhebbende vader had en een geheime kamer vol mooie spullen en toch wilde ze nog meer. Het enige wat ik wilde, was dat de man waar ik nu al vijf weken mee neukte ook eens belangstelling toonde voor de rest van mijn leven en mijn algemene welzijn.

Dat leek veel meer op een hongerig weeskind dat om nog wat pap vroeg.

'Waar werk je momenteel aan?' Ik rommelde in de keukenla en

deed er aanzienlijk langer over dan nodig was om de bezorgmenu's te vinden. 'Is het een grote zaak?'

'Yep,' antwoordde hij zonder er verder over uit te wijden. 'Heb je misschien een biertje voor me?'

'Jazeker.' Ik haalde een Beck's uit de koelkast en overhandigde het flesje aan hem, samen met de menu's. Hij grimaste naar het bier, maar nam het flesje toch aan en bladerde door de menu's. 'Vertel er eens wat over.'

'Ik zou wel willen, maar het is langdradig en ingewikkeld en je zou je binnen twee minuten kapot vervelen.' Hij gaf me het menu van de Chinees en knikte. 'Alles van die kaart is wat mij betreft prima. Ik probeer je niet af te schepen, het is gewoon allemaal stomvervelend bedrijfsgedoe.'

'Ik heb een druk weekend achter de rug,' vertelde ik terwijl ik op mijn telefoon de Takeaway.com-app tevoorschijn veegde. Ik sprak nog maar zelden met mensen in de echte wereld als ik iets wilde bestellen, het was geweldig. Mijn achterachterachterkleinkinderen zouden stom worden geboren, maar wel zeer vaardige duimen hebben. 'Gisteren moest ik werken en vandaag zijn Lauren en ik weer op zoek gegaan naar een jurk.'

Hij zette zijn biertje aan zijn mond en schopte zijn glimmende schoenen uit. 'Je bent wezen winkelen?'

'Voor Laurens trouwjurk,' verduidelijkte ik. 'Ik help haar bruiloft organiseren, weet je nog wel?'

Het begin van een relatie is altijd vreemd. Het ene moment weet je niets van iemand en voor je het weet maakt hij aan alle kanten deel uit van je leven en vergeet je dat hij niet altijd al naast je stond. Het is pijnlijk als ze zich iets niet herinneren wat normaal is voor jou.

'O ja, Lauren.' Hij rolde met zijn hoofd en rekte zijn nek. 'Ik snap niet hoe je de hele dag andermans bruiloften kunt plannen, het zou mijn grootste nachtmerrie zijn.'

'Ik doe niet alleen maar bruiloften, dat heb ik volgens mij al eens uitgelegd,' antwoordde ik. 'Ik help Lauren omdat ze een van mijn beste vriendinnen is.'

Maar nog één nachtelijk whatsappje over het nieuwe tafelplan en er zou geen sprake meer zijn van die status.

'Wanneer is die bruiloft?' vroeg hij. Zijn blik bleef op me rusten en zijn stressniveau nam zichtbaar af. Wonderbaarlijk wat een biertje en een zoen kunnen doen.

'Augustus,' zei ik. Was dit het moment? Zou ik hem vragen om met me mee te gaan? 'Het eerste weekend van augustus.'

'Jij liever dan ik,' zei hij. 'De hemel zij dank dat ik dit jaar niet meer naar een bruiloft hoef.'

Nee, dit was niet het moment.

Ik staarde naar de catalogus van de bruidsmeisjesjurken die nog op tafel lag en frommelde mijn bruiloftsdatefantasie in gedachten tot een propje en stopte het weg, ergens heel diep, tussen mijn dromen van een huwelijk met Johnny Depp en het idee dat ik ooit dijkousen zou kunnen dragen zonder eruit te zien als een stoephoer.

'Wat is er toch met je?' Will aaide wat haar uit mijn gezicht voor hij even in mijn schouder kneep. 'Je doet zo raar.'

'Ik zie gewoon op tegen de maandag,' loog ik. Ik beloofde mezelf dat ik dan extra assertief zou zijn, ter compensatie. 'Het gaat een afgrijselijke dag worden.'

'Vertel mij wat,' zei hij.

En zo zorgde hij er in enkele seconden weer voor dat het allemaal over hem ging. Misschien hadden Lauren en Sarah gelijk. Misschien moest ik op mijn hoede zijn. Misschien was hij niet de ware.

'Waar zie je zo tegen op dan?' Hij pakte mijn hand en draaide zich zo dat hij me kon aankijken. 'Wat gaat er gebeuren? Wie kan ik eens voor je omleggen?'

En daar was het weer. Dat was alles wat ik nodig had. Zijn zachte blik, zijn glimlach, de achteloze dreiging van moord. Het was alles waar een meisje van droomde.

'Ik heb een vergadering met twee mannen die een naamfeest willen geven voor hun geadopteerde dochter.' Ik schuifelde op de bank naar hem toe. 'En ik weet niet of ik ze alles kan bieden wat ze willen hebben.'

Hij legde een arm om mijn schouders. 'Wat willen ze precies?'

'Alles,' antwoordde ik. 'Het valt nog niet mee om een eenhoorn te lokaliseren.'

Will keek me aan. Geen wonder, hij kreeg vast niet veel verzoeken om eenhoorns in de rechtbank.

'Nee, serieus.' Ik tikte de laatste mail van de Dickinsons op mijn telefoon tevoorschijn en liet zien dat ze zelfs een plaatje van een eenhoorn hadden meegestuurd. Voor het geval ik een visuele referentie nodig had voor het mythologische dier waar hun dochtertje volgens hen niet zonder kon. 'Ik weet niet precies wat ze roken, maar ik wou dat ik er iets van in huis had.'

'Kun je niet gewoon nee zeggen?' opperde hij. 'En ze dan vertellen dat ze helemaal getikt zijn?'

'Normaal gesproken zouden we nu een beetje tegengas geven,' zei ik. 'Maar deze klus is een test of ik het aankan om een fulltime-eventplanner te zijn in plaats van een assistent en ik wil ze geen reden geven om me buitenspel te zetten voor die promotie.'

'Dat snap ik.' Will vlocht zijn vingers door die van mij en kuste de rug van mijn hand. Het werkte! Tegen hem praten alsof hij een mens was, in plaats van toestaan dat hij me behandelde als een vagina waar toevallig een vrouw aan vastzat, werkte! 'Maar ik denk wel dat je hun verwachtingen moet managen. Niets maakt een cliënt kwaaier dan hem van alles beloven en dan die belofte niet na te komen.'

'Ik ben bang dat ik te veel hooi op mijn vork heb genomen,' gaf ik toe. 'Ik krijg stressrimpels. Nu begrijp ik waarom Shona alles plat laat leggen met botox.'

Hij lachte. Het was een heerlijk geluid. 'Daar geloof ik geen woord van.'

'Ik ben heel goed in dingen voor elkaar krijgen, zorgen dat de logistiek goed geregeld is en dat iedereen doet wat hij moet doen. Ik ben heel erg goed in een eventassistent zijn.' Ik haalde mijn schouders op en kneep in zijn stronk van een dijbeen. 'Maar misschien ben ik toch niet zo'n goede manager.'

'Je zag er inderdaad wel lekker uit in dat kleine serveerstersuniform,' merkte hij op. 'Heb je dat nog ergens liggen?'

Ik mepte op zijn stronk van een dij.

'Ik dacht dat ik er vandaag leuk uitzag,' zei ik terwijl ik mijn jurk gladstreek. 'Misschien moet ik die serveerstersoutfit vaker dragen.'

'Je ziet er altijd goed uit.' Hij duwde me op mijn rug op de bank en kwam met zijn volle gewicht op me liggen. 'Maar ik heb niets tegen verkleedspelletjes.'

Het heeft iets heerlijks om een man op je te voelen liggen. Het gewicht van zijn lichaam gaf me een warm, veilig en geweldig gevoel.

'En wat ga jij dan eens aantrekken?' Ik schuifelde een beetje onder hem vandaan, zodat ik mijn onderarmen tegen zijn borstkas kon duwen. Hoe leuk dit ook was, er was nog eten van de Chinees onderweg en op dit moment had ik zoetzure kip hoger op mijn prioriteitenlijstje staan dan vrijen.

'Een glimlach?' stelde hij voor.

'Hadden we niet net een heel belangrijke conversatie over werk?' vroeg ik. 'Deed je niet net alsof je vaag geïnteresseerd was in mijn werk?'

En toen waren er weer handen, overal handen.

'Ik heb hier een klusje voor je,' fluisterde hij in mijn oor.

'Dat is de minst sexy zin die ik ooit heb gehoord.' Ik rolde onder hem vandaan en belandde als enorm aantrekkelijke hoop op de vloer. 'En ik vind het echt onvoorstelbaar dat uitgerekend jij het zei.'

Will strekte zich uit op de bank, maakte de drie bovenste knoopjes van zijn overhemd los en grijnsde. 'Geef nou maar toe dat het je lekker vindt.'

Vanaf de koude, niet helemaal smetteloze vloer keek ik naar hem op en vroeg me af of dat echt zo was.

'Wat hebben jullie een prachtig huis,' zei ik de volgende dag tegen meneer en meneer Dickinson, en voorzichtig liet ik me op hun onberispelijke witte canapé zakken. Hoe gek moest je zijn om een witte bank te kopen? Zeker met een baby op komst? 'Hebben jullie het zelf ingericht?'

'Jezus, nee,' antwoordde Andrew. 'Als we het zelf hadden moeten doen was het neergekomen op vijf blikken Magnolia Moments en kamerbreed Ikea. Andrews zus is binnenhuisarchitect, zij heeft het ingericht.'

'We zijn niet zulke goede gays,' biechtte Christopher op en schichtig keek hij van links naar rechts of iemand hem toch niet had gehoord. 'Ik haat Kylie.'

'Ik heb alleen maar medelijden met haar,' nuanceerde Andrew. 'Trek een broek aan en blijf van de fillers af, schat.'

'Nou, hopelijk zal ik niet te veel van jullie tijd in beslag hoeven nemen,' zei ik, echt verrukt dat ze al hun verbeelding hadden opgespaard om mijn leven nog moeilijker te maken. Ze konden niet hun eigen zijtafels uitzoeken, maar wel van mij eisen dat ik een fontein van tweeënhalve meter hoog vond die strawberry margarita's spoot? Heel fijn. 'Je hebben het vast heel druk nu jullie Audrey al heel snel krijgen.'

'Ik kan bijna niet geloven dat ze over nog geen week hier zal zijn,' zei Christopher. Hij pakte de hand van zijn echtgenoot. 'Ik heb altijd al vader willen worden.'

'Ik ben zo zenuwachtig.' Andrew trok zijn schouders op tot aan zijn oren. 'Opgewonden, maar ook zenuwachtig. We dromen hier al zo lang van en zijn eeuwen bezig geweest om het te verwezenlijken, maar nu het daadwerkelijk gaat gebeuren, freak ik ook een beetje.'

'Jullie dochter mag van geluk spreken.' Ik zag kans er ditmaal een semioprechte lach aan toe te voegen. Misschien waren het toch geen enorme eikels met een eenhoorncomplex. Misschien waren het gewoon aardige kerels die een beetje doordraafden in hun wens om hun dochter met een gedenkwaardig feest aan de wereld te presenteren. Ik wou alleen dat ik niet degene was die het feest op poten moest zetten.

'Ik zal even theezetten,' zei Andrew. Hij stond op en veegde over zijn ogen. 'Iedereen thee, ja? Ja.'

Christopher rolde met zijn ogen toen zijn man de kamer uit marcheerde. 'Let maar niet op hem, hij raakt erg geëmotioneerd als het over de baby gaat.' Hij leunde achterover op de prachtige, kind-onvriendelijke bank en sloeg zijn benen over elkaar. 'Ga maar gewoon door.'

Ik knikte, haalde mijn iPad en mijn aantekeningen tevoorschijn (iedereen die denkt dat je altijd op een iPad kunt rekenen heeft duidelijk nooit te maken gehad met een lege batterij) en veegde de juiste documenten tevoorschijn.

'Dus, ik wilde jullie even bijpraten over wat ik tot nu toe heb gedaan,' zei ik. 'Met jullie instemming gaan we daarna zo veel mogelijk vastleggen. Naast me zat Sharaline stemmig te zwijgen, met een schrijfblok en pen in de aanslag. Shona had erop gestaan dat ik haar meenam 'als morele ondersteuning', maar het enige wat ze tot nu toe had gedaan was twee keer op mijn hakken trappen en een spelfout aanwijzen in mijn voorstel, die ik nu niet meer kon herstellen. Maar we moesten door, ik had dit honderd keer gedaan, het zou wel goed komen. Ik was zo gespannen dat het risico bestond dat ik een beroerte zou krijgen, maar als ik dat nu kon uitstellen tot de terugreis, zou er niets aan de hand zijn.

'Wat betreft de locatie heb ik een optie op de Matlow Club voor de achttiende. Ik zal even wat foto's laten zien.'

Terwijl ik over de salontafel in de richting van Christopher leunde, klonk er aan mijn voeten een schril geluid. Met het hart in mijn keel sprong ik overeind, waarbij de tablet uit mijn handen vloog, rechtstreeks tegen de ballen van mijn cliënt.

'Je bent niet erg handig met dat ding, hè?' merkte Christopher kreunend op en greep zijn kroonjuwelen.

'Het is je telefoon,' siste Sharaline en ze rommelde in mijn handtas om het aanstootgevende kreng te vinden, terwijl ik als bevroren over de postmoderne salontafel stond, armen uitgestrekt, met mijn onderbroek in beeld voor iedereen die langs het raam achter me liep. Het was een klassiek en schitterend tableau. 'Het is Lauren.'

'Stuur het maar naar de voicemail.' Langzaam ging ik rechtop staan. 'Het is niet dringend.

Mijn excuses,' zei ik tegen Christopher. 'Dat was een andere klant.'

Ik had mijn handen nog altijd uitgestrekt en wist niet goed wat nu eens mijn volgende zet moest zijn. Ik had nog nooit een cliënt aangevallen, maar meneer Colton zei vaak tegen ons dat we grenzen moesten verleggen om verder te komen. 'Gaat het een beetje?'

'Nee,' zei hij half stikkend, en hij gaf me de iPad terug. 'Waarom laat je me niet gewoon even de foto's zien?'

'Laat ik dat doen,' stemde ik in. O god. O god. O god, O god. Ik had zojuist een klant in zijn kruis geraakt met een iPad van de zaak. Hoe klein en licht die dingen tegenwoordig ook zijn, het moest wel pijn doen. Dit was typisch iets wat niet onvermeld zou blijven op het feedbackformulier. 'Zoals je ziet is de locatie precies waarnaar we op zoek zijn. Veel licht, hoge ruimtes binnen en buiten een mooie tuin die we kunnen aankleden zoals we willen.'

Christopher grimaste en gaf een ernstig knikje.

'Matlow heeft een eigen cateraar, maar ik heb al met ze gesproken en het is geen probleem om aan al onze menuwensen te voldoen. Als je wilt kan ik vooraf een proeverij organiseren, maar aangezien je het vast al heel druk zult hebben met baby Audrey en ik al eerder met ze heb gewerkt, lijkt me dat geen noodzaak, tenzij je het natuurlijk zelf heel graag wilt. Serieus, gaat het een beetje?'

'Laten we onze zegeningen tellen: er is gelukkig al een kind in aantocht.' Centimeter voor centimeter kwam hij overeind. 'Volgens mij is er geen blijvende schade.'

'Normaal gesproken ben ik niet zo onhandig. Ik dacht alleen dat ik mijn mobieltje op stil had gezet, daar schrok ik van.'

'Zolang er nooit meer iemand een telefoon in je nabijheid laat overgaan als je het niet verwacht, denk ik dat de mensheid opgelucht kan ademhalen,' zei hij wat stijfjes met een toch al plastisch strakgetrokken gezicht. 'Ik denk niet dat we tijd zullen hebben voor een proeverij. Wat heb je nog meer?'

'Ik heb de ooievaars en de konijnen geregeld,' zei ik ijverig, omdat ik indruk wilde maken op mijn eerste echte cliënt en hem niet nog verder wilde verminken. 'En we laten speciale cupcakes met de hand maken, met glazuur in de door jullie uitgekozen kleuren.'

‘Op wat voor manier zijn die cupcakes speciaal?’ wilde Christopher weten.

‘Op de manier waarop alle cupcakes speciaal zijn?’

Wederom kwam mijn mobieltje trillend tot leven. Instinctief beschermde Christopher zijn kruis.

‘Het is weer Lauren.’ Sharaline zwaaide met mijn mobieltje voor mijn gezicht. ‘Zal ik het gesprek aannemen?’

‘Graag,’ zei ik. ‘Neem maar een boodschap aan en zeg dat ik haar straks terugbel.’ Sharaline knikte en haastte zich naar de hal.

‘De thee is klaar,’ riep Andrew zangerig en hij kwam de kamer weer in met een reuze elegant zilveren theeblad. ‘Maddie, melk en suiker?’

‘Alleen melk, dank je wel.’ En als je het hebt, misschien een valiumpje.

‘We zijn net de locatie aan het bekijken,’ zei ik. Mijn klanten wisselden onderling blikken uit, waarin Christopher trachtte over te brengen dat ik zojuist had geprobeerd hem te ontmannen met de nieuwste tablettechnologie. ‘Het is volmaakt voor jullie feest, heel *Alice in Wonderland*.’

‘We willen niet dat het er goedkoop uitziet,’ zei Andrew snel. ‘Het mag beslist niet opzichtig of belachelijk zijn.’

Ik dekte mijn frustratie af met mijn meest professionele lach. ‘Natuurlijk niet,’ stelde ik hen gerust. Alleen maar snoeproze konijnen en een paar rondhuppelende eenhoorns. En laten we de ooievaars niet vergeten, die ik persoonlijk uit de margaritafontein zou moeten houden, wilde ik niet worden aangeklaagd door de vogelbescherming. ‘Het zal magisch worden.’

‘Het spijt me ontzettend.’ Sharaline zwikte de kamer weer in op haar onmogelijk hoge hakken, een wolk blauw haar achter zich aan. Ze gooide de telefoon naast me en tikte me als een bezetene op mijn schouder. ‘Maddie, heb je even?’

‘Kan het niet wachten?’ Op dit soort momenten zou ik willen dat ik een Shonablik kon produceren. Daar moest ik beslist aan werken. ‘We wilden het net hebben over het entertainment.’

'Is er iets aan de hand?' vroeg Andrew. 'Wil je ook een kopje thee… Sharaline?'

'Niets aan de hand,' antwoordde ik schril, het meest aantrekkelijke en innemende geluid in het arsenaal van een vrouw. 'En ze wil dolgraag een kopje thee.'

'Lauren flipte,' siste Sharaline in mijn oor, terwijl ik stralender lachte dan de zon. 'Je moet haar bellen.'

'Dat kan nu even niet,' zei ik. 'Wat kan er nu zo dramatisch zijn dat het geen vijf minuten kan wachten?'

'Iets met haar moeder? Die is eerder gekomen en wil de trouwplannen bespreken.'

O, godsammekraken.

'Ik moet even heel snel een telefoontje plegen.' Ik griste mijn mobieltje van de canapé en ging voorzichtig staan. 'Sharaline, wil jij de heren even de andere foto's van de locatie laten zien? En wat we verder hebben voorbereid? Ik ben over een paar minuten terug.'

Met grote stappen liep ik naar de hal en ik drukte op TERUGBELLEN. Lauren nam al op voor de telefoon overging.

'Maddie, alarmfase rood, mijn moeder is hier.'

'Ze zou toch pas volgende maand komen?' Ik kauwde op de reeds afgekloven nagel van mijn pink. 'Wat doet ze hier nu al?'

'Mijn zus heeft nogal wat problemen met haar zwangerschap, dus wilden ze eerder komen om in de buurt te zijn,' zei ze, hoorbaar hyperventilerend. 'Maddie, ik kan dit niet aan. Ik Kan Dit Niet Aan.'

'Oké, rustig maar,' beval ik. 'Is alles oké met je zus?'

'Er is niets aan de hand met mijn zus!' schreeuwde ze. 'Die heeft alleen maar last van ochtendmisselijkheid, niks bijzonders. Het is gewoon een melodramatische trut!'

'Dan hoeven we ons daar geen zorgen over te maken,' zei ik, meer tegen mezelf dan tegen haar. Laurens moeder was al erg genoeg, maar een potentieel zwak, ziek en zwanger bruidsmeisje was nog net even iets erger. 'Het komt wel goed. Misschien wordt het juist wel leuk.'

'Het wordt helemaal niet leuk,' zei ze verstikt. 'Mijn moeder wil morgen een afspraak met je, zodat we alles kunnen bespreken wat we tot nu toe hebben gepland.'

Ik ving een glimp van mezelf in een oversized spiegel op en zag dat ik verbleekte.

'Ik heb het vandaag heel druk,' fluisterde ik. 'En morgen ook en daarna ook.'

'Elke dag tot mijn trouwdag?'

'Zoiets, ja.'

Mevrouw Hobbs-Miller was nooit een favoriet van me geweest. Lauren was na de scheiding niet voor niets bij haar vader in Engeland gaan wonen. Het laatste wat we nodig hadden bij het organiseren van een lastminutebruiloft, was de constant aanwezige dreiging van haar moeder die alles zou afkeuren. In vergelijking met Laurens moeder was die van mij een heilige.

'Ze is gisteren komen eten om kennis te maken met Michael.' Laurens adem klonk rasperig en ongelijkmatig. 'Ze vond hem maar niets.'

Hmm. Misschien had hij haar verteld over de Swiffer?

'Ik heb haar wat jurken laten zien die ik mooi vind en ze vond ze vreselijk. Ik liet haar de bloemen zien die ik wil en ze zei nee. Ik zit te flippen, Mads.'

'Het kan me niet schelen wat je moeder allemaal wil,' ik probeerde de angst niet in mijn stem door te laten klinken, 'het is jouw trouwdag, niet die van haar.'

Lauren maakte klaaglijke geluiden.

'Wil jij met haar praten?' vroeg ze. 'Wil jij haar bellen en dat tegen haar zeggen?'

Fuck nee, dacht ik.

'Ik regel het,' beloofde ik. 'Echt waar.'

'Je gaat haar bellen?'

'Ik regel het.'

Natuurlijk ging ik haar niet bellen. Ik zou een welluidende en beleefde e-mail componeren en mezelf verstoppen voor deze Amerikaanse zestiger tot het einde der tijden.

'Het komt allemaal wel goed,' zei ik. 'Puur uit belangstelling: wat zei ze over Michael?'

'Het was niet zozeer wat ze zei, als wat ze deed. Hij probeerde haar te omhelzen, en nou ja, laten we het er maar op houden dat dat niet zo lekker ging.'

Laurens moeder was geen hugger.

'Ik moet ophangen, Lau.' Ik probeerde sussend te klinken. 'Ik zit midden in een bespreking. Ik bel je later terug, oké?'

'Oké,' zei ze zwakjes. 'Ik ga online nog maar wat trouwjurken bekijken.'

'Als je aan het einde van deze week nog geen keuze hebt gemaakt, loop je naar het altaar in Primark,' zei ik dreigend. 'Hou je haaks, ik bel je later.'

'Eh, nog één dingetje,' zei Lauren snel. 'Ik heb haar je nummer gegeven. Dus het kan zijn dat ze je gaat bellen. Spreek je later, dag!'

Ze verbrak de verbinding voor ik haar voorgoed doof kon schreeuwen. Waarom? Waarom deed ze me dit aan? Ik voelde een koude rilling over mijn rug lopen. Laurens moeder was in de stad. Ik had het kunnen weten, het was meteen tien graden kouder. De ijskoningin was gearriveerd.

'Dus...' Stralend liep ik de woonkamer weer in. 'Hoe gaat het hier?'

Het was doodstil in de prachtige woonkamer, waar alle volmaakt geplaatste kussens, decoratieve schalen en gay echtgenoten me zwijgend veroordeelden. Sharaline zat stilletjes naast me.

'We zijn niet weg van de bloemen,' verklaarde Christopher. 'En ook niet van de performers. En de locatie vinden we ook niets.'

Er moest een manier zijn om dit weer op het goede spoor te krijgen. Als iemand deze klus zou verpesten, was ik dat. En dat lukte me ook wel zonder hulp van de klant, hoor.

'Dan zoeken we nog even verder. Zullen we even naar de eenhoorns kijken?'

'Laten we dat doen,' zei Andrew koeltjes. 'Is alles geregeld, qua telefoontjes?'

‘Volgens mij wel,’ zei ik met een knikje. ‘Het is op het moment erg druk, we zitten midden in het trouwseizoen, hè?’

‘O, dat moet vast een nachtmerrie zijn, alle begrip,’ zei hij op een toon die het tegenovergestelde suggereerde. ‘Je hebt vast een heel stressvolle baan.’

En dat was het moment waarop mijn oorverdovend schelle telefoon weer van zich liet horen. En ik mijn kopje thee in de lucht gooide. En mezelf eronder slingerde alsof het een Tetley-theebom was en ik de troepen moest beschermen.

‘Fuck, dat is heet, zeg,’ krijste ik en ik stortte op de hardhouten vloer terwijl kokende thee door mijn blauwe zijden blouse sijpelde en mijn borst verbrandde. ‘Is alles oké met de canapé? Is er niets op de bank gekomen?’

‘Nee, maar…’ Andrew reikte in de verre diepten tussen de kussens om mijn telefoon tevoorschijn te halen. En mijn pen. Die blauwe inkt had gelekt over de smetteloos witte kussens. ‘Dit is vermoedelijk erger dan thee.’

Hij overhandigde me mijn mobiel en deed een stapje terug. Ik wierp een blik op het scherm. Onbekend nummer met een Amerikaans landnummer ervoor. De ijskoningin was aan de lijn.

‘Dit hoef ik niet op te nemen,’ antwoordde ik met een muizenstem, nog altijd als een hoop ellende op de vloer hangend, met vlekken in mijn blouse en huid die langzaam van mijn lijf aan het smelten was. ‘Maar toch bedankt.’

Ik drukte het gesprek weg, veegde mijn haar uit mijn gezicht en keek naar de aanstaande vaders.

‘Natuurlijk is er ook nog altijd de optie om mij in te huren als clown,’ stelde ik voor. ‘Dat scheelt weer in het budget.’

Het ging allemaal beter dan in mijn stoutste dromen.

Heb je er zin in? Het is tijd voor het vrijgezellenfeest! Wist je dat dit prebruiloftritueel al heel oud is? In 1897 meldde de Deseret Times *al dat het 'een aloude gewoonte is dat thee, gekeuvel, de laatste roddels en mooie hoeden vallen onder de noodzakelijkheden van zo'n bijeenzijn'.*

Tegenwoordig gaat een vrijgezellenfeest er heel anders aan toe, nietwaar? Gebruik de ruimte hieronder om het vrijgezellenfeest van je bruid te beschrijven, voor we echt naar de grote dag toeleven!

Het vrijgezellenfeest vond plaats in: Bath
De genodigden waren: ikzelf, Sarah en Laurens moeder.
De feestartikelen bestonden uit: de slaappillen van Laurens moeder.
De spelletjes die we hebben gespeeld: ziedende familiaire rancune en Cluedo.
Meest gedenkwaardige moment: dronken worden in een ranzige nachtclub, Sarah die het iets te leuk had met een negentienjarige en het moment dat Lauren me vertelde dat ze niet wilde trouwen.
Wat we de bruidegom nooit kunnen vertellen: dat we dronken zijn geworden in een ranzige nachtclub, dat Sarah het iets te leuk had met een negentienjarige en dat Lauren me vertelde dat ze niet wilde trouwen.

16

Vrijdag 26 juni

Vandaag voel ik me:

Vandaag ben ik dankbaar voor:

Zaterdag 27 juni

Vandaag voel ik me:

Vandaag ben ik dankbaar voor:

Zondag 28 juni

Vandaag voel ik me:

Vandaag ben ik dankbaar voor:

Maandag 29 juni
Vandaag voel ik me:
Vandaag ben ik dankbaar voor: O, val toch gewoon dood

Ik heb het vrijgezellenfeest *from hell* achter de rug.

Laten we het er nooit meer over hebben.

Of nee, laten we het er toch maar over hebben, want anders zal niemand ooit geloven dat dit is gebeurd.

'Wat een mooi hotel,' jubelde Lauren nadat we naar onze hotelsuite waren gebracht. 'Moet je de badkamer eens zien!'

Sarah gooide de gordijnen open. 'En het uitzicht!'

'En de bedden.' Ik liet mijn koffer op de grond vallen. 'Waarvan er maar twee zijn. Terwijl wij toch met zijn drieën zijn.'

'Ik moet de rest van mijn leven een bed delen met dezelfde vent,' zei Lauren. 'Dus ik denk dat ik wel recht heb op een bed voor mezelf.' Ze gooide haar tas door de kamer als een projectiel van duizend dollar en zag nog kans het bed te missen. 'Gelukkig staat er een grote bank.'

'Het is niet voor het eerst dat we een bed delen,' zei Sarah. Ze klauterde op het grote bed en strekte zich uit. 'En kijk, het is zo groot dat je amper zult merken dat ik naast je lig.'

Ik wilde er geen ruzie over maken en ik wilde ook niet op de bank slapen, dus opende ik mijn koffer en begon mijn kleren in de kast te hangen. Na lang wikken en wegen was Lauren tot de conclusie gekomen dat ze geen traditioneel vrijgezellenfeest wilde, maar 'gewoon een rustig weekendje weg met mijn twee beste vriendinnen'. Dus op vrijdagmiddag wurmden we ons na werktijd in Sarahs Mini en reden westwaarts. Na vier uur, drie volkomen verkeerde afslagen, twee sanitaire stops en een smerige McDonald's onderweg arriveerden we eindelijk bij ons hotel, diep in het hart van het platteland van Somerset.

'Ik ben bekaf,' verklaarde Sarah. 'En we hebben morgen een drukke dag voor de boeg. Ik pik als eerste de douche in en daarna ga ik naar bed.'

Lauren was nog druk bezig met het ophangen van outfits die geschikter waren voor een weekend in Vegas, wuifde Sarah gul door naar de badkamer en negeerde het opgewonden gevloek toen Sarah ontdekte dat er een klassiek bad op pootjes in stond.

'Dus…' Ik ging op de rand van het bed zitten en probeerde het zo omzichtig mogelijk aan te pakken. 'Hoe is het nu met je?'

'Geweldig,' zei Lauren zonder me aan te kijken. 'Kon niet beter.'

Hmm. Ik wist niet of ze wel de waarheid sprak.

'Hoe is het nu met je moeder?'

'Ze wilde weten of ik de Obama's had uitgenodigd.' Lauren drukte haar hand tegen haar voorhoofd. 'Niet omdat ze denkt dat ze zullen komen, maar omdat het volgens haar onbeleefd is ze niet uit te nodigen.'

'Dat is dus de reden waarom ik je moeder niet langer betrek in je trouwplannen,' zei ik. 'Deze week was al belachelijk genoeg zonder dit soort suggesties.'

'O Maddie.' Lauren lachte. 'Wat maak je je toch altijd druk over alles. Ze gaan nog denken dat jij de bruid bent. Je moet eens leren om te ontspannen, het is maar werk.'

'Wat ben je toch een goede vriendin,' zei ik, en ik probeerde mezelf hier ook van te overtuigen. 'Bedankt voor het advies.'

'Je zegt het maar, schat,' antwoordde ze, zonder ook maar een greintje ironie te hebben opgevangen.

Dus je kunt wel zeggen dat we een geweldige start hadden.

'Wat was dat lekker,' verklaarde Sarah en ze duwde het bord van zich af. 'Ik zit zo vol dat ik eraan zou kunnen sterven.'

'Het was geweldig,' beaamde Lauren. 'Jullie zijn geweldig.'

Sarah en ik wisselden een blik. Het was waar, we waren geweldig. We hadden een succesvolle dag achter de rug, vol eten, drinken en dutjes. Nou ja, ik had een dutje gedaan, Lauren en Sarah hadden hun nagels laten doen, maar voor mij was slaap veel belangrijker dan de staat van mijn tenen.

Lauren klapte in haar handen en lachte. 'En wat gaan we nu doen?'

Sarah en ik keken elkaar weer aan. Huh?

'Je bedoelt: waar gaan we nu heen?' vroeg Sarah. 'Nou, eh, naar bed?'

'We gaan uit, toch?' Lauren pakte haar wijnglas en dronk het in één keer leeg. 'Naar een bar of een club of zo?'

We zeiden geen van beiden iets. Wat al veelzeggend genoeg was.

'We gaan nergens meer naartoe?' vroeg ze. 'Het was alleen maar een etentje vanavond?'

'Je zei dat je niet wilde gaan stappen,' bracht ik haar vriendelijk in herinnering. 'Je wilde een ontspannend vriendinnenweekend, weet je nog wel?'

'Maar het is mijn vrijgezellenfeest,' zei Lauren zeurend. 'Is dit alles?'

'Serieus, een geweldige dag in een van de duurste en meest luxe spa's van het land en een nog exclusiever diner is niet precies waar je om had gevraagd?' vroeg Sarah.

Laurens smoeltje betrok. Ik kon het bijna niet aanzien. 'Dus we gaan niet stappen?' Ze keek me aan alsof ze op het punt stond om in tranen uit te barsten.

'Natuurlijk gaan we stappen.' Met vlakke handen sloeg ik op de tafel; Sarah schrok ervan. 'We zitten je maar te dollen. Ga maar gauw naar boven om je om te kleden, zien we je hier weer over een kwartiertje.'

Ze sprong overeind. 'Maak er maar twintig minuten van.'

'Nog beter,' antwoordde ik. 'Neem je tijd.'

'Ben je gek geworden of zo?' siste Sarah me toe. 'We hebben niets voorbereid. Ze zei dat ze een rustige avond wilde. Wat moeten we nu?'

'Jij gaat naar de receptie en vertelt de conciërge dat het de vrijgezellenavond van onze vriendin is en dat er iets tragisch is gebeurd met de vriendin die de vrijgezellenparafernalia mee zou nemen,' zei ik bevelend. Sarah keek sceptisch. 'Het kan me niet schelen wat je hem wijsmaakt: verkeersongeluk, hond overleden, verkeersongeluk veroorzaakt door hond, zie maar.'

'Ik denk niet dat ze penisrietjes of sjerpen met AANSTAANDE BRUID erop zullen hebben.' Ze verfrommelde haar servet en gooide het als een balletje op tafel. 'Je wilt toch hopelijk niet echt dat ik dit doe?'

'Het is dat, of je kunt hier elke cocktailbar, nachtclub of taxiservice in een omtrek van vijftig kilometer bellen om zo een fabuleus vrijgezellenfeest uit het niets te toveren,' bood ik aan. 'Kies zelf maar.'

Met een kwaaie kop stond ze op. 'Ik ben zo terug,' zei ze terwijl ze het restaurant uit liep.

Een uur later hingen we breeduit over de banken van een louche roze limousine met zes miniflesjes Bollinger, een selectie seksspeeltjes uit een promotiepakket en genoeg winegums om diabetes te veroorzaken.

'Onvoorstelbaar dat ze hier net vorige week een perspremière van die film hadden,' fluisterde Sarah, die gefascineerd door een selectie handboeien, karwatsen en rijzweepjes klauwde. 'Ze wisten niet hoe snel ze ervanaf moesten komen.'

'*Fifty Shades of Yay*,' zei ik. 'De feestgoden zijn met ons.'

'Ik hoef de tiara toch hopelijk niet echt op?' informeerde Lauren. 'Dat verpest mijn haar.'

'O jawel,' zei ik, weer vijftig pond lichter omdat ik het ding had gekocht van een achtjarige die in het hotel haar verjaardag vierde met haar veel te rijke ouders. 'Die zet je op en hou je op. Mogelijk voor altijd.'

'Ik weet dat het stom klinkt,' zei Lauren terwijl Sarah het eerste flesje champagne ontkurkte. 'Maar ik wou nu toch dat we matchende T-shirts hadden. Dit is superleuk. Ik wist wel dat jullie me niet in de steek zouden laten.'

'Banaan,' fluisterde Sarah. 'Maddie, banaan.'

'Dat woord mag je de komende uren niet meer zeggen,' zei ik. 'De normale dienstregeling wordt morgen hervat.'

'Ik ben van plan zo dronken te worden dat er voor mij geen morgen meer is,' antwoordde Sarah en ze overhandigde mij een flesje en een rietje. 'Proost.'

'We zijn er.' Todd de Chauffeur had het tussenscherm laten zakken dat hij omhoog had laten gaan op het moment dat we om de *Dirty Dancing*-soundtrack vroegen. 'Hoe laat willen jullie worden opgehaald?'

'Middernacht?' stelde Sarah voor.

'Vier uur!' zei Lauren met een blik op haar telefoon. 'Ze zijn open tot vier uur!'

Sarah herzag haar bod. 'Over een half uur?'

'Laten we twee uur afspreken,' stelde ik voor. 'Als het later wordt, betalen we je dubbel, is dat wat?'

Lauren stortte zich al uit de limo, Todd knikte. 'Geen probleem, succes.'

Ik knikte grimmig en volgde mijn vriendinnen de nacht in.

Het was zeker drieënhalf jaar geleden dat ik voor het laatst voet in een echte nachtclub had gezet. Dus geen hippe tent met een lapje dansvloer, of een hipsterhotspot in Oost-Londen waar een dj met een gigantische doos vinyl songs via zijn smartphone speelde, maar een echte nachtclub. En wel Tramps te Bristol, op een zaterdagavond in juni. Ik was bang.

'Hallo,' schreeuwde ik over de muziek heen tegen de vrouw van de garderobe. 'Ik heb ongeveer een uur geleden gebeld, we zijn hier voor het vrijgezellenfeest van mijn vriendin en de persoon die ik heb gesproken zei dat hij een tafeltje voor ons zou reserveren. Volgens mij heette hij Gareth?'

Ze liet haar kauwgom klakken en staarde me aan.

'Is Gareth aanwezig?'

Ze haalde haar schouders op.

'Zal ik dan zelf maar even kijken of ik Gareth kan vinden?'

Ik was hier absoluut niet dronken genoeg voor. Dit in tegenstelling tot Lauren en Sarah, die al op de oplichtende dansvloer stonden en elkaar spankten met zwarte plastic rijzweepjes midden tussen een buslading tieners uit Wales.

'Hallo!' Ik slingerde mezelf naar de bar en glimlachte beleefd naar de eerste de beste barkeeper die in beeld kwam. 'Weet jij soms of Gareth vanavond werkt?'

'Ik ben Gareth.' Hij trok zijn voorgeknoopte das recht. 'Wat kan ik eens voor je doen?'

'Ik ben Maddie,' zei ik terwijl ik mijn hand uitstak, die onmiddellijk door Gareth gekust werd. Jakkiebah. 'Ik heb een uurtje geleden gebeld over het vrijgezellenfeest van mijn vriendin?'

Ik veegde mijn hand af aan de achterkant van mijn jeans en probeerde te blijven lachen.

'O ja!' Hij maakte een zwierige buiging. 'Welkom!'

Ik keek over mijn schouder. Ongeveer vijftig zeer schaars geklede tieners vibreerden als gekken op een song die ik niet kende, onder drie discoballen en een selectie flitsende lampen waar je gemakkelijk een epileptische aanval van zou kunnen krijgen, als je er gevoelig voor was. Het was alles waar ik ooit van had gedroomd.

'Ik laat je even de vipsuite zien.'

Gareth nam vier hele passen en stopte voor een zitje van rood vinyl naast de bar. 'Dit is mijn vipsuite.'

Ik sloeg mijn armen over elkaar en schonk hem het soort blik dat hij vermoedelijk voor het laatst van zijn moeder had gehad, toen hij wéér gezakt was voor zijn examen van de middelbare school.

'Ik stuur even wat shotjes, schat,' zei hij. 'Rondje van de zaak.' Ik gooide mijn handtas en jas op het bankje en maneuvreerde me piepend over het plakkerige plastic tot ik achter de tafel zat. 'Met hoeveel zijn jullie?'

'Dr– Zeven,' antwoordde ik. 'We zijn met zijn zevenen.'

'Komen er zeven shotjes aan,' beloofde Gareth. 'Het gaat een dolle avond worden, geloof mij maar.'

Misschien als ik minimaal vier shotjes opheb, dacht ik.

'En toen zei ik: Steve, zei ik, je bent niet eerlijk. Dit is al moeilijk genoeg zonder dat je de tv én de bank meeneemt.' Sarahs hoofd knikkebolde tegen de rugleuning van het zitje. 'En toen gaf hij niet eens antwoord. Waar slaat dat nou op? Hij verdient meer dan ik, hij kan zo een nieuwe tv kopen. Het is niet eerlijk. Het is gewoon niet eerlijk, toch? Maddie, luister je wel, Maddie?'

'Ik luister,' antwoordde ik en afwezig klopte ik Sarah op haar knie. Mijn blik was gericht op Lauren die zichzelf in een danskring van achttienjarige meisjes had gewrongen en nu harder twerkte dan de meisjes allemaal bij elkaar. 'En het is niet eerlijk.'

'Neem even een selfie met me.' Sarah klungelde wat met haar foon en hield hem toen op armlengte. 'Probeer sexy te kijken.'

'Zoiets?' Ik drukte mijn gezicht tegen dat van haar en pruilde.

'Je doet het niet goed.' Ze kneep haar ogen samen en dofte haar haar op. 'Kijk écht sexy.'

Gareths shotjes waren ongeveer even sterk als een prematuur geboren kitten en een uur later was ik nog volledig nuchter. Vermoedelijk omdat ik een driegangendiner achter mijn kiezen had en zo vol steak zat dat ik me amper kon bewegen. Het idee om op al dat eten ook nog te gaan drinken maakte me bij voorbaat al misselijk. Sarah en Lauren bevochten hun nuchterheid veroorzakende voedselbodem op de meest effectieve manier. Ze mixten hun drankjes en dronken alles wat in hun zicht kwam.

'Ik haat hem, Maddie.' Sarah liet onze fotosessie voor wat het was en liet haar mobieltje op de grond vallen. 'Ik haat hem intens. Ik kan er nog steeds met mijn kop niet bij dat hij weg is. Nog elke ochtend verwacht ik dat hij naast me zal liggen als ik wakker word en dat is niet zo. Hij is een klootzak en ik ben misselijk.'

'Wil je een glaasje water?' vroeg ik terwijl ik haar mobieltje van de plakkerige vloer raapte. Sarah knikte.

'Hij is een klootzak,' zei ze geluidloos.

'Een enorme klootzak,' beaamde ik. 'Ik ben zo terug met je water, blijf zitten waar je zit.'

Tegen de tijd dat ik me naar de bar had geworsteld en terugkeerde met twee veel te dure flesjes Evian, was Sarah nergens meer bekennen.

'Als ze aan het kotsen is, vermoord ik haar,' mompelde ik. Ik liet het water in de 'vipsuite' staan en trachtte de wc's te lokaliseren. 'Het kost honderd pond extra als ze kotst in de limo.'

De damestoiletten in lopen was net zoiets als een andere wereld in stappen. Verbazingwekkend hoe snel je vergat hoe het er daar aan toegaat. Eén cocktailbar waar de drankjes twaalf pond per stuk kosten en je geheugen is gewist. Je hebt geen idee meer hoe het was om in een felrood geverfde toiletruimte met tienergraffiti en spiegels die aan de muur geschroefd waren in de rij te staan. *Je ne regrette rien.* Het rook er naar haarlak, goedkoop parfum en een paar mixdrankjes te veel. Eén keer snuiven en ik was weer zeventien.

'Hé,' riep ik, maar het geluid werd bijna uitgevaagd door de agressieve toepassing van droogshampoo. 'Ik zoek iemand. Ze is ongeveer zo lang en heeft blond haar in een hoge knot en...'

'Maddie?'

Iemand riep mijn naam met een laag, verstikt, Amerikaans accent, vanuit een van de toilethokjes.

'Maddie, kom eens, ik heb je nodig.'

'Lauren?' schreeuwde ik. 'Waar zit je?'

'Hiero,' riep ze terug. 'Ik heb je nodig.'

Ik strooide links en rechts met sorry's bij het voordringen en duwde intussen tegen alle wc-deuren tot er eentje niet op slot bleek. Daarachter bleek zich Lauren te bevinden. Ze hing in elkaar gedoken in een hoek van de wc, glitterrok opgeschoven tot haar middel, en had lipstick op haar linkerwang.

'O, Lauren.' Ik kon niet bedenken hoe dronken ze moest zijn geweest op het moment dat ze besloot dat hier op de vloer gaan zitten een goed idee was. 'Is alles oké?'

'Ik moest kotsen.' Ze wees naar het toilet. 'Maar nu voel ik me weer top. Zie ik er nog oké uit?'

'Geweldig,' zei ik. 'Ronduit fantastisch.'

'Wat ben je toch knap.' Ze wilde me over mijn haar aaien, maar ik trok me terug voor ze me aan kon raken. 'Je haar is zo mooi lang en het is niet normaal zo groen als je ogen zijn. Groener dan groen, weet je dat wel?'

'Dank je wel.' Ik slaakte een diepe zucht en probeerde me te herinneren hoe je dit ook alweer aanpakte. 'Zullen we eens kijken of we je uit de wc kunnen krijgen?'

Lauren schudde haar hoofd. 'Ik denk dat ik nog zal moeten kotsen,' fluisterde ze luid, en elk woord zette ze kracht bij met haar knuistje. 'We kunnen beter hier blijven.'

Met de grootst denkbare weerzin liet ik me naast haar op de vloer zakken en legde me erbij neer dat ik mijn jeans zou moeten weggooien.

'Heb je het naar je zin?' vroeg ik. 'Heb je een leuk vrijgezellenfeest?'

'Ja,' antwoordde Lauren en prompt barstte ze in tranen uit.

O, shit.

'Wat scheelt eraan?' Ik schoof wat dichterbij en veegde haar haar uit haar plakkerige gezicht. 'Wil je terug naar het hotel?'

'Het is niet het vrijgezellenfeest.' Ze veegde een hand over haar gezicht en smeerde zo haar mascara nog wat verder uit. Ik pakte snel een stuk toiletpapier om haar vieze handen schoon te vegen. 'Het is alles.'

Daar was ik al bang voor.

'Het gaat te snel,' zei ze hikkend. Lauren hikte altijd als ze moest huilen. Als het niet zo frustrerend was om te moeten wachten tot ze eindelijk haar zinnen had afgemaakt, zou het aandoenlijk zijn. 'Veel te snel. En al dat gedoe met Michaels oma die ziek is – het is gewoon te veel.'

'Maar je wilt nog wel met hem trouwen, toch?'

Lauren antwoordde lang zo snel niet als ik had gehoopt. 'Ik hou van hem. Maar ik ben zo ontzettend bang.'

Ik pakte haar hand en glimlachte. 'Dat is heel normaal. Elke bruid heeft de zenuwen voor ze gaat trouwen.'

'Maar wat als ik het verpruts, zoals mijn ouders hebben gedaan?' jammerde ze zachtjes. 'Wat als ik moet scheiden, net als Sarah?'

'Niet iedereen gaat uit elkaar,' zei ik tegen haar. Alleen de meeste mensen, zei ik tegen mezelf. 'Michael en jij houden van elkaar, dat is het enige wat telt. Meer dan dat kun je niet wensen.'

'We zijn nog maar een jaar samen.' Met haar vinger trok ze een besmeurd lipstickhartje met een pijltje op de muur na. Ik vroeg me af of Gav en Caz nog samen waren. ‘Wat als dat nou niet lang genoeg is, Mads? Zo lang is het niet.’

‘Dat is waar.’ Ik dacht aan alles wat al geregeld en betaald was, terwijl ik de tranen van mijn beste vriendin probeerde te drogen. ‘Maar weet je, hij is niet je eerste vriend, je hebt wat ervaring opgedaan, toch? Het is niet zo dat je het verschil niet weet tussen iets wat echt is en nou ja, niet echt.’

‘Maar ik weet het niet zeker,’ zei ze. Er biggelden verse tranen over haar wangen. ‘Ik zou er zeker van moeten zijn en dat ben ik niet.’

‘Wil je met Michael trouwen?’ vroeg ik. ‘En je mag nu nee zeggen.’

‘Ik hou van hem,’ antwoordde ze. ‘Maar het voelt niet zoals ik had gedacht dat het zou voelen.’

Daar wist ik niets op te zeggen. Ik had geen idee wat ze moest voelen, ik was er altijd van uitgegaan dat ik het wel zou weten als ik het meemaakte. Fuck, wat zeg je als iemand je ten huwelijk vraagt en je weet het niet zeker? Ik kan niet eens een kopje thee afslaan als iemand het aanbiedt en ik er geen zin in heb.

‘Wat voel je voor hem?’ vroeg ik zachtjes.

‘Ik hou van hem,’ zei Lauren met dubbele tong. ‘Hij is knap en slim en hij onthoudt altijd welke ontbijtgranen ik lekker vind als hij de boodschappen doet en hij is goed met kinderen en hij heeft een grote…’

‘Allemaal heel goede redenen,’ onderbrak ik haar voor ze verder kon spreken. Ik wilde het echt niet weten. ‘Kun je met hem lachen.’

‘O ja,’ zei ze, met enorme pupillen. ‘Hij is zo grappig! Hij is de geestigste persoon die ik ken.’

‘Echt waar?’ Ik hield mijn hoofd een beetje scheef. ‘Want die kant heb ik nog niet van hem gezien.’

‘Jij hebt ook nooit gezien wat er in zijn broek zit.’ Ze prikte met haar wijsvinger onophoudelijk in mijn neus. ‘Hij is een blijvertje.’

‘Volgens mij weet je je antwoord al.’ Ik sloeg haar hand weg bij mijn gezicht. ‘Je houdt van hem, je vindt hem grappig en blijkbaar is hij groot geschapen. Je hebt gewoon koudwatervrees, Lauren. Het komt allemaal wel goed.’

'Misschien heb je wel gelijk.' Ze liet haar hoofd achterover hangen en stootte ermee tegen de stortbak. 'Au, dat deed pijn.'

'Ik ga even op zoek naar Sarah,' zei ik terwijl ik over haar achterhoofd wreef. 'Zie jij kans om over een paar minuten buiten te staan?'

Ze schonk me een hemelse lach en blies me op een uitgestrekte hand een luchtkus toe. 'Ik hou van je,' schreeuwde ze me na toen ik de deur van het hokje opende en naar buiten stapte.

'Ik ook van jou,' riep ik terug, en ik blokkeerde een boos ogend meisje met zwart haar dat naar binnen wilde stappen. 'Het toilet is nog bezet,' zei ik. 'En zelfs als dat niet zo was, zou je er nog geen gebruik van willen maken.'

Terug in de zaal zag ik dat de club zich in rap tempo gevuld had. Sarah was nergens te bekennen. Op het balkon hield ik even mijn pas in om Todd de Chauffeur te vragen of hij ons wat eerder op kon komen halen. Het was nog maar één uur, hoe was dat mogelijk? Na twee vruchteloze rondjes door de club gaf ik het op en liep terug naar onze stek. Waar Sarah druk bezig was het gezicht van een man af te zuigen.

'Eh, hallo?' Ik porde tegen haar schouders, ze scheurde zich los en keek me glazig aan. De man bij wie ze schrijlings op schoot zat gaf me een vuile blik. En 'man' was misschien niet helemaal het goede woord voor een jongmens dat niet ouder dan negentien kon zijn.

'Wat nou?' vroeg hij. 'Is er iets of zo?'

'Ja.' Ik wrikte mijn jasje onder hem vandaan. 'Dat is mijn vriendin.'

'Ja, nou en?'

Daar had ik geen antwoord op.

'Sarah, Lauren is ziek, dus we gaan weg.' Ik besloot het onbeschofte kind onder mijn beste vriendin te negeren. 'Kun je over een minuut buiten staan?'

'Doe niet zo lullig,' zei hij. 'We zijn in gesprek.'

'Nee, dat zijn jullie niet. Je mag dan zitten te bekken met mijn eenendertigjarige vriendin, jullie zijn beslist niet in gesprek.'

'Je bent eenendertig?' zei hij tegen Sarah. 'Vet gaaf, zeg, cougar.'

Sarahs lach was meteen verdwenen. 'We gaan.' Zonder enige gratie klauterde ze van zijn schoot en steunde nog even lekker in zijn kruis bij haar aftocht. 'Waar is Lauren?'

'Die staat vermoedelijk al buiten,' zei ik. Ik hoorde mijn telefoon gaan. 'Dat zal onze chauffeur zijn.'

Maar toen ik naar het scherm keek, was het niet onze chauffeur.

'Wat is er?' vroeg Sarah, en ze probeerde het luidruchtige gekronkel van haar jongetjesman te negeren om haar leren jasje aan te kunnen trekken. Ik liet haar het scherm zien, waarop een naam oplichtte.

Tom Wheeler.

'Wacht even, is dat de ceremoniemeester?' Ze greep een van de ongeopende flesjes water van tafel. 'Hij belt je om een uur 's nachts op zaterdagavond? Spoort hij niet of zo?'

'Wat moet ik nou doen?' vroeg ik paniekerig.

'Je zou je fucking telefoon op kunnen nemen?' stelde de jongen op het bankje voor.

'Natuurlijk niet.' Sarah rolde met haar ogen. 'Laat het naar voicemail gaan. Het kan wel een broekzakgesprek zijn.'

'Het is vast een broekzakgesprek,' stemde ik hoopvol in. 'Godzijdank. Kun jij onze bruid uit de plee plukken? Dan ga ik buiten kijken waar onze auto blijft.'

'En intussen luisteren naar het gehijg van de geile ceremoniemeester die zijn knappe verloofde bepotelt achter in een taxi?' vroeg ze. 'Waar je maar zin in hebt. Maar ik ga wel, ik moet toch nog even kotsen voor we gaan rijden.'

Sarah was altijd al een professioneel drankorgel geweest. Het ene moment nog lam, vingers in haar keel en even later zat ze weer aan de shotjes. Het was walgelijk. En vermoedelijk de reden dat ze in de pr-wereld werkte.

De limousine was nog niet gearriveerd toen ik de club uit kwam en tot mijn grote vreugde te horen kreeg dat ik niet zomaar weer naar binnen mocht. Gonzend van nieuwsgierigheid belde ik mijn voicemail en zette me schrap voor dronkenmanspraat.

'Maddie, Tom hier.' Het was geen broekzakgesprek. Hij klonk niet dronken, eerder in paniek. 'Ik heb net je berichtje gekregen.

Waar ben je? Is alles oké? Laat me weten waar je bent, dan kom ik je halen.'

Me halen? Vreselijk, vreselijk carrièreverwoestend besef daalde op me neer. Ik haalde mijn foon van mijn oor en veegde door mijn berichten. Ik had niet Todd de Chauffeur gevraagd om ons op te halen van Laurens vrijgezellenfeest, ik had Tom de Ceremoniemeester geappt: het spijt me, kun je ons meteen komen ophalen?

O, Maddie Fraser, wat ben je toch een onvoorstelbare sukkel van een kloothommel.

Mijn vinger hing boven het scherm, klaar om te antwoorden, maar ik had geen idee wat ik moest zeggen. Net toen ik mijn meest verontschuldigende emoji wou sturen, lichtte zijn naam weer op. Tandenknarsend nam ik het gesprek aan.

'Hallo?'

'Maddie, Tom hier. Is alles toch oké met je? Waar ben je?' Hij klonk oprecht bezorgd, onwillekeurig was ik een beetje aangedaan.

'Tom, er is niets aan de hand, alles is goed,' zei ik snel om het gênante deel maar zo snel en pijnloos mogelijk achter de rug te hebben. 'Het spijt me enorm, ik heb het verkeerde nummer geappt. Ik ben op een vrijgezellenfeest voor een vriendin en onze chauffeur heet Todd, jullie staan onder elkaar in mijn adresboek en ik heb per ongeluk de verkeerde aangetikt en *yikes*. Mijn excuses. Sorry, sorry.'

Aan de andere kant van de lijn viel een stilte. Ik grimaste, wachtte op een respons en keek naar een man die aan het kotsen was aan de achterkant van een kebabkraam.

'Kijk eens aan,' zei hij, onvoorstelbaar kalm voor iemand die op het punt stond om in zijn auto te stappen, om na een uur 's nachts waar dan ook een meisje op te pikken dat hij amper kende. 'Ik was een beetje bezorgd.'

'Ja, dat kan ik me voorstellen,' zei ik met een ongemakkelijke lach in mijn stem. 'Maar er is niets aan de hand. Alles is oké, we zijn allemaal oké. Maar toch bedankt.'

'Graag gedaan,' zei hij afgemeten en stijfjes. 'Veel plezier nog.'

'Jij ook. Ik hoop tenminste dat je met leuke dingen bezig bent,' zei ik, en onmiddellijk sloeg ik met mijn hand tegen mijn voorhoofd.

'Ik sliep. En ik denk dat ik daar zo maar weer mee doorga.'

'Ja, nee, logisch.' Ik schudde mijn hoofd, tegen mezelf. 'Ik zal je niet langer storen. Sorry voor het appje. En het telefoontje. En dat ik je wakker heb gemaakt. Gewoon in het algemeen: mijn excuses.'

'Geaccepteerd,' antwoordde Tom. 'Dag Maddie.'

Geweldig, dacht ik, en ik zag Lauren en Sarah met de armen om elkaar heen geslagen de club uit zwalken. Nu ik toch zo lekker bezig was, kon ik net zo goed meteen Matilda even bellen om te zeggen dat ze 'klanten 's nachts storen met gênante berichtjes' aan mijn cv kon toevoegen.

Ik wist zeker dat meneer Colton verrukt zou zijn van deze vaardigheid.

17

Volgens Sarahs planning hadden we de volgende ochtend om negen uur aan het ontbijt moeten zitten, gevolgd door een stevige wandeling in de omgeving. Toen om tien uur geen van mijn vriendinnen al een teken van leven gaf, ging ik maar in mijn eentje ontbijten, om vervolgens met een indrukwekkende kater naar de dichtstbijzijnde bank te wandelen, pal tegenover de ontbijtzaal.

Het hotel was schitterend gelegen, een en al wulpse heuvels en mals gras in de omgeving. Als de kloppende pijn achter mijn rechteroog nou eens weg zou willen trekken… Mixdrankjes waren gemaakt voor mensen met een hoog metabolisme en de duivel. Ik had in jaren niet meer zo'n kater gehad.

Omdat niets zo'n goede match met een kater is als persoonlijke schaamte, haalde ik mijn telefoon tevoorschijn en veegde door mijn berichten van die nacht. Echt onvoorstelbaar dat ik Tom had geappt. Onvoorstelbaar dat ik midden in de nacht met hem had gesproken. Ik wilde niets liever dan hem weer appen en hem smeken om het niet aan mijn bazen te vertellen, maar dat zou hij niet doen, toch? Will mocht hem dan een soort übereikel vinden, maar hij was niets dan voorkomend geweest in zijn omgang met mij. Sterker nog, hij was bereid om in het holst van de nacht in de auto te stappen omdat hij dacht dat ik in de problemen zat. Dat oversteeg de plicht van een Aardige Man ruimschoots.

Ik zocht wat afleiding door foto's van het prachtige Somerset op Instagram te zetten, maar dat werkte slechts drie minuten. Voor ik het wist, zat ik alweer te piekeren. En aangezien mijn beste vriendinnen nog in coma lagen, deed ik het enige verstandige wat ik kon bedenken.

Ik belde Will.

'Hallo?'

'Met mij,' zei ik, me opeens pijnlijk bewust van het feit dat dit de eerste keer ooit was dat ik hem belde. 'Maddie.'

'Ja, dat zag ik al op het scherm,' antwoordde hij. 'Wat is er aan de hand?'

'Niets,' loog ik. 'Ik wou alleen maar even gedag zeggen.'

'Jij was toch op je meidenweekend?' vroeg Will. Op de achtergrond hoorde ik een hoop mannelijk geschreeuw. 'Mannen verboden en zo?'

'Het is Laurens vrijgezellenweekend. De anderen liggen nog in bed, we zijn nogal doorgezakt vannacht.'

'Toe maar,' zei hij lachend. 'Het is al bijna elf uur, jullie hebben duidelijk de beest uitgehangen.'

'Zoiets, ja,' stemde ik in. 'Wat heb jij gisteren gedaan?'

'Sorry, maar ik kan nu niet kletsen, Mads.' Het geschreeuw werd luider. 'Ik ben bij rugby en we moeten zo het veld op. Kan ik je later terugbellen?'

'Ik ben vanavond weer thuis, als je zin hebt om langs te komen,' stelde ik voor. 'Rond een uur of zeven?'

'Vanavond heb ik al wat. Morgen gaat wel lukken.'

'Klinkt goed,' zei ik, en ik vroeg me helemaal niet af wat hij ging doen. 'Morgen.'

'Oké, zie ik je dan.'

'Will.' Ik moest het zeggen, ik had de geruststelling nodig dat dit geen dealbreker was, anders zou ik me de hele dag klote voelen. 'Vannacht heb ik per ongeluk Tom geappt.'

'Tom Wheeler?' Hij had opeens geen haast meer om de verbinding te verbreken. 'Waarom heb je zijn nummer?'

'Ik organiseer een feestje voor zijn moeder, weet je nog wel?' Ik weet dat het kinderachtig is om het leuk te vinden dat je vriend jaloers is, maar fuck, ik had dit genoegen al heel lang niet gehad.

'Ik dacht dat je dat niet zou doen,' zei Will. 'Ik dacht dat je dat af zou slaan.'

'Dat heb ik nooit gezegd,' zei ik. 'Maar maak je geen zorgen, het stelt niets voor. Ik probeerde onze chauffeur Todd te appen dat hij ons op kon komen halen, maar omdat hun namen onder elkaar stonden heb ik per ongeluk die van Tom aangeklikt. Het was een ongelukje, maar volgens mij is hij er best pissig over. Denk jij dat hij een klacht in zal dienen bij mijn baas?'

Will snoof. 'Nee, dat denk ik niet. Zal ik hem bellen? Ik ga hem bellen.'

Mijn ridder in een heel klein rugbybroekje.

'Nee, doe maar niet als je denkt dat hij geen actie zal ondernemen.' Ik voelde dat de opluchting de scherpe kantjes van mijn hoofdpijn wegnam. 'Het was tenslotte mijn fout, ik was degene die hem om één uur 's nachts appte.'

'Niets wellustigs, mag ik hopen? Want op dat soort berichtjes hou ik graag het alleenrecht.'

'Nee joh, niks schunnigs.' Ik glimlachte onwillekeurig. 'Hij dacht dat ik hém vroeg om ons op te pikken. En hij zou nog zijn gekomen ook! Hoe getikt is dat?' Ik had de woorden nog niet uitgesproken of ik vond het al gemeen van mezelf. Wat wilde het zeggen dat Tom bereid was geweest om zomaar in de auto te stappen en me op te halen, waar dan ook, zonder zelfs maar te vragen waarom?

Will vond het niet getikt. 'Wees voorzichtig met hem, Mads,' zei hij, met een scherp randje aan zijn toon. 'Ik vind het niet prettig dat hij zo om je heen hangt. Hij deugt niet.'

'Ik weet dat je op dit moment geen tijd hebt. Maar vroeg of laat zul je me toch eens moeten vertellen wat er is voorgevallen tussen jullie.'

'Wees nou maar gewoon voorzichtig,' waarschuwde hij. 'Ik zeg het voor je eigen bestwil. Hij heeft al sinds we studeerden de pik op me en moet eens volwassen worden. We zijn geen achttien meer, maar hij kan het maar niet loslaten. Ik zou geen woord geloven van wat hij zegt.'

'Kijk eens aan.' Ik dacht aan de dans, het feest voor zijn moeder en de wat onhandige charme. Het was allemaal zo bijzonder en aardig geweest, was dat allemaal een act? Was hij zo berekenend dat hij geniepig gedrag verpakte met innemendheid? 'Ik zal op mijn hoede zijn.'

'Zeg maar dat hij dat feestje in zijn reet kan steken,' adviseerde Will. 'Ik moet ervandoor, Mads. Ik bel je vanavond, oké?'

'Tot vanavond,' zei ik. 'Fijne wedstrijd.'

Ik stak mijn mobieltje in de zak van mijn jasje en staarde naar de blauwe hemel. De hemel zij dank dat ik Will had leren kennen, dacht ik, en ik stond mezelf een vijf seconden durende fantasie toe over onze bruiloft op deze schitterende gazons, met de heuvels als achtergrond.

De hemel zij dank dat er voor de verandering eens iemand voor mij opkwam.

'Hé Maddie, lach eens even.' Lauren nam een foto van me waarop ik blind in de lens staarde. 'Hmm, niet je beste look.'

'Zo, dit ziet er goed uit.' Ik leunde achterover en liet me een kop dampend verse earlgreythee inschenken door een ober in een gesteven wit overhemd. De thee werd geschonken uit een blinkende zilveren pot, waarin ik al mijn beginnende rimpels kon terugzien. Ik vroeg me af hoeveel er te wijten waren aan de bruiloft.

'Heel goed,' beaamde Lauren, maar op een of andere manier paste haar gezichtsuitdrukking niet bij haar woorden. Ze zag eruit alsof we haar hadden opgegraven en naar de tafel hadden gesleept, haar normaal gesproken zo stralende teint was nu grijs en vaal en haar haar was een rattennest vol klitten, waarin als accessoire nog altijd haar tiara uit de feestwinkel zat. Ik had er tenslotte op gestaan dat ze die op zou houden. Sarah gaf geen enkel teken van leven, maar zat zwijgend tegenover me en zag er lichtelijk groen uit.

Het is onmogelijk om op waardige wijze een kater te hebben als je in de dertig bent. Zelden was ik zo dankbaar geweest dat ik me niet vol mixdrankjes had gegoten als toen ik naar mijn BFF's keek, die eruitzagen alsof ze elk moment weer konden gaan kotsen.

'Heb je het naar je zin?' vroeg ik aan Lauren en meteen dook ik op de verse scones. 'Jeej, vrijgezellenweekend?'

Ze knikte met grimmige vastberadenheid. De tiara deed de donkere kringen onder haar ogen echt prachtig uitkomen.

'Het hotel is schitterend,' vervolgde ik monter. Kon je ooit te veel room op een scone smeren? Nee, het antwoord was nee. 'Ik wou dat we vanmiddag nog niet weg hoefden.'

'Hoe kun je eten?' fluisterde Lauren. 'Hoe is het mogelijk dat je voedsel binnenhoudt?'

Ik haalde mijn schouders op. 'Omdat het zalig is? En ik een gulzige trut ben?'

'Madeline, zulk taalgebruik duld ik niet!'

Met mijn mond vol warme scone, een halve pot room en een ruime hoeveelheid zelfgemaakte jam keerde ik me langzaam om, in de hoop dat ik een late alcoholhallucinatie had. Dit kon niet, dit kón gewoon niet.

'Ik zie dat ik net op tijd ben voor het feestje.' Een kleine blondine met een lach van oor tot oor stond achter me en staarde naar Lauren. 'Wat zit je daar nou toch suf te kijken, schat? Kom eens hier en geef je moeder een kus.'

Lauren kwam langzaam overeind. 'Mam, wat doe jij nou hier?'

Ik keek naar Lauren. Lauren keek naar mij. Sarah sloot haar ogen en liet haar voorhoofd op tafel rusten.

Dit ging niet goed, helemaal niet goed.

'Dus, toen Sarah me uitnodigde om me bij jullie te voegen, heb ik meteen actie ondernomen,' kwetterde mevrouw Hobbs-Miller en ze nam plaats tussen haar dochter en mij, voor een van ons iets kon zeggen. 'Maar ik moet jullie zeggen, meiden: het was niet makkelijk te vinden en de taxi kostte een godsvermogen.'

'U hebt een taxi vanuit Bristol genomen?' vroeg ik.

Ze keek stralend in mijn richting. 'Nee, liefje.' Ze schudde haar hoofd en gooide haar blonde haar over haar schouders. Onbewust deed Lauren precies hetzelfde. 'Uit Londen natuurlijk.'

'Je hebt een taxi genomen vanuit Londen? Mam, je spoort niet, dat is iets van honderdzestig kilometer vanhier.'

'Het is niet iets van honderdzestig kilometer, het is honderdvijfentachtig kilometer, om precies te zijn,' corrigeerde haar moeder haar omzichtig. 'Lauren, liefje, wat heb je toch op je hoofd?'

Blindelings graaide Lauren naar haar tiara en rukte die, samen met wat blonde plukken, uit haar haar.

Haar moeder glimlachte tevreden. 'Dank je wel. Je zag eruit als een twaalfjarige op een theepartijtje, rare meid.'

Wat op zich heel grappig was, want zo voelde ik me precies.

'Dus, Sarah heeft u uitgenodigd?' vroeg ik. Sarah zelf zweeg nog in alle talen, maar haar wenkbrauwen kropen in opperste verbazing naar elkaar toe. 'Wat een leuke verrassing.'

'Ja, ik was een beetje teleurgesteld dat ik niets van jou hoorde, Madeline. Het is al zo lang geleden.' Ze keek me verwijtend aan: Laurens moeder was niet boos, Laurens moeder was verdrietig. 'Maar ik vind het enig om er alsnog bij betrokken te worden. Het brak mijn hart toen ik merkte dat mijn meisje dit overhaaste huwelijk doorzet terwijl ik zo ver weg zat.'

'Het is geen overhaast huwelijk,' zei Lauren, maar haar werd meteen het zwijgen opgelegd door *sst*-geluiden van haar moeder.

'Ik heb wat voor je meegenomen, Sarah.' Ze schoof een klein cadeautasje over de tafel. 'Als bedankje dat je aan me hebt gedacht.'

Sarah likte langs haar lippen en haalde diep adem. 'Dank u wel,' fluisterde ze, en ze slikte met moeite. Uit het tasje kwam een zakje Hershey's Kisses en een mascara van Maybelline tevoorschijn.

'Je favorieten,' zei Laurens moeder. 'Ik weet nog hoe opgewonden jullie als meisjes waren als je bij ons kwam logeren. Maar dat is natuurlijk al een hele tijd geleden, ik weet niet of je er nog altijd van houdt.'

'Ik ben er nog steeds dol op, mevrouw Hobbs-Miller,' verzekerde Sarah haar. 'Dank u wel, mevrouw Hobbs-Miller.'

'Hoe vaak moet ik het nu nog zeggen?' zei ze met een sprankelend lachje. 'Zeg maar gewoon Vivienne. O, wat enig om weer samen te zijn met mijn meisjes.'

De meisjes keken elkaar aan. Enig? Hmm.

'Misschien kun je die chocolaatjes maar beter niet in één keer opeten,' zei ze tegen Sarah, die het cadeautasje net onder de tafel zette. 'Ik hoorde van Lauren dat je man bij je weg is gegaan. Het laatste wat je nu kunt gebruiken, zijn wat extra pondjes. Ben je aangekomen sinds de laatste keer dat ik je zag?'

Sarahs onderlip begon te trillen.

'Weet je wat?' Mevrouw Lauren-Hobbs pakte Laurens hand in die van haar. 'Ik ga even mijn neus poederen en me een beetje opfrissen. Doe me een plezier en bestel even wat voor me, schat.'

'Waar heb je eens zin in?' vroeg Lauren mompelend en ze draaide haar verlovingsring in eindeloze rondjes om haar vinger.

Haar moeder stond op en streek haar kasjmier truitje glad. 'Doe maar hetzelfde als wat jij hebt, liefje. Alleen niets met melk. Of gluten. En uiteraard let ik op de lijn, omdat ik je niet voor gek wil zetten op je grote dag. Dus doe maar wat. Ik ben al blij dat ik bij jullie kan zijn.'

'O, mijn god!' spuwde Lauren in Sarahs richting toen de blonde stoomwals buiten gehoorafstand was. 'Wat flik je me nou, Sarah?'

'Ik heb haar niet uitgenodigd,' protesteerde Sarah en ze prikte in haar platte buik. 'Ze stuurde me een aardige kaart toen je me vroeg om bruidsmeisje te zijn, dus heb ik haar per mail bedankt. Toen vroeg ze wat we voor je vrijgezellenfeest gingen doen en heb ik dat verteld, maar Lauren: ik heb haar beslist niet uitgenodigd. Ik geloof dat ik zelfs niet eens de naam van het hotel heb genoemd.'

'Ik heb geen kaart van haar gekregen,' zei ik pruilend.

'Het gaat nu even niet over jou, Maddie,' snauwde Lauren. 'Ik kan dit er nu niet bij hebben. Echt niet. Ik ga haar al uit de weg sinds ze is gearriveerd en ik voel me te beroerd om nu met haar op te moeten trekken.'

'Hoe erg kan het zijn?' vroeg Sarah smekend.

Ik mokte nog altijd. Waarom had ik geen kaart gehad? Ik was niet alleen bruidsmeisje, maar ook nog eens onbetaald weddingplanner. Dat is toch wel een postzegel waard?

'Ik wil maar zeggen: míjn moeder is niet bepaald Moeder van het Jaar, maar het zou raar zijn geweest om haar helemaal niet bij mijn bruiloft te betrekken, toch? Dit is net zoiets,' vervolgde Sarah.

'Sarah, mijn moeder is hier nog maar net en ze heeft je nu al dik genoemd,' antwoordde Lauren. 'Ik ben net door haar weggezet als een twaalfjarige en Maddie zit te pruilen als een puber omdat ze geen kaart van haar heeft gekregen.'

'Ik zie gewoon niet in waarom ik geen kaart waard ben,' mompelde ik.

'Hou alsjeblieft op over die kaart, Maddie,' zei Lauren waarschuwend. 'Op dit moment moeten we vooral zien dat we dit overleven.'

'Ze ziet er zo lief uit.' Sarah staarde naar de deur alsof ze wachtte tot er een bijlmoordenaar zou terugkeren van het damestoilet. 'Ik wil gewoon dat ze me omhelst en zegt dat ik er leuk uitzie.'

'Ja, maar achteraf vind je dan het visitekaartje van haar plastisch chirurg in je zak en een mes in je rug.' Lauren lachte gekunsteld toen haar moeder weer in beeld kwam. 'Je kunt bij haar nooit iets goed doen. Het heeft geen zin om het zelfs maar te proberen.'

'Heb je voor me besteld?' vroeg mevrouw Hobbs-Miller toen ze weer zat.

'Nee, nog niet,' zei Lauren. 'Sorry.'

'Hmm,' zei haar moeder met een afkeurend snuifje, maar nog altijd met een glimlach. 'Ik hoop dat je aanstaande iemand is die goed kan organiseren, want jij zou je hoofd nog vergeten als het niet aan je romp vastzat. De hemel zij dank dat je zo knap bent, dat is tenminste nog iets.'

'Lauren zei dat u Michael hebt ontmoet.' Ik wilde de suikerpot pakken, maar trok mijn hand haastig weg. Ik hoefde niet zo nodig te horen dat ik een vreetzak was, gezien het feit dat ik vast al jam op mijn gezicht had zitten. 'Is het geen schat?'

'Hij is enig,' bevestigde ze zonder enige aarzeling. Dat was niet zoals Lauren het aan mij had verteld, maar vooruit. 'En wat een goede vent om een project zoals dit hier aan te willen gaan,' vervolgde ze met een hoofdbeweging naar haar dochter.

Lauren tuurde naar het tafelkleed en haar moeder wenkte een ober.

‘Maddie.’ Mevrouw Hobbs-Miller wendde zich nu tot mij. Ik hield mijn buik in, kamde met mijn vingers door mijn haar en lachte. ‘Lauren heeft me verteld dat jij de bruiloft organiseert.’

Ik knikte bevestigend. ‘Ik help Lauren. Ze is al met geweldige ideeën gekomen, het gaat prachtig worden.’

‘Fijn om te horen en we weten allemaal dat ze alle hulp kan gebruiken. Zo leuk om te zien dat jullie nog altijd zo close zijn. Maar een huwelijk organiseren is nog best lastig, heb je het wel eens eerder gedaan?’

‘Eh, ja. Het is zo’n beetje mijn werk.’

‘Ik dacht dat Lauren zei dat je een assistent was.’

‘Een eventassistent,’ antwoordde ik. ‘Ik organiseer onder andere bruiloften. Voor een bedrijf. Het is mijn baan.’

‘Wat enig!’ zei ze met een blik van oprechte trots. ‘En doe je dat al lang?’

‘Eh…’ Ik greep snel twee suikerklontjes voor ze iets kon zeggen. ‘Al een hele tijd, ja.’

‘En heb je in je werk te maken met de daadwerkelijke organisatie van zo’n huwelijk?’ vroeg ze. ‘Als assistent?’

‘Nou en of,’ bevestigde ik. Lauren weigerde nog steeds om oogcontact te maken. ‘Echt waar.’

Het was alsof ik vastzat in het kantoor van de bovenmeester met een kater en de wetenschap dat de bel niet zou gaan. Nooit meer.

‘Het spijt me.’ Ze klopte op mijn hand. ‘Ik wil er niet over doorzeuren, ik wil er gewoon zeker van zijn dat de grote dag van mijn meisje perfect zal verlopen. Sarah zal het vast met me eens zijn dat het veel stress kan geven, om een bruiloft te plannen.’

‘Yep,’ zei Sarah en ze kauwde op haar onderlip.

‘O, wat dom van me,’ zei ze. ‘Je wilt het nu vast niet over bruiloften hebben, toch?’

‘Nee,’ zei Sarah en ze kauwde op haar onderlip.

‘Omdat je in scheiding ligt.’

‘Yep,’ zei Sarah en ze kauwde op haar onderlip.

In stilte keken we toe terwijl de ober Laurens moeder thee inschonk.

'Dus, hoe gaat het op je werk, Sarah?' vroeg ze toen.

'Ik denk dat ik even naar de wc moet,' zei Sarah. Ze veegde een druppeltje bloed van haar lippen en stond abrupt op om weg te lopen.

'O nee.' Mevrouw Hobbs-Miller drukte een hand tegen haar decolleté. 'Dat had ik niet moeten zeggen, ik kan maar beter achter haar aan gaan.'

'Laat maar, mam,' zei Lauren. 'Ze trekt zo wel bij.'

'Als ze overstuur is, heeft ze altijd graag even een moment voor zichzelf,' vulde ik aan. 'Sarah houdt niet zo van gedoe.'

'Lieve hemel, ik kan maar beter niet op jullie rekenen als ik eens hulp nodig heb,' zei ze lachend. 'Arme Sarah, je hebt geen idee wat ze op dit moment doormaakt.'

Lauren haalde diep adem. 'Daar gaan we weer,' fluisterde ze.

'Toen je vader me verliet,' stak ze van wal, 'wist ik niet wat ik moest beginnen. Ik was moederziel alleen met twee kleine, koppige kinderen.'

'Mam, ik was achttien,' zei Lauren. 'En Jessica was het huis al uit.'

'Lauren, niet met volle mond praten, alsjeblieft,' antwoordde haar moeder. 'Ik lag hele nachten wakker. En maar piekeren over wat ik toch fout had gedaan. Hoe ik dingen beter had kunnen doen. Ik had het gevoel dat we tekort waren geschoten.'

'We?' vroeg ik, terwijl ik Lauren verhit haar hoofd zag schudden.

'Maar het is niet jouw fout als het misgaat.' Mevrouw Hobbs-Miller pakte ons allebei bij de hand. 'Soms gaat het gewoon niet meer. En natuurlijk is dit iets waar jullie je helemaal geen zorgen over hoeven te maken. Nog niet. Ben jij nog samen met die drieste advocaat?'

'Nee, ze gaat nu met een andere drieste advocaat,' antwoordde Lauren voor me. Haar hulp werd niet door mij gewaardeerd.

'O.' Haar moeder schonk me een bitterzoet lachje. 'Nou ja, dat is tenminste nog iets. Wat ging er mis?'

'Hij leerde iemand anders kennen,' zei ik. Mijn gezicht voelde aan alsof het gloeide. 'Het is oké, het is al een hele tijd geleden.'

'Dan is het maar beter zo.' Ze roffelde even op mijn hand. 'Als je nu maar niet nog eens dezelfde fouten maakt.'

Echt, geweldig mens.

'Geen van jullie wordt er jonger op,' voegde ze er zangerig aan toe. 'En vertel me nu maar eens alles over de bruiloft. Ik kan niet wachten om jouw ideeën te horen. Wat Lauren me tot nu toe heeft laten zien lijkt me allemaal vrij belachelijk. Ze zegt dat ze een ijskraam bij de receptie wil, maar lijkt je dat niet ontzettend ordinair? Voor je het weet gaan kinderen rondhollen met plakhanden, is Laurens jurk geruïneerd en komen er zwermen bijen op ons af...'

Onder de tafel ontving ik een schop van Lauren.

'Ja, eh, die heb ik dus al geboekt,' zei ik. 'Het is meestal erg in trek.'

'Doen ze dat soort dingen op de bruiloften die je normaal gesproken organiseert?' vroeg ze, met een nieuwsgierige uitdrukking op haar rimpelvrije gezicht. 'Fascinerend.'

'Lauren leek het leuk, nietwaar, Lauren?' Ik schopte haar terug.

'Michael wilde het,' mompelde ze. 'Ik weet het niet. Ik weet niet of het wel zo'n geweldig idee is.'

'Michael wilde het.' Mevrouw Hobbs-Miller perste een schijfje citroen in haar thee uit. 'Nou, dat verklaart alles. Ik ben duidelijk precies op tijd gekomen.'

Ik dronk van mijn zoete, zoete thee en vroeg me af of het onbeleefd was om te zeggen dat ze misschien beter twee weken na de grote dag had kunnen komen. Of gewoon helemaal nooit.

'Maak je maar geen zorgen, Maddie,' zei ze lachend en schalks hield ze haar hoofd een beetje schuin. 'Ik ga je helpen. We zullen alles in een mum van tijd in orde hebben.'

'Is ze weg?' vroeg ik toen Lauren in de deuropening van de spa verscheen, gekleed in een pluizige witte badjas.

Ze knikte en sloeg haar armen stevig om zichzelf heen. 'Ze is weg,' bevestigde ze. 'Ik heb gezegd dat we een paaldansles hadden, ze wist niet hoe snel ze weg moest komen.'

'Het spijt me zo.' Sarah spreidde haar armen voor een hug, waar Lauren meteen in dook. 'Ik was vergeten hoe doodeng ze kan zijn.'

'En jij bent nota bene iemand die ze graag mag,' antwoordde

Lauren met een snufje. 'Laten we net doen alsof het niet is gebeurd. Alsof ze hier niet is.'

'Ik weet nog steeds niet waarom ik geen kaart heb gekregen.' Ik schonk mezelf een glas spawater in.

Sarah veranderde fluks van onderwerp. De trut. 'Ik kan er met mijn bonkende kop niet bij dat ik nog altijd een kater heb. Ik heb het gevoel dat er een stinkdier in mijn keel is gekropen en daar is gestorven.'

'Ik kan er op mijn beurt niet bij dat je met een kind hebt zitten zoenen,' zei ik. 'Hoe oud was hij, achttien? Meerderjarig, mag ik toch hopen?'

'Tweeëntwintig.' Ze keek me vuil aan. 'En daar hoeven we het niet meer over te hebben, dank je wel.'

'Heb je zitten zoenen met een tweeëntwintigjarige?' Lauren klakte met haar tong. 'O mijn god, Sarah, dat is ronduit smerig.'

'Het zou best kunnen dat ik eerst Steve had gebeld.' Ze maakte een handgebaar dat ons het zwijgen moest opleggen. 'Vraag maar niets, want het gesprek ging niet echt lekker en ik wil het er niet over hebben. Dus ja, ik heb gezoend met een tweeëntwintigjarige. Overduidelijk jullie schuld, omdat geen van jullie in de buurt was om me tegen te houden.'

'In dat geval is het Laurens fout,' zei ik. 'Ik ben niet degene die zich binnenstebuiten heeft gekotst om vervolgens aan iedereen die het wilde horen te vertellen hoe groot de leuter van haar vriend is.'

Mijn mobieltje buzzde stilletjes in de zak van mijn badjas een berichtje binnen, maar niet stil genoeg om onopgemerkt te blijven voor het Haarscherpe Hempelgehoor.

'Oooh, nu we het toch over leuters hebben,' grinnikte ze. 'Wie is het? Is het Will? Weer een foto van zijn piemel? Ik wil 'm zien.'

'Het is niet weer een foto van zijn piemel.' Ik had haar nooit de eerste moeten laten zien. 'En doe nou niet net alsof hij me er al honderden heeft gestuurd.'

Het waren er zes. Dat lijkt veel als je het zwart op wit ziet, maar op het moment dat hij ze stuurde was het toepasselijk en hij was er reuze trots op. Eleanor had me zo'n duizend foto's van haar baby gestuurd en die was nog maar twee weken langer in mijn leven dan Wills penis, dus ik had geen moeite met het getal.

'Is het Will?' vroeg Sarah.

'Ja.'

'Is het een foto van zijn piemel?'

Ik slaakte een zucht. 'Ja.'

'Mogen we hem zien?' vroeg Lauren.

Het leek vrij zinloos om de discussie met hen aan te gaan, dus overhandigde ik hun de telefoon.

'Je mag nooit laten merken dat ik dit aan jullie heb laten zien,' zei ik. Als hij foto's van mij aan zijn vrienden zou laten zien, zou ik hem vermoorden, maar dit was nu typisch zo'n gevalletje dubbele moraal waarbij ik het wel vond kunnen. Nogmaals: hij was erg trots op zijn jongeheer. 'Geef nu maar weer terug.'

'Uit welke hoek neemt hij ze toch?' Lauren draaide het scherm om de foto weer op ware grootte te krijgen. 'Weet je zeker dat het niet zijn duim is?'

'Dan is het wel een verdomd grote duim,' zei Sarah met een grimas. 'Kijk mens, dat is zijn been en dat is zijn...'

'Oké, zo kan-ie wel weer.' Ik stak mijn hand uit. 'Mag ik mijn foon terug?'

'Mag ik hem een foto van mijn tieten sturen?' vroeg Sarah. 'Laten we hem allemaal een foto van onze tieten sturen!'

'O mijn god, ja!' Lauren klapte in haar handen en morste zo haar sinaasappelsap over haar badjas. 'Kerels zijn gek op tieten.'

'Niemand stuurt wie dan ook foto's van haar tieten,' zei ik streng. Ik vond het vreselijk om de wijste te moeten zijn, maar dit ging echt niet door. 'Will wil geen foto van willekeurige tieten, het was maar een dolletje.'

Hij wilde wel degelijk een foto van een stel tieten en dat was helemaal geen grapje.

'Hoe zit het nu met die andere?' vroeg Sarah met een mond vol kaas. 'Die Tom?'

'Dat is gewoon een klant.' Ik draaide mijn haar in een paardenstaart op mijn hoofd, nog altijd een beetje in de war over mijn gesprek met Will die ochtend. 'Ik organiseer een feestje voor hem, dat is alles.'

'En je appt hem om een uur 's nachts,' bracht Sarah me in herinnering. 'Een echte Maddie-klassieker.'

'Zo geweldig dat hij met je heeft gedanst.' Lauren deed zwijmelend alsof ze flauwviel. 'Over romantisch gesproken.'

'Het was niet romantisch,' loog ik tegen haar en mezelf. 'Het was ongemakkelijk. Welke vent doet nu zoiets?'

'Een romanticus,' zei Lauren met nadruk. 'Ik zou het leuker vinden als iemand met me danste dan dat iemand me een foto van zijn halve erectie stuurde.'

'Ja, heb het fatsoen om minimaal een stijve te sturen,' beaamde Sarah en vol zelfvertrouwen knikte ze naar Lauren. 'Een halve stijve is zo beledigend.'

'En aanstootgevend,' zei Lauren met een zuur smoeltje. 'Vind je het niet raar om iemand een foto van je piemel te sturen? Wat wil je daarmee bereiken? Welk meisje dat een pikfoto krijgt zegt: "O, dat is de ware voor mij"?'

Ik haalde mijn schouders op. 'Ik denk dat mannen gewoon graag een beetje met hun piemel pronken,' zei ik. 'Volgens mij moet je er niet meer achter zoeken dan dat.'

'Vrouwen krijgen het concept van De Ware vanaf het moment dat ze zijn geboren al door hun strot geduwd,' orakelde Sarah vol zelfvertrouwen. 'Al die sprookjesprinsessenshit. Het enige waar mannen naar zoeken is iemand waar ze op mogen klimmen.'

Voor een bittere cynicus met scheidingspapieren in haar handtas had ze een goed punt.

'Mannen willen niet alleen maar neuken,' wierp Lauren tegen. 'Er zijn ook mannen die willen trouwen. Michael wil met mij trouwen.'

'En Seb wilde ook trouwen, alleen niet met mij,' voegde ik eraan toe. 'Het zijn niet allemaal boosaardige wipmachines.'

'O, toch wel.' Sarah rimpelde haar neus en beet op haar onderlip.

'Na een tijdje gaat het ze vervelen om een beetje moeite te doen en dan besluiten ze het huwelijk een kans te geven, maar ze zouden krikken met alles wat bewoog tot ver na hun pensioen als ze ermee weg zouden komen.'

In het belang van het niet opgeven en ter plekke een touw gaan zoeken, handhaafden Lauren en ik onze bedenkelijke blikken.

'Twee woorden,' zei Sarah. Ze haalde diep adem en wist haar zelfbeheersing weer terug te krijgen. 'Hugh Hefner.'

'Hmm, ben je recentelijk alweer eens uit geweest?' informeerde Lauren. 'Op een fatsoenlijke date, bedoel ik. Of doe je het alleen met tieners in nachtclubs?'

'Nee,' gaf ze toe terwijl ze haar badjas wat dichter om zich heen trok. 'Ik heb me geregistreerd op een stel datingsites, maar ik ben er nog niet aan toe om er echt iets mee te doen. Het voelt nog te raar.'

'Geen haast.' Ik probeerde te klinken alsof ik het meende. 'Het heeft geen zin om het aan te leggen met iemand als je er nog niet aan toe bent.'

'Mja. Ik weet het gewoon niet,' zei ze. 'Om eerlijk te zijn dacht ik dat het makkelijker zou zijn. Niemand die me leuk lijkt heeft zelfs maar een berichtje gestuurd.'

En toen zei Lauren het enige wat je echt absoluut nooit tegen een alleenstaande vrouw van in de dertig moet zeggen.

'Het komt omdat je een alleenstaande vrouw van in de dertig bent.'

Sarah keerde zich zo snel naar Lauren dat ik even dacht dat ze haar buiten westen zou slaan. En laat ik erbij zeggen dat ze daarin volledig in haar recht had gestaan.

'Sorry?'

'Het is niet jouw fout,' verduidelijkte Lauren, alsof dat het niet nog even erger maakte. 'Maar ze slaan je over. Geen vent van in de dertig zoekt online naar een leeftijdgenoot. Ze gaan er bij voorbaat van uit dat je vast wanhopig zult zijn.'

'Geloof je dat echt?' vroeg Sarah. 'Denk je echt dat alle vrouwen van in de dertig wanhopig zijn?'

'Het doet er niet toe of het waar is of niet,' zei Lauren schouderophalend. 'Mannen geloven het. Zodra ze horen dat je over de dertig bent, gaan ze ervan uit dat je staat te trappelen om te trouwen en baby's te krijgen met de eerste de beste vent die je tegenkomt, dus houden ze zich afzijdig.'

'Jezus, wat deprimerend.' In stilte bedankte ik maar weer eens God op mijn blote knieën dat ik een vriend had.

'Toch is het waar,' dramde Lauren door. Ze gooide haar waarheden in de groep met al het zelfvertrouwen van een vrouw met een verlovingsring van Tiffany & Co. om haar vinger en een vrijgezellenfeesttiara in haar handtas. 'Het was makkelijker toen online dating nog niet bestond, omdat ze je niet konden afschrijven voor ze je daadwerkelijk hadden ontmoet. Nu hoeven ze niet eens naar je foto te kijken. Zodra je dertig bent, val je uit het algoritme en besta je letterlijk niet meer. Jij, Sarah Hempel, bestaat niet meer.'

'O, is dat zo?' zei Sarah geprikkeld. 'Je gelooft het zelf blijkbaar ook, want waarom zou je anders jezelf ervan overtuigen dat je met meneer Swiffer wilt trouwen als je jankend in een wc zit en over jezelf heen kotst?'

Om de onsterfelijke woorden van Cher te citeren: *'If I could turn back time...'*

'Geen wonder dat Steve bij je weg is gegaan,' zei Lauren met brandende ogen. 'Je bent echt een ontzettend kreng, Sarah.'

Want zoiets daadwerkelijk uitspreken, maakte het altijd beter, nietwaar?

'Oké.' Blijkbaar dacht ik dat een stomtoevallige imitatie van mijn vader het beste was wat ik op dit moment kon doen. 'Dames, zo kan het wel weer.'

'Beter een kreng dan een fantast,' snauwde Sarah. 'O mijn god, iemand heeft me ten huwelijk gevraagd! Ik kan maar beter meteen "ja" zeggen voor hij beseft dat ik in werkelijkheid alleen maar een vaderskindje ben dat nergens goed voor is en zich door papa laat onderhouden en hij van gedachten verandert!'

Lauren ging rechtop zitten. 'Beter een wicht dat nergens goed voor is en zich door haar vader laat onderhouden en op haar eenendertigste trouwt dan een dik, eenzaam kreng dat in scheiding ligt!'

'IK BEN NIET DIK!' schreeuwde Sarah.

Het was waar, ze was niet dik, maar ik meende toch dat dit niet het meest aanstootgevende van Laurens verwijt was.

'Kunnen we allemaal even diep ademhalen,' stelde ik zo kalm mogelijk voor. 'Alsjeblieft?'

'Fuck dit.' Sarah stond op en staarde me aan. 'Ik ga mijn dag niet verspillen aan haar. Dit slaat helemaal nergens op. Dit is gewoon zielig. Jullie zijn allebei zielig.'

Blijkbaar zat diep ademhalen er niet in.

'Waarom ben ik zielig?' gilde ik. 'Wat heb ik nou weer gedaan?'

In haar drift gooide Sarah haar glas sap op de grond, waar het met een zachte plof landde en een oranje vlek veroorzaakte. Daarna stormde ze de lounge uit en de kleedkamer weer in.

'Allejezus.' Ik verborg mijn gezicht achter mijn handen. 'Je beseft toch hopelijk wel dat zij de enige is die ons terug kan rijden? En dat ze, je weet wel, onze beste vriendin is?'

'Ik vind het onvoorstelbaar dat je het niet voor me opnam,' snauwde Lauren. 'Echt onvoorstelbaar dat je haar die dingen tegen me hebt laten zeggen.'

'Om eerlijk te zijn hebben jullie allebei nogal onaangename dingen gezegd. En je weet best dat ze op dit moment een beetje overgevoelig is.'

'Sarah is nooit overgevoelig,' schreeuwde Lauren. 'Ze is een robot. Daarom is Steve bij haar weggegaan. Dat heeft hij tegen Michael gezegd. Hij had er genoeg van.'

En toen moest ik natuurlijk doorvragen, tegen beter weten in. 'Wat heeft hij nog meer gezegd?'

'Dat is het eigenlijk wel.' Lauren keek net zo teleurgesteld als ik me voelde. 'Hij zei dat hij zich verveelde en dat ze meer betrokken was bij haar baan en haar vriendinnen dan bij hem. Hij had het gevoel dat hij gewoon niet voor haar bestond en wil iemand waarbij hij op de eerste plaats komt, die thuis wil blijven voor de kinderen en een echte echtgenote wil zijn.'

O, verdomme, al die tegenstrijdige emoties. Aan de ene kant wilde natuurlijk iedereen op waarde worden geschat door zijn of haar partner, maar aan de andere kant klonk het afgrijselijk. Alsof Stephen niet wilde dat Sarah een carrière en een eigen leven met vriendinnen had. Ik hoopte maar dat Lauren het verhaal had verdraaid en dat Sarah in haar onoplettendheid een seksistische eikel was getrouwd, die ergens in de jaren vijftig thuishoorde met een wanhopige huisvrouw die aan de valium was.

'Hij zei tegen Michael dat ze een enorme ruzie hadden gehad, een tijdje terug, omdat hij wilde dat zij haar baan zou opgegeven, zodat ze een baby konden krijgen en dat hij dan voor zowel haar als het kind zou zorgen,' vervolgde Lauren. 'Maar zij wilde haar baan niet opgeven en toen zei hij dat moeders hun kinderen op de eerste plaats zouden moeten laten komen en niet hun werk. En toen flipte zij en dat was het moment waarop hij besloot dat hij niet meer verder wilde met haar.'

O, shitterdefuck.

Ik herinnerde me die ruzie. Sarah en ik hadden 'm de volgende avond verdronken in G&T's en ik had haar verzekerd dat hij er vast geen woord van meende en dat we niet meer in het verleden leefden en dat hij gewoon een extreem voorbeeld had gegeven. Dat was nu zes maanden geleden.

Stephen was al zes maanden van plan om te breken met Sarah en ze had van niets geweten.

'Hij had alle recht van de wereld om kwaad op haar te zijn,' zei Lauren vol zelfvertrouwen. 'Hij wilde voor haar en hun gezin zorgen en zij reageerde gewoon krengerig.'

'Doe even normaal,' krijste ik zo hard dat zelfs ik ervan schrok. 'Je denkt toch hopelijk niet echt dat Sarah haar baan zou moeten opgeven om kinderen te krijgen omdat haar man dat wil?'

'Ze houdt toch niet van haar werk,' zei Lauren vergoelijkend. 'En hij verdient genoeg om alles te kunnen betalen. Het huwelijk draait om compromissen sluiten.'

'Ik kan er met mijn hoofd niet bij dat je dit zegt.' Ik keek naar haar terwijl ze kalm haar benen over elkaar sloeg en van haar sapje dronk. Het was alsof de laatste vijf minuten niet gebeurd waren, laat staan de laatste vijftig jaar. 'Zeker gezien wat er vannacht is gebeurd.'

'Zoals je al zei, het was gewoon koudwatervrees,' antwoordde ze. Op dat moment besefte ik dat ze dan misschien een vaderskindje was, maar dat ze ook echt een kind van haar moeder was. 'Als jij wat meer in je relatie had geïnvesteerd in plaats van in je werk zou Seb misschien ook nog wel bij je zijn.'

'Sorry, dames?' De juffrouw van de kleedkamer stak haar hoofd om de deur.

'Nou, heerlijk, ik wil nog wel wat drinken,' zei Lauren, het toonbeeld van een lijdende vrouw.

'Dat is eerlijk gezegd niet de reden dat ik hier ben,' zei de juffrouw. 'Ik moet jullie vragen om wat zachter te... praten, de andere klanten hebben er last van.'

'O, lieve hemel, mijn excuses,' zei Lauren onmiddellijk. 'Het zal niet meer gebeuren.'

De vrouw lachte liefjes en verdween weer in de kleedkamer.

Ik keek mijn vriendin ijzig aan.

'Wat nou?' vroeg ze. 'Waarom kijk je zo raar?'

'Ik geloof niet dat ik nog in de stemming ben voor een massage,' zei ik. 'Ik zie je straks wel weer op de kamer.'

'Je kunt niet weggaan!' riep Lauren me na. 'Het is mijn vrijgezellenfeest.'

'Een feest is het allang niet meer,' mompelde ik in mezelf.

De grote dag komt dichterbij! Inmiddels zijn alle grote dingen al geregeld en heeft je bruid je steun nodig om zich ervan te verzekeren dat ze niets is vergeten. De checklist hieronder helpt je om alles af te kunnen vinken, hoe klein of groot het ook is.

Bruidsjapon [✓]
(Besteld voor een premiumtarief dat naar afpersing neigt om het ding op tijd klaar te hebben. Alleen van de extra kosten zou je al een heel behoorlijke bruiloft kunnen betalen.)
Jurken voor de bruidsmeisjes [✓]
(Besteld tegen Laurens wensen in.)
Transport voor bruid en bruidegom [✓]
(De laatste beschikbare vintage Rolls-Royce op de Britse Eilanden.)
Locatie [✓]
(Particuliere villa, heb eigenaar omgekocht met de belofte van een spread in een bruidstijdschrift.)
Catering [✓]
(Helemaal rond, behalve voor Laurens moeder en zus, die hebben besloten dat ze glutenvrije, suikervrije pescetariërs zijn, oftewel: verzuurde trutten.)
Bloemen [✓]
(Zolang iemand duizend roze bloeiende pioenrozen in augustus kan leveren, blijven we lachen.)
Fotograaf [✓]
(Eindelijk komt een fotograferende broer eens van pas.)
Huwelijksvoltrekker [✓]
(Eindelijk komt een getikte vriend die zich via internet tot buitengewoon ambtenaar van de burgerlijke stand heeft laten benoemen eens van pas.)
Huur van stoelen en tafels [✓]
(Het enige wat makkelijk was.)
Entertainment [✓]
(Heb Beyoncé niet kunnen boeken, heb het nog niet aan Lauren durven vertellen.)

Tafelschikking [✓]
(Moet nog definitief worden goedgekeurd. Alweer.)
Tafelkaartjes [✓]
Bruidssuikers [✓]
(Walgelijke Hershey's Kisses, mits Laurens nicht zal onthouden om ze mee te nemen. Wat ze niet zal doen.)
Is er iets wat je hier nog aan toe wilt voegen?
Slippers om op te dansen [✓]
Vuurwerk [✓]
Zeepbellen in plaats van confetti [✓]
Bruid en bruidsmeisje ervan overtuigen dat ze het weer goed moeten maken [ ]

18

Woensdag 22 juli
Vandaag voel ik me: vraag het me morgen nog maar eens.
Vandaag ben ik dankbaar voor: Britse gereserveerdheid

‘Dus, vertel eens, hoe staat het ervoor met het feest van de Dickinsons?’

‘We hadden een beetje een moeizame start,’ zei ik en ik kamde snel wat plukken haar achter mijn oor. ‘Maar alles is nu onder controle. Het is aanstaande zaterdag.’

Het was bijna twee maanden geleden dat Matilda me in het damestoilet had getrokken en erop had gestaan dat ik zou gaan voor de promotie. Ik was zo druk geweest met het plannen van het Dickinsonfeest, het plannen van Laurens bruiloft, therapeutische pogingen met Sarah en pogingen doen om een leuke vriendin voor Will te zijn, dat ik was vergeten dat ik technisch gezien nog altijd aan het solliciteren was naar de functie.

Naar een vergaderkamer worden gesleept om even spontaan bij te praten met haar en meneer Colton was geen fijne manier om daaraan herinnerd te worden.

‘Weet je het zeker?’ vroeg Matilda. ‘Het is me opgevallen dat je erg vroeg begint en erg vaak overwerkt.’

‘Het feest van de Dickinsons staat helemaal op de rails,’ verzekerde ik hun. Sinds wanneer was het slecht om over te werken? ‘Ze hadden erg gedetailleerde ideeën die ik een beetje heb moeten managen, maar daar zijn we samen uit gekomen.’

Waarmee ik wilde zeggen dat ze opeens niet meer per se Michael Bublé wilden toen ik hun liet weten hoeveel hij voor een schnabbel rekende. Christopher zei dat hij voor dat bedrag minimaal door Michael gepijpt wilde worden, waarop Andrew begon te huilen. Lieve hemel, lange middag was dat.

'Heb je het idee dat je alle verantwoordelijkheden als een eventplanner fulltime aan zou kunnen?' vroeg meneer Colton. Matilda zat naast hem en gaf me kleine knikjes.

'Jazeker.' Ik probeerde zowel zelfvertrouwen als blij-dat-ik-deze-kans-krijg uit te stralen. 'Ik heb er alle vertrouwen in en ik ben blij dat ik deze kans krijg om mezelf te bewijzen.'

'Mooi zo,' zei meneer Colton. Hij stond op en liep met een strenge glimlach naar de deur. 'We spreken elkaar weer na het event van zaterdag. Ik kijk ernaar uit om er alles over te horen. Matilda zal je bijpraten over de volgende stappen in het proces.'

'Volgende stappen?' vroeg ik aan Matilda. Ik zag Colton de glazen deur voorzichtig achter zich sluiten en rechtstreeks doorlopen naar Shona's kantoor. Eurgh. 'Dus ik heb de baan nog steeds niet?'

'We moeten andere sollicitanten ontvangen, omdat we met de vacature naar buiten zijn gegaan,' zei Matilda. 'En meneer Colton ziet altijd graag kandidaten van buiten, zelfs als een interne promotie de voorkeur heeft. Het is goed om een beetje perspectief te ontwikkelen.'

'Wanneer zijn de sollicitatiegesprekken?' vroeg ik, omdat ik op mijn best wilde zijn op de dag dat de concurrentie langs zou komen en niet overvallen wilde worden zoals vandaag. Ik wou ook iets professionelers dragen dan een minikilt en een raar kattenvrouwtjes-T-shirt, dat mijn vriendje voor de grap voor me had gekocht.

'Die zijn vandaag,' aldus Matilda.

Over gemiste kansen gesproken.

'Maak je nu maar geen zorgen.' Ze pakte haar notitieblok en koffiemok en stond op. 'Het hoort gewoon bij de procedure. Er zitten interessante kandidaten tussen, maar – zonder dat ik mezelf in de problemen wil brengen – het enige wat je nodig hebt is een enthousiaste referentie van het feest op zaterdag en je bent binnen.'

‘Zolang ik maar geen enthousiaste referentie van Shona nodig heb.’ Ik keek door de glazen deur, zag meneer Colton bij Shona aankloppen en bij haar binnenstappen. ‘Ze is de laatste tijd extra kutwijverig.’

‘Dat komt omdat ze een kutwijf is,’ antwoordde Matilda. ‘Maar dat heb je niet van mij.’

‘Wat kan ik eraan doen?’ vroeg ik. ‘Naar Personeelszaken stappen?’

Met een geruststellend klopje op mijn schouder liet Matilda me achter in de vergaderkamer, met een schaal vol koekjes. Dus ik deed wat elke vrouw zou doen als ze nog precies twee dagen had om het feest te organiseren dat haar carrière kon maken of breken. Ik leunde achterover en begon aan de koekjes.

In de drie weken sinds het vrijgezellenfeest from hell waren de verhoudingen tussen Sarah en Lauren nog verder verslechterd, voor zover dat mogelijk was. Aardige, gulle, grappige Lauren was een fulltimebridezilla geworden, die niet in staat was om het over iets anders te hebben dan haar bruiloft. En gereserveerde, geestige, droge Sarah was niet meer in staat om op een normale manier over wat dan ook te praten. Het deed er niet toe hoe vaak ik haar eraan herinnerde dat ik tijdens de ruzie haar kant had gekozen en Team Sarah was, ze ging me nog altijd uit de weg, gaf eenlettergrepige antwoorden op mijn berichtjes en beweerde dat ze het te druk had om met me af te spreken als ik dat voorstelde. Ik had op mijn beurt ook de nodige telefoontjes op de voicemail laten gaan, want Laurens moeder belde elke dag, soms meerdere keren per dag (zo moeder, zo dochter), zodat ik constant alert was op onbekende nummers. Stel je voor dat ik per ongeluk op zou nemen… wat een gruwel.

Ik had me niet gerealiseerd hoeveel tijd ik aan hen kwijt was tot het contact wegviel. Geen appjes, geen tweets, geen posts op Facebook, geen Instagram-tags, geen PB’s, mailtjes of belletjes, niets. Aan de ene kant hield ik opeens tijd over om mijn werk goed te doen en eindelijk het laatste seizoen van *Downton Abbey* te bekijken. Aan de andere kant had het een gapend vriendschapsgat in mijn leven geslagen dat niet gecompenseerd kon worden met de incidentele passief-agressieve berichtjes van mijn zus en Sharalines pogingen tot dagelijkse conversaties. Al moest ik, ere wie ere toekwam, toegeven dat ik door haar aanzienlijk meer wist over Snapchat en de uitdrukking '*on fleek*' in de juiste combinatie met 'wenkbrauwen' kon gebruiken.

Ik brak mijn tweede chocoladebiscuitje in tweeën, opende de inbox op mijn laptop en bekeek vluchtig de inhoud. Leverancier, leverancier, Lauren, Lauren, Lauren, Topshop, leverancier, Tom Wheeler.

Tom.

Ik was hem bijna vergeten. Hem en het meest gênante gesprek dat ik ooit om een uur 's nachts met een cliënt had gehad. Het was al zorgelijk genoeg dat het niet de eerste keer was, maar meestal kwam dat omdat de cliënt ergens over flipte en niet omdat ik te dronken was om voldoende op te letten wie ik appte.

Bij gebrek aan Sarah en Lauren die hem met enige regelmaat ter sprake brachten, was hij enigszins van mijn radar af gegleden. Het feestje voor zijn moeder was pas over twee maanden en ik had het druk met het wegwerken van een globofobische babynaamceremonie en de trouwdag van een vrouw van wie ik er niet van overtuigd was dat ze echt wilde trouwen. Twee maanden leek op dit moment nog een half leven weg.

Beste Maddie,

Ik kon net zo goed ook de andere helft van dat chocoladebiscuitje opeten, besloot ik, en ik las verder.

Ik ben benieuwd hoe het ervoor staat met het feestje voor de zestigste verjaardag van mijn moeder. Ik heb nog wat ideeën die ik graag met je zou willen bespreken. Zou je morgen na werktijd even tijd voor me hebben?
Met vriendelijke groet,
Tom Wheeler

Het laatste berichtje dat Will me had gestuurd was een pakje condooms met een smiley.

Ik was nog steeds bezig in mijn hoofd een antwoord te componeren, met een derde chocoladebiscuitje half uit mijn bakkes, toen ik de vergaderkamer uit liep en bijna tegen Matilda en de eerste sollicitant op botste.

Sarah.

'Hoi,' zei ze. 'Je hebt chocolade op je... Nou ja, het zit overal.'

Het is lastig praten met een chocoladebiscuitje overdwars in je mond. Ik klemde mijn laptop tussen mijn knieën om een hand vrij te maken en pakte het biscuitje uit mijn mond.

'Hallo,' antwoordde ik, en ik veegde mijn mond af met de rug van mijn hand. 'Wat doe jij hier?'

'Sollicitatiegesprek.' Ze wierp een blik op Matilda, die nogal verbaasd naar ons keek. 'Voor de functie van eventplanner.'

'Kijk eens aan,' zei ik, totaal overrompeld. 'Dat had je wel eens even mogen zeggen.'

'Vriendinnen hoeven elkaar niet alles te vertellen.' Ze keerde me de rug toe. 'Ik zal je niet langer ophouden,' zei ze over haar schouder. 'Je hebt vast een hoop te doen.'

'Maddie, er zit iets...' Colton was uit Shona's kantoor gekomen en wees naar mijn gezicht, voor hij met mijn beste vriendin en het hoofd Personeelszaken in zijn eigen kantoor verdween.

In plaats van terug naar mijn bureau te gaan, deed ik wat alle vrouwen doen als ze doordraaien op hun werk. Ik sloot me op in het gehandicaptentoilet, gooide mijn spullen op de grond, ging op de wc zitten en barstte in snikken uit.

Oké, Matilda had gezegd dat ze alleen sollicitanten hadden uitgenodigd omdat ze dat verplicht waren, maar na tien minuten met Sarah zouden ze daar heel anders over denken. Ze had alle kwalificaties voor de functie en ze droeg een pak, in plaats van een outfit waarin Miley Cyrus nog niet dood gezien zou willen worden. En zonder Shona die haar om het kwartier saboteerde zou ze waarschijnlijk een stuk beter werk leveren dan ik. Ze ging de baan beslist krijgen. Ik zou zonder enige twijfel worden ontslagen. En dan zou ik werkloos zijn en dakloos worden en op straat moeten leven en worden opgevreten door herdershonden en niemand op Laurens bruiloft zou me zelfs maar missen.

Of erger nog, mijn ouders zouden me dwingen om terug naar de universiteit te gaan, om daar mijn onderwijsbevoegdheid te halen, en dan zou ik voor de klas moeten gaan staan. Al die kinderen, elke dag, de rest van mijn leven.

Er werd vinnig op de deur geklopt, gevolgd door de laatste stem die ik op dat moment wilde horen. 'Maddie, ben je daar? Kun je even bij me binnenlopen?'

'Ja, Shona,' antwoordde ik. 'Een momentje, Shona.'

En ik maar denken dat het allemaal niet erger kon. Zoals gewoonlijk had ik het mis.

'Kom binnen, doe de deur even dicht.'

Shona was een en al glimlach toen ik vijf minuten later bij haar binnensloop. Ze vroeg altijd met veel gevoel voor drama om de deur van haar kantoor dicht te doen, hoewel de wanden van glas waren zodat iedereen haar kon zien, en dankzij haar zeemeeuwachtige krijsstem ook kon horen. 'Ga even zitten, het is al veel te lang geleden dat we elkaar even bijgepraat hebben.'

'Ik heb mijn aantekeningen niet bij me.' Ik hield mijn lege handen omhoog. 'Waar wil je het over hebben?'

'O, even wat dingen in het algemeen.' Ze gebaarde dat ik moest gaan zitten. 'Gaat het nog allemaal goed met Sharaline, werk je prettig met haar?'

'Ik heb niet meer met Sharaline gewerkt sinds je haar uit de vergadering met de Dickinsons hebt gehaald. Zoals je ongetwijfeld nog wel weet.'

'Nou, ik vind haar heel goed,' zei Shona. 'Onvoorstelbaar dat ze nog zo jong is. Ze pikt dingen zo snel op dat ze mijn baan nog zal inpikken voor je het weet.'

'Kijk eens aan.'

Ik hoopte maar dat het waar was, ze had al min of meer mijn baan, tenslotte. Misschien kon ik Sharalines assistent worden?

‘Meneer Colton kwam net vragen hoe ik vond dat je met je nieuwe verantwoordelijkheden omging.’ Ze schoof een doosje pepermuntjes naar me toe en ik schudde mijn hoofd. ‘Nee, serieus, neem er eentje,’ hield ze aan en rimpelde haar neus. ‘Niemand houdt van een koffieadem.’

Ik nam een pepermuntje en zuchtte. Ik had helemaal geen koffie gehad.

‘Waarschijnlijk zou ik dit helemaal niet tegen je moeten zeggen,’ ze liet haar stem zakken tot een theatrale fluister, ‘want ik vermoed zomaar dat het vertrouwelijke informatie is.’

‘Ik denk niet dat het er veel toe doet.’ Ik sloeg mijn armen over elkaar. ‘Je hoeft het me niet te vertellen als je je er niet prettig bij voelt. Ik overleef het wel.’

‘Nee, het kan best,’ zei ze. Ze wapperde haar bezwaren weg en sloot het doosje pepermuntjes zonder er zelf een te nemen. ‘Ik heb tegen hem gezegd dat ik geen klachten heb gekregen.’

Dat was groots van haar.

‘Maar ik heb wel tegen hem moeten zeggen dat Sharaline het grootste deel van jouw verantwoordelijkheden heeft overgenomen, zodat je wel een heleboel tijd aan jouw ene project hebt kunnen besteden.’

‘Wat heb ik allemaal niet gedaan, dan?’ vroeg ik, in de wetenschap dat ik met vuur speelde. ‘Ik doe nog steeds alle facturen en alle logistieke schema’s. Ik ben op elk event aanwezig, twee uur voor jij arriveert, en ik ben er ook nog een uur nadat jij bent vertrokken. Wat doet zij wat ik niet doe?’

Op een of andere manier was ik te moe en te geërgerd om op mijn woorden te letten. Sterker nog, ik was pislink en het kon me niet schelen wie het hoorde.

‘Ik heb Sharaline wat uitdagender verantwoordelijkheden gegeven.’ Shona leek even wat te betrekken, maar ging toen door, haar uitgestrekte vingers krulden op tot klauwen. ‘Geen dingen die ik jou zou hebben toevertrouwd. Allemaal wat creatiever dan het gebruikelijke administratieve gedoe.’

'Ze doet het vast geweldig.' Ik stond op om te vertrekken. Als geen van ons bereid was om toe te geven, duurden onze besprekingen meestal maar kort. Ze kon er alleen van genieten om me als een deurmat te behandelen als ik ging liggen en het toestond. 'Was dat alles? Ik heb nog het een en ander te doen.'

'Ja, het is beter om alles goed af te ronden,' stemde ze in. 'Voor het feest, bedoel ik.'

'Mja, oké.' Ik schudde mijn hoofd en ademde vermoeid uit. Het was nog maar net half tien. 'Whatever, Shona.'

'O, en Maddie?'

Ik stond al bij de deur, maar keerde me om.

'Ja?'

'Was dat je vriendin Sarah die ik net bij dinges van Personeelszaken zag?'

'Ja.'

'Solliciteert ze naar de functie van eventplanner?' Shona glimlachte.

'Ja.' Ik wendde me weer naar de deur om die open te doen.

'Dat is ook even pijnlijk, zeg, als je beste vriendin je rivale is voor een baan,' zei ze.

Ik keerde me weer naar haar toe, maar ze had het te druk met iets op haar beeldscherm om oogcontact met me te maken. 'Haar cv was geweldig. Serieuze kandidate, hoor.'

'Ze is ook geweldig,' stemde ik in. 'En erg goed.'

'Ik zou haar zo aannemen.' Ze krabbelde iets op een notitieblok en keek toen naar mij, minirok, krankzinnig katten-T-shirt, chocoladesmoel en al. 'Dat is alles. Zei je niet dat je nog het een en ander te doen had?'

'Hoe ben je aan haar cv gekomen?' vroeg ik zachtjes.

Ze deed niet eens een poging om te liegen. 'Het lag op je bureau. Je hebt het zo druk gehad, ik wist niet of je er wel aan had gedacht om het zelf door te geven aan Personeelszaken.'

Ik zweeg.

'Wat nou?' Shona leek enorm in haar nopjes met zichzelf. 'Ik heb je gewoon een plezier gedaan.'

‘Het lag niet op mijn bureau, het lag in een la van mijn bureau,’ zei ik.

‘En het zat in je mail,’ voegde Shona eraan toe. ‘Ze heeft het wel zo’n zeven keer doorgestuurd, volgens mij. Ze wil die baan echt, hè? En ze voldoet aan alle functie-eisen.’

Ik stond voor haar op de plek waar ik de afgelopen tien jaar talloze malen voor haar had gestaan en keek op haar neer, hoe zelfgenoegzaam ze er zat, in haar luxe leren executive bureaustoel. En ik was er klaar mee.

‘Wat is er toch mis met je?’ vroeg ik. ‘Serieus, wat is er nou precies mis met je?’

‘Sorry?’ Shona knipperde, haar gigantische tarantula-achtige wimpers wapperden op en neer.

‘Ik snap het niet,’ zei ik, meer tegen mezelf dan tegen haar. ‘Ben je op een of andere manier fundamenteel beschadigd, of kick je er gewoon op om een ontzettend kutwijf te zijn?’

Nu was het Shona’s beurt om met stomheid geslagen te zijn.

‘Nee, serieus, zeg het maar gewoon.’ Mijn stem werd luider en ik zag uit mijn ooghoek Sharaline opkijken. ‘Wat is er toch? Wat heb ik toch in vredesnaam gedaan dat je je tegenover mij zo ontzettend krengerig gedraagt?’

‘Ik heb geen idee waar je het over hebt,’ antwoordde ze. ‘Maar ik zou het op prijs stellen als je je toon zou matigen.’

‘Dat zou ik dolgraag willen, maar op een of andere manier ben ik daartoe op dit moment niet in staat,’ zei ik. ‘Ik weet gewoon niet meer wat ik moet doen of wat ik hiermee aan moet. Wat heb ik je aangedaan dat je reden geeft om me als oud vuil te behandelen.’

‘Ik behandel jou niet anders dan de anderen.’ Ze leunde achterover in haar stoel, alsof ik haar daadwerkelijk had geslagen. ‘Als iemand hier een probleem heeft, ben jij het.’

‘Nee, ik ben er vrij zeker van dat dat niet zo is,’ antwoordde ik. ‘Ik werk me halfdood, ik doe alles wat je van me vraagt, ik klaag nooit, ik verkloot nooit iets en toch praat je tegen me alsof ik een of andere mislukte reality-tv-gek ben. Niets wat ik doe is ooit goed genoeg, niets wat ik zeg is ooit slim genoeg. Ik snap het gewoon niet.’

'Het spijt me dat je verdrietig bent dat ik niet je beste vriendin wil zijn,' zei Shona. Ze stond op en zette haar handen naast haar toetsenbord. 'Maar ik heb geen tijd voor BFF's op kantoor. Jij vindt mij een kutwijf? Ik ben geen kutwijf, dit is wat ervoor nodig is om serieus te worden genomen. Het kan me niets schelen dat je me niet aardig vindt.'

Ik schudde mijn hoofd. 'Nee. Daar geloof ik niets van. Ik geloof niet dat vrouwen elkaar in de grond moeten trappen om zelf vooruit te komen. Jij bent gewoon de anti-Beyoncé. Je kunt mensen niet behandelen zoals jij dat doet en dan verwachten dat iedereen dat pikt.'

'Niemand heeft me er anders ooit op aangesproken,' antwoordde ze triomfantelijk. 'En ik ben nog altijd je baas.'

'Ik spreek je er nu op aan.' Ik gaf mijn stoel een duw, zodat die rammelend tegen haar bureau aan botste. 'Dit stopt nu meteen. Zoals je praat tegen mij en Sharaline, het kán gewoon niet. We zijn geen idioten, we zijn niet je slaafjes, we werken voor je. Waarom, dat weet ik eigenlijk niet.'

'Omdat niemand anders je wil hebben?' suggereerde ze. Haar stem was onbewogen als altijd, maar op haar hevig gepoederde wangen waren twee rode vlekken verschenen.

'Ik weet dat je me dat graag wilt laten geloven.' Ik wees naar haar en liep terug naar de deur. 'Maar het is niet waar. Ik ben goed in wat ik doe, Shona. En dat komt omdat ik het vak van jou heb geleerd. Ik weet door jou wat ik wel en niet moet doen. Maar ik wil niet zijn zoals jij. Sorry als dit allemaal een complete verrassing voor je is, ik had het jaren geleden al moeten zeggen.'

Voor ze nog iets te berde kon brengen, liep ik de deur uit en sloot die zachtjes en beheerst achter me. Al mijn collega's in de kantoortuin keken me met open mond aan, het was er doodstil, afgezien van een rinkelende telefoon op de achtergrond.

Zonder verder nog iets te zeggen ging ik achter mijn bureau zitten, met het hart in mijn keel, in afwachting van de vergelding. Ik waagde een snelle blik op Shona's kantoor en zag nog net dat ze haar jaloezieën met een snelle, scherpe beweging liet zakken.

'Maddie…' Sharaline kuchte aan de andere kant van ons dubbele bureau. Haar stem sloeg over bij het uitspreken van mijn naam. Ik begreep niet dat ze er moeite mee had, het was een volkomen normale naam. O, dat was vermoedelijk juist het probleem. 'Mag ik even iets zeggen?'

'Kan het snel?' vroeg ik, met een stralende, kwieke lach op mijn gezicht, en ik pakte intussen een stapel papierwerk en ongeopende post, die ik in mijn tas stopte.

'Ik weet dat je denkt dat ik een slijmbal ben.' Haar ogen glansden van bewondering. 'Maar dat is niet zo. Het spijt me als ik dingen moeilijker voor je heb gemaakt door hier te zijn.'

'Maak je maar geen zorgen. De enige die hier dingen moeilijk maakt is Glenn Close hiernaast.'

'Ik weet niet wie dat is,' zei ze.

Natuurlijk wist ze niet wie Glenn Close was.

'Ik ben helemaal niet uit op je baan,' zei Sharaline, die eindelijk haar stem hervond. 'Het is alleen zo dat Shona… God, ik ben doodsbang voor haar.'

Ik had mijn hakken omgewisseld voor ballerina's en ik had mijn tas al over mijn schouder, klaar om weg te gaan. Ik wilde het pand uit zijn voor Sarah uit haar sollicitatiegesprek was. 'Dat bewijst alleen maar dat je geestelijk gezond bent en dat je veel te goed bent voor deze tent. Je redt het wel.'

'Ze zei dat ze dacht dat ik een ordinaire stripper was voor ze me leerde kennen,' fluisterde Sharaline. 'Het was zo gemeen. Zo raar is mijn naam toch ook weer niet?'

'Je hebt best een rare naam,' zei ik schouderophalend. Het had geen zin om te liegen tegen het arme kind. 'Maar het doet er niet toe. Je komt er wel.'

Het leek op dat moment het enige juiste om te zeggen, hoewel het door en door gelogen was. Ik schudde haar ongelovige blik van me af en rende naar de trap van de achteruitgang.

Ik was dol op thuiswerken, omdat van huis uit werken in werkelijkheid betekende dat ik mijn pyjama kon aantrekken, de tv kon aanzetten en even geen ene ruk om wat dan ook kon geven. Ik was drie uur werkelijk walgelijke televisie verder voor ik mezelf ertoe kon zetten om mijn telefoon uit mijn tas te pakken. Tussen allerlei bonnetjes, halflege pakjes kauwgom en tampon na tampon na tampon, zat er een plat bruin pakje tussen de post die ik van mijn bureau had meegenomen. Nieuwsgierig maakte ik het open en trof een cd aan.

The Best of Etta James.

Een klein, wit kaartje dwarrelde op de vloer. In plaats van het op te rapen, leunde ik over de rand van de bank om het te kunnen lezen.

'*Beste Maddie,*' las ik hardop. '*Een klein bedankje voor alles wat je tot nu toe al hebt gedaan. Ik hoop dat je net zo van Etta's muziek zult genieten als ik. Alle goeds, Tom Wheeler.*'

O.

Shit, zeg.

Ik hing nog altijd over de rand van de bank, cd in mijn zweterige jatten, toen er op de deur werd geklopt.

'Vandaag even niet, dank je wel,' mompelde ik, niet in staat mijn blik los te scheuren van Toms briefje. De prettige buzz die ik altijd voelde als hij me een berichtje stuurde verspreidde zich over mijn schouders en liet een rilling over mijn rug trekken.

'Het is gewoon een aardig gebaar,' zei ik tegen mezelf. Ik schudde alle andere opties van me af en vroeg me af waar mijn cd-speler in vredesnaam was gebleven. 'Hij is een echte gentleman.'

Wie er ook voor mijn deur stond had geen enkel respect voor mijn dekbeddag. Het kloppen werd bonzen, het bonzen werd hameren en net toen ik op het punt stond de politie te bellen, hield het op. En piepte mijn telefoon een nieuw berichtje binnen.

'Doe die verdomde deur open, trut.'

Het was Sarah.

Ik kwam overeind, gooide de cd op de salontafel, wreef verdwaalde mascara onder mijn ogen weg en probeerde mijn haar te fatsoeneren. Sarah had me al vele malen op mijn ergst gezien, maar het voelde nu opeens raar om haar onder ogen te komen terwijl ik er niet uitzag.

'Maddie, ik weet dat je thuis bent,' schreeuwde ze door de brievenbus. 'Doe open, mens.'

'Hoe kun jij dat nou weten,' riep ik terug.

'Omdat ik je naar je baas heb zien schreeuwen en je vervolgens weg heb zien stormen. Waar zou je anders zijn? Bij je ouders? Doe verdomme open, ik kan er niet in, ik ben mijn sleutel vergeten.'

'En het wordt normaal gesproken als onbeleefd gezien om jezelf ergens binnen te laten, zeker als je de bewoner al twee weken negeert,' zei ik terwijl ik de deur voor haar opendeed. 'Hallo.'

'Ook hallo.' Ze was gewapend met een enorme tas van Tesco. 'Leuke pyjama.'

'Leuk pak.' Op veilige afstand keek ik toe terwijl ze de tas leegde op mijn aanrecht. Koekjes, theezakjes, melk (ik had nooit melk in huis), tonic (ik had altijd gin), maar geen zichtbaar wapen. Ik sloot de deur en volgde haar naar de keuken. 'Ik kan er met mijn kop niet bij dat je niet even tegen me hebt gezegd dat je op gesprek ging.'

'Dat heb ik wel gedaan!' Ze vulde de waterkoker en keek me een beetje raar aan. 'Waar heb je het over?'

Hmm. Ik checkte mijn foon en herlas haar laatste berichtje. *Kan nu niet praten. Mat belde net. Moet me voorbereiden op morgen, dank je wel!!!*

Oooh.

'Je bedoelde Matilda.' Ik opende het pak koekjes. Prioriteiten stellen, hè?

'Wat dacht jij dan?'

'Dat je doelde op een of andere kerel die Matt heet?'

'En waarom dacht je dan dat ik je bedankte?'

'Ik ging ervan uit dat het een algemeen bedankje aan het universum was.' Ik kon moeilijk zeggen dat ik had zitten seksappen met Will en haar berichtje niet fatsoenlijk had gelezen.

'Je dacht dat ik zo blij was met een berichtje van een man die Matt heet dat ik "dank je wel" tegen het universum schreeuwde?'

Ik haalde mijn schouders op.

'O, rot toch op en drink je thee.'

Ik griste de koekjes mee en slingerde mezelf op de bank. Geen koekjes voor Sarah.

'Het klonk alsof Shona en jij een heel gezond gesprek hadden.' Ze nestelde zich in haar favoriete stoel. 'Gaat het een beetje?'

Ik doopte net een koekje in mijn thee. 'Kon je het horen dan?'

'Maddie, wallaby's in Australië zijn er over aan het tweeten. Het is trending. Iedereen kon het horen.'

'Denk je dat meneer Colton er iets van heeft meegekregen?'

Ze blies in haar thee voor ze weer sprak. 'Maddie. Wallaby's. Trending.'

'Fuck.'

Dit zou mijn eventuele promotie vast geen goed doen.

'Het sollicitatiegesprek ging overigens lekker,' zei Sarah lachend. Ze zag er beter uit dan in maanden. 'Volgens mij zagen ze me wel zitten. Ik weet dat ik je erover doorzaag, maar hoe cool zou het niet zijn als we samen zouden kunnen werken?'

'Dus je bent opgehouden met treuren?' zei ik, om de vraag maar uit de weg te gaan. Het zou namelijk helemaal niet cool zijn, eerder vreselijk. Het zou Shona hooguit zeven seconden kosten om Sarah te vertellen dat ik haar cv nooit bij Personeelszaken had afgegeven en had geprobeerd de eventplannerfunctie voor mezelf te houden.

'Het spijt me. Ik had even wat tijd voor mezelf nodig, om alles op een rijtje te zetten.'

'En is dat gelukt?' vroeg ik.

Ze pikte een koekje uit mijn schoot. 'Nou, ik ga er maar van uit dat ik alleen zal sterven.'

'Dat is onzin. We zorgen wel dat je wat leuke huisdieren krijgt. Wat leeft een eeuwigheid, een gezellige schildpad of zo?'

'Geweldig.'

'Eet dat koekje nou maar op,' zei ik vermanend. 'Je ziet er akelig dun uit.'

Stralend keek ze me aan. 'Dank je wel!'

'Het was geen compliment,' antwoordde ik. 'Als je je bruidsmeisjesjurk niet meer past, vermoord ik je.'

'We weten allebei dat het wél een compliment was,' zei Sarah, die verrukt haar wangen inzoog en in haar jukbeenderen prikte. 'En het voelt raar om te moeten zeggen, maar ik heb Lauren niet meer gesproken sinds het vrijgezellenfeest, dus ik weet niet of ze me nog wel als bruidsmeisje wil.'

'Daar zijn we snel genoeg achter.' Ik zwaaide met mijn telefoon, waar Laurens naam het scherm liet oplichten. Ik zou kunnen zeggen dat het me buitengewoon goed uitkwam, maar ze belde me inmiddels zo'n tien keer per dag met vragen over haar bruiloft, dus ik zat er al min of meer op te wachten.

'Hoi,' zei ik terwijl ik haar op de speaker zette. 'Wat kan ik...'

'Mijn moeder belde net en wilde weten wat voor kleur vlinders je hebt besteld.'

'Waarom wil ze dat weten?'

'Omdat ze wil dat ze bij haar hoed kleuren?' antwoordde ze alsof het de normaalste zaak van de wereld was.

Als ik pijnlijk eerlijk was tegenover mezelf, was het Lauren die voor de baan van weddingplanner zou moeten gaan. Ze had vragen waar ik in tien jaar nog nooit op gekomen was. Nee, ik had geen ingrediëntenlijst voor het sop dat we in de bellenblaasmachine deden. Nee, ik wist niet of de vloeren van de locatie werden gepoetst met olie of was. Nee, ik wist niet of het vuurwerk dat aan het einde van de avond gepland stond duurzaam en fair trade was. Toen ik vroeg of dat er echt toe deed, snakte ze naar adem en verbrak de verbinding. Ik was helemaal voor moreel verantwoord leven, maar een bruiloft was misschien niet het moment om dit op de spits te drijven. Ik was er ook niet van overtuigd dat de döner kebabs die aan het einde van mijn straat werden verkocht honderd procent lamsvlees waren, maar ik koos ervoor om er geen vragen over te stellen. Ik wou dat zij diezelfde houding zou aannemen.

'Dat weet ik even niet uit mijn hoofd.' Ik rolde met mijn ogen naar Sarah, die antwoordde met wat-had-je-dan-verwacht-wenkbrauwen. 'Ik zal even mijn mail checken, dan kom ik erop terug.'

'Ben je al thuis? Ik ben bij je in de buurt,' zei Lauren. 'Ik kom even langs, ik wil nog een paar dingen met je doornemen.'

Sarah schudde zo krachtig met haar hoofd dat ze bijna thee op mijn nieuwe tapijt morste. Niet cool, Sarah.

'Ja, ik ben thuis,' zei ik terwijl ik Sarahs graaiende hand wegmepte. 'Maar...'

'Oké, tot zo dan,' kapte ze me af. 'Ik kan niet lang blijven, ik heb nog afspraken, dus als je mijn planner klaar kunt leggen, zou dat fijn zijn.' En toen verbrak ze de verbinding.

Wat voelde ik nu precies? O ja, overweldigende razernij. Er gaat niets boven als een voetveeg te worden behandeld door een van je beste vriendinnen. Vooral als ze je geen penny betaalt.

Er viel een lange stilte.

'Dit is de toon die ze tegen je aanslaat? Terwijl je haar een gunst verleent?' Sarah trok een wenkbrauw op en een halve seconde voelde ik me iets minder alleen.

In plaats van Sarah antwoord te geven, liet ik mijn voorhoofd op de salontafel zakken en bonkte er zo een paar keer op. Toen keek ik op en keek naar Sarah. Dit was een uitgelezen moment om vredesonderhandelingen te openen.

'Jullie gaan het uitpraten,' zei ik. 'En wel nu meteen.'

'Oké, dus ik zie je nog wel.' Sarah dronk snel haar mok leeg en stond op. 'Hopelijk op kantoor.'

'Ga zitten,' commandeerde ik. 'Als je met mij kunt praten, kun je ook met haar praten.'

'Jij hebt niet tegen me gezegd dat mijn man bij me weg is omdat ik zo'n kreng ben,' antwoordde ze. 'Tot ze haar excuses aanbiedt, heb ik haar niets te zeggen.'

Ik schudde mijn hoofd. 'Nou, dat gaat dan lastig worden op de bruiloft. Ga zitten. We gaan dit regelen, het kan zo niet langer.'

Sarah vernauwde haar ogen tot het niet meer dan helderblauwe spleetjes waren en pikte de koekjes van de bank. Tegen de tijd dat Lauren aanklopte had ze al vijf karamelbiscuitjes op zonder een woord te zeggen.

'Zeg, dus... mijn moeder mailde me een lange lijst met vragen en ik moet daar antwoorden op hebben, voor mijn oudtante Emma haar vlucht boekt.' Zonder begroeting liep ze langs me heen naar binnen. 'Ze kan niet tegen gluten, lactose en pinda's, dus...'

In de deuropening viel ze stil bij de aanblik van Sarah, die zich op de bank vol zat te proppen.

'O, hoi.' Ze zwiepte met haar haar als een kribbige pony. 'Ik wist niet dat jij hier ook was.'

'Tada.' Sarah wapperde met haar handen, zodat de koekkruimels alle kanten op vlogen.

'Ik pak de planner even.' Ik duwde Lauren de woonkamer in, waar ze met haar haar bleef zwiepen alsof ze niets beters te doen had. 'Lief spelen jullie.'

Ik sloot de deur van mijn slaapkamer achter me en legde mijn oor tegen het hout. Ik wist niet precies waar ik op hoopte, maar zolang er geen bloedstollend gekrijs klonk, waren we op de goede weg.

'Je ziet er goed uit,' zei Lauren, wier pijnlijk beleefde opvoeding het won van de al even pijnlijke stilte.

'Dank je wel,' antwoordde Sarah. 'Je blijkt een stuk minder te eten als je niet voor iemand anders hoeft te koken.'

'Ja.'

'Ja.'

Kom op, kinders, dacht ik met gekruiste vingers. Jullie kunnen hier best samen uit komen.

'Ik heb het ook druk gehad,' zei Lauren. 'Ik wilde je bellen, maar er kwam steeds trouwgedoe tussen.'

'Zoals jouw kutterige gedrag?'

Gaat lekker zo, Sarah. Zachtjes bonsde ik met mijn voorhoofd tegen de deur.

'Meer jouw kutterige gedrag,' antwoordde Lauren. 'Je hebt mooi mijn hele vrijgezellenfeest verpest.'

'Ik heb jouw vrijgezellenfeest verpest?'

Stilte. Ik hoopte maar dat ze niet op elkaar aan het insteken waren. Ik was dol op mijn nieuwe kleed.

Lauren gaf haar verzet op. 'Ja, oké, het was allemaal eigenlijk best wel een beetje een ramp.' Ze haalde diep adem. 'Ik heb erg nare dingen gezegd die ik beter voor me had kunnen houden.'

'Dat kun je wel zeggen,' stemde Sarah in. Er viel een iets te lange pauze en ik beet op mijn duimnagel. 'Ik zat zelf trouwens ook fout. Sorry daarvoor.'

Langzaam ademde ik uit.

'Misschien dat ik wat al te heftig reageer op alles,' zei Lauren langzaam. 'Het spijt mij ook.'

'Is het dan nu klaar?' Ik kwam uit mijn schuilplaats tevoorschijn, gewapend met Laurens weddingplanner, en trof ze naast elkaar op mijn bank aan, waar ze genoeglijk de laatste twee biscuitjes oppeuzelden. 'Kunnen we weer normaal met elkaar omgaan?'

'De koekjes zijn op,' zei Sarah met haar hand voor haar mond. 'Het spijt me.'

Maar zo te zien speet het haar helemaal niet.

Een bruiloft is een schitterende gelegenheid, niet alleen omdat het staat voor het verbond waarmee twee mensen aan een leven samen beginnen, maar ook omdat het een moment is om geluk en liefde te vieren. Niet alleen voor de bruid en bruidegom, maar ook voor de anderen: vrienden, familie, mensen waar we afscheid van hebben moeten nemen, mensen die nog op ons pad zullen komen.
Gebruik deze pagina om de liefde in je leven te omschrijven!

Ik ben dankbaar voor de mensen die liefde in mijn leven hebben gebracht:
- Sarah
- Lauren
- Pap en mam
- Dan en Eleanor
- Jon Hamm
- De blonde juffrouw van Starbucks die altijd mijn naam goed spelt en weet dat ik sojamelk wil

Will?

Drie dingen die me gelukkig maken:
- Uitslapen
- De waterpas-app op mijn iPhone
- Naar *The Great British Bake Off kijken* met mijn vrienden en dan zeggen dat we taarten voor elkaar gaan bakken en dat dan niet doen, maar in plaats daarvan pizza bestellen

Hoe ziet liefde er volgens jou uit?
Michael Fassbender

Omschrijf je droompartner (of, als je die al hebt, plak hier een foto!):
Lang, heeft nog al zijn eigen haar, doordringende ogen, sterke armen, kan zeer goed huggen, is slim genoeg om elke dag de krant te lezen, maar kijkt ook tv. Kan me aan het lachen maken, kan koken, heeft zijn

rijbewijs (en een leuke auto), weet wanneer hij me naar bed moet slepen om daar de liefde te bedrijven en weet wanneer hij me over de bank moet buigen voor een goede beurt. Houdt van dieren en kinderen, maar niet op een enge manier.

19

Donderdag 23 juli
Vandaag voel ik me: Bleururuueuugh
Vandaag ben ik dankbaar voor: Bleururuueuugh

Ik wou echt dat Lauren me nooit dit dagboek had gegeven. Als je naar mijn tijdlijn op Facebook kijkt (ik mag graag denken dat Seb dat nog af en toe doet), zou je denken dat ik de afgelopen maanden de tijd van mijn leven heb gehad. Stappen met Sarah, een bruiloft plannen met Lauren, uitje naar een mooi hotel met spa, prille romance, kunstzinnig gefotografeerde cocktail na kunstzinnig gefotografeerde cocktail. Maar als je deze pagina's openslaat, HAHAHAHAHAHAHAHA, niets dan wanhoop, problemen, flaters en ellende.

En het ergste moet nog komen.

Luister en huiver: de grootste ellende die ooit aan papier is toevertrouwd!

'Sorry dat ik te laat ben, de metro was een nachtmerrie,' zei ik tegen Tom en ik pelde mijn jasje af in The Plumtree, bij het tafeltje waaraan Sarah en ik twee maanden geleden hadden gezeten.

'Geen probleem.' Hij overhandigde me de cocktailkaart. 'Ik ben al blij dat je even tijd voor me had, excuses dat het niet binnen werktijd kon.'

'Dat hoort erbij,' zei ik. 'Er zijn niet veel mensen die tussen negen en vijf afspraken kunnen maken.'

Daar was geen woord van gelogen. Dat de metro een nachtmerrie was geweest was echter wel een leugen. Na het 'gezonde gesprek' dat Shona en ik hadden gehad, had Shona besloten de rest van de week buiten de deur te werken, zodat Sharaline en ik ons in een beerput zonder reddingsboei bevonden. Wat best een grappige zin is, tot je beseft dat jij degene bent die eruit moet zien te klimmen.

Aan het einde van de dag was Sharaline twee keer in tranen uitgebarsten en had ik naar buiten moeten hollen om troostdonuts te halen, puur om te voorkomen dat ze ontslag zou nemen. We waren nog slechts zesendertig uur verwijderd van het babynaamfeest van de Dickinsons en alles wat was geregeld werd opeens afgezegd of kon niet doorgaan. Het laatste waar ik tijd voor had was een borrel met Tom, maar sufferd die ik ben, ik wist nog steeds niet hoe ik nee moest zeggen. Ik haatte het feit dat mijn grote broer gelijk had en me goed advies had gegeven, ook al volgde ik het niet op.

'We kunnen in ieder geval even samen iets drinken.' Tom stond op, zittend kwam ik tot zijn heup. Gênant. 'Wat kan ik eens voor je bestellen?'

'O, eh, een gin-tonic, graag.' Ik wist dat ik eigenlijk de drankjes zou moeten betalen, want dit was een afspraak met een klant, en dat ik beter helemaal geen alcohol zou kunnen drinken, maar na de dag die ik al achter de rug had en die nog lang niet voorbij was, meende ik dat één drankje geen kwaad zou kunnen. Want ik ben nu eenmaal hardleers. 'Dank je wel.'

'Geen probleem.' Hij beende weg naar de bar en ja, ik keek naar zijn achterwerk en nee, dat had niets te betekenen.

'Ik wil graag nogmaals mijn excuses aanbieden voor het nachtelijke berichtje dat je van me hebt gekregen,' zei ik toen hij terugkeerde van de bar met een biertje, een G&T en twee zakjes chips. 'Dat was heel onprofessioneel van me. En bedankt voor de cd. En sorry dat ik je niet eerder heb bedankt. Dat was heel onbeleefd van me.'

'Laat maar zitten.' Tom viel aan op zijn zakje Cheese & Onion en schudde zijn hoofd. 'Allemaal geen probleem, fijn dat je de cd hebt gekregen.'

Ik durfde hem niet te vertellen dat ik nog steeds de cd-lade op mijn laptop niet had gevonden om de cd te kunnen afspelen, maar goed, het leek hem niet veel te kunnen schelen.

'Hoe gaat het met het plannen van de bruiloft voor je vriendin?' vroeg hij. 'Dat is al snel, toch?'

'Volgende week,' bevestigde ik en ik stortte me op het zakje Salt & Vinegar. 'Zondag is het bruidsfeestje, aanstaande vrijdag het oefendiner en daarna alleen nog de bruiloft en dan is het klaar.'

'Ik heb echt geen idee wat die eerste twee zijn,' zei hij. Zijn verloofde was duidelijk geen Amerikaanse. Of ze was een normale Amerikaanse zonder bekakte moeder die het hysterisch hoog in de bol had.

'Een oefendiner is alleen maar... Het dient als een algemene repetitie voor iedereen die een rol speelt op de bruiloft,' legde ik uit. 'Je doorloopt samen de ceremonie, raakt vertrouwd met de locatie en eet daarna samen een hapje. En het bruidsfeestje... We hebben ook al een vrijgezellenfeest gehad.' Onwillekeurig huiverde ik weer bij de herinnering. 'Maar laten we het er maar op houden dat dat niet zo goed is verlopen, dus doen we ook nog een bruidsfeestje. Voor zover ik het kan inschatten is het in dit geval een high tea met vriendinnen, drank en cadeaus. Ik kan je niet zeggen hoe blij ik ben dat het einde in zicht is.'

'Ik kan me voorstellen dat trouwpartijen niet gemakkelijk zijn.' Hij schudde zijn hoofd. 'Zo veel waar je aan moet denken.'

'Nou ja,' zei ik, en onder de tafel veegde ik stiekem mijn handen af aan mijn rok. Dit voelde niet als een situatie waarin het gepast was mijn vingers af te likken. 'Mijn moeder begint altijd te mopperen als ik erover klaag. Dan komt ze op de proppen met de "in mijn tijd"-speech. Blijkbaar zijn bruiloften tegenwoordig vooral commerciële feestjes.'

'Zij is van een dienst in de kerk en een lopend buffet in het dorpshuis?' vroeg hij. 'Die van mij is al even erg, die begon al te sputteren toen er sprake was van het afhuren van een heel hotel voor het weekend.'

'Dat is tegenwoordig helemaal niet meer zo bijzonder. Ik probeer haar steeds uit te leggen dat idioot gecommercialiseerde feestjes mij aan het werk houden, maar ze wil er gewoon niet aan.' Ik beet met smaak in een nieuwe chip. 'Misschien dat je moeder wat positiever tegenover een luxe feest staat als ze je enige verjaardagsfeest achter de rug heeft.'

'Ze houdt alleen van luxe feestjes die voor haar zijn,' zei hij met een wat ongemakkelijke lach. 'Maar goed, je zult in ieder geval niet hoeven te bedienen op de bruiloft van je vriendin.'

'Ditmaal ben ik inderdaad geen pinguïn of panda,' bevestigde ik. 'Chique jurk, alles erop en eraan.'

Althans, dat hoopte ik toch. Lauren was tot alles in staat, besefte ik inmiddels.

'Die opmerking zul je me nooit vergeven, hè?' merkte hij lachend op.

Het was zomaar een achteloze opmerking, maar het trof me dat 'nooit' niet betekende wat het zou moeten betekenen, omdat we geen echte 'we' waren, maar hij mijn cliënt was. We waren niet eens bevriend. Hij was niet eens bevriend met mijn vriend. Realistisch gezien zouden we na het feest van zijn moeder nooit meer contact hebben.

Hmm.

'Zal ik je even bijpraten over hoe de zaken staan?' stelde ik voor. Ik spoelde mijn chips weg met een veel te grote teug gin-tonic, die ik bijna uitproestte over mijn aantekeningen. 'Je hebt vast nog meer te doen vanavond.'

'Geeft niets, alle tijd.' Verbeeldde ik het me of leek hij een tikje ontmoedigd? 'Ik heb geen spannende plannen, afgezien van iets van de afhaal wat ik niet kan verpesten in de magnetron.'

Ik lachte beleefd. Op de Facebook-foto's van de trouwdag waarop ik hem had leren kennen, zag zijn verloofde er niet uit alsof ze graag kookte. Je kon niet zulke strakke armen hebben én een goede kok zijn. Tenzij je veel risotto maakte en eindeloos moest roeren.

'En jij?' Hij nam een slok van zijn biertje. 'Wat zijn jouw plannen voor vanavond?'

'Niks bijzonders. Rustige avond thuis.' Hij wilde vermoedelijk niet horen dat ik van plan was een foto van mijn tieten te sturen aan de man die geen vriend van hem was. En ik wilde hem dat ook eigenlijk helemaal niet vertellen. 'Ik moet nog een beetje werken, daarna een bubbelbad en naar bed.'

'Klinkt goed,' zei Tom. 'Voor jou dan, niet voor mij. Zie je mij al in een bubbelbad liggen?'

Ik zweeg, want als ik een beetje mijn best deed, kon ik me dat uitstekend voorstellen. Dit was allemaal de schuld van Will. Waarom was hij de hele week niet langsgekomen? Je kunt een meisje niet laten wennen aan regelmatig een beurt krijgen en haar dan zomaar zes dagen zonder laten zitten. Het was gewoon niet eerlijk. Ik liep los rond in de stad terwijl de hormonen mijn oren uit kwamen, het was niet verantwoord.

'Sorry, ik heb het helemaal nooit aan je gevraagd,' zei ik om het gespreksonderwerp te verleggen naar een veilig thema dat ik inmiddels spuugzat was. 'Wanneer is jouw bruiloft eigenlijk?'

Tom verslikte zich en spuwde een mond vol pils terug in zijn glas. 'Sorry?'

'Jouw bruiloft?'

'Maak je een grapje of zo?' vroeg hij.

'Ik maak nooit grapjes over bruiloften,' antwoordde ik.

'Er komt geen bruiloft,' zei hij met een lang gezicht. 'We zijn twee maanden geleden uit elkaar gegaan. Op Ian's trouwdag, toen ik jou heb leren kennen.'

De hemel zij dank dat ik een enorm glas gin en een nog redelijk volle zak chips voor me had liggen.

'Je hebt het uitgemaakt met je verloofde toen je mij leerde kennen?'

'Nee, zo bedoelde ik het niet,' corrigeerde hij zichzelf. Ik was desalniettemin nog altijd blij met de gin. 'Ik bedoelde dat zij en ik het hebben uitgemaakt op die bruiloft. Waarop ik toevallig ook jou tegen het lijf liep.'

'Over ongelukkige timing gesproken,' zei ik opgelucht. 'Wat naar voor je.'

'Het is beter zo.' Tom keek naar het tafelblad en toen weer naar mij, met hernieuwde zekerheid. 'Zeker gezien het feit dat ze een affaire met een ander had.'

'Dan zal ik maar niet vragen of je denkt dat het nog goed komt tussen jullie.' Ik beet op mijn lip en kroop weg tussen mijn schouders. Wat zeg je tegen een man die is bedrogen, gedumpt is op de bruiloft van zijn vriend en zijn eigen bruiloft moest afzeggen? Ik kon hem niet huggen en ijs laten eten en tegen hem zeggen dat zijn ex een trut was. O, wacht even, dat laatste kon ik wel.

'Wat een onvoorstelbare trut, zeg.'

'Sorry, ik dacht dat je het al wel had gehoord.' Hij duwde een Salt & Vinegar-chipje over de tafel. 'Via Will of zo.'

O. Opeens voelde ik me echt misselijk worden. 'Hij is toch hopelijk niet degene waar zij je mee heeft bedrogen?'

'O god, nee.' Tom zette grote ogen op. 'Nou ja, ditmaal niet. Hij is er wel vandoor gegaan met mijn vriendin tijdens onze studie rechten, toen ik daar tijdelijk mee was gestopt omdat mijn vader stervende was. Maar die dingen gebeuren.'

Ik stikte bijna in mijn gin. Was dat waar Will op doelde? Wat Tom zo dwarszat? Want ik zou het hem niet kwalijk kunnen nemen als hij er pissig over was, maar tegelijkertijd leek hij er op dit moment vrij relaxed onder.

'Dus nee, hij was niet degene die het met mijn verloofde deed,' vervolgde Tom. 'Maar hij was wel degene die besloot me er alles over te vertellen. Hij dacht dat ik het al wist, blijkbaar.'

'En dat was niet het geval?' vroeg ik, omdat ik zijn toon herkende.

'Nee,' zei Tom. 'Ik wist van niets.'

Eurgh. Dat was typisch iets wat Shona zou flikken. Ik vond het helemaal niet leuk om dit over mijn vriendje te horen, maar Tom had geen reden om te liegen. Het was niet alsof Will met zijn verloofde had liggen wippen, hij had er alleen voor gekozen om het slechte nieuws te vertellen. Hij was geen klootzak, alleen maar een beetje een eikel. Hoewel hij, afgaande op wat ik net had gehoord, op de universiteit vermoedelijk wel een klootzak was geweest.

'Ze neukte met Ian, de bruidegom.'

'Sorry?' Ik had het vast verkeerd verstaan.

'De bruidegom,' herhaalde hij. 'Ze hadden zelfs nog een dronken wip gemaakt voor hij zich verloofde, toen mijn verloofde en ik even een relatiepauze hadden. Zij dacht dat het meer was dan het was en ze vroeg hem om Emma te verlaten. Toen hij dat weigerde, besloot ze maar bij mij te blijven. Tot ik erachter kwam wat er was gebeurd dan.'

Een week voor de niet al te zekere trouwdag van mijn beste vriendin was dit niet iets wat ik wilde horen. Waar waren de sprookjesromances als je ze nodig had? Ik dacht aan Wills speech als getuige en hoe hij had gezegd dat Ian nooit meer naar een andere vrouw had gekeken nadat hij Emma had leren kennen en hoe ik daarover had staan zwijmelen. Wat een leugen. En wat een leugenaar.

'Wacht even.' Ik sloeg mijn armen over elkaar. 'Dus je verloofde deed het met de bruidegom.'

'Ja.'

'En jij was zijn ceremoniemeester.'

'Ja.'

'En Will, de getuige, wist overal van.'

'Dat klopt.'

'Jezus.'

'Het is alweer een tijdje geleden.' Hij haalde diep adem, met enige moeite. 'Het zou vast allemaal geheim zijn gebleven als Will niet had besloten om het me te vertellen toen we de kerk uit liepen.'

'Allejezus,' mompelde ik. 'En dat zou je oké hebben gevonden?'

'Ik was gelukkig voor ik het wist.' Tom haalde zijn schouders op. 'Het heeft nu geen zin meer om me af te vragen hoe of wat. Op een zekere zieke manier heeft Will me waarschijnlijk zelfs een dienst bewezen.'

'Ja, hij heeft echt een hart van goud,' zei ik zwakjes. 'Sorry.'

'Laat maar. Jij kunt er niets aan doen en het heeft nu allemaal een plek gekregen. Ian en ik hebben het uitgepraat, ons contact heeft geen blijvende schade opgelopen.'

Ik leunde achterover en liet het glas in mijn hand op mijn boezem rusten. 'Ik moet zeggen dat je er zeer kalm onder blijft.'

'Het is al twee maanden geleden. Er is al wat tijd overheen gegaan.' Hij wreef over zijn linkerwenkbrauw. 'En ik wist dat het niet helemaal lekker ging met mijn ex. Ik denk dat we allebei wel wisten dat we nooit zouden trouwen. Ik heb eigenlijk geen idee waarom we ons verloofd hebben.'

Ik veegde mijn haar uit mijn gezicht en zuchtte. Elk verhaal heeft twee kanten. Maar hier klopte er iets niet. Óf Tom was een geweldig acteur óf Tom had helemaal niet zo veel problemen met Wills gedrag in het verleden als Will dacht.

'Hoe kan het toch dat iedereen altijd weet dat er iets niet goed zit?' vroeg ik me hardop af. 'Ik wist van niets. Ben ik dan zo ontzettend stom?'

Hij kromp even in elkaar en duwde het zakje Cheese & Onion in mijn richting. 'Dus je weet ervan? Verdomme, ik vind het heel rot voor je, Maddie.'

'Hoe het voelt om te worden bedrogen?' Ik klakte met mijn tong. 'Ja, daar weet ik alles van.'

'Serieus, ik vind het heel erg voor je.' Tom liet zijn hand even op de tafel rusten voor hij die over mijn hand legde. Ik keek naar hem op, het beste van Kettle Chips halverwege richting mijn mond. 'Ik had al veel eerder iets moeten zeggen, maar het was allemaal zo pijnlijk en ik wist ook niet of het wel aan mij was en ik wilde niet dat je boos op me zou worden. O, verdomme, ik zal het maar gewoon zeggen: omdat ik je leuk vind.'

Voor zijn woorden bij me konden indalen, zag ik de deur opengaan en een knappe blondine binnenkomen. 'Niet kijken.' Ik greep zijn hand stevig vast. 'Maar je ex is net binnen komen lopen.'

Ik ging rechtop zitten, mijn blik op de stompzinnig mooie vrouw die de zee van advocaten splitste zoals Christian Bale dat met de Rode Zee had gedaan. In de Bijbel. Of in de film. Rode Zee? Dode Zee? Iemand had ergens een zee laten splijten, toch? Ik was halverwege de film in slaap gevallen. Tom negeerde mijn instructies en keek toch.

'Dat is niet mijn ex,' zei hij. 'Dat is Vanessa.'

'Ze was bruidsmeisje op de bruiloft van Ian, toch?'

'Ja, dat was Vanessa,' beaamde Tom. 'Maar mijn ex heet Marie.'

'Maar Vanessa was degene die de spullen had moeten komen ophalen bij ons op kantoor, die jij toen bent komen ophalen,' legde ik uit, voor het geval hij het was vergeten.

'Ik ben ze gaan ophalen omdat zij er geen zin in had en omdat Will tegen haar zei dat hij niet kon gaan. Vermoedelijk omdat hij wist dat hij naar jouw kantoor zou moeten gaan om ze op te halen.'

'Ik kan het niet helemaal volgen,' zei ik, in de war, maar ook weer niet zo confuus dat ik geen chipje kon eten. 'Waarom zou Will niet even naar mijn werk kunnen komen?'

'Omdat Vanessa Wills vriendin is. Je zei... dat je het wist?'

Há, wat een grappenmaker was die Tom.

'Nee,' zei ik lachend, en ik keek nog eens naar de blonde vrouw. 'Ik ben de vriendin van Will.'

Toms mond werd een heel dun lijntje voor zijn lippen helemaal leken te verdwijnen.

'Maddie, we kunnen beter gaan,' zei hij toen, na even te hebben nagedacht. 'Kom op.'

'Waarom?' vroeg ik, nog altijd niet-begrijpend. 'Waarom moeten we weg?'

Achteraf moest ik hem gelijk geven, we hadden meteen moeten opstappen.

Tom keek nog altijd naar mij, zijn handen om de houten leuningen van zijn stoel geklemd, toen Will binnen kwam lopen.

'Will!' Ik sprong overeind en gooide mezelf recht in zijn pad. 'Hoi!'

Will stond stokstijf stil, zijn jas half van zijn schouders. 'Hallo.'

'Wat een verrassing,' kwebbelde ik vrolijk. 'En wat een toeval. We zitten net nog wat dingen voor het feest van de moeder van Tom te bespreken.' Ik wees naar de woedend kijkende reus op het kleine houten stoeltje aan ons tafeltje. 'Maar ik ben zo klaar. Met werk. En met Tom.'

'Maddie,' zei Tom kalm. 'Ga zitten, alsjeblieft.'

'Wat doe jij hier?' Will schudde zich weer in zijn jas en wierp een blik op de bar, voor hij zich naar Tom keerde. 'En wat de fuck doe jij hier?'

'Zoals ze al zei: we bespreken het een en ander over het feest van mijn moeder bij een drankje.' Tom pakte even demonstratief zijn glas op. 'Maak alsjeblieft geen scène.'

'Het is gewoon een meeting,' zei ik haastig. 'Een zakelijke afspraak.'

'Hoi Tom.' De blondine dook op naast Will.

'Dag Vanessa,' zei Tom.

Vanessa lachte naar mijn vriend. En toen kuste Vanessa mijn vriend. En toen dacht ik dat ik zou gaan kotsen.

'Will?'

'Eh...' Hij keek naar zijn glanzend gepoetste schoenen en wist even niets meer te zeggen. 'Van, ik ben hier nog even bezig, kun jij alvast wat gaan bestellen bij de bar?'

'Ik peins er niet over,' zei ze lachend. 'Jij haalt maar mooi wat te drinken.'

Haar benen waren zo lang dat ik me afvroeg of ze meer moest betalen voor haar jeans. Ze waren aan haar duidelijk meer stof kwijt, ik zou eigenlijk korting moeten krijgen. En toen liet ze haar hand in Wills hand glijden en vergat ik helemaal dat ik werd genaaid door de grote samenzwering der designerjeans en wist opeens weer hoe graag ik wilde kotsen over haar beeldige schoenen. Waarom raakte ze hem aan? Waarom was het hier opeens zo warm? Ik had nooit aan dat tweede zakje chips moeten beginnen.

'Gaat het een beetje?' Tom strekte zijn hand om mijn hand aan te raken maar ik rukte mijn hand weg voor hij contact kon maken. Handen. Die elkaar aanraakten. Fout.

'Waarom hou je haar hand vast?' vroeg ik. 'Will?'

Zijn naam voelde raar in mijn mond, alsof het niet meer hetzelfde betekende als eerst.

'Waarom zou hij mijn hand niet vasthouden?' vroeg Vanessa. 'Wie ben jij eigenlijk?'

Nu is het onbeleefd om niet te wachten tot je aan iemand wordt voorgesteld, maar dit was ronduit onbeschoft.

'Van, ik heb hier even een paar seconden nodig,' zei Will. Misschien was het echt wel heet in de bar, hij zag er opeens erg zweterig uit. En ongemakkelijk. Alsof hij in de val was gelopen. 'Alsjeblieft.'

Ze antwoordde met een blik waar uit op te maken viel dat 'Van' het niet op prijs stelde om te horen te krijgen wat ze moest doen en er duidelijk ook niet aan gewend was.

'Goed gedaan, Tom.' Will veegde met een hand over zijn voorhoofd en keek hem vuil aan. 'Ik neem aan dat je nu reuze content bent?'

'Nee,' zei Tom. 'Ik ben niet zoals jij.'

Drie jaar geleden had ik de vrouw waar Seb nu mee getrouwd was ontmoet, op het zomerfeest van het bedrijf waar hij werkte. Zelfs toen had ik geweten dat ze op hem viel. Het terloopse aanraken en de insidersgrapjes die ervoor moesten zorgen dat ik me buitengesloten voelde, ze waren me niet ontgaan. Maar ik had niets gezegd omdat ik echt, oprecht niet geloofde dat hij me zou bedriegen. Als ik terugdenk aan dat moment, waarop ik niets dan beleefd was tegen de vrouw die overduidelijk met mijn vriend stond te flirten, word ik weer kwaad op mezelf.

Die vergissing zou ik niet nog een keer maken.

'Ik ben Maddie.' Ik stak mijn hand uit en passeerde zowel Will als Tom om de lange, aantrekkelijke dame te kunnen bereiken. Haar handdruk was die van een natte vis en duurde een fractie van een seconde, voor ze mijn hand wegduwde. Heel onaangenaam.

'Will, wat is hier gaande?' wilde ze weten, en ze gooide haar haar in het rond alsof we allemaal gevangenzaten in een heel slechte shampooreclame. 'Ik heb dorst.'

'Ik ben Maddie en ik heb Will leren kennen op de bruiloft van Ian en Emma,' antwoordde ik voor hem. 'Will, heb jij nog iets te zeggen?'

Hij opende en sloot zijn mond een paar keer, zei niets en schudde ten slotte zijn hoofd.

Ik kon het amper bevatten. Hoe kon deze grauwe, boos kijkende man dezelfde kerel zijn die een week geleden nog in mijn bed had gelegen, met mijn onderbroek als hoed op zijn hoofd, terwijl hij hardop voorlas uit een artikel over het belang van scrubben uit de nieuwste *Marie Claire*? Alle nachten die we samen hadden doorgebracht, alle appjes, alle mailtjes, alle gesprekken en alles was gewoon één grote, dikke, vette leugen geweest.

'Ben jij zijn vriendin?' vroeg ik.

'Ja,' zei ze, en ik had het woord nog nooit zo dreigend horen uitspreken.

'Dan is dit vreselijk.' Ik haalde diep adem en probeerde te visualiseren hoe we over vijf minuten samen aan de bar shotjes achterover zouden slaan, blij dat we achter de waarheid waren gekomen en opgelucht omdat die schijterige, leugenachtige rukker uit ons leven was. 'Want hij en ik hebben al een paar maanden wat. Ik had geen idee dat hij een vriendin had.'

Afgezien van mezelf dan, voegde ik er in stilte aan toe.

'Serieus, je doet het met haar?' Ze wendde zich tot Will en wees naar mij met een schattig klein handtasje. 'Met háár?'

Ik moet zeggen dat die insinuerende toon van haar me niet beviel.

'Vanessa, het stelt niets voor, laten we nu niet...' Hij duwde haar arm naar beneden. 'Ze is niet...'

'O mijn god, het is waar.' Ze fronste haar knappe gezicht tot het niet langer knap was en deed een grote stap naar achteren. 'Je neukt met die slet.'

Dit was niet het verenigd front van de *sisterhood* dat ik voor ogen had gehad. Vanessa ging zo staan dat ze ons allebei kon zien en liet het volle gewicht van haar sneer, die vanzelf onverdunde walging werd op ons neerkomen.

'Ik ben geen slet,' zei ik ter verdediging, omdat duidelijk niemand anders het voor me zou opnemen. 'Ik wist helemaal niet van jouw bestaan af.'

Will staarde naar de vloer, gefascineerd door zijn eigen schoenen.

'Hoe haal je het in je fucking kop!' spuwde ze.

Tegen mij.

Eerlijk is eerlijk, ik was een beetje beduusd. 'Sorry?'

'Hoe haal je het in je fucking kop om zelfs maar naar mijn vriend te kijken?' Ze duwde Will opzij en begon me in mijn schouder te prikken. 'Smerige, walgelijke slet dat je er bent!'

'Hé!' Met uitgestoken handen weerde ik haar gepor af. 'Zullen we ophouden met dat geslet? Het is totaal zinloos.'

'Jij bent anders degene die het doet met mijn vriend.' Ze maakte zich intimiderend breed. 'Als dat geen slettengedrag is, weet ik het ook niet meer. Alleen een dikke, wanhopige slet doet zoiets.'

Ik begon mijn geduld te verliezen. 'Ik dacht dat hij mijn vriend was,' snauwde ik. Waarom noemen vrouwen andere vrouwen toch altijd dik als ze willen kwetsen? Het is zó onder de gordel. 'Ik wist niets van jou.'

'Ja, dat zal wel,' zei ze terwijl ze me achteruitduwde. 'Je moet je doodschamen. Ik zou een andere vrouw zoiets nooit aandoen.'

'Vanessa.' Tom elleboogde zich tussen ons in toen ze zo dichtbij was dat ik goed kon zien dat haar eyeliner geweldig zat. Serieus, zelfs Sarah zou ervan onder de indruk zijn. 'Ze wist van niets. Serieus, het is Will waar je kwaad op zou moeten zijn.'

'O, maak je maar geen zorgen, dat ben ik ook,' zei ze. 'Maar deze slet moet even weten wie ze voor zich heeft.'

'Het woord "slet" gaat nu officieel van tafel.' Ik ging op mijn tenen staan om over Toms schouder heen tegen haar te kunnen praten. 'Ik ben geen slet, jij bent geen slet. Ik wist van niks, jij wist van niks. Als je het even rustig bekijkt, heeft hij mij net zo goed bedrogen.'

'O, dat moet er nog bij komen.' Ze maakte een snelle draai, dook onder Toms arm door – een van de vele gevaren van zijn lengte zijn; je glipte snel langs hem heen – en haalde keihard naar me uit.

In mijn eenendertig jaar was ik, afgezien van wat broederlijke en zusterlijke klappen, nog nooit echt geslagen. Het bleek verdomd pijn te doen.

'Verdomme, zeg!' Ik tuimelde over de tafel, stootte mijn heup tegen een stoel omdat dat er blijkbaar ook nog wel bij kon en viel toen hard op mijn achterwerk. Dizzy duwde ik mijn hand tegen mijn oog en probeerde het krankzinnig kloppende gevoel daar de kop in te drukken.

Hoewel ik wist dat het in de bar lawaaierig was en dat zowel Vanessa als Will schreeuwde en er massa's mensen stonden te kijken, was het heel stil in mijn hoofd. Ik zat op de vloer, hield mijn gezicht vast en keek op naar de twee mannen van wie ik had gedacht dat ik ze kende. Ze probeerden te voorkomen dat een vrouw, die ik nog nooit had gezien, me helemaal lens zou schoppen. Dit was niet de donderdagavond die ik voor ogen had gehad. Helemaal niet.

Ik knipperde, of beter gezegd knipoogde, want mijn linkeroog deed niet meer mee, en opeens draaide iets in mijn hoofd het volume weer op zodat de wereld op normale snelheid begon te draaien.

'Laat me los!' Vanessa draaide volledig door van withete woede, haar lange haar vloog in het rond alsof ze een sexy leeuwin was. 'Ik vermoord haar!'

Als het niet over mij was gegaan, zou ik onder de indruk zijn geweest. Ik was altijd het meisje dat bij slecht nieuws naar huis sloft, zich tekortgedaan voelt en dan alle gevoelens van woede en verwijt oppot, tot ze mogelijk leiden tot een tumor, maar zij was geweldig: een en al armen, benen, trappen en gekrijs, inclusief Def Leppard-haar. Ik wilde iets zeggen of iets doen, maar ik wist niet precies wat.

Dus bleef ik maar op de vloer zitten, met mijn hand tegen mijn bloedende wenkbrauw, en staarde naar haar.

'Wat kijk je nou?' schreeuwde ze. 'Hoe durf je naar me te kijken! Jij mag helemaal niet naar me kijken!'

'Ik moest maar eens gaan.' Ik deed een poging om op te staan, maar zakte meteen weer op de grond. Ik wist ook niet dat een stomp in je gezicht ook impact had op je benen. Dat kreeg je er nou van als je tot je eenendertigste wachtte om eens knock-out te worden geslagen. Ik was altijd al een laatbloeier geweest.

Omdat ik niet wist hoe lang de mannen haar nog zouden kunnen tegenhouden, greep ik mijn tas en kroop – bij gebrek aan werkende benen – onder de tafel door in de richting van de deur. 'Sorry,' kraste ik toen ik de enkels van een paar buitengewoon verbaasde borrelaars passeerde. 'Mag ik er even langs?' Ik hoopte maar dat ze niet dachten dat dit een of ander bizar sm-ritueel was. Hoe dan ook, ze lieten me door. 'Dank je wel.'

Gelukkig was het best een mooie avond om ergens in Londen op straat te zitten, met een kersvers blauw oog en nog verser geschaafde knieën. Ik rolde mezelf om zodat ik door het raam van de pub kon kijken. Hoewel ik buiten was en me op een drukke straat bevond, kon ik die vrouw binnen nog altijd horen schreeuwen.

Het was nogal veel om te verwerken. Geen wonder dat ze kwaad was, ik hád het met haar vriend gedaan. Maar ik wist niet dat ik het met háár vriend had gedaan en ik was ook kwaad. Ik voelde me boos, schuldig, overstuur, teleurgesteld, gekwetst en op een rare manier ook trots dat een man die zo'n spetter van een vriendin had, toch nog met mij naar bed had gewild, en daarmee was ik weer terug bij schuldgevoel.

'Gaat het een beetje?'

Tom hurkte naast me neer, achter hem passeerde een grote rode bus.

'Niet echt.' Ik betastte voorzichtig mijn jukbeen. 'Mijn gezicht doet pijn.'

'Je zult morgen met een indrukwekkend blauw oog opstaan,' voorspelde hij. Hij nam mijn hand weg van mijn gezicht om te kijken en kromp even in elkaar. Ik had geen idee waarom hij zo groen zag, het was mijn gezicht dat in puin lag. 'Dat zal je leuk staan op het bruidsfeestje.'

'Op mijn werk zullen ze er morgen ook wel verrukt van zijn.' Ik betastte het opnieuw. Het deed nog steeds pijn, wie had dat nu gedacht?

'Zullen we eens kijken of we je verticaal kunnen krijgen?' stelde Tom voor. Ik keek om me heen naar de peuken, het gebroken glas en God mocht weten wat nog meer voor troep en knikte. 'Kom op.'

Hij kwam overeind, pakte me onder mijn armen en trok me voorzichtig omhoog. Dat was nog best lastig omdat hij zo veel langer was dan ik en mijn benen nog niet echt wilden meewerken, maar na een paar bijna-valpartijen stond ik toch weer min of meer overeind, door me vast te klampen aan zijn arm. Tom stak zijn andere arm in de lucht en floot om een taxi. Ik maakte de epische vergissing om me om te draaien en nog een laatste blik op de pub te werpen.

Daar zaten ze dan, Will en de vriendin van Will, aan het tafeltje waar Tom en ik nog geen vijf minuten geleden hadden gezeten. En ze zaten hand in hand. Hij had zijn grote mannelijke handen om haar handen gesloten en wat hij ook allemaal beweerde, het zag er allemaal reuze oprecht en hartstochtelijk uit en elk woord werd onderstreept met intense neus-tegen-neus-knuffels en welgemeende kussen. Van die kussen die er geweldig uitzien in de film, maar in werkelijkheid naar zoute tranen smaakten en je onzeker maakten of je neus toch niet per ongeluk liep. Of had alleen ik daar last van?

Tom keek om en wilde iets zeggen en kreeg zo ook het nodige mee van de liveshow die nog maanden in mijn nachtmerries zou voorkomen.

Voor ik kon gaan jammeren, trok hij me weg. 'Maddie, de taxi is er. Stap maar gauw in.'

'Waarom zijn ze aan het zoenen?' Met moeite zette ik mijn ene voet voor de andere. 'Waarom is ze niet kwaad op hem?'

'Stap nou maar gewoon in.' Tom maaide mijn benen onder me vandaan en stopte me als een lappenpop op de achterbank, waar hij de veiligheidsgordel voor me vastmaakte.

Ik hoorde hem de chauffeur instructies geven voor een rit naar een adres dat ik niet kende en hield mijn blik op het raam van de pub gericht. Het kon nu elk moment gebeuren. Elk moment kon ze hem een klap in zijn gezicht geven. Elk moment kon hij opstaan om de deur uit te rennen, achter mij aan, omdat hij besefte dat ik degene was van wie hij hield. Hij legde vast alleen maar aan haar uit dat het tussen hen over en uit was. Hij zei tegen haar dat ik de enige voor hem was. Net voor de taxi optrok, keek hij uit het raam, ving mijn blik en keek onmiddellijk weg.

Eenmaal onderweg begon alle karnende onzin in mijn maag zich te settelen, zodat er alleen nog een grote, harde knoop zat, met daaromheen als strik het gevoel dat ik de grootste sukkel ooit was. Er zijn niet veel dingen erger dan weten dat je volkomen voor gek staat.

'Het spijt me dat dit allemaal is gebeurd,' zei Tom en hij pakte mijn hand. 'Het was vreselijk en het was allemaal mijn schuld.'

'Ja,' kraakte ik. 'Dat is zo.'

'Het had niet op deze manier mogen gebeuren,' vervolgde hij. 'Ik kan niet vaak genoeg mijn verontschuldigingen aanbieden.'

Ik schudde mijn hoofd. Stilte trok ik wel, maar als ik praatte, zou ik gaan huilen. Mijn ogen brandden en tranen trilden op de randen van mijn oogleden toen ik mijn hoofd achterover liet hangen in de hoop dat ze terug zouden zakken in mijn traanbuizen. Alles zou goed komen als ik maar niets zei.

'Hij is een enorme klootzak.' Tom schudde zijn hoofd. 'Ik vind het zo erg.'

'Dat hoeft niet,' zei ik, en ik zoog zuurstof naar binnen om woorden te kunnen vormen. Ik ging niet huilen, ik ging niet huilen, ik ging niet huilen. Ik zou naar huis gaan en Sarah en Lauren bellen en hysterisch schreeuwen, terwijl zij allemaal superlieve dingen zeiden, maar ik zou niet gaan huilen. 'Het is niet jouw schuld.'

'Ja, nou, het is ook niet jouw schuld,' antwoordde hij. 'Ik wou al eerder iets zeggen, maar...'

O, shit. Te laat.

'Waarom doet hij zoiets?' snikte ik, met een stortvloed van tranen. In je gezicht worden gestompt mag dan pijnlijk zijn, onbedaarlijk huilen nadat je in je gezicht bent gestompt blijkt werkelijk ondraaglijk te zijn. Het was een van de pijnlijkste verlies-verliessituaties die ik ooit had ervaren. 'En mijn gezicht doet echt heel erg pijn.'

'Niet huilen...' Tom klopte op mijn rug met weinig effectieve staccato tikjes, ik stortte mezelf op zijn lichtblauwe overhemd. 'Hij is het niet waard.'

En ik wist dat hij gelijk had, maar het hielp niet echt. Ik huilde niet alleen om Will, ik huilde ook om Seb en Shona, om mijn baan en de sneren van mijn zus, het feit dat mijn ouders weigerden om trots op me te zijn, Laurens bruiloft en alle shitty dingen, groot en klein, die me sinds mijn geboorte waren overkomen. Van de grote rampen tijdens de puberteit, tot de dingen die er op het moment niet toe leken te doen, zoals afgelopen donderdag, toen ik melk in mijn thee deed en toen pas ontdekte dat die bedorven was.

Na een tijdje hield de taxi stil en betaalde Tom de chauffeur terwijl ik bleef huilen. Op zich ben ik niet zo'n jankerd, ik kan met droge ogen naar de kerstcommercials van John Lewis kijken. Maar nu ik eenmaal op gang was gekomen, kon ik er niet meer mee ophouden. Toen Tom mijn armen van zijn nek loswrikte, zat zijn overhemd helemaal onder de mascara, lipstick en wat er verder nog van mijn gezicht was gekomen en nooit meer ter sprake mocht komen.

'Wil je wat drinken?' vroeg hij. Zijn sleutels rinkelden in een mooie voordeur van een prachtig huis.

Ik veegde een arm over mijn gezicht, knikte en sleepte me naar binnen. Als ik normaal gesproken kapot/dodelijk vernederd/levensmoe van ellende was, ging ik naar huis, liet het bad vollopen en ging erin zitten om elke beschamende seconde te herleven, tot de ervaring zo diep in mijn geheugen gegrift stond dat ik mezelf er nog jaren emotioneel mee kon straffen. Maar aangezien Tom toch al wist dat ik een stomp in mijn gezicht had gehad en het had gedaan met een man die al een vriendin had, voelde naar huis gaan een beetje als het paard achter de wagen spannen.

'Allejezus.' Ik liet mijn werktas op de zeer glanzende hardhouten vloer vallen en klampte me vast aan mijn handtas en loerde om me heen met het oog dat nog niet gezwollen dichtzat. Want het was geen flat, maar een huis. Een mooi, leuk huis met deuren, meubilair, een gewone vaste lijn als telefoon en alles erop en eraan. 'Zijn we nog in Londen?'

'Hoe bedoel je?' Tom hing zijn jas aan een echte kapstok.

'Waar zijn we?' Ik veegde wat uitgelopen make-up van mijn gezicht, waarmee ik grijze vlekken verving door rode plekken, en kamde mijn haar met mijn handen. 'Ik had helemaal niet het gevoel dat we zo lang hebben gereden.'

'Dat was ook niet het geval, we zijn in Queen's Park,' zei hij. 'Sorry, had je liever naar huis gewild?'

'Nee.' Ik drukte mijn armen stijf tegen mijn lijf aan. Ik was bang dat ik te hard zou ademen en iets zou breken. Er stond een schaal op de zijtafel in de hal en er zat niet eens iets in. Dit was een huis voor volwassenen en mijn geschaafde knieën en gezwollen smoel pasten helemaal niet bij de styling. 'Is dit jouw huis?'

'Het zou anders een beetje zorgelijk zijn dat ik er de sleutels van had, nietwaar? Laten we even wat ijs op je oog leggen, het ziet er verdomd pijnlijk uit.'

'Hé, is dat even toevallig,' zei ik. 'Het is ook verdomd pijnlijk.'

Hoewel ik maar met één oog kon zien, was het onmogelijk om niet op te merken hoe mooi Tom woonde. Het huis was schoon, klassiek, en alles zag er zo eenvoudig uit dat het overduidelijk peperduur was. Ik wist dat advocaten goed verdienden, maar het was nooit tot me doorgedrongen dat hij wel eens rijk zou kunnen zijn.

'Hier, hou dit er maar tegenaan.' Tom overhandigde me een schone theedoek vol ijsklontjes die vers uit de ijsmachine aan de voorkant van zijn megakoelkast waren gekomen en dirigeerde me naar een grote houten tafel die midden in zijn keuken stond. 'Maar niet te hard drukken, want dan gaat het alleen maar meer pijn doen.'

'O, dus je hebt ervaring met in je gezicht gestompt worden?' vroeg ik.

Tom rommelde rond in een keukenkastje. 'Meer dan me lief is. Maar gelukkig is de laatste keer inmiddels alweer even geleden.'

'Fight Club?'

'Je kent de eerste regel van Fight Club: we praten niet over Fight Club.' Hij pakte een paar glazen, liep terug naar de koelkast om ze met ijsblokjes te vullen en zette ze toen op tafel. 'Eens kijken, ik heb een paar biertjes, wat whisky, gin...'

'Gin is prima, dank je wel,' zei ik snel.

Hij schonk een royale portie dronkenmanstroost in een van de glazen en duwde die naar me toe. Daarna wendde hij zich weer naar zijn koelkast. 'Ik moet hier ook nog ergens wat tonic hebben.'

Ik zette het lege glas terug op tafel en depte schaapachtig mijn mond af.

'Drinken mensen tegenwoordig echt gin *on the rocks*?' vroeg hij enigszins gealarmeerd.

'Nee,' antwoordde ik. Zijn verontrusting was gerechtvaardigd.

'Wil je nu een drankje dat wél alom sociaal geaccepteerd is?'

Ik overdacht het aanbod even en haalde toen mijn schouders op. Waarom ook niet?

'Is het normaal dat mijn gezicht nog zo'n pijn doet?' vroeg ik terwijl ik probeerde van mijn tweede glas te nippen, om niet over te komen als iemand met een drankprobleem. 'Want het klopt en bonst namelijk ontzettend.'

Hij liet wat whisky in zijn glas rondwalsen en knikte. 'Ik zou graag zeggen dat je gewoon moet doordrinken tot de pijn stopt, maar aangezien we allebei volwassen mensen zijn, kan ik net zo goed zeggen: ja, het zal nog een tijdje pijn doen.'

'Dus jij hebt je blauwe ogen vooral in je jonge jaren opgelopen?' Mijn ogen dwaalden af naar zijn morsige blauwe overhemd. Als je het mij vroeg, gaven de dalmatiërvlekken van mascara er extra cachet aan.

'Zoiets ja,' zei hij. 'Ik was nogal driftig toen ik jonger was. Ik heb een tijdje gebokst.'

'Dus je zat echt in een Fight Club. Niet dat we het daarover kunnen hebben, natuurlijk.'

'Ik ben ermee gestopt tijdens mijn propedeuse rechten. Het is vrij lastig om voor advocaat te studeren en om de week met een dikke lip naar college te gaan. Daar houden ze niet zo van in die branche.'

'Dus je bent met je rechtenstudie gestopt om onbezoldigd burgerwacht te worden?' vorste ik. Ik sloeg de rest van mijn drankje achterover en hoopte dat hij de hint snapte en me nog eens in zou schenken. 'Dat is heel indrukwekkend.'

'Ik was de Batman van Richmond,' antwoordde Tom en hij schonk me nog een gin in. Toen hij opstond om nieuwe ijsblokjes te halen, trok ik snel mijn telefoon uit mijn handtas en veegde die tot leven. Geen bericht, van niemand. Een nieuwe golf van teleurstelling spoelde over me heen. Tom liet voorzichtig twee blokjes ijs in mijn glas glijden, er sprong een klein druppeltje uit het glas op mijn scherm toen ze erin vielen.

'Ik kan niets bedenken wat niet als een vreselijk cliché zal klinken,' hij kwam weer naast me zitten, 'maar in dit geval zouden alle clichés waar zijn.'

'Hij is een klootzak, hij is het niet waard om tranen aan te verspillen, ik verdien beter?' Ik sloot mijn handen om het glas zonder het aan mijn lippen te zetten. De eerste twee borrels begonnen inmiddels hun werk te doen. Het was al erg genoeg dat ik in dit schitterende huis zat als iets wat Tom van de straat had gesleept, ik wilde niet ook nog eens kotsen in zijn *House Beautiful*-paleisje.

'Hij is een klootzak, hij is het niet waard om tranen aan te verspillen.' Tom leegde zijn glas en schonk zich nog eens in. Iemand hier was helemaal niet zo bezorgd over zijn inname. 'En je verdient inderdaad beter.'

'Het zit er voor mij vermoedelijk niet in, hè?' zei ik. 'Ik grijp altijd naast het geluk.'

Toms lippen werden weer een smalle streep, een uitdrukking die ik eerder bij hem had gezien. Het betekende dat hij zichzelf dwong iets niet te zeggen en het beviel me helemaal niet. Als hij eerder iets over Will had gezegd, zou ik nu niet zo in de shit zitten.

Oké, misschien toch wel. Maar misschien zou ik dan nu geen blauw oog hebben gehad.

'Wat je ook voor je houdt, zeg het maar gewoon,' zei ik. 'Het is onmogelijk om me nog beroerder te voelen dan ik nu al doe.'

'Waar woon je?' vroeg hij. 'Ik kan je even naar huis brengen als je dat wilt, mijn auto staat voor.'

Om eerlijk te zijn was dat niet wat ik verwachtte dat hij zou zeggen. Zette hij me eruit? 'Een stukje verderop. Maar wel zo ver dat mensen er op straat beroofd worden en niet in herenhuizen wonen.'

'Het huis was van mijn ouders,' zei hij. 'Mijn moeder is verhuisd om dichter bij haar zus te kunnen wonen toen mijn vader is overleden, dus ik woon hier nu alleen.'

'Sorry, het was niet mijn bedoeling om dat zo onbeschoft te laten klinken.' Ik schudde mijn hoofd tegen mezelf. 'Het is een schitterend huis. En je hebt vast veel ruimte voor je Batcave.'

'En mijn Fight Club, niet te vergeten.'

'We praten niet over Fight Club.' Ik mepte zijn hand die op de tafel lag en hij grinnikte. 'Weet je nog wel?'

Hij had een heerlijke lach. Weet je wie ook een heerlijke lach had? Will, het leugenachtige, verraderlijke stuk verdriet dat me niet wilde en dat laatste was nog erger dan dat hij een leugenachtig, verraderlijk stuk verdriet was en o mijn god, spoorde ik niet of zo?

'Het spijt me van je shirt.' Ik keek naar mijn eigen vlekkerige mouwen. Die mascara ging er niet meer uit, mijn kussenslopen konden daarvan getuigen. 'Ik zal de rekening van de stomerij betalen.'

'Onbedoelde schade.' Hij haalde zijn schouders op. 'Beter make-up dan bloed.'

'Ik ben bang dat dat er ook op zit,' zei ik. 'Ik zal gewoon een nieuw overhemd voor je kopen. Sorry voor alles, ik voel me ontzettend stom.'

'Ik vind je helemaal niet stom.' Tom zette zijn drankje neer en schoof een stukje in de richting van waar ik zat te trillen. 'Om eerlijk te zijn vind ik je te gek.'

'Grappig. Want ik voel me toch echt heel stom.'

'Dit soort dingen gebeurt nu eenmaal,' redeneerde hij, en met dat ene zinnetje veegde hij zo de drie maanden waarin ik me voor de gek had laten houden weg. 'Het is niet jouw schuld.'

'Oké dan.' Ik voelde al het verzet uit me wegstromen toen ik het gewicht van zijn hand op mijn schouder voelde rusten. 'Ik ben niet stom, deze dingen gebeuren gewoon.'

Hij knikte. 'Precies. Je bent niet stom, je bent grappig, interessant en slim en ik zou uren naar je kunnen luisteren, waar je het ook maar over hebt.'

'Kijk eens aan.'

'En ik vind je mooi.' Hij streek een pluk haar achter mijn oor, uit mijn gekneusde gezicht.

Nog nooit, in al die jaren, was ik mooi genoemd. Zelfs niet door Seb.

'Ik heb een blauw oog,' wees ik hem terecht. 'En voor de rest zie ik er ook niet al te fris en fruitig uit.'

'Dat weet ik.' Tom glimlachte. 'Misschien ben je nog wel nooit zo mooi geweest.'

Ik tastte naar mijn haar, naar de pluk die hij net had aangeraakt. 'Dat zeg je alleen maar om aardig te doen.'

Hij schudde zijn hoofd. 'Zo aardig ben ik helemaal niet.'

'Ik vind je anders behoorlijk aardig,' zei ik kibbelend. 'Je zou in de auto zijn gestapt om me midden in de nacht op te komen halen in Bristol.'

De grote, heldere, hoge keuken werd opeens heel klein toen ik sprak en op een of andere manier werd Tom steeds groter en kromp ik steeds meer. O, nee, ik kromp niet, ik viel.

'Shit, Maddie.'

Hij ving me op voor ik de vloer raakte en liet me zachtjes op mijn knieën landen.

'Wil je even liggen?' vroeg hij.

Ik liet mijn handtas los en hoorde die met een zachte plof op de vloer vallen, terwijl ik iets deed wat op knikken leek.

Mijn hersens gaven strenge instructies aan mijn benen om in beweging te komen, maar de boodschap raakte zoek, vermoedelijk ergens ter hoogte van mijn lever. Voor ik kon protesteren had Tom me al in zijn armen genomen, opgetild, en droeg hij me de keuken uit en een trap op. Ik wilde iets zeggen, dat ik een volwassen vrouw was die zelf wel kon lopen of zo, maar aangezien mijn benen waren afgehaakt, hield ik mijn mond maar.

'Dit is mijn kamer, het bed in de logeerkamer is niet opgemaakt.' Hij schopte een van de vele deuren op de overloop open om me op een bed te deponeren. Ik kwam neer met alle gratie die hij vermoedelijk van iemand verwachtte die niet kon lopen en elk moment kon gaan kotsen. 'Wil je een glaasje water? Ik haal even wat water.'

'Dank je wel,' zei ik beleefd, en ik trok mijn rok over mijn onderbroek naar beneden. 'Dat zou fijn zijn.'

Ik had wel gehoopt dat de avond in het bed van een advocaat zou eindigen met mijn rok om mijn middel, maar niet op deze manier.

O, fuck.

20

Vrijdag 24 juli
Vandaag voel ik me: als er voor alles een reden is, is de reden vermoedelijk dat ik VERVLOEKT ben
Vandaag ben ik dankbaar voor: ik heb werkelijk geen idee. Kittens?

De bedoeling was om even mijn ogen dicht te doen tot Tom terug zou komen met het water, dat naar binnen gooien en hem dan te vragen om even een taxi voor me te bellen. Uiteraard kwam dat plan niet helemaal van de grond. Toen ik mijn ogen weer opendeed, of toch tenminste één oog, liet de klok op het nachtkastje weten dat het half negen was. Op vrijdagmorgen.

'Shit.'

Woorden vormen was een ambitieuze actie, vloeken al helemaal. Het scheelde slechts een vliegend tapijtje of mijn tong kon doorgaan voor de Sahara en mijn linkeroog zat nog altijd helemaal dicht. Gedurende een kort, hemels moment voelde ik alleen de fysieke pijn van mijn gekneusde gezicht, maar toen kwamen als bij toverslag ook alle andere gebeurtenissen van gisteravond weer boven. Het enige wat erger is dan wakker worden met een blauw oog, een harige tong en de wetenschap dat je in een bar bent afgetuigd door de echte vriendin van je vriend, is als je dat allemaal meemaakt in het huis van iemand anders. Ik wist niet waar de badkamer was, ik wist niet waar mijn handtas was en het meest verontrustende van alles was nog dat ik niet wist waar Tom was.

Na een paar valse starts, twee inloopkasten en een badkamerbezoek vond ik zowaar de weg naar beneden, waar in de keuken – halleluja – zich nog steeds mijn handtas bevond.

'Goedemorgen.'

Met mijn ene goede oog zag ik Tom, nog steeds in zijn gevlekte overhemd, maar zonder broek eronder. Hij had zijn armen over elkaar geslagen en zag er ongelofelijk schaapachtig uit. Ik gooide een half doosje Tic Tacs in mijn mond en zwaaide naar hem.

'Hoe heb je geslapen?'

'Alsof iemand me in mijn gezicht heeft gestompt.' Ik wilde wanhopig graag weg. 'Zou je me een enorme lol willen doen en een taxi voor me kunnen bellen? De batterij van mijn telefoon is leeg.'

'Ik rij je wel even naar huis.' Hij wreef de slaap uit zijn ogen en liep met een wijde boog om me heen om de waterkoker aan te zetten. 'Thee?'

'Ik heb geen tijd voor thee,' snauwde ik paniekerig. 'Ik moet naar mijn werk. Er worden voor de middag vijfentwintig roze konijnen afgeleverd op mijn kantoor en God mag weten wat er gebeurt als ik er niet ben om ervoor te tekenen.'

'Ik heb werkelijk geen idee wat ik daar eens op zou kunnen zeggen,' antwoordde hij terwijl de waterkoker al afsloeg. 'Ik drink even een kop thee en dan breng ik je naar huis.'

Als ik niet zo ontzettend manisch was geweest, had ik vast iets gezegd over zijn snelkoker, maar in plaats daarvan rommelde ik in mijn make-uptasje, op zoek naar iets wat zou kunnen helpen met mijn oog. Zoals concealer, een bivakmuts of het nummer van een plastisch chirurg.

'Dit had niet op een slechter moment kunnen gebeuren,' merkte ik op. Ik opende mijn compact poeder en wou onmiddellijk dat ik dat niet had gedaan. 'Ik heb geen tijd om naar huis te gaan. Ik heb geen tijd om me om te kleden. Ik kan er met mijn kop niet bij dat dit allemaal gebeurt.'

'Op de logeerkamer hangen nog wat oude kleren van Marie in de kast,' zei hij en hij nam twee mokken uit een keukenkastje. 'Ik denk dat die je wel zullen passen.'

'Maries kleren? Alsof dat niet onvoorstelbaar raar zou zijn.' Ik duwde tegen mijn paarse jukbeen en noteerde onbewust de naam van zijn ex voor een rondje toekomstig online stalken. 'Alsjeblieft, een taxi is het enige wat ik nu nodig heb.'

'Je kunt zo toch niet naar je werk?' Hij wuifde vaag in de richting van mijn gekreukelde, gevlekte en met bloed en make-up besmeurde ensemble. Hij had duidelijk geen idee dat ik in Oost-Londen werkte, daar viel deze look helemaal niet op. 'Laat me je minimaal een T-shirt of zoiets lenen.'

Ik begon mijn geduld te verliezen. 'Ik wil niet een van je T-shirts,' zei ik verhit. Waarom zag hij niet in dat ik echt onmiddellijk weg moest? 'Ik wil weg. Ik moet nu weg.'

Hij liet een theezakje in beide mokken zakken. 'Hoor eens, ik weet dat je boos bent over wat er gisteravond...'

'Natuurlijk ben ik boos,' onderbrak ik hem. 'Ik ben er net achter gekomen dat mijn vriend er nóg een vriendin op na houdt. En dat ik "de andere vrouw" ben, Tom. En alsof dat nog niet genoeg is, loop ik ook nog eens door jouw toedoen rond met een blauw oog, vierentwintig uur voor de dag die mijn carrière kan maken of breken.'

'Het spijt me heel, heel erg,' zei Tom. Ik drukte mijn handpalm tegen mijn gezicht. Jezus, kwaad zijn was pijnlijk, zeg.

'We bieden elkaar nogal eens verontschuldigingen aan, nietwaar?' Ik knipperde door de pijn in mijn gezicht heen. 'Het begint steeds meer op een foute sitcom uit de jaren zestig te lijken.'

'Dat is zo.' Hij wreef over zijn gezicht en fronste. 'Ik had niet met je moeten afspreken in die bar, dat was echt een heel slecht idee van me. Dat wist ik zodra hij binnenkwam.'

'Het was niet jouw verantwoordelijkheid om tegen mij te zeggen dat Will al een vriendin had, toch? We zijn niet eens bevriend, toch? Ik werk alleen maar voor je.' Ik sloeg mijn ogen ten hemel om erachter te komen wiens verantwoordelijkheid het dan wel was, maar werd tijdelijk afgeleid door een beeldig dakraam. 'Jij kon ook niet weten dat hij in The Plumtree zou opduiken met zijn daadwerkelijke vriendin.'

Het v-woord bezorgde me brandend maagzuur. Toen keek ik op, zag de uitdrukking op Toms gezicht en moest bijna overgeven.

'Je wist dat hij daar naartoe zou gaan,' zei ik langzaam. 'Je wist dat ze daar een afspraak hadden.'

Hij zei niets. Hij staarde alleen maar naar zijn enorme voeten en zweeg.

'Daarom wilde je daar met me afspreken.'

'Hoe meer ik erover nadacht, hoe meer ik ervan overtuigd raakte dat je het moest weten,' zei hij alleen maar.

'En mij naar een pub slepen waar ik publiekelijk vernederd kon worden leek je de beste manier om me op de hoogte te stellen?' polste ik. 'Na wat Will jou heeft geflikt op die bruiloft?'

'Ik had geen idee dat ze zo door zou draaien.' Hij wreef langs zijn neus en keek gekweld.

'Ik heb het niet over een paar klappen krijgen,' zei ik, met mijn hart in mijn keel. 'Ik heb het over me stom, onbeduidend, goedkoop en vreselijk voelen. Is dat niet bij je opgekomen?'

'Nee?'

'Jij had er niets mee te maken.' O ja, het moment om mijn stem te verheffen was aangebroken, pijn of geen pijn. 'En als je echt het idee had dat het je burgerplicht was om me op de hoogte te stellen, had me even apart nemen of een mailtje sturen ook wel volstaan.'

'Dan zou je me nooit hebben geloofd!' Tom zette zijn mok iets te hard neer op het aanrecht. 'En ik zou een jaloerse eikel hebben geleken.'

'Je kunt helemaal niet weten wat ik zou hebben gevonden,' schreeuwde ik terug. 'Alles was beter geweest dan dit, Tom. ALLES. Ik ben het zo spuugzat om door mensen te worden behandeld alsof ik achterlijk ben!'

'Ik vind je helemaal niet achterlijk. En ik zou je nooit zo behandelen.'

'Heel grappig. Want dat heb je dus wel gedaan.'

Hij ontweek mijn blik en keek naar zijn handen.

'Ik ben geen loser en ik verdien beter dan eeuwig het mikpunt te zijn.' Mijn handen beefden, zo boos was ik. 'Het deugt gewoon niet, hoe iedereen altijd op me schijt. Waarom neemt niemand me serieus?'

'Het laatste wat ik wilde was je het gevoel geven dat je niet deugt,' zei Tom, maar ik was niet in een vergevingsgezinde stemming. 'Echt niet.'

'Waarom kijken mensen niet gewoon naar me en denken: o, Maddie, die kan wel wat, die deugt?' Ik schopte mijn stoel achteruit ter voorbereiding op een dramatische aftocht. 'Waarom ben ik nooit goed genoeg zoals ik ben?'

'Ik vind je goed genoeg,' zei hij langzaam, alsof ik een schichtig paard was dat elk moment kon wegschieten. 'Ik vind je geweldig.'

'Ik ben geen broek, man!' schreeuwde ik triomfantelijk en erg in mijn nopjes met mijn vergelijking.

'Ik snap even niet wat je daarmee bedoelt.' Tom krabde op zijn hoofd en keek me voor de verandering weer eens recht aan.

'Ik ben geen broek.' Ik wilde mijn handtas pakken en greep ernaast. Beschikken over slechts één werkend oog doet niets voor je perspectief. 'Ik ben niet iets wat je koopt in de veronderstelling dat je het een beetje kunt uitleggen, innemen en veranderen tot het helemaal perfect is. Ik hoef niet onder iemands hoede te worden genomen om te worden verbeterd, ik ben wat ik ben.'

'Oké.'

Ik negeerde hem compleet. 'Nee. Mijn ouders vinden me niet ambitieus genoeg, mijn zus vindt me zinloos, mijn baas haat me, mijn échte baas laat me twee maanden lang door brandende hoepels springen in plaats van me gewoon de baan te geven die ik verdien, gezien het feit dat ik er al tien jaar werk en goed werk aflever. Seb bedroog me, Will bedroog me, zelfs mijn beste vriendinnen zeiken me af. Ik begrijp niet waarom mensen denken dat het oké is om me als een stuk vuil te behandelen.'

'Dat is niet oké,' zei hij. 'En het spijt me.'

'En terecht,' schreeuwde ik, met mijn vingers klem tussen mijn oogkas en jukbeen. 'Want dit is allemaal jouw schuld!'

'Oké.' Hij deed als door een wesp gestoken een stapje terug. Op de achtergrond sloeg de waterkoker af. Hij goot kokend water in een van de mokken, haalde het zakje uit de andere mok en deed het terug in het doosje. 'Ik begrijp het, het is allemaal mijn fout.'

Hij ging verder met het zetten van één kop thee en duwde de andere mok, mijn mok, van zich af, naar het einde van het aanrecht. Mijn gevoel van overwinning verdampte snel. Opeens zaten we klem in een ongemakkelijke stilte, waarin ik zwaar ademde en Tom suiker lepelde in een mok die niet voor mij bestemd was.

'Ik zal even een taxi voor je bestellen.' Hij viste het theezakje uit zijn mok en liet het in de gootsteen vallen. 'Het zal niet lang duren, ze zijn hier altijd heel snel en toeteren als ze voor de deur staan. Ik neem aan dat je er zelf wel uit komt.'

Zonder me nog een blik waardig te keuren pakte hij zijn mok, liep de keuken uit en de woonkamer in, waar hij de deur achter zich dicht liet vallen. Niet met een klap, maar toch wel met enige betekenis.

Ik greep mijn tassen, hobbelde de keuken uit en de hal door, om te gaan klooien met de achttien verschillende sloten op zijn voordeur. Ik had geen tijd voor gekwetste mannelijke ego's, ik moest naar kantoor om mijn konijnen te redden, voor Shona er een roze bontjas van zou laten maken.

'O, Maddie, wat is er gebeurd?' Sharaline keek ontzet over de rand van haar beeldscherm toen ik een half uur later binnenhinkte. 'Je gezicht!'

'Ongelukje,' mompelde ik. Ik liet mijn tassen op mijn bureau vallen en negeerde alle blikken die zich in mijn rug boorden. 'En ik denk dat ik net mijn enige kans op geluk heb vergooid, maar goed, daar komen we ook wel weer overheen. Ik heb nog van alles te doen.'

'Er zijn wat telefoontjes geweest.' Ze sloop om onze bureaus heen met een stapeltje briefjes. 'Maar ik kan je helpen. Zal ik even koffie voor je halen?'

'Ja graag.' Ik legde haar briefjes neer en slikte twee Nerofen Plus met een glas water dat er gisteren al stond. 'En kijk of je ergens wat make-up kunt vinden. Ik moet me even omkleden en dan zullen we eens zien hoe de zaken staan en…'

'De locatie heeft afgezegd,' flapte ze eruit. 'Voor morgen.'

Ik keek haar aan, met één verwilderd open oog. Het andere was te opgezwollen om verwilderd te kunnen kijken.

'Sorry?'

'Ze hebben vanmorgen gebeld,' zei Sharaline. 'Iets over vergunningen die niet op tijd rond waren.'

'We hebben alle vergunningen binnen, ik heb alle vergunningen hier.' Ik zette mijn pc aan, bijna niet in staat om te ademen tot ik het irritante muziekje van de Mac hoorde en mijn e-mail kon checken.

'Ze zijn allemaal hier, ik heb het zelf geregeld. Wat zeiden ze precies?'

'Alleen dat de vergunningen niet op tijd binnen waren,' zei ze. 'En iets over de verzekering. Ik haal even koffie voor je, dan zoeken we het uit.'

Het was onmogelijk. Ik had alles twee keer gecontroleerd, alles wat we mogelijkerwijs nodig hadden, en we zaten tot onze nek in de verzekeringen. Ik had een tapvergunning, een vuurwerkvergunning, een vergunning voor meer gasten dan we verwachtten, een vergunning voor de dieren, en ik had de dj laten goedkeuren door de Hinderwet. We waren verzekerd voor brand, overstromingen, donder, bliksem, een terroristische aanslag en elke vorm van overmacht die het verzekeringsbedrijf kon bedenken. Een ninjahuurmoordenaar kon binnenstormen om Andrew Dickinsons hoofd af te hakken en dan zouden we nóg verzekerd zijn. Waar konden ze in godsnaam over klagen?

'Ik ga ze bellen,' riep ik in de richting van Sharalines rug. 'Tegen de tijd dat je terug bent met de koffie, staat alles weer op de rails.'

Vier minuten later zette Sharaline een venti mocha latte op mijn bureau.

'Ze hebben afgezegd,' zei ik. 'Het hele feest is naar de sodemieter. Ik zal worden ontslagen.'

'Niks daarvan,' zei ze met het soort zelfvertrouwen dat alleen tweeëntwintigjarigen met blauw haar hebben. 'We gaan dit feest redden. We regelen een nieuwe locatie en een andere cateraar en desnoods kan ik als dj draaien.'

Ik keek op met tranen in mijn ogen. 'De cateraar en dj zijn ook afgehaakt?'

Sharaline kromp in elkaar. 'Heb je de andere briefjes nog niet gelezen?'

Ik schudde mijn hoofd.

'En we moeten ook nieuwe konijnen zien te vinden.'

'Wat is er gebeurd met mijn konijnen?' fluisterde ik.

'Dat wil je niet weten,' zei ze, met een blik vol afgrijzen. 'Ga er maar gewoon van uit dat ze er niet meer zijn.'

Mijn arme, arme konijnen.

'De locatie belde de andere deelnemende partijen om te zeggen dat ze het feest niet door konden laten gaan en toen haakte iedereen af,' zei Sharaline. 'Ik heb de mensen van het meubilair ervan kunnen overtuigen dat we naar een andere locatie verkassen en dat we ze deze ochtend nog zullen laten weten waar dat is, maar de cateraar zei dat ze niet zomaar op het laatste moment van locatie konden switchen.'

'Ik zal ze bellen,' mompelde ik, en ik probeerde iets te begrijpen wat volstrekt onbegrijpelijk was. 'Het maakt voor hen niets uit waar ze hun hapjes serveren, ze moeten zich verdomme gewoon aan de afspraken houden.'

'Drink je koffie en lees je mails, dan gaan we aan de slag. Het is niet onmogelijk, Maddie. Je kunt dit voor elkaar krijgen, het gaat je lukken.'

'Echt waar?' vroeg ik. 'Ik heb geen idee hoe je daarbij komt.'

'Natuurlijk,' zei ze, op een toon die duidelijk maakte dat ik niet goed bij mijn hoofd was om aan mezelf te twijfelen. 'Moet je eens kijken naar alles wat je eerder hebt gedaan. Hoe vaak heb je Shona's hachje niet gered?'

'Ik heb haar ooit opgevangen toen ze struikelde en bijna in een

BBQ-put vol gloeiende kolen viel. Ik heb letterlijk haar hachje gered.'

'Je had haar er gewoon in moeten laten vallen,' zei Sharaline en ze dronk van haar eigen enorme frappuccino. 'Of juist een duwtje moeten geven. Weet je, ik wed dat zij niet gelooft dat je dit kan. Shona ziet je maar al te graag op je bek gaan.'

O, slimme meid.

'Normaal gesproken ben ik zeer ontvankelijk voor omgekeerde psychologie,' zei ik. 'Maar laten we eerlijk zijn: het ziet er niet best uit.'

'We hebben nog de hele dag.' Ze knalde haar gigantische beker vol schuim neer en keek me vastberaden aan. 'En ik wil niets liever dan Shona een lesje leren. Zeg me wat ik kan doen.'

Ik keek over onze bureaus heen naar haar gretige jonge gezicht en het was alsof ik naar mezelf keek, tien jaar terug. Als ik onbeschrijfelijk mooi was geweest, met cool haar en een ruggengraat.

'Je hebt gelijk.' Ik begon het bijna zelf te geloven. 'We gaan dit flikken.'

'*Yes, we can!*' joelde ze. Ze pompte haar vuist in de lucht en zag toen mijn blik, waarna ze haar hand langzaam liet zakken. 'Sorry.'

'Het gaat ons lukken.' Ik haalde mijn telefoon tevoorschijn en opende tegelijk een nieuwe mail. 'Maar niet in ons eentje.'

Als iets gegarandeerd afleiding biedt wanneer je hart net voor je ogen uit je lijf is gerukt om tot tacogehakt te worden vermalen, is het wel een noodgeval met betrekking tot je carrière. Zelfs als ik het drukker dan druk had, had ik altijd nog wel vijf minuten gevonden om op Facebook door te brengen. Vandaag was echter een masterclass in timemanagement. Zelfs toen ik ging plassen stuurde ik nog e-mails in plaats van Twitter even te checken.

'Wat een fantastische plek,' zei ik tegen Lauren toen de mensen van de tafels- en stoelenverhuur voor de deur stonden. 'Je hebt me echt gered.'

'Het staat al eeuwen te koop.' Ze overhandigde me de sleutels.

'Volgens mij heeft mijn vader het veel te duur in de markt gezet. Maar wie weet, misschien vindt iemand op het feest het wel zo'n leuk huis dat hij of zij besluit het te kopen?'

'De wonderen zijn de wereld nog niet uit,' zei ik terwijl ik om me heen keek. Het was volmaakt. Misschien zelfs wel beter dan de oorspronkelijke locatie. De benedenverdieping was één grote ruimte met openslaande deuren naar een prachtige Engelse landschapstuin. 'Sharaline laat alle verzekeringen, vergunningen en andere zaken overzetten op dit adres. Dus alles is gedekt. Niet dat er verder nog iets mis zal gaan, natuurlijk.'

'Ik geloof je op je woord,' zei Lauren schouderophalend. 'Het wordt ongetwijfeld een fantastisch feest. Wat kan ik verder nog eens voor je doen, behalve je aan schone kleren helpen?'

'Hoe ben je in het vullen van pasteitjes?' vroeg Sarah, die verborgen achter vijf enorme dozen van een bakker binnen kwam wankelen. 'De grondtroepen zijn gearriveerd.'

Als mijn linkeroog niet volkomen dicht had gezeten, zou het hebben gehuild van blijdschap.

'Je bent geweldig.' Ik nam twee dozen van haar over zodat ik het zweterige gezicht van mijn andere beste vriendin kon zien. 'Hoe heb je vrij kunnen krijgen van je werk?'

'Ik heb gehuild en gezegd dat ik een afspraak met mijn advocaat had,' zei ze, en ze zette de andere drie dozen op een lege stoel. 'Allejezus, Maddie, wat is er met je gezicht gebeurd?'

'Dat is een lang verhaal dat ik je graag zal vertellen, als ik de bloemist, de lichtmensen en de man die de ooievaars komt brengen heb gesproken,' zei ik. 'En als ik twee dozijn Vlaamse reuzen heb gebatikt, want dat komt nu op mij neer.'

'Je gebruikt toch hopelijk wel biologisch verantwoorde verf, hè?' vroeg Lauren bezorgd.

'Laten we eerst al dit eten maar even naar de keuken brengen,' stelde Sarah voor en ze duwde haar de kamer uit. 'Maddie heeft nog veel te doen.'

'Dank je wel,' zei ik geluidloos.

Sharaline stuiterde binnen. 'Wat een fantastische locatie!' Blij klapte ze in haar handen. 'Ik wist wel dat het je zou lukken.'

'Bewaar je "Had ik het niet gezegd?" maar tot morgenavond,' zei ik waarschuwend. 'Hoe staan de zaken?'

'Ik heb alle gasten gebeld en de nieuwe uitnodigingen per koerier laten afleveren en de hele papierwinkel staat nu op dit adres. De margaritafontein wordt rond vier uur bezorgd, de bloemist is op de hoogte en zal al het bloemwerk morgenochtend langsbrengen. O, en ik heb vijftig rollen wc-papier in de auto liggen, denk je dat dat genoeg is?'

'Tenzij we iedereen voedselvergiftiging bezorgen, moet dat toereikend zijn,' zei ik terwijl ik de man van de techniek binnenwenkte.

'Zeg dat nou niet.' Sharaline verbleekte. 'Weten de papa's al dat de cateraar heeft afgezegd?'

'Nee.' Ik dacht aan het buitengewoon gespannen telefoongesprek dat ik een uur eerder met ze had gehad. 'Ze hebben al zo veel aan hun hoofd dat ik ze niet ook daar nog mee lastig wilde vallen. En tussen jou en mij gezegd en gezwegen: alle sandwiches zijn hetzelfde als je de korst eraf knipt. Sarah koopt elke Marks & Spencer in het land leeg. Met het eten komt het wel goed.'

'En de bediening?'

'Er zijn nog wat mensen die bij me in het krijt staan,' zei ik. 'In het ergste geval trekken wij een schortje aan en serveren we zelf. Het is tenslotte alleen maar rondlopen met bladen, geen diner.'

Sharaline knikte en deed een stapje naar achteren om twee grote mannen, met een bank op hun schouders, te laten passeren.

'Het wordt het mooiste, meest fantastische, spectaculairste naamgeeffeest in een tuin met roze en perzikkleurige rozen, maar zonder gluten of ballonnen,' zei ik. 'Ook al blijf ik erin.'

'Als je het maar laat. Als jij het loodje legt, blijf ik in mijn eentje achter met Shona.'

'Ik zal mijn best doen. Ik zal proberen in leven te blijven.'

Maar ik beloofde niets.

'Hoe lang zou het duren tot deze roze verf er weer af is, denk je?' vroeg ik starend naar mijn gevlekte nagelriemen. 'Het zou tijdelijk moeten zijn.'

'Vraag je het voor jezelf of vanwege de konijnen?' vroeg Sarah. 'Want dat is een visioen dat me nog lang zal achtervolgen.'

'Nou, als jij zonder te kloppen een badkamer binnenloopt, kun je verwachten dat daar een vrouw in haar onderbroek in bad zit terwijl ze witte konijnen verft,' zei ik. 'Welkom in mijn leven.'

'Hebben we nog meer eetbare glitter?' vroeg Lauren en ze blies haar haar uit haar ogen. 'Ik ben er bijna doorheen.'

'Volgens mij was dat het laatste potje.' Sarah doorzocht de dozen, pakjes en mengkommen die die aanrecht bedekten. 'De laatsten zullen het zonder glitters moeten doen. Dat overleven ze wel.'

'Ik geloof niet dat er woorden genoeg zijn om jullie te bedanken.' Ik geeuwde in mijn schouder terwijl ik een volmaakt roosje uit perzikkleurig marsepein kneep, het op een roze cupcake zette en het in onze productielijn doorschoof naar Lauren. 'Jullie hebben letterlijk mijn leven gered.'

'We hebben letterlijk je baan gered,' corrigeerde Sarah me. 'En je hoeft ons niet te bedanken, koop maar gewoon cadeautjes voor ons.'

'Jullie krijgen allebei een pony van me,' beloofde ik. Het was bijna twee uur 's nachts en we zaten in kleermakerszit op de keukenvloer, waar we de afgelopen drie uur vijfhonderd glutenvrije cupcakes met glazuur hadden bewerkt. Wie had kunnen denken dat het maken van verrukkelijke traktaties zo geestdodend zou zijn?

'Ik wil echt nooit meer een cupcake zien,' zei Lauren terwijl ze een gloednieuwe blusherkwast die dienstdeed als glitteraanbrenger op cupcakes over mijn glazuur draaide. 'Hebben we ze ook op mijn trouwdag?'

'Dat was wel het plan,' zei ik. 'Maar ik ga ze omruilen voor koekjes.'

'De hemel zij dank.'

'Ga me nou niet slaan om dat ik het vraag.' Sarah draaide een arm naar voren en naar achteren om de cupcake-RSI tegen te gaan voor ze het laatste ongeglazuurde cakeje pakte. 'Maar heb je echt niets meer van Will gehoord?'

Ik schudde mijn hoofd en tastte automatisch naar mijn gekneusde gezicht. 'Niets, nada, noppes. Zelfs geen appje.'

'Wat een schijterd,' zei Lauren. 'Ik ben blij dat we toch al geen rekening met hem hadden gehouden bij de tafelindeling.'

Ik schonk haar een stijf lachje en bleef glazuren.

'Je zou naar de politie moeten gaan,' vond Sarah. 'En aangifte moeten doen tegen dat gekke wijf. Je hebt genoeg bewijs van wat ze heeft geflikt.'

'Ik zie niet in hoe de situatie daar beter van zou worden,' loog ik. Het zou enorm helpen. 'Ik wil het allemaal het liefst zo snel mogelijk vergeten. Ik wou dat ik hem nooit had ontmoet. Zijn naam mag nooit meer worden uitgesproken.'

'Nog een geluk dat je hem niet had toegevoegd op Facebook,' zei Lauren.

We knikten allemaal tegelijk. Je kon op Lauren rekenen om ergens een lichtpuntje in te vinden.

'En heb je nog wat van Tom gehoord?'

Stomme Lauren wist ook nooit wanneer ze haar mond moest houden.

'Nee, ook niet.' Ik drukte wat harder op mijn blauwe plek tot het flink pijn deed. 'Hij kan ook doodvallen.'

'Ja,' zei Sarah. 'Hoe durft die schat van een knappe, lange man je mee te nemen naar zijn paleis en goed voor je te zorgen.'

'Zonder hem zou ik helemaal geen blauw oog hebben gehad,' verweerde ik me. 'En had ik ook geen zorg nodig gehad, toch?'

'Hoewel ik moet toegeven dat zijn aanpak discutabel is,' zei Sarah, 'geloof ik niet dat hij kwade bedoelingen had. Hij lijkt me geen slechte vent.'

'Je denkt niet dat hij Maddie heeft gebruikt om wraak te nemen op Will?' vroeg Lauren. 'Want die vent koestert duidelijk wel wrok tegen Will de Walgelijke.'

'Nee,' wierp Sarah tegen. 'Ik denk dat hij gewoon niet wilde dat

Maddie zich op hem zou afreageren. Iedereen weet dat de brenger van slecht nieuws er als eerste van langs krijgt. En joh, de *bro code* speelt hier ook mee. Mannen zijn raar, ook als ze de pest hebben aan elkaar, zullen ze nog geen andere man opofferen om er zelf beter van te worden.'

Lauren grimaste. 'Niet zoals vrouwen dat doen, bedoel je?'

'Ik wil alleen maar zeggen dat hij waarschijnlijk geen boosaardige of manipulatieve bedoelingen had,' zei Sarah. 'Probeer je voor te stellen dat je iets wist wat iemand waar je veel om geeft zou kwetsen. Het is lastig om dan een goede manier te vinden om dat te vertellen.'

Ik kromp ineen, keek naar Sarah die om twee uur 's nachts een cupcake afmaakte en voelde me zeer, zeer schuldig omdat ik nog steeds niet had gezegd dat we op dezelfde baan hadden gesolliciteerd. Ik wist niet of ik ooit zou durven vertellen dat ik haar cv niet had doorgegeven.

'Soms is het misschien beter om dingen gewoon maar voor je te houden,' stemde Lauren in, ook een tikje schuldbewust. Zij en ik hadden onderling afgesproken de verhalen over Steve voor ons te houden. Sarah hoefde niet te weten wat hij allemaal beweerde tegenover zijn vrienden, niemand zou daar beter van worden. 'Misschien had hij beter zijn mond kunnen houden.'

'Niet dat ik niet van dit debat geniet,' ik klopte mijn handen schoon en kwam zeer wankel overeind, 'maar ik denk dat we nu wel naar huis kunnen.'

'Als ik had geweten dat ik onder cupcaketaken uit kon komen door te suggereren dat je overdreven hebt gereageerd op het Tom-front, was ik er uren geleden al over begonnen.' Sarah rolde op haar rug en geeuwde. 'Want om nou zo kwaad te zijn op hém...?'

Ik schopte haar zachtjes tegen een tiet. 'Jij krijgt geen pony.'

Niemand hoefde me eraan te herinneren dat ik fout zat aan het Tom-front. Misschien dat hij het niet heel handig had aangepakt, maar ik had hem nooit zo mogen uitkafferen. Ik kon het allemaal niet meer terugnemen of ongedaan maken. Goedbeschouwd had Will me op twee verschillende manieren genaaid, het was vrij indrukwekkend.

Anderzijds was ik trots op mezelf – op ons – als ik om me heen keek. Al het eten lag afgedekt klaar op schalen, klaar om de oven in te gaan of te worden uitgeserveerd. De grote woonkamer was versierd en alle toiletten in huis waren overvloedig voorzien van wc-papier. Afgezien van een vriendje dat achter mijn rug om met een bijna-supermodel neukte en een klant wiens crush mij een blauw oog had opgeleverd, had ik eigenlijk alles goed voor elkaar.

21

Zeven uur nadat ik was vertrokken, arriveerde ik weer bij het huis, gedoucht, in schone kleren en met meer make-up op dan de vijf zussen Kardashian bij elkaar. Het was onmogelijk om het blauwe oog helemaal te camoufleren, maar gelukkig was de zwelling afgenomen, zodat ik weer wat kon zien.

Sharaline was al op de locatie en druk bezig de groenstylisten te wijzen waar hun emmers met roze en perzikkleurige rozen moesten komen. Ze zwaaide naar me, tikte tegen haar headset om me te laten weten dat ze online was en ging door. Dat meisje was het einde. Ik nam alles terug wat ik aan lelijke dingen over haar had gezegd. Behalve dan mijn kritiek op haar naam, maar daar kon zij niets aan doen.

Eerst moest ik zien dit feest tot een goed einde te brengen en morgen Laurens bruidsfeestje zien te overleven. Daarna zou ik Tom bellen en er eens rustig voor gaan zitten om te bedenken hoe ik Wills leven zou kunnen ruïneren.

Zoals ik al zei: een mens moet prioriteiten stellen.

'Hé.' Sharaline dook voor me op, iPad in haar handen. 'Je hebt je goed opgemaakt, zeg.'

'Dank je wel,' zei ik. 'Is het fleek?'

'Eh... ja hoor.' Ze keek even ongemakkelijk van me weg voor ze naar de keuken wees. 'Is alles nog gelukt met de konijnen?'

'Ze zitten in een zeer ruime en luxe ren met water en meer worteltjes dan ze op kunnen.' Ik hield mijn nog altijd roze handen omhoog. 'En ze zijn allemaal roze.'

Ze grimaste. 'Kan dat eigenlijk wel, konijnen verven voor een kinderfeestje?'

'Ik heb de dierenbescherming gebeld en hoewel ze het moreel discutabel vonden, konden ze er niets aan doen, zolang de dieren maar goed verzorgd werden en er niets aan overhielden.' Ik haalde mijn schouders op. 'Ja, dus.'

'Oké dan.'

'Oké!' Ik klapte in mijn felroze handen, aangevuurd door de adrenaline van vier uur slaap en drie dubbele espresso's. 'Ik ga even checken of alles oké is met de konijnen en de ooievaars, kun jij controleren of de margaritafontein werkt?'

Ze salueerde en draafde de tuin in. Ik keek haar na en had weer het gevoel dat ik naar mezelf keek, maar dan tien jaar jonger. En in getikte kleren waarin ik eruit zou zien als een ontspoorde dakloze. Met blauw haar. Dus eigenlijk helemaal niet zoals ik, maar toch: het was fijn eens de instructies te kunnen geven en te zien dat iemand ze opvolgde in plaats van andersom.

Rond de middag zag alles er fantastisch uit. De enorme woonkamer was versierd met feestlichtjes en overal stonden bloemen, maar niets op een ordinaire, vulgaire of belachelijke manier. Buiten was de tuin omgetoverd tot een waar wonderland, maar dan niet in de stijl van Disney, want niets was ordinair, vulgair of belachelijk. De hapjes zagen er zalig uit, onze cupcakes konden ermee door, de band die ik had ingehuurd voor honderd pond extra had ermee ingestemd om perzikkleurige pakken met roze dassen aan te trekken, wat een tikje ordinair en belachelijk was, maar ze zagen er geweldig uit, dus dat kon me niet schelen. Comfortabele banken en fauteuils stonden tussen de roze en perzikkleurige rozenstruiken en een beeldig met guirlandes omwikkeld hek hield vierentwintig poederroze konijnen weg van de vijf ooievaars, die rond de vijver patrouilleerden.

Het was voor het eerst dat ik een event helemaal in mijn eentje had geregeld, van begin tot eind, en ik moest zeggen: het zag er verdomd briljant uit. Zeker als je wist dat ik twee derde in de laatste vierentwintig uur bij elkaar had moeten improviseren. Ik had nog altijd een blauw oog, mijn linkerknie speelde op en mijn hart was eruit gerukt, verscheurd, gevriesdroogd en daarna in mijn zak gestrooid, maar het feest was gered.

Ik zat net midden in de tuin op handen en knieën een audiokabel om een grappige hoedenstandaard te winden toen ik Sharaline mijn naam hoorde roepen. Ik knipperde in het zonlicht, nog altijd op zijn hondjes op het gazon, toen een driekoppig silhouet voor me opdoemde.

'Andrew! Christopher!'

Geweldig, de twee vaders waren twee uur te vroeg.

'En dit is vast Audrey! Moet je nou toch eens kijken, wat een beauty!'

'Ja, hè?' kirde Andrew en Christopher duwde een kleine baby in mijn gezicht. 'Is het niet het mooiste meisje dat je ooit hebt gezien?'

'Absoluut,' zei ik. 'Afgezien van mijn nichtje dan.'

Hun gezichten bewolkten.

'Maar om eerlijk te zijn vind ik haar een stuk schattiger dan mijn nichtje, want die doet de hele dag niets anders dan zich onderpoepen en spugen.'

Bewolkt werd gitzwart.

'Had ik al gezegd dat mijn zus lesbisch is?'

'Zal ik jullie binnen even alles laten zien?' Sharaline rende door de tuin en legde haar handen op de ruggen van de papa's om ze weg te leiden voor het echt uit de hand kon lopen.

'Heeft ze nu een blauw oog?' hoorde ik Andrew niet al te zacht tegen Christopher fluisteren. 'Ik zou zweren dat ze een blauw oog heeft.'

'Heel mooie baby!' riep ik ze na. 'Beste baby ooit!'

Ik had overduidelijk een grote toekomst als eventplanner, zolang ik maar niet daadwerkelijk hoefde te praten met de mensen die ervoor betaalden. Perfect.

De ceremonie zelf liep op rolletjes.

Andrew en Christopher zagen er spectaculair goed verzorgd uit en baby Audrey gaf geen kik, waarmee ze meteen met stip op één binnenkwam op mijn lijst met favoriete baby's. De gasten deden hun best er een leuk feestje van te maken en mijn rondzwervende fotografen schoten erop los om Audreys officiële welkom in het leven als Dickinson te vereeuwigen. Toen het feestje zich naar buiten verplaatste, kregen de gasten papieren parasols om zich tegen de zon te beschermen en aten ze zich in een suikercoma aan de snoepkraam. Kleine kinderen werden gedumpt bij de kinderverzorgsters die ik had ingehuurd, of werden meegenomen om te poseren in een veld vol roze konijnen.

'De band neemt even pauze.' Sharalines stem kraakte in mijn headset vanaf de andere kant van het feest, terwijl ik overlegde met de bediening over het naar buiten brengen van de taart. 'Ik heb de dj standby staan.'

'Prima, ik laat de taart om vijf uur naar de tuin brengen.' Ik deed een stapje terug om het kunstwerk te bewonderen. Onze cupcakes konden ermee door, maar dit was het betere werk. De taart bestond uit negentig centimeter red velvet cake, waar een complete zwerm van perzikkleurige suikerrozen af leek te tuimelen. Rond de bloemen zat glitterig roze lint gespoten. Een deel van me wilde de taart meenemen naar huis en hem daar voorgoed in mijn woonkamer neerzetten, een ander deel wilde mijn gezicht erin duwen en het hele ding gewoon verslinden. 'Zou jij ervoor kunnen zorgen dat het pad vrij is?'

'Geen probleem, ik zorg dat de trotse vaders bij de tafel zullen staan.'

Het afgelopen etmaal had vol verrassingen gezeten, maar ik moest zeggen dat Sharaline de grootste van allemaal was. Ze was snel, ze voelde intuïtief aan wat er gedaan moest worden en ze was een enorme hulp. Belangrijker nog: ze had me de hele dag nog niet gevraagd wat er met mijn gezicht was gebeurd en ze maakte me constant aan het lachen. Dat was dan weer minder, want mijn wang deed nog enorm pijn, maar het was toch prettig om te constateren dat we liever samen een vrolijke dag hadden, dan dat we op het toilet zaten te snikken.

Ik hoorde de band afronden en gaf de bediening het teken. Geen pinguïn- of panda-obers en -serveersters vandaag, uitsluitend buitengewoon knappe mannelijke modellen, die zonder werk zaten en wel een extraatje wilden verdienen. Er waren er vier voor nodig om de taart naar de tuin te dragen. Elke seconde dat ze ermee liepen, had ik het gevoel dat ik zou flauwvallen.

'Vandaag is ons gezin compleet.' Christopher was halverwege zijn speech toen ik op mijn tenen naar buiten liep en achteraan ging staan.

'We willen graag Colton-Bryers bedanken omdat ze vandaag onze visie tot leven hebben gebracht.' Andrew maakte een zwierig gebaar, niet naar mij, maar naar zijn feest. 'En iedereen die ervoor heeft gezorgd dat het allemaal zo soepel is verlopen.'

Wat jij zegt, Andrew. Wat jij zegt.

'Maar dat we nu een baby hebben, wil nog niet zeggen dat we niet meer weten hoe we het dak eraf moeten laten gaan!' verklaarde Christopher.

'Fontein kan aan,' fluisterde ik in mijn headset. 'Ik herhaal: fontein kan aan.'

'Het feest kan beginnen!' kraaide Andrew toen de enorme stenen fontein op het gazon tot leven kwam en schuimende roze vloeistof voortbracht. 'Wie wil er wat drinken?'

'Hoe walgelijk is dat?' kraakte Sharaline in mijn oor. 'Gaan ze het echt opdrinken?

'Ik vrees van wel,' zei ik met een blik op de gasten die in de rij stonden met hun margaritaglazen. 'Ik heb het ding laten desinfecteren en er daarna een paar uur gedestilleerd water door laten pompen, maar toch: jakkiebah.'

'Helemaal mee eens,' zei ze. 'Trouwens, ik heb net een weerwaarschuwing binnen gekregen, er komen buien aan. Moeten we mensen naar binnen halen?'

Ik keek naar de helderblauwe hemel en fronste. Er was op dit moment niets aan de hand maar het was hartje zomer in Engeland en dan kon er van alles gebeuren.

'Laten we de partytenten boven de dieren en de fontein zetten,' stelde ik voor. 'Ik zal aan Andrew en Christopher laten weten dat we mogelijk naar binnen zullen moeten.'

'Ik regel de tenten. Het gaat lekker, hè?'

'Prijs de dag niet voor het avond is,' zei ik plechtig. 'Als het feest achter de rug is, krijg je de grootste borrel ooit van me.'

'Zolang-ie maar niet uit die fontein komt,' antwoordde ze.

Ik glipte tussen de gasten door en vond de gelukkige vaders, die van hun eerste margarita stonden te genieten en Audrey aan hun nanny hadden meegegeven. Iets waar het meisje vermoedelijk aan zou moeten wennen.

'Hé, mannen.' Ik omhelsde ze allebei even kort. 'Goeie speech.'

'Dank je wel.' Andrew straalde. 'Het gaat allemaal geweldig, we zijn echt ontzettend blij. En dit zijn echt reuze sterke cocktails, zeg.'

Christopher negeerde me finaal en zei tegen zijn man: 'Het was gewoon een geweldig idee. Misschien zou je gewoon eventplanner moeten worden.'

'Het zou je goed afgaan,' stemde ik in, met een grote neplach. Het was een typische klantenreactie. Als alles goed ging, claimde de cliënt het succes, ging er iets mis, dan was het onze schuld. Maar ik had later nog alle tijd om voodoopoppen van ze te maken.

'Moet je horen, ik wil geen domper op de feestvreugde zetten,' zei ik. 'Maar we hebben net een weerwaarschuwing binnen gekregen, dus we gaan even zorgen dat de dieren, het eten en de margaritafontein een beetje beschutting krijgen. En als het meer dan een buitje wordt, zullen we naar binnen moeten verhuizen.'

'O, boehoe,' klaagde Andrew. 'Feesten in de regen lijkt me juist een topidee.'

'Ja, enig,' knikte ik enthousiast. 'Helaas is het wel zo dat als het regent en iemand uitglijdt en zijn nek breekt, ik zal worden aangeklaagd, dus we gaan toch wat partytenten opzetten.'

'Ik weet zeker dat het niet gaat regenen,' zei Christopher en hij drapeerde zijn arm om de schouders van zijn man. 'Maak je maar geen zorgen.'

'Het is mijn taak om me zorgen te maken,' zei ik monter en ik weerstond de verleiding om hen op hun achterhoofden te meppen. 'Zodat jullie dat niet hoeven te doen. Geniet maar gewoon, wij regelen alles.'

Voor het eerst in lange tijd had de weer-app het bij het rechte eind. Nog geen kwartier later kleurde de hemel in dreigende paarsgrijze tinten, een beetje zoals mijn linkeroog, en loodste ik het zeer dronken gezelschap naar binnen terwijl Sharaline het opzetten van de partytenten overzag.

'Ik ga even een peuk roken, schat,' zei een kleine, onaangenaam ogende man en meteen joeg hij de brand in een sigaret, terwijl de eerste regendruppels begonnen te vallen. 'En dan ga ik naar huis. Zijn er goodiebags? Kun je er even eentje voor me gaan halen?'

'U kunt hier niet roken,' zei ik. 'Het spijt me, maar u zult naar de straat moeten om te roken, dit is een niet-rokenlocatie.'

Het speet me helemaal niet. Echt absoluut niet.

'Dat meen je niet.' Hij klikte nogmaals een vlam tevoorschijn.

Ik meende het wel. En het speet me helemaal niet. Rukker.

'Als u uw sigaret zou kunnen doven en naar binnen zou kunnen komen, zou dat heel fijn zijn. Dank u wel.'

De man richtte zijn bloeddoorlopen ogen op me, nam nog een stevige haal en gooide de sigaret achter zich, om me vervolgens uit de weg te duwen bij het naar binnen gaan.

'Ik vroeg hem toch niet om zijn moeder te vermoorden?' mompelde ik in mezelf en speurde naar de peuk om die te doven. 'Ik vroeg alleen maar of hij niet wilde roken.'

En dat was het moment waarop ik iets nieuws leerde, iets waar alle aanwezigen die avond hun leven lang hun voordeel mee zullen kunnen doen.

Strawberry margarita's zijn zeer licht ontvlambaar.

Deze kennis komt geweldig van pas als je ooit probeert een barbecue aan de praat te krijgen en geen aanstekervloeistof bij de hand hebt, maar het is minder fijn als er een fontein van krap twee meter opeens vuur, in plaats van plakkerige vloeistof ziet spuwen op een kinderfeestje.

Het geschreeuw begon al voor de partytent vlam vatte en daar had men best even mee kunnen wachten, want pas daarna liep het echt uit de hand. De ooievaars, onrustig geworden door al het geren en gekrijs, met hier een daar een 'We gaan er allemaal aan!', keerden zich allemaal om en zagen de vlammen. Ondanks de verzekering van hun trainer en verzorger dat ze nergens bang voor waren, erg tam waren en de pest hadden aan vliegen, begonnen ze onmiddellijk met hun enorme vleugels te flapperen en kozen het luchtruim. Ooievaars zijn best eng als ze vliegen, wist ik dat ook weer.

En toen raakten de mensen past echt in paniek.

En paniekerige mensen en ooievaars zorgen voor paniekerige konijnen. En een bang konijn blijkt zonder enige moeite over een hek van één meter tachtig te kunnen komen. Echt, het is een eitje voor ze.

Nog geen minuut nadat ik – heel beleefd – een man had gevraagd om zijn sigaret te doven, stond ik in mijn eentje voor een inferno van een fontein, omringd door krijsende ooievaars en hobbelende roze konijnen. Net een clip van Lady Gaga. Wist je dat konijnen gaan gillen als ze gestrest zijn? Ik ook niet. Maar dat doen ze dus. Het klinkt luid, het is een rotgeluid en ik vond het vreselijk.

Ik kan niet zeggen hoe dankbaar ik was om Sharaline naar me toe te zien rennen met een brandblusser. Kniesoor die erop let dat ze ook mij onder het schuim spoot bij haar poging om de fontein te doven. Schuim is altijd nog beter dan vuur. Uiteraard begon het, enkele seconden nadat ze de brandblusser had opengezet, in zo'n het-universum-heeft-echt-de-pest-aan-me-moment, zo hard te hozen dat de regen het vuur in een mum van tijd gedoofd had. Daar stonden we dan, midden in de tuin als twee verzopen katten, tegenover tweehonderd doodsbange gasten en omringd door – nu natte en vlekkerige – konijnen.

Ik had nooit gedacht dat ik zoiets nog eens zou kunnen zeggen.

Het bruidsfeestje is een al lang bestaande traditie bij aanstaande bruiden. Het is het moment waarop de beste vriendinnen van de bruid en haar naaste familie bijeenkomen om het bestaan van deze speciale vrouw te vieren én de levensreis waar ze nu bijna aan gaat beginnen.

Aangezien de moeder van de bruid en haar aanstaande schoonmoeder meestal deel uitmaken van dit gezelschap, is dit een minder gewaagd event dan het vrijgezellenfeest, al is het niet ongebruikelijk dat de bruid wordt overladen met lingerie voor haar bruidsuitzet!

22

Zondag 26 juli
Vandaag voel ik me:
Vandaag ben ik dankbaar voor:

Zoals je je vast wel kunt voorstellen is de lol er snel af als je halverwege een feest de tuin in de fik hebt gezet. Toen ik met de brandweer, de politie en wie er verder ook maar 'even een paar seconden' van me wilde, had gepraat, ging het opruimen vrij vlot. Niemand was in de stemming om nog even na te kletsen bij een borrel, zoals dat normaal gesproken bij het afbreken ging. Ik was nog het meest opgelucht dat er niets of niemand, ooievaars en konijnen incluis, gewond was geraakt, hoewel ik me kon voorstellen dat de dierenbescherming met voortschrijdend inzicht minder mild tegenover het gebruik van partykonijnen zou staan, mochten hun vertegenwoordigers hier ooit lucht van krijgen. Dit was de laatste keer dat ik dieren had gebruikt voor een feest.

Als ik nog ooit een feest zou organiseren.

'Voilà.' Sarah deed een stapje achteruit om haar inspanningen van een afstandje te bezichtigen. 'Er is amper nog iets van te zien.'

Ik keek in de spiegel en moest haar gelijk geven. Haar indrukwekkende make-uptalenten hadden mijn blauwe oog volmaakt gecamoufleerd, al zag ik er nog steeds uit als een zombie. Hoewel het Dickinson-debacle inmiddels bijna vierentwintig uur achter me lag, lukte het me niet om alle gebeurtenissen van me af te schudden. Als ik mijn ogen sloot, hoorde ik weer de konijnen gillen. Een van de gasten had het 'een live-action remake van *Watership Down*, maar dan beangstigender' genoemd en hij zat er niet ver naast.

Om een of andere reden die ik niet goed kon doorgronden, had ik helemaal niet goed geslapen.

'Je maakt je vast zorgen om niets,' zei Sarah. Ze mikte haar make-uptasje weer in haar tas en smakte met haar lippen om haar lipgloss opnieuw te verdelen. 'Het was niet jouw schuld dat het misging.'

'Misschien.' De vlammen van de fontein stonden nog op mijn netvlies gebrand. Ik was blij dat het alleen maar mijn netvlies was en niet mijn gezicht, maar toch. 'De klanten waren behoorlijk overstuur, dat is nooit een goed teken.'

Overstuur was een understatement. Christopher had veel geschreeuwd, Andrew rende rond, hugde zijn gasten en smoorde zijn snikken, alsof we net een oorlog hadden overleefd, in plaats van een stom ongelukje dat in een oogwenk voorbij was. Voor zover ik wist kregen na een oorlog de deelnemers geen goodiebag en cupcakes mee naar huis.

'Het was niet jouw schuld,' zei Sarah opnieuw. 'Niemand is gewond geraakt en afgezien van die ene partytent is er geen schade. Als we dat aan het einde van deze dag ook kunnen zeggen, verdienen we pas echt een prijs.'

'Heb jij prijzen gekocht?' vroeg ik.

'Ik heb gin gekocht,' antwoordde ze. 'Geheime gin die ik verder aan niemand ga aanbieden. Dát is pas een prijs.'

'Doe me een lol en zeg niets tegen Lauren,' verzocht ik. Als antwoord kreeg ik een argwanend opgetrokken wenkbrauw. 'Ik heb haar nog niet gesproken en ze heeft me in goed vertrouwen het huis van haar vader laten gebruiken… Je weet hoe ze is, ze zal meteen flippen. Alles is heel gebleven, tegen de tijd dat de schoonmakers weg zijn, zul je niet eens meer kunnen zien dat we er geweest zijn.'

'Dus het plan is dat je het haar helemaal nooit gaat vertellen?' vorste Sarah.

'Niet nu. Misschien na de bruiloft, als het allemaal hilarisch lijkt.'

'Als ik heel eerlijk ben, vind ik het nu ook al vrij hilarisch. Ik wou dat er foto's van waren.'

'O, die zijn er.' Ik sloot mijn ogen. 'We waren gisteren bijna even trending. De hemel zij dank dat dinges vanmorgen zonder onderbroek de deur uit is gegaan.'

Sarah glimlachte en herschikte een pioenroos.

'Het ziet er allemaal prachtig uit,' zei ik terwijl ik nog eens om me heen keek. 'Serieus, alsof een pro het heeft gedaan.'

'Nou, als ik die baan bij jou op kantoor krijg, komt dat mooi uit.' Ze glimlachte. 'Ik vond het leuk om te doen.'

Sarahs flat was altijd heel Oost-Londen-hipster chic, maar vandaag had ze haar woonkamer omgetoverd tot een bruidssprookje. Alle meubels waren naar de zijkanten van de kamer verplaatst en bedekt met poederblauwe dekens, een van de kleuren van Laurens bruiloft. Er waren verschillende plekken ingericht voor respectievelijk het gastenboek, de cadeautafel, eten, drinken en snoepgoed, en er stonden overal pioenrozen en talloze theelichtjes. Na gisteren maakten al die theelichtjes me uiteraard erg nerveus.

'Ze verdient ons niet.' Sarah keek stralend van trots rond. 'Onvoorstelbaar dat ze zelf een cadeauregister heeft geopend voor haar eigen surprisebruidsfeestje.'

'Het is niet ongebruikelijk,' zei ik. 'Beter zo dan dat iemand haar iets geeft wat ze vreselijk vindt en dan haar geweldig-maar-dit-is-niets-voor-mij-gezicht moet verdragen.'

'Waarom kan ze niet gewoon overbeleefd zijn, zoals de Engelsen?' vroeg ze terwijl ze een vaas met pioenen herschikte. 'En het gewoon aannemen en later discreet ruilen?'

'Hé, meiden!' Met volmaakt gevoel voor timing rolde Lauren binnen, afgeladen met tassen en een lach van oor tot oor. 'O mijn god, wat is het hier mooi! Sarah, hoe enig is dit?'

'Nee, jij bent enig,' antwoordde Sarah en ze leende zich voor een halve hug en een luchtkus. Ik benaderde Lauren voor mijn portie Hartelijke Begroeting en kreeg een borstbotsing met zes dozen gebak van de bakker voor mijn moeite. 'Wat heb je toch allemaal bij je?'

'O, wat te eten,' zei ze achteloos terwijl ze de dozen op de tafel zette die Sarah had bedoeld voor de koekjes die ze met veel liefde zelf had gemaakt. Toen Lauren de dozen openmaakte, zaten ook daar allemaal koekjes in, met L & M erop. 'Zijn ze niet schattig?'

Sarah trok haar wenkbrauwen op. 'Ja, best wel. Maar dat geldt ook voor de koekjes die ik in de keuken heb. Ik word namelijk geacht dit feestje te organiseren, niet jij.'

'O, je kunt nooit genoeg hapjes hebben,' zei Lauren met een nonchalant gebaar. 'Ik help alleen maar een beetje. Nadat we tot midden in de nacht cupcakes hadden zitten glazuren, dacht ik dat je wel wat hulp kon gebruiken.' Het vleugje staal, in haar zoals altijd zonnige stem, ontging me niet.

'Dat had je me dan wel eens kunnen vertellen voor ik zaterdag weer tot midden in de nacht bezig was in de keuken,' zei Sarah op superbeleefde toon. 'Alles is al geregeld.'

Lauren haalde haar schouders op. 'Ik weet dat koken niet je ding is. Ik wilde dat er gewoon iets was, weet je wel?' Mijn haviksoog zag dat ze er moe uitzag.

'Jij vindt mij zo'n waardeloze kok en bakker dat je je eigen koekjes maar hebt meegenomen?' Sarah keek over Laurens schouder toe hoe ik een van de dozen opende en een koekje jatte. 'En bedankt.'

'Is alles oké?' fluisterde ik. Lauren haalde een hand door haar net niet volmaakte haar en knikte.

'Sorry,' zei de aanstaande bruid. Ze sloot de doos en tikte mij op mijn vingers. 'Wat jij hebt gemaakt is vast het einde en dit zal helemaal niet nodig zijn.' Zelfs moe en geërgerd had ze nog meer diplomatieke vaardigheden dan wie ik verder ook kende. 'O, en trouwens, mijn moeder en zus komen ook.'

'Wat zeg je me nou?'

Alsjeblieft niet, zeg. Alsjeblieft niet.

'Maar je zei dat je moeder niet kwam.' Ik probeerde kalm te blijven. 'Omdat ze, je weet wel, knettergek is.'

'Niet overdrijven,' zei Lauren terwijl ze probeerde Sarahs volmaakte pioenschikking te verbeteren, zodat ze geen oogcontact met me hoefde te maken. 'En ik zou denken dat je na alle stress van gisteren wel blij mag zijn met wat extra hulp. En hé, Sarah, mijn moeder had nog een ideetje. Ik weet dat het een beetje raar klinkt, maar wat zou je ervan vinden om voor de bruiloft terug te gaan naar je eigen haarkleur?'

O, die moeder en haar ideetjes.

'Sorry?' Sarah tastte naar het blonde knotje op haar hoofd.

'Ja, moet je horen, mam zat naar wat foto's te kijken en aangezien Maddie en mijn zus allebei brunettes zijn en jij blond-uit-een-flesje bent, denkt ze dat mijn bruidsfoto's meer visuele impact zullen hebben als ik de enige met licht haar ben. Wat denk jij?'

Zonder ook maar een woord te zeggen was het heel duidelijk wat Sarah dacht.

'Je wilt dat ik mijn haar verf voor je trouwdag?' vroeg ze.

Lauren haalde haar schouders op en lachte breed. 'Misschien is het wel een prima verandering voor je.'

'Een prima verandering?'

'Ja, nieuwe start en zo,' zei Lauren. 'Nieuwe look, fris.'

'Ziet Sarahs flat er niet prachtig uit?' zei ik luidkeels. 'Waar heb je toch die dekentjes vandaan? Ze zijn zo lekker zacht.'

'Ik ga mijn haar niet verven voor jouw fucking bruiloft,' antwoordde Sarah.

'O, die winkel ken ik nog niet,' zei ik. 'Is dat in Dalston?'

'Oké, Sarah, doe even niet zo dramatisch.' Lauren schudde haar jas van zich af zonder de beeldige dekens ook maar een blik waardig te keuren. 'Ik denk dat je er prachtig uit zal zien als een brunette. Mijn moeder denkt gewoon graag buiten de lijntjes.'

'Ik ga naar de keuken om daar mijn walgelijke eten te checken,' kondigde Sarah aan. 'De andere gasten kunnen elk moment arriveren, ik trek me even terug tot ze er zijn.'

Lauren keek naar mij en rolde met haar grote blauwe ogen. 'Wat is er met haar aan de hand?'

'O, gewoon een beetje overgevoelig.' Ik pakte haar jas op, vouwde die netjes dubbel en probeerde zo tactvol mogelijk te zijn. 'Het is best een dingetje voor haar om zo snel na Steve's vertrek een bruidsfeestje in haar flat te organiseren. En dat je tegen haar zei dat haar haar niet deugt zal ook beslist niet hebben geholpen. Je moeder denkt graag buiten de lijntjes? Hoor je jezelf wel praten?'

'Dus dit gaat niet over de koekjes?' Lauren kauwde op haar lip.

'Die zullen niet hebben geholpen.' Ik fronste. 'Kun je niet even naar de keuken gaan en iets aardigs tegen haar zeggen?'

Passend gekastijd zoog ze haar wangen in en sloop de kamer uit.

'Je haar maakt je helemaal niet vaal,' hoorde ik haar zeggen voor ik mijn aandacht op mijn mobieltje richtte. 'En je koekjes zijn waarschijnlijk ook best oké.'

Niets van kantoor.

Dit kon maar één ding betekenen: óf ik kwam zonder kleerscheuren weg met het Dickinson-debacle óf ze bewaarden mijn straf tot maandagochtend. Ik zou beslist aan de slaappillen moeten, wilde ik vannacht een oog dichtdoen.

'Omijngodmaddiehebjehethuisvanmijnvaderlatenafbranden?'

Lauren kwam de woonkamer in hollen met grote ogen en rode wangen.

'Sorry?' Ik hield mijn foon met beide handen vast.

'Heb je het huis van mijn vader laten afbranden?' krijste ze nu de helft langzamer, maar wel twee keer zo luid. 'Sarah zegt...'

'Sorry!' riep Sarah vanuit de keuken. 'Ik versprak me.'

'En bedankt,' riep ik terug. 'Net wat ik nodig had.'

'Maddie, het huis.' Lauren knipte met haar vingers voor mijn gezicht op een manier die me moordlustig maakte. 'Staat het er nog?'

'Er is niets aan de hand met het huis,' antwoordde ik. 'Er was een klein incidentje met de margaritafontein en een eikel die zijn sigaret niet wilde doven, maar niets wat niet bliksemsnel onder controle kon worden gebracht.'

'Vertel haar over de krankzinnige konijnen,' moedigde Sarah vanuit de deuropening aan, met een theedoek over haar schouder. 'Nu je toch bezig bent.'

'Ik vind het echt onvoorstelbaar dat je dit voor me wilde verzwijgen.' Lauren keek me zo geschokt aan alsof ze net had ontdekt dat ik in werkelijkheid haar moeder was. 'Ik vertrouwde je, Maddie. Mijn vader vermoordt me.'

'Je vader zal er nooit achter komen,' zei ik. 'Er is niets aan de hand met het huis, met het huis gaat het beter dan goed. Het is smetteloos, blinkt aan alle kanten, en alle wc's staan vol wc-papier. Als dat geen pluspunt is, weet ik het ook niet meer. En het spijt me dat ik niets gezegd heb, maar ik dacht dat je al genoeg aan je hoofd had met je bruiloft.'

'Ja, alsof ik me daar nu geen zorgen over maak.' Ze drukte haar handen tegen haar gezicht. Ze zag er zowaar huilerig uit. 'Je eerste feest en je blaast zowat het huis op? Moet ik me zorgen maken over mijn trouwdag?'

'Hoe bedoel je dat?'

'Nou, ik wilde niets zeggen toen we je vrijdag uit de brand moesten helpen,' zei ze, de handen kordaat op haar heupen. 'Maar is het nodig dat ik dingen ga controleren? Me ervan verzeker dat het allemaal is zoals ik het heb gevraagd? Sta ik volgende week om twee uur 's nachts mijn eigen cupcakes te glazuren?'

'Volgens mij is alles goed geregeld, Lauren,' zei Sarah vanuit de deuropening. 'Maddie zit overal bovenop.'

'Zoals je ook boven op het babyfeestje zat?' zei Lauren, die niet van plan was het onderwerp te laten rusten.

'We hebben niet eens cupcakes,' bracht ik haar in herinnering. 'Het zijn koekjes geworden, weet je nog wel?'

'Ik heb geprobeerd je niet te veel op je huid te zitten, Maddie, want je wordt verondersteld om een professional te zijn...'

'Ik Ben Een Professional,' onderbrak ik haar. Gebeurde het toch verdomme weer! Wat me ook had bezield in Shona's kantoor nam weer bezit van me. Ik was nog maar twee seconden verwijderd van mijn beste vriendin verbaal helemaal afmaken. 'En je hebt niet "te veel op mijn huid" gezeten, je bent de meest wispelturige, kuttergste, lastigste klant die ik ooit heb gehad. Die bovendien nergens voor betaalt en nog niet één keer dank je wel heeft gezegd.

Dus waag het niet om míj van gebrek aan professionaliteit te betichten.'

Het zou best eens kunnen dat dit er allemaal schreeuwend uit kwam.

'Er is niets aan de hand met het huis en er is ook niets aan de hand met je bruiloft,' zei ik, met een stem die iets luider was dan noodzakelijk was. Oké, ik schreeuwde nog steeds. 'Alles is geboekt, gecontroleerd, gedubbelcheckt, en dat allemaal uit pure goodwill. Normaal gesproken zouden we duizenden ponden in rekening brengen voor het werk dat ik heb gedaan, nog even afgezien van de krankzinnige eisen en nachtelijke berichten. Heb je enig idee hoe lastig het is om levensechte poppetjes van jou en Michael uit een 3D-printer te krijgen? Nou? Nee, dat heb je niet. Ik heb een paar buitengewoon shitty dagen achter de rug en ik wil nu alleen nog maar wat drinken, een paar koekjes eten en even zitten, als je het niet erg vindt.'

Mijn hart klopte als een bezetene en mijn gezicht voelde heet, rood en zweterig. Er viel een lange stilte en toen…

'Tuurlijk, ga zitten, neem het ervan, geniet van je zondag,' explodeerde Lauren, even furieus als ik. 'Volgens mij heb jij het helemaal niet in je om die eventplannerbaan te krijgen. Het is maar beter dat Sarah die krijgt!'

Ik had het gevoel dat mijn ogen uit hun kassen zouden rollen.

'Eh…?' klonk het vanuit de deuropening.

'Niks,' zei ik snel. 'Let maar niet op haar.'

'Waarom zou jij de baan krijgen?' vroeg Sarah, die juist alarmerend goed oplette.

'Omdat Maddie,' zei Lauren krijsend, met een priemende vinger in mijn richting, 'er ook op heeft gesolliciteerd en dat niet tegen je wilde zeggen.'

'Watte?' Sarah knipperde. 'Mads?'

'Alleen omdat je al zo veel aan je hoofd had,' protesteerde ik. 'Niet omdat ik het voor je verborgen wilde houden. Ze vroegen me om intern te solliciteren, het moest van Matilda van Personeelszaken.'

'Waarom moest ik dan op gesprek komen?' vroeg Sarah verbaasd. 'En waarom heb je ze mijn cv gegeven als je ook een kandidaat bent?'

Ik staarde naar de vloer en haalde mijn schouders op, omdat ik geen goed verweer kon bedenken.

'Je hebt ze mijn cv gegeven, toch?' vroeg ze. 'En waarom heb je tegen me gelogen?' Waar Lauren nog altijd woedend keek, was Sarah vooral gekwetst en dat hakte er bij mij veel dieper in. 'Als je die baan zo graag wilt, waarom heb je dat dan niet gewoon gezegd? Waarom zou je erover liegen?'

'Waarom heeft ze niet gewoon gezegd dat ze het huis van mijn vader bijna heeft laten afbranden terwijl ik haar alleen maar een plezier wilde doen?' merkte Lauren op.

'O, hou toch je kop, Lauren,' snauwde Sarah. 'Het gaat nu even niet om jou, kun je dat voor één keer in je bolle kop knopen?'

Laurens gezicht werd rood. Toen wit. En daarna weer rood.

'Nou, het spijt me dat ik mijn beste vriendin heb gevraagd om de belangrijkste dag van mijn leven te helpen organiseren,' zei ze razend. 'En het spijt me dat ik het leugenachtige kreng niet vertrouw. Het is mijn bruiloft en ik wil alles perfect hebben.'

'Perfect gaat het niet worden, toch?' wees ik haar terecht. 'Het is allesbehalve een sprookjesbruiloft als de bruid de helft van de tijd helemaal niet wil trouwen.'

Afgezien van Sarah die met volmaakt gevoel voor timing naar adem snakte, was het even helemaal stil in de kamer.

'Maddie,' zei Sarah, maar ik zweeg. 'Lauren, dat meende ze niet.'

'Echt wel.' Lauren keek me ijzig aan. 'Bedankt, Mads.'

'Whatever,' mompelde ik. Ik voelde me ziek. Ik was bekaf. En op een of andere manier rammelde ik van de honger.

'Oké, ik denk dat we allemaal even diep moeten ademhalen.' Sarah sloeg haar armen om zich heen. 'We zijn allemaal een beetje gestrest.'

'Waar kun jíj nou gestrest over zijn?' vroeg Lauren. 'Ga terug naar je shitty hapjes en hou je hierbuiten.'

Ongelovig keek ik haar aan. Zei ze dat nu net echt?

'Ik heb een heleboel om gestrest over te zijn, om je de waarheid te vertellen.'

En toen ging Sarah los.

'Het is je waarschijnlijk ontschoten omdat je alleen nog maar met jezelf bezig bent, maar ik lig in scheiding en ik ben er net achter gekomen dat mijn zogenaamde beste vriendin me heeft besodemieterd bij een baan die ik echt graag wil. En mijn koekjes zijn níét shitty.'

'Kunnen jullie nou eindelijk eens ophouden?' schreeuwde ik. 'Serieus, ik wil geen woord meer horen, ik ben hier helemaal klaar mee.'

Met open mond keken ze me aan, beiden klaar om weer los te barsten.

'Nee, geen woord meer,' zei ik bits en ik greep mijn handtas van de bank. 'Zo lang als ik me kan herinneren wring ik me al in allerlei onmogelijke bochten om het jullie naar de zin te maken en dan vraag ik eens één ding en dan krijg ik het meteen terug in mijn smoel gesmeten. Ja, ik heb gesolliciteerd op die baan van eventplanner, maar pas nadat het me werd gevraagd, en nee, ik heb het niet tegen je gezegd, want ik vond dat je al genoeg ellende had. En ook omdat ik die baan wilde. Ik wist dat als ik het zou zeggen, je me het uit mijn hoofd zou praten, dus heb ik mijn mond gehouden. Ook omdat ik dacht dat jij de baan waarschijnlijk zou krijgen en ik niet. Dat was egoïstisch van me en dat spijt me. Maar het is mijn werk en mijn enige kans om promotie te maken en ik zie niet in – ik zie voor één keer niet in – waarom ik het gewoon aan iemand anders zou moeten gunnen om maar aardig te zijn. Ik ben er altijd voor je, Sarah. Ik heb de afgelopen maanden thee voor je gezet en gin voor je gekocht en mijn logeerkamer is inmiddels zo'n beetje jouw kamer geworden. Elke keer als je midden in de nacht belde heb ik opgenomen, ik heb tot vier uur 's nachts *Challenge TV* met je zitten kijken. Dit is de enige keer dat ik nu eens voor mezelf heb gekozen.'

Sarah gaf zich een houding door haar theedoek in een héél klein vierkantje te vouwen.

'En het spijt me dat ik dat net over je bruiloft zei,' zei ik tegen

Lauren. 'Maar ik heb echt alles uit de kast gehaald om op zeer korte termijn aan je vele, vele eisen te voldoen en ik heb om vier uur 's nachts ook jouw appjes beantwoord en wonderen verricht om alles rond te krijgen, dus ja, een dank je wel had ik meer gewaardeerd dan een grote bek over het huis van je vader, waar – nogmaals – niks mee is gebeurd. Laat staan dat ik het op prijs stel dat je me beledigt en suggereert dat ik niets kan en waardeloos ben in organiseren. Ik heb nachten voor je doorgewerkt en vele, vele gunsten moeten vragen om je krankzinnig krap geplande bruiloft zo te krijgen als je hem wilde hebben, waar elke andere planner je keihard in je gezicht had uitgelachen.'

Ik haalde diep adem. 'Dus vanaf nu zoek je het zelf maar uit, want het kan me geen ruk meer schelen. Bedankt ook voor al je steun aan het Will-front. En het Tom-front. Suffe, stomme Maddie, nergens goed voor.'

Ik haalde twee prachtig ingepakte blauwe doosjes uit mijn tas, smeet ze zo ongeveer in hun richting en barstte toen in tranen uit. 'Bij elkaar passende kettinkjes.' Ik zette koers naar de deur. 'Dat leek me leuk, maar hé – wat weet ik daar nou van? Ik wens je een fijne bruiloft en een mooi leven.'

Ik rukte de voordeur open en trof daar Laurens moeder, zus en de rest van de gasten op de stoep. 'Hallo mevrouw Hobbs-Miller,' zei ik terwijl ik langs haar heen liep het tuinpad af. 'Dag mevrouw Hobbs-Miller.'

'Nou zeg, wat stelt dit nu weer voor?' informeerde ze nogal luid.

'Uw dochter is een egoïstische, verwende trut,' schreeuwde ik terug vanaf de straat. 'Gefeliciteerd, u zult wel trots zijn.'

Maandag 27 juli
Vandaag voel ik me: o, val toch dood
Vandaag ben ik dankbaar voor: serieus, flikker op

'Ik neem aan dat je begrijpt waarom we even moeten praten?' Matilda zat tegenover me in de vergaderkamer van Personeelszaken, het was maandagochtend vroeg.

'Ga je me een of andere prijs geven?' Ik klemde mijn handen om de tafelrand om niet te gaan huilen.

Matilda lachte niet. Matilda zag eruit alsof ze nooit meer zou lachen. En toch stond er een schaaltje met koekjes op de vergadertafel.

'Het incident op het feest van de Dickinsons,' zei ze. 'Zullen we het daar even over hebben?'

Ik veegde met mijn schoenpunt over de vloer. 'Naar welk incident gaat je voorkeur uit?'

Ik wilde niet bot doen tegen Matilda, maar na mijn confrontatie met Sarah en Lauren van gisteren had ik er zo genoeg van. Ik had genoeg van alles en iedereen.

'Waarom begin je niet bij het begin?' stelde Matilda voor. 'Dan heb ik meteen alle details.'

'Nou, ik ga ervan uit dat je de foto's hebt gezien, dus ik kan het kort houden,' antwoordde ik.

Ze had de foto's inderdaad gezien. Ik was er vrij zeker van dat iedereen op kantoor ze had gezien. De fotograaf had me gisteravond laat een link naar het lookbook gestuurd. Nadat ik snikkend van Sarahs huis naar dat van mij was gegaan, had ik een paar uur zitten loeien van het huilen bij foto's van Seb en zijn baby op Facebook, waarna ik Will en zijn vriendin op Instagram had gestalkt. Toen ik uiteindelijk catatonisch op de bank zat, had ik een halve fles gin weggewerkt en de kerstspecial van *Downton Abbey* gekeken. En intussen was een werkmail aan mijn aandacht ontglipt. Gelukkig was Shona nog wakker geweest en was ze in een aanzienlijk productievere stemming dan ik. Ze had de foto's gedownload en meteen maar doorgestuurd aan het halve bedrijf.

'De eerste locatie zei een dag voor het feest af, zodat ik op het laatste moment een nieuwe locatie en een stel nieuwe leveranciers moest zien te vinden,' zei ik. 'Op de dag zelf was alles in orde en liep alles op rolletjes, tot een of andere eikel een brandende sigaret in een fontein vol tequila gooide – ik neem aan dat dat het incident is waar je op doelt?' Ik was boos en hoopte dat het niet te merken was.

Matilda knikte.

'Nou, dat is het zo'n beetje, in een notendop. Tequila is, wonderbaarlijk genoeg, licht ontvlambaar. Dat had niemand gezegd toen we de fontein huurden en het was ook vooraf niet aan het licht gekomen toen we onderzoek deden naar het idee. Er was even heel kort wat vuur ín de fontein, maar met dank aan Sharaline, een brandblusser en een fijne zomerse regenbui was alles al uit voor het uit de hand kon lopen. Het enige slachtoffer is een partytent die we er net boven hadden geplaatst in verband met de naderende regen en daar zijn we voor verzekerd. We hebben de volledige borg voor de fontein teruggekregen, die heeft er niets aan overgehouden. Niemand is gewond geraakt, het vuur was snel uit. De enige pech was dat door de regen een paar gasten nat zijn geworden.'

'De Dickinsons hebben vanmorgen een iets gedetailleerdere mail over de gebeurtenissen gestuurd.' Matilda trok een geprinte mail uit haar map. 'Ze hebben het hier over "gestoorde ooievaars die de gasten terroriseerden" en "konijnen die eruitzagen alsof ze waren bedekt met bloed, waardoor de kinderen nachtmerries kregen".'

'Ze hadden zelf gevraagd om roze konijnen!' Het leek niet erg zinvol om mezelf te verdedigen, maar als je drie uur lang konijnen in een verfbad hebt gedompeld, zou je ook geïrriteerd zijn geweest. 'De ooievaars raakten van slag door de regen en de konijnen werden bang van de ooievaars. Zoals ik al zei: het was een ongelukkige samenloop van omstandigheden.'

'Dus het was niet het vuur waar de ooievaars zo van tekeergingen?'

Ik dacht even na. 'Zou kunnen.'

'Maddie, je zult het met me eens zijn dat dit de zaak enorme reputatieschade oplevert. Je rol is niet alleen om de cliënt een droomevent te bieden, maar om er alles aan te doen om er voor hen een geweldige ervaring van te maken. Met alle respect, maar dit had bijna niet erger kunnen mislopen.' Ze pauzeerde even, maar hield haar hand omhoog om me het zwijgen op te leggen toen ze zag dat ik wilde protesteren.

'De Dickinsons hebben laten doorschemeren dat ze niet bereid zijn de tweede helft van hun rekening te betalen. Zoals je weet gaat het om een aanzienlijk bedrag.'

'O jezus, en moet ik dat nu betalen?' Ik had visioenen van oneindig rood staan. Laurens bruiloft had me een fortuin gekost, ik was volledig blut.

'Nee, ik ben bang dat we je contract moeten opzeggen,' zei ze zo vriendelijk mogelijk.

'O,' fluisterde ik. 'Shit, zeg.'

'Je functie wordt opgeheven. We gaan reorganiseren, waarbij Shona hoofd Events wordt en een nieuwe eventmanager verantwoording aan haar moet afleggen, samen met een assistent. Meneer Colton heeft de plannen vanmorgen bekendgemaakt.'

'O.' Mijn blik viel op de schaal met koekjes. 'In dat geval denk ik dat ik maar een koekje neem.'

'Maddie, ik krijg het gevoel dat je dit niet erg serieus neemt.' Matilda liet even haar rol als kalm hoofd Personeelszaken varen. 'Ik heb voor je gepleit, ik dacht echt dat je het aankon.'

'En dat kon ik ook,' zei ik, en ik nam daadwerkelijk een koekje. 'En dat kan ik nog steeds. Ik heb de afzegging van de locatie opgevangen en onder zeer moeilijke omstandigheden een dijk van een feest afgeleverd, geheel volgens de wensen van de klant. En nu vertel jij me dat dat er allemaal niet toe doet, vanwege iets waar ik absoluut geen invloed op kon uitoefenen. Om eerlijk te zijn, Matilda, heb ik zin om iemand op zijn smoel te slaan, maar ik denk niet dat we daar iets mee opschieten. Jij wel?'

'Niet echt.' Weifelend keek Matilda me aan. 'Wat voor reden kreeg je voor de afzegging?'

'Ze zeiden dat de verzekeringspapieren en vergunningen niet op tijd binnen waren,' verklaarde ik. 'Maar dat waren ze wel. Ik heb ze zelf gecheckt en gedubbelcheckt, ze staan allemaal in mijn computer. Ik heb al dat papierwerk al duizenden keren geregeld.'

'Het doet er niet meer toe.' Ze duwde een grote envelop naar me toe. 'We moeten je laten gaan, omdat je door de reorganisatie boventallig bent geworden.'

Ik keek naar de envelop, maar weigerde die aan te raken.

'Ik meen het, Matilda. Kijk naar de foto's voor die verdomde margaritafontein vlam vatte, wat trouwens niet mijn schuld was en niemand kon voorspellen. Alle gasten hadden te horen gekregen dat het een niet-rokenfeest was en we hebben het vuur kunnen doven voor het uit de hand liep. Wat had ik nog meer kunnen doen? We zouden de klootzak moeten aanklagen die die sigaret weggooide.'

Ik brak mijn koekje in tweeën en verslond het in afwachting van haar antwoord.

'Het doet er nu niet meer toe,' herhaalde ze berustend. 'Je had misschien een uitgebreidere veiligheidscheck van die fontein moeten laten uitvoeren. Maar Colton laat zich niet meer ompraten, we zijn het stadium van een formele waarschuwing voorbij. En ik denk dat je wel begrijpt dat de zaak je geen referentie kan meegeven, maar als je iemand nodig hebt, kun je me privé doorgeven. Als je het alsjeblieft maar aan niemand vertelt.'

Ik knikte, haalde diep adem en pakte langzaam de envelop. Ik kon me niet herinneren dat ik me ooit zo rot had gevoeld. Dit was het dus. Geen vriendinnen, geen vriend en nu ook geen werk meer. Hoe moest ik dit aan mensen uitleggen? En wie waren de mensen aan wie ik het zou kunnen vertellen?

'Ik heb goed werk geleverd.' Ik snufte. 'Dat weet ik en ik sta nog steeds achter wat ik heb gedaan.'

'Het spijt me,' zei Matilda.

'Zou je me een lol kunnen doen?' Langzaam kwam ik overeind. 'Zou je kunnen regelen dat het Wheelerfeest naar de nieuwe eventmanager gaat en niet naar Shona?'

'Ik zal mijn best doen.' Ze keek me wat begripvoller aan. 'Wil je weg door de achteruitgang?'

'Nee,' zei ik, op volstrekt niet overtuigende toon. Er viel een stilte. 'Ik moet nog wat spullen uit mijn bureau halen.'

'Wil je dat ik met je meega?'

'Als ik Shona in haar neptieten zou stompen, wat zou er dan gebeuren?' vroeg ik. 'Hypothetisch gesproken?'

'Hypothetisch gesproken kan ik me zo voorstellen dat ik je dan op mijn schouders het pand uit draag.'

'Ik check het alleen maar even.' Ik rekte en strekte mijn handen. 'Hypothetisch gesproken.'

Het was niet zo dat het kantoor normaal gesproken gonsde van bedrijvigheid op maandagmorgen, maar toen Matilda en ik naar mijn bureau liepen, ik met een kartonnen doos in mijn handen, was het ongewoon stil. Het enige wat ik hoorde was het geklik van honderd toetsenborden die met elkaar aan het chatten waren en het ging zonder enige twijfel over mij.

'Voor het geval jullie je het afvragen: het blauwe oog is niet het gevolg van het feest,' zei ik luid, en ik zette de doos op mijn bureau. 'Maar bedankt voor de belangstelling,'

'Maddie.' Sharaline kwam overeind achter haar bureau. 'Dit is niet eerlijk.'

'Het leven is niet eerlijk.' Ik probeerde kalm te blijven. 'Als ik niet voor de promotie was gegaan, zou ik nu niet weg moeten. Als ik niet boven mijn stand had gedatet met Will, zou ik niet afgetuigd zijn. Laat me je dat als levensles meegeven, Sharaline. Steek niet je nek uit, wees blij met wat je hebt en probeer vooral niet te veel te wagen.'

'Maar het was niet jouw schuld,' protesteerde ze en ze wendde zich tot Matilda. 'Maddie heeft alles volgens de regels en afspraken gedaan. Ik heb alles gecheckt toen ik de papierhandel indiende voor de alternatieve locatie. Iemand moet ze hebben gebeld of ons hebben gesaboteerd.'

'Iemand?' vroeg ik.

'Als je iemands mail zou checken...' Sharaline staarde naar Matilda en gebaarde met haar hoofd naar het kantoor in de hoek. 'Dan kom je er vanzelf achter.'

'Je hebt haar mail gelezen?' Ik was onder de indruk. 'Wat geweldig, waarom heb ik dat nooit bedacht?' Ik viel even stil. Zou Shona werkelijk zo ver zijn gegaan?

'Ze bewaart haar wachtwoorden in een sleutelhanger,' antwoordde Sharaline. 'Stom wijf. Hoe dan ook, het is niet Maddies fout.'

Matilda keek in toenemende mate ongemakkelijk. Ik had geen idee wat tegenwoordig het protocol was als stagiaires strooiden met wilde aantijgingen in een emotionele situatie, maar ik had zomaar het gevoel dat als het ging om iemand die al was ontslagen (en een fontein had geflambeerd) er geen intern onderzoek naar zou komen.

'Sharaline, kun je even hier komen?' riep Shona vanuit haar kantoor. 'Laat Personeelszaken deze situatie maar afhandelen en hou je erbuiten.'

Tien jaar samenwerken en ik was nu niet meer dan een 'situatie'. Lekker dan.

'Ga je zomaar weg?' Sharaline hield haar iPad voor haar borst alsof het een schild was. 'Ga je er dan niets van zeggen?'

Ik keek naar Shona's kantoor. Ze zat met haar idiote ananaspaardenstaart naar haar scherm te staren, om maar net te doen alsof wat er naast haar gebeurde haar totaal niet interesseerde. Het was niets voor haar om zich niet vol leedvermaak te laven aan de ellende van een ander. Wat Sharaline zei, klonk opeens heel logisch. Ik wilde graag geloven dat Shona kampte met de bijwerkingen van spijt. Het lag niet voor de hand, maar er gebeurden wel gekkere dingen. Zoals freakende roze geverfde konijnen op een naamfeest voor een baby in Londen.

Er waren miljoenen dingen die ik wilde zeggen en miljoenen dingen die ze moest horen, maar als ik de afgelopen weken iets had geleerd, was het wel dat ik daar uiteindelijk niets mee opschoot. Shona zou haar lesje niet leren, sommige mensen leerden het nooit. Als ik nu bij haar binnenstormde om haar uit te schelden, zou ze daar alleen maar op kicken, afgaand op de laatste keer dat ik haar de waarheid zei. Ik wist dat ik goed zat en ik wist ook dat ze nog wel eens over haar karma zou struikelen. Goedbeschouwd verleende het universum me een gunst.

Met volmaakt gevoel voor timing keek Shona op en keek naar mijn bureau. Met een volstrekt effen uitdrukking strekte ik mijn hand en stak mijn middelvinger omhoog, terwijl mijn lippen het meest onaangename woord vormden dat ik kon bedenken. Shona's wenkbrauwen schoten omhoog en ze liet haar jaloezieën zo snel als menselijk mogelijk was zakken.

'Ik denk dat daarmee alles gezegd is,' zei ik tegen Sharaline terwijl ik mijn persoonlijke bezittingen uit de bovenste la van mijn bureau in de kartonnen doos legde. 'Ze zou zich anders maar gevleid gaan voelen. Het mooiste wat hieruit voortkomt, is dat ik nooit meer voor haar hoef te werken.'

'Wat ga je doen?' Haar schouders zakten toen ze besefte dat ik echt zou vertrekken.

'Geen idee.' Ik liet de doos op mijn heup rusten en vond Shona's weigering om oogcontact te maken inmiddels bijna grappig. 'Ik moet nog veel tv-series inhalen. Het is de laatste tijd erg druk geweest.'

'Ik zal je missen,' zei ze met een trillende onderlip. Ik wist niet zeker of het de gedachte aan mijn vertrek was of de gedachte nu in haar eentje te zijn overgeleverd aan Shona, maar hoe dan ook: ik was aangedaan.

'Aggos.' Ik trok haar even zijlings tegen me aan op weg naar de lift. 'Ik ga jou ook missen, Sharaline.'

Ook iets wat ik nooit had gedacht nog eens te zullen zeggen.

Gefeliciteerd!

Vandaag is de grote dag.

Alles wat er is gebeurd sinds je bruid je vroeg om haar te begeleiden op deze reis heeft geleid naar dit moment.

Je bent haar bruidsmeisje. Je bent haar vriendin, haar zus, haar steun, haar toeverlaat, de persoon die ze vertrouwt met haar kostbaarste geheimen en degene die haar hart beschermt.

Geniet van deze bijzondere dag, bruidsmeisje, en koester het moment voor altijd.

23

Zaterdag 1 augustus
Vandaag voel ik: alles wat een mens maar kan voelen
Vandaag ben ik dankbaar voor: geen idee, noem eens wat?

Tegen de tijd dat het zaterdag was, was ik bijna een week lang het huis niet uit geweest.

Je zou denken dat werkloos, aan huis gebonden en verstoten zijn door je vriendinnen een mens de tijd zou geven om eens een beetje op te ruimen en schoon te maken, maar nee, hoor. Ik had mezelf er niet toe kunnen zetten. Sinds ik maandagmorgen thuis was gekomen, was de bezorger van Domino's Pizza de enige persoon met wie ik gesproken had en hoewel onze gesprekken frequent waren, bleven ze nogal aan de oppervlakte.

Toen mijn telefoon donderdag oplichtte met Laurens naam, werd ik licht hysterisch van vreugde, maar het was niet mijn beste vriendin die het weer wilde bijleggen, maar haar moeder die meldde dat ik niet langer was uitgenodigd voor het oefendiner van donderdagavond.

Op zaterdagmorgen douchte ik toch weer eens, maar alleen omdat ik wakker was geworden van mijn eigen lijflucht. Toen ik een kop thee voor mezelf maakte, bleek ik geen melk meer te hebben. Het moment was daar, ik was gedwongen het pand te verlaten. Ik loerde uit het raam en vroeg me af of de beschaving wellicht stilstond. De wereld had overlopen kunnen worden door zombies zonder dat ik er iets van had gemerkt. Waarschijnlijk had ik makkelijk zelf voor een zombie kunnen doorgaan. Ze zouden me vast met rust hebben gelaten, zeker als hun reukvermogen nog werkte.

Mijn bruidsmeisjesjurk hing aan mijn kledingkast in haar luxe grijze kledinghoes, de lila stof stak treiterend een middelvinger naar me op door het doorzichtige raampje aan de voorkant.

'Val toch dood,' zei ik tegen de jurk en ik wreef mijn haar iets te ruw droog met mijn handdoek.

We hadden elkaar niet meer gesproken sinds het bruidsfeestje. Voor zover ik wist hadden Sarah, Lauren, Laurens getikte moeder en haar afgrijselijke zus de middag doorgebracht met cupcakes eten en elkaar optuigen in bruidsjurken van toiletpapier, terwijl ze onderling tegen elkaar opboden wie van hen het meest door mij tekort was gedaan. Geen van beiden had nog contact met mij gezocht.

'Het kan me niets schelen,' zei ik tegen de jurk. We waren de afgelopen dagen vrij close geworden, al was het geen erg spraakzaam type. 'Geen werk, geen vriend, geen vriendinnen. Nieuwe start.'

Alleen was er geen nieuwe start in zicht. Ik was blijven steken in niets meer dan een pijnlijk, aanhoudend einde.

Ik ging op de rand van het bed zitten, vochtig haar op mijn rug, natte handdoek in mijn handen.

'Als dit een romcom was, zou Will nu op de deur bonzen,' zei ik tegen de jurk. 'Hij zou hebben ingezien dat hij fout zat of er minimaal achter zijn gekomen dat zij het met een ander deed. En in zijn pak van gisteravond voor mijn deur staan met een dozijn rode rozen in zijn hand.'

De jurk bleef zwijgend hangen.

'Niet dat ik nog iets met hem wil, maar het zou fijn zijn om te kunnen zeggen dat hij moet opflikkeren.'

Nog altijd geen respons.

'Niks?' vroeg ik verslagen. 'Waarschijnlijk heb je gelijk. Misschien was het niet mijn romcom, maar die van haar. Misschien was ik het obstakel.'

Ik waagde me maar niet aan het fantasietje dat af en toe opdook, waarin Tom voor de deur stond met een fles Hendrick's en een pak koekjes. En waarin ik niet tegen hem zei dat hij moest opflikkeren, omdat ik dat al min of meer had gedaan.

Ik stond op en liet de handdoek op de vloer vallen, waar hij zich voegde bij mijn pyjama, de kleding die ik had gedragen voor het bruidsfeestje en de outfit die ik maandagochtend had aangehad.

'Het voelt ook meer als een horrorfilm.'

Ik lanterfanterde wat in mijn slaapkamer, smeerde met crèmes en lotions waar ik anders nooit tijd voor had, föhnde mijn haar in plaats van het aan de lucht te laten drogen, zodat het voor de verandering niet op eigen initiatief pluisde. Uiteindelijk, toen er geen dingen in de badkamer meer waren om tijd aan te verspillen, liep ik naar de kast en ritste de kledingzak los. Ik haalde er de meest volmaakte bruidsmeisjesjurk ooit uit: half strapless, babyzachte lila zijde, getailleerd met een lange rok tot op de vloer, met een enorme split erin. Ik moest het Lauren nageven: ze was een moedige bruid om haar bruidsmeisjes zoiets moois te laten dragen.

'Heb je zin om even wat melk met me te gaan halen?' vroeg ik.

De jurk deed cool, maar toch had ik de indruk dat ze er wel zin in had.

Een kwartier later zat ik op de bank met een kop thee, met mijn handtas naast me en een bruidsmeisjesjurk van vierhonderd pond aan, en checkte voor de duizendste keer die dag Facebook. Sarah noch Lauren had sinds zondag ook maar iets gepost, al stonden er wel veel gelukwensen op Laurens pagina. Omdat ze ging trouwen. Het was haar trouwdag. En ik zat hier op de bank in een bruidsmeisjesjurk. Goed bezig.

Ik klikte op mijn foto's en scrolde terug, helemaal terug tot aan Sarahs trouwdag. Die had goddank voor Facebook plaatsgehad zodat we niet door de hele wereld beoordeeld en veroordeeld konden worden, maar Sarah had de foto's er later aan toegevoegd. Ik zag dat ze alle tags naar haarzelf had verwijderd, maar dat de foto's er nog stonden. Nog wel. Ik herinnerde me hoe ik mijn eigen tags had weggehaald bij foto's van Seb. Mijn eigen foto's, daar was ik even doorheen gevlogen, omdat ik wist dat die er toch wel zouden zijn; als ik ze nodig had, waren ze snel genoeg boven water. De foto's die hij had gepost, dat was een ander verhaal. Opruimen, afsluiten en opnieuw beginnen was het doel van die avond geweest, maar ik had uren gehuild om betere, gelukkiger tijden en naar de foto's gestaard om ze in mijn geheugen te prenten, in de wetenschap dat ik ze nooit meer zou zien als ik ze wegklikte.

Het had een hele tijd geduurd voor ik de foto's daadwerkelijk had gewist. Ik vroeg me af hoe lang het zou duren voor Sarah haar trouwalbum zou verwijderen.

'O god,' zei ik kreunend, en ik verborg mijn gezicht achter mijn handen. 'Ik kan dit niet.'

Het was absurd. Moet je mij nou zien, in een bruidsmeisjesjurk, zonder een bruid om meisje voor te kunnen zijn. En maar staren naar internet, tot ik langzaam gek werd.

Ik pakte mijn handtas en liep naar de deur. Ik kon het niet opbrengen om de hele dag in mijn eentje op de bank te zitten, de pagina te vernieuwen en te wachten tot iemand foto's van Laurens bruiloft online zou zetten. Ja, we hadden ruzie en niet zo'n klein beetje ook. En ja, we verdienden allemaal een draai om onze oren, maar om het nu te laten dooretteren op Laurens trouwdag voelde helemaal verkeerd.

Het was mijn romcom. Ik zou het grote romantische gebaar maken, maar dan naar de echte liefdes van mijn leven.

Met een hernieuwde vastberadenheid en voor het eerst in vijf dagen een verhoogde hartslag, stak ik mijn voeten in mijn gympen en haastte me de trap af en de voordeur uit, om daar onmiddellijk tegen iemand aan te knallen.

'O, jij bent het.' Ik wreef over mijn neus, die ik lelijk aan hem had gestoten. 'Wat doe jij hier?'

'Iedere keer als ik je kantoor belde, zeiden ze dat je niet aanwezig was,' zei Tom en hij wreef over zijn maag alsof mijn arme neus daar ook maar enige schade aan had kunnen richten. Echt niet. Keiharde buikspieren, noteerde ik ergens achter in mijn hersens. 'Dus heb ik je adres opgezocht.'

'Je stalkt me?' vroeg ik. 'Je bent achter mijn adres gekomen en hangt rond voor mijn huis zonder aan te bellen? Hoe lang sta je hier al?'

'Ik zag je eerder naar buiten komen.' Hij schoof zijn handen diep in zijn zakken. 'Ik dacht dat ik je was misgelopen, maar je was al vrij snel weer terug, dus ik dacht dat ik nog maar een poging moest wagen.'

Ik wees naar de trap. 'Ik was even melk halen.'

Tom Wheeler stond bij mij op de stoep.

Hij had me zowaar gestalkt, net als in films en boeken.

Het voelde heel bijzonder, ook al had hij dan geen gin of koekjes bij zich.

'Je bent best wel opgetut om alleen maar even een pak melk te halen,' merkte hij op, knikte naar mijn jurk en fronste toen hij was aanbeland bij mijn gympen. 'Plannen?'

Het vestje dat ik snel over mijn schouders had gegooid paste niet echt bij mijn jurk, maar een mens kan niet alles hebben.

'Om eerlijk te zijn, heb ik een beetje haast.' Ik hees mijn handtas wat hoger op mijn schouders. 'Kunnen we dit snel afhandelen? Ik moet een taxi zien te vinden.'

'Ik geef je wel een lift,' bood hij aan. Hij trok zijn autosleutels uit zijn zak en liet ze aan zijn wijsvinger bengelen. 'Waar moet je heen?'

'Naar Oost,' zei ik en ik griste de sleutels van zijn vinger. 'Zal ik rijden?'

'Niets daarvan,' zei hij en hij griste ze terug. 'Het is de Range Rover aan de overkant van de straat en jij bent niet verzekerd.'

'Jeez, pa, ik mag ook nooit iets,' mompelde ik terwijl ik hem naar zijn wagen volgde. 'En uiteraard rij je in een Range Rukker.'

'Goed idee om haar een lift aan te bieden,' mompelde Tom terwijl hij de auto openbiepte. 'Prima zet, Tom. Excellente beslissing.'

'Niet dat ik mijn lift in gevaar wil brengen,' ik tikte het adres in zijn navigatiesysteem in, 'maar wat doe je hier?'

Hij startte de motor. 'Moeten we het hier echt over hebben als ik achter het stuur zit? Waarom heb ik je de afgelopen dagen niet te pakken kunnen krijgen op je werk? Waarom heeft ene Sharaline het feest voor mijn moeder overgenomen?'

'O, de hemel zij dank dat het Shona niet is.' Ik slaakte een opgeluchte zucht. 'Ik ben ontslagen. Afgelopen maandag.'

'O fuck, echt waar?' Hij grimaste. 'Toch niet vanwege je oog, mag ik hopen?'

'Nee, omdat ik verantwoordelijk was voor het in de fik vliegen van een fontein en er waren ook nog wat konijnen en ooievaars bij betrokken. Lang verhaal.'

Hij staarde me even aan en voegde de wagen toen in het verkeer.

'STOPPEN!' schreeuwde ik en met beide handen sloeg ik op het handschoenenkastje. 'Tom, stoppen!'

'Wat is er?' Tom trapte op de rem en veroorzaakte zo een kettingreactie aan toeterende achterliggers en vloekende chauffeurs achter ons. 'Maddie, wat is er aan de hand?'

'Daar, bij mijn deur.' Ik klikte de veiligheidsgordel los en klauterde met enige moeite uit de auto. Het was belachelijk, wie had er nou zo'n bakbeest nodig om door Londen te keutelen? 'Met die jurk aan.'

Voor mijn flat stond een kleine blonde chick met haar vinger op mijn bel, terwijl ze met haar andere hand rond rommelde in een lila tasje dat volmaakt bij mijn jurk paste.

'Sarah!' gilde ik, hangend aan het portier.

'Ga van de weg af, stomme trut!' schreeuwde een man in een wit bestelbusje.

Ik schonk hem een middelvingersaluut, slingerde mezelf naar de overkant, stampte over het pad van de voortuin en tackelde mijn beste vriendin alsof het een rugbywedstrijd was.

'Ik was op weg naar jou,' zei ik, in een innige omhelzing waarbij we op en neer sprongen alsof we vier waren. 'Ik wilde je zo graag zien.'

'Ik zat op de bank en het was allemaal zo rot. Ik haatte mezelf.' Ze onderbrak onze hug om haar tranen op te vangen voor die haar eyeliner konden ruïneren. Die – uiteraard – volmaakt was aangebracht. 'Het spijt me zo, ik had nooit iets tegen Lauren moeten zeggen over die brand. Ik kon haar gewoon geen seconde langer meer in mijn keuken hebben, want ze stond naar me te kijken met die blik en ik...' Sarah maakte haar zin niet af en demonstreerde wurgbewegingen met haar handen.

'Het spijt me dat ik al die nare dingen heb gezegd.' Ik wist niet hoe snel ik de woorden moest uitspreken. 'En het spijt me dat ik niet gezegd heb dat ik ook op die baan had gesolliciteerd. Ze hebben echt aan me gevraagd om voor de vacature te gaan. Tot ze aandrongen dat ik zou solliciteren, was het niet eens bij me opgekomen.'

'Kunnen we het eens zijn over het feit dat we een stel debielen zijn?' stelde ze voor.

Ik knikte gretig. 'Mee eens.'

'Ze hebben me de baan aangeboden,' zei Sarah. 'Bij Colton-Bryers.'

Ze had de baan. Mijn baan.

'En daar hebben ze groot gelijk in.' Ik probeerde er oprecht bij te glimlachen. 'Gefeliciteerd.'

'Ik heb hun aanbod uiteraard niet aangenomen.' Ze stompte me op mijn arm. 'Dat zou raar zijn, toch?'

'Maar je haat je huidige baan...' Ik was stiekem heel blij, maar vanbuiten vooral verbaasd. 'Dit is toch een mooie kans?'

'Ja, nee, moet je horen,' zei ze. Aan de overkant biepte Toms auto twee keer. 'Wat als we nu eens samen voor onszelf beginnen?'

Ik staarde mijn beste vriendin aan. Het is heel raar als blijkt dat iemand die je denkt door en door te kennen je toch nog kan verrassen. En niet alleen omdat haar topknotje ineens in een kunstzinnig warrige chignon zat.

'Meen je dat nou?' vroeg ik. 'Serieus? Zou je dat echt willen?'

'Events plannen is iets wat ik graag fulltime zou willen doen. Ik vind het leuk. Maar ik heb jouw ervaring, noch je contacten. Wat ik wel heb, is startkapitaal, want Stephen en ik hebben de flat verkocht.'

'Je kunt bij mij komen wonen!' gilde ik. Ik pakte haar bij haar bovenarmen en stuiterde weer op en neer. 'Je kunt de logeerkamer krijgen.'

'Nee joh, doe niet zo mal,' zei ze.

Ik stopte met stuiteren. 'Je meent dit echt?' vroeg ik voor alle zekerheid. 'Je wilt gaan samenwerken, in ons eigen bedrijfje?'

'Na de manier waarop je Laurens vrijgezellenfeest hebt gered? En het babyfeest? En, weet ik veel, een complete bruiloft hebt georganiseerd in krap drie maanden, in je vrije tijd? Wat denk jij dan? Ik ga gráág met je in zee.'

'Oké, goed.' Dit was geen moment voor valse bescheidenheid, meende ik. 'Zolang niemand een brandende sigaret in een tequilafontein gooit, heb ik wel wat te bieden, ja.'

'We hebben de flat goed kunnen verkopen en ik ben niet van plan nu alweer wat te kopen. Fuck, Mads, waarom proberen we het niet gewoon?'

'En je vindt het echt geen afknappertje dat mijn laatste feest eindigde in een bijna-massamoord met konijnen, ooievaars en brandende fonteinen?' vroeg ik voor alle zekerheid.

'Ik ben hooguit geïntrigeerd,' antwoordde ze. Ik sloeg mijn armen om mijn droge, grappige, schat-van-een-Sarah en trakteerde haar op een megahug.

'Ik stel liever geen domme vragen,' zei Tom, die aan het einde van het tuinpad met zijn autosleutels stond te spelen. 'Maar er is vast een reden dat jullie identieke jurken dragen.'

'En jij bent?' Sarah verbrak onze omhelzing om Tom de vuilste blik ter wereld te schenken. 'O, wacht even, ben jij de ceremoniemeester?'

'Ik ben Tom,' zei hij, en hij zag er een tikje verbijsterd uit. 'We zijn nog niet aan elkaar voorgesteld.'

Sarah negeerde hem. 'Hij is erg lang, zeg,' zei ze tegen mij. 'Zo lang leek hij helemaal niet op de foto's. Het is best intimiderend als hij zo voor je staat.'

'Wanneer heb je foto's van me gezien?' vroeg Tom. 'En wie ben jij?'

'Ik ben Sarah.' Ze duwde me opzij om hem een hand te geven. 'Ik ben de beste vriendin van Maddie.' Ze keerde zich weer naar mij. 'Wat doet hij hier?'

'Dat weet ik nog niet precies,' zei ik. 'Maar hij was bereid om me een lift te geven naar je huis.'

Sarah wendde zich opnieuw naar Tom. 'Wat doe je hier?'

'Eh, nou, oké dan.' Hij wreef over zijn nek. 'Ik wilde tegen Maddie zeggen dat het me heel erg spijt, wat er vorige week allemaal is gebeurd, dat ik steeds aan haar moet denken en dat ik vermoedelijk wel eens van haar zou kunnen houden. Een beetje. Min of meer.'

'Is dat alles?' Sarah had de armen strijdlustig over elkaar heen geslagen.

'Je houdt een beetje van me?' vroeg ik en kordaat duwde ik Sarah opzij om voor hem te kunnen staan. Ik moest behoorlijk achteroverleunen om hem goed te kunnen bekijken.

'Dat is absurd.'

'Op zijn minst intens en irrationeel,' zei hij ernstig. 'Wat zich volgens mij laat vertalen in liefde. Of iets wat daarop lijkt.'

'Maar waarom?' Ik probeerde te bedenken wat ik in vredesnaam had gedaan dat me ook maar een beetje de moeite waard maakte om van te houden.

'Je wilt een daadwerkelijke lijst?' informeerde hij.

Ik haalde mijn schouders een piepklein beetje op. 'Ja, best wel, eigenlijk.'

'Ik wil niet bot doen of zo, maar ben je autistisch?' vroeg Sarah. 'Even serieus, want ik heb gewerkt met een man die…'

'Kop dicht, Sarah.' Ik staarde naar Tom. 'Meen je dat echt?'

'Ik zou nogal een eikel zijn als ik het niet meende,' antwoordde hij blozend.

'Oké dan,' zei ik.

'Oké dan,' herhaalde hij.

'Zeg, ik wil dit bijzondere moment niet verstoren,' zei Sarah, die het bijzondere moment letterlijk verstoorde. 'Maar we zijn niet zo uitgedost omdat we auditie moeten doen voor *Britain's Got Talent*. Moeten we niet naar Lauren?'

'Lauren?' vroeg Tom. 'Er is ook nog een Lauren?'

'Geldt dat aanbod van die lift nog steeds?' Ik kneep in zijn pols.

Het was nog niet zijn hand, maar het ging de goede kant op.

'Ze is er niet,' zei ik toen ik het portier van Toms idiote auto had geopend. 'Ik heb aangebeld, op alle deuren geklopt, door alle ramen gekeken en aan de buren uitgelegd dat ik niet van plan was om in te breken. Volgens hen is ze al een paar dagen niet thuis geweest. Waarschijnlijk logeert ze bij haar moeder of haar zus of zo.'

'Ze neemt haar telefoon ook al niet op.' Verslagen hield Sarah haar eigen mobieltje omhoog. 'Ik heb bij haar ingesproken en haar geappt. Zullen we dan maar naar de trouwlocatie gaan?'

Ik schudde mijn hoofd. 'Daar kan ze nog helemaal niet terecht. In de kerk is geen wachtruimte en de receptie is mijlen weg, daarom zouden we ons hier klaarmaken.'

'Je kunt haar niet overvallen in de kerk,' zei Tom, de redelijkheid zelve. 'Jullie zullen moeten wachten tot na de trouwpartij.'

'Guerrillabruidsmeisjes!' riep Sarah uit. 'Waarom niet?'

'Wacht, we volgen haar gewoon door het middenpad en dwingen zo vergeving af?' vroeg ik. 'Dat is eigenlijk helemaal geen slecht idee.'

'We hebben nog een paar uur,' zei Sarah. 'Als we nou eens teruggaan naar jouw flat, even wat drinken en kijken of ze ons terugbelt?'

'Ik mag het wel, dat je zo lekker achteloos "even wat drinken" in je plan opneemt,' zei ik en berustend klom ik weer terug in de Range Rover. 'Serieus, waarom rij je in zo'n bak?' vroeg ik aan Tom. 'Het is belachelijk.'

'Omdat ik bijna twee meter ben en er niet uitzie in een Mini?' antwoordde hij. 'Nou, majesteit. Waarheen wil je nu?'

'O Maddie,' Sarah klikte haar autogordel vast, 'ik vind hem nu al enig.'

Het duurde even voor we in mijn straat een parkeerplaats hadden gevonden die groot genoeg was voor Toms Range Rukker, maar drie kwartier nadat we Laurens huis hadden verlaten en twee uur voor Laurens jawoord, trippelden we over mijn tuinpad naar een voordeur die wagenwijd openstond.

'Heb jij die opengelaten?' vroeg ik aan Sarah. We bleven aarzelend buitenstaan.

'Ik heb hem niet eens opengedaan.' Ze hield haar avondtasje omhoog in een aanvalsgebaar.

'Je bent nogal haastig vertrokken,' zei Tom. 'Misschien ben je vergeten de deur op slot te doen? Niet naar binnen gaan, ik ben zo terug,' voegde hij eraan toe en hij holde terug naar zijn auto.

'Maar ik doe mijn deur altijd op slot,' zei ik en voorzichtig duwde ik de deur open. 'Ik ben eenendertig, ik woon alleen en ik kijk veel te veel politieseries. Ik vergeet nooit, nóóit om de deur op slot te doen.'

Tom keerde terug, manoeuvreerde me naar achteren en liep de trap op, gewapend met het stuurslot dat hij uit zijn auto had gehaald.

'En dan zeggen ze nog dat ridderlijkheid niet meer bestaat,' zei Sarah zwijmelend.

'Ridderlijkheid mag dan nog levend en wel zijn, hij kan het loodje leggen als er boven een moordenaar zit,' antwoordde ik. 'Idioot.'

'Liever hij dan jij,' fluisterde ze. 'Ik bedoel het niet rot of zo, maar je weet wel, voor mij.'

'Nee joh, natuurlijk,' stemde ik in. 'Niet meer dan normaal.'

Echter, tenzij moordenaars gilden als doodsbange vrouwen in een Jenny Packham van tienduizend pond, bevond zich geen killer in mijn flat, maar een hevig geschrokken Lauren.

'O mijn god!' gilde ze. 'O mijn god!'

'Rustig maar,' zei Tom, nog altijd met het stuurslot in zijn handen. 'Ik doe je niks, rustig maar.'

'Lauren!' Ik vloog op haar af, ze zat op mijn bank en leek te verdrinken in een poel van tule en gin. 'Wat doe jij hier?'

'Ik kan dit niet.' Ze schudde haar hoofd en produceerde verse tranen. Die zo te zien de sporen volgden van diverse rondjes snikken die ze al achter de rug had. 'Ik kan het niet.'

'Geeft niets.' Ik pakte haar beide handen. 'Vertel me wat er mis is.'

Sarah greep twee mokken en een maatkan uit de kast en haastte zich naar Lauren. Die slimme meid had de gin-tonic al klaarstaan op de salontafel.

'Ik k-kan niet t-trouwen,' zei ze, gehinderd door een storm van hikken. 'Ik kan niet eens een bruiloft organiseren zonder mijn beste vriendinnen kwijt te raken. Hoe kan ik nou trouwen?'

'Doe niet zo mal.' Sarah schonk gin in; ze had haar prioriteiten altijd goed op een rijtje. 'We zijn er nu toch? We zijn weer allemaal bij elkaar.'

'Waar waren jullie nou?' Ze knipperde naar onze outfits. 'Waarom dragen jullie je jurken?'

'We stonden voor jouw huis,' zei ik vriendelijk en ik hield de gin bij haar mond alsof ze een dreumes was. Een alcoholistische dreumes in een jurk die meer kostte dan zes maanden huur. 'We waren op zoek naar jou. Om sorry te zeggen en zo.'

'Maar het is allemaal mijn schuld,' zuchtte ze voor ze weer hikte. 'Ik heb me zo blindgestaard op de bruiloft, om die maar volmaakt te maken, dat ik jullie echt afschuwelijk heb behandeld.'

'Dat is zo,' zei Sarah. 'Maar we vergeven het je.'

Ik gaf haar een strenge blik, maar ze dronk haar gin uit mijn maatbeker en negeerde me.

'Ik dacht dat als ik de bruiloft perfect kon maken, er mijn droombruiloft van kon maken, dat ik er dan niet over zou flippen.' Ze knikte langzaam en accepteerde nog een mondje gin. 'Maar ik draaide juist helemaal door. Het spijt me zo, meiden. Ik zat gisteravond bij het oefendiner naar twee lege plekken te kijken en daar werd ik zo gek van dat ik wist dat ik er niet mee door kon gaan. Ik wil echt trouwen met Michael, maar niet zonder jullie erbij. Dan trouw ik nog liever stiekem in Las Vegas.'

'Niet na al dat werk dat ik eraan heb gehad,' zei ik. 'Je gaat verdomme trouwen, Lauren. De bruiloft gaat door.'

'Wat ik probeer te zeggen is dat het allemaal niet meer belangrijk voor me is,' corrigeerde ze zichzelf. 'Niet dat ik het niet waardeer, want ik vind het geweldig wat jullie allemaal voor me hebben gedaan. Maar trouwen, het stelt niets voor, toch? Niet zonder jullie. Niet het feest telt, maar de mensen.'

'Laten we dat nou maar niet gebruiken als de slogan voor ons nieuwe bedrijf,' zei Sarah.

'Wat heb ik nou gezegd toen we in de wc's zaten?' zei ik tegen Lauren. 'Dit draait allemaal om jou. Als je er niet mee door wilt gaan, dan gaan we er niet mee door. Niemand anders heeft er iets over te zeggen. Niet je moeder, niet je zus, zelfs Michael niet. Als je met hem naar Las Vegas wilt vluchten, boek ik de tickets. Al heb ik dan wel je creditcard nodig en je vader zal alle rekeningen voor vandaag moeten betalen.'

Lauren keek van mij naar Sarah.

'Je kunt er beter nu een punt achter zetten dan over tien jaar,' zei Sarah. 'Geloof me.'

'Zijn jullie echt naar mijn huis gegaan?' vroeg Lauren.

'Ik was er getuige van.' Tom hield zijn stuurslot omhoog. 'Ze waren bij je huis.'

'Wie is die man toch?' vroeg Lauren fluisterend. 'Wat is hij lang, zeg.'

'Ik wilde mijn excuses aanbieden.' Ik trok haar even tegen me aan. 'Voor alles.'

'Ik ook,' zei Sarah. Ze ging aan de andere kant naast Lauren zitten en legde een hand op haar blote schouder. 'Aan jullie allebei. We hebben allemaal nogal wat meegemaakt. Misschien kunnen we afspreken dat we onze mijlpalen en crises voortaan wat beter verdelen?'

'Dat valt te proberen,' zei ik. 'Maar het is de goden verzoeken.'

'Het spijt me ontzettend.' Lauren liet een arm om mijn middel glijden. 'Ik heb jullie ontzettend gemist. En ik hou van jullie stomme smoelen.'

'Hebben jullie vaker dit soort ruzies?' informeerde Tom. 'Is dit normaal?'

'Ja,' antwoordden we in koor, de een met wat meer overtuiging dan de ander.

'Goed dat ik het weet,' zei hij. 'Maddie, je flat is een zwijnenstal.'
Het leek me het beste die opmerking maar gewoon te negeren.

Toen Tom naar de supermarkt was om noodvoorraden in te slaan, gingen wij met zijn drieën op de bank zitten om Laurens zenuwen te kalmeren.

'Ik kan er met mijn hoofd niet bij dat je bent ontslagen.' Ze schonk me een meelevend snufje. 'Hoe fout is dat? Kun je ze aanklagen? Er is overduidelijk sprake van onterecht ontslag.'

'Ik wed dat mijn advocaten wel iemand hebben die ernaar kan kijken,' bood Sarah aan. 'Misschien kunnen we groepskorting krijgen?'

'Trek jij het nog een beetje?' vroeg Lauren aan haar. 'Ik vind het vreselijk dat ik zulke akelige dingen tegen je heb gezegd op het bruidsfeestje, ik heb er de hele week van wakker gelegen.'

Sarah keek alsof ze nergens zeker van was. 'Ik red het wel,' zei ze weifelend. 'Uiteindelijk. Het is lastig om niet langer van iemand te houden omdat hij niet meer van jou houdt. Maar ik kom er wel. Ik heb gelukkig jullie nog, stelletje trutten.'

'Ik ben er weer!' De voordeur knalde met volmaakt gevoel voor timing dicht en Tom kwam met donderend geraas de trap op. 'Ik wist niet precies wat ik moest meenemen, dus ik heb maar van alles meegenomen.'

Hij leegde drie grote tassen op het aanrecht en er bleek geen woord gelogen van zijn laatste opmerking. De man was een wonder.

'Dus, nog even over de bruiloft.' Ik lachte hem toe en keerde me toen weer tot Lauren. 'Wat gaat het worden? Gaan we zo naar de kerk of boek ik vier tickets naar Vegas?'

'Ik wil met Michael trouwen,' zei ze vol overtuiging. 'Maar ik ben doodsbang voor mijn bruiloft.'

'Er is niets om bang voor te zijn,' beloofde Sarah en ze pakte haar hand. 'Maddie heeft alles onder controle en we zijn er de hele tijd bij.'

'Het zou best eens kunnen dat ik gisteren alles nog even heb nagebeld,' biechtte ik op. 'Het gaat de leukste, mooiste bruiloft ooit worden. Zelfs bruiden die jaren nemen voor de planning van hun grote dag worden nerveus als het eenmaal zover is. Maar Lauren, het wordt geweldig.'

'Echt waar?' Ze snufte verfijnd en hikte nog een keer na.

'De meest geweldige bruiloft ooit,' bevestigde ik. 'Die je volgens mij verdient, want je hebt de meest geweldige bruidsmeisjes ooit.'

'Ik weet niet hoe Maddie erover denkt, maar ik doe mee.' Sarah keek naar haar jurk. 'Ik ben al helemaal opgetut en zo. We kunnen het net zo goed door laten gaan.'

'Helemaal mee eens,' zei ik. 'Al moet ik nog wel even mijn haar doen.'

'En je make-up,' zei Lauren. 'Of niet!' voegde ze er haastig aan toe. 'Wat jij maar wilt.'

Mijn vriendinnen hesen zich uit mijn veel te lage bank en begonnen elkaars jurken recht te trekken.

'Je hebt zeker geen zin om naar een bruiloft te gaan?' Ik leunde over de rugleuning van de bank om Tom aan te kunnen kijken.

'Beetje te veel van het goede voor een eerste date.' Hij keek naar zijn zwarte broek en witte shirt. 'En mensen zouden me wel eens voor een ober aan kunnen zien.'

'Dat kunnen we natuurlijk niet hebben.' Ik schonk hem een klein lachje. 'Kunnen we dan in ieder geval nog een lift krijgen?'

'Dus daar gaat het je om?' vroeg hij toen ik mezelf omhoog krikte om naar hem op te kunnen kijken. 'Je wilt me alleen als chauffeur?'

'Nou ja, en ik vind je op een onbegrijpelijke, intense manier ook wel min of meer heel erg leuk,' zei ik met een stomp op zijn arm. 'Nu ik er nog eens goed over na heb kunnen denken.'

De bruiloft was uiteraard een enorm succes. Zowel Michael als Lauren kwam opdagen, de vlinders werden op tijd losgelaten en niemand stierf aan een pinda-allergie. Het was werkelijk alles wat we ons maar konden wensen.

Het pasgetrouwde stel was halverwege hun eerste dans toen de ceremoniemeester de andere stellen uitnodigde om ook te gaan dansen. Laurens moeder nam de arm van Michaels vader. Michaels broer bood de stiefmoeder van Lauren zijn arm aan en Sarah pikte Laurens vader zo snel in dat ik even vreesde voor de Derde Wereldoorlog, maar Lauren keek zo begeesterd in de ogen van haar kersverse echtgenoot dat ze het niet eens in de gaten had. Wat ik nog aan twijfels had over die twee verdampte ter plekke.

'Hoe zit het met jou, meisje?'

Michaels stokoude grootmoeder zoemde op me af in haar elektrische rolstoel, met een geruite plaid over haar fuchsia mantelpakje en naast zich een halflege fles whisky die niet van mijn bar afkomstig was.

'Niemand om mee te dansen?'

'Aangenaam kennis te maken, mevrouw...' Een beetje gegeneerd maakte ik mijn zin niet af en probeerde haar bloeddoorlopen blauwe ogen te ontwijken. 'Hebt u het een beetje naar uw zin?'

'Wat je dus niet moet doen, is een beetje naar zoiets gaan zitten smachten.' Ze wees op de dansende stellen. 'Je moet zelf een kerel zien te krijgen. Jullie worden er allemaal niet jonger op.'

'Bedankt voor het advies,' antwoordde ik.

'Anders eindig je nog zoals ik,' zei ze waarschuwend. 'Meer dan honderd lovers, maar nooit een echtgenoot.'

'Echt waar?' Met hernieuwde belangstelling keek ik naar haar. 'Dat klinkt anders niet als een slechte deal.'

'Wat je wilt is iemand die voor je zorgt.' Ze schudde de fles whisky in mijn richting. 'Niet iemand die je alle hoeken van de slaapkamer laat zien.'

'Gelukkig heeft ze iemand die het allebei kan.' Er werd een hand naar me uitgestoken en Tom stond lachend voor me. 'Sorry,' zei hij, 'ik was even weg, sassen. Heb je zin om te dansen?'

Vol argwaan staarde ik naar zijn uitgestoken hand.

'Ik heb mijn handen gewassen.'

'Vooruit dan maar. Ik zal met je dansen, maar alleen omdat ik weet dat je dat hartstikke goed kunt.'

Michaels oma knikte goedkeurend toen Tom me naar de dansvloer leidde.

'Geen chic gewals vanavond?' vroeg ik toen hij me dicht tegen zich aan trok en we zachtjes wiegden op het ritme van de muziek.

'Zo chic is de wals niet. Je bent gewoon jarenlang hopeloos misdeeld op het gebied van dansen.'

'Ik klap ze er anders allemaal uit bij de vogeltjesdans,' zei ik beledigd. 'Wacht maar tot die langskomt, je zult versteld staan.'

Hij glimlachte en ik was even stil, omdat ik niet goed wist wat ik nu eens moest zeggen. Hij was de hele dag al de meest fantastische man ooit geweest, of het nu ging om ons naar de bruiloft te rijden of om te helpen bij kleine dingen die mis dreigden te lopen. En nu danste hij met mij, op de bruiloft van mijn beste vriendin.

'Meende je wat je zojuist zei?' Ik durfde hem niet aan te kijken. 'Tegen de oma van Michael?'

'Dat ik voor je kan zorgen of dat ik je alle hoeken van de slaapkamer kan laten zien?'

'Allebei?' fluisterde ik.

'Allebei,' antwoordde hij.

Lachend duwde ik hem van me af, stond voor hem, keek naar hem op en veegde mijn eigen haar uit mijn gezicht voor ik zijn hand pakte. De meiden hadden helemaal gelijk, hij was inderdaad belachelijk lang. Het duurde zo lang voor hij zich voorover had gebogen en zijn lippen die van mij raakten dat ik dacht dat ik zou flauwvallen van zo lang mijn adem inhouden, maar het was het waard. Hij trok me tegen zich aan, zijn grote hand op mijn onderrug. Mijn hele lichaam smolt tegen hem aan en het voelde alsof ik iets vond wat ik al mijn hele leven had gemist.

'Vraagje,' zei ik met overslaande stem toen we even boven water kwamen om adem te halen. 'Heb ik je ooit een contract laten tekenen voor het feest voor je moeder? Want Sarah en ik gaan voor onszelf beginnen en volgens mij zouden we daar iets heel moois van kunnen maken.'

'O, hou toch je mond, Maddie,' zei hij, en hij kuste me opnieuw.

‘Mijn broer zegt dat ik moet leren om vaker nee te zeggen,’ antwoordde ik terwijl ik mijn hoofd even terugtrok.

‘Daar heeft hij helemaal gelijk in.’ Tom drukte zijn mond stevig op die van mij. ‘Begin daar morgen maar mee.’

Het was geen slecht advies. Ik besloot het op te volgen.

13.23 uur
100%
Chats
Groep
Details
Aan: Sarah, Lauren
Lauren
Kreeg jullie voicemails, maar die luisteren jullie niet af dus BEDANKT! OMG, BESTE DAG OOIT. Beste bruidsmeisjes ooit. Ik hou van jullie.
Sarah
🖤🖤🖤🖤
Maddie
Geniet van alles! Liefs voor jullie allebei xx
Maddie
Nog excuses aan Michael. Was niet mijn bedoeling om dat drankje over hem heen te morsen, echt niet…
Bericht
Stuur

Meldingen

Lauren Hobbs-Miller is getrouwd met
Michael Morgan.

Maddie Fraser en **Sarah Hempel** vinden dit leuk.

Zie alle meldingen

15:45 uur
100 %
Chats
Lauren
Details
Hey! Jurk is bij mijn moeder in haar hotel. Wil jij ’m ophalen en bij de stomerij afgeven? LOVE YOU xx
Bericht
Stuur

15:46 uur
100 %
Chats
Sarah
Details
Ga je met me mee naar L’s moeder om L’s trouwjurk uit het hotel op te halen?
Nee.
Alsjeblieft?
Ik pieker er niet over.
Ik haat je
Bericht
Stuur

Van: David Hobbs <dhobbs@DavidHobbs.com>
Aan: Lauren Hobbs <lhobbs@DavidHobbs.com>

Dag snoes,

Hoop dat je het naar je zin hebt in de zon.

Even een vraagje: ik kom net terug van een bezichtiging van het Teddington-huis en vroeg me af of je me kunt uitleggen waarom er een familie roze konijnen in de schuur is getrokken.

Veel liefs,
Papa xx

Atkinson & Associates

Geachte meneer Colton,

Onder verwijzing naar ons gesprek van 16 augustus jongstleden met betrekking tot het beëindigen van Madeline Frasers contract laten we u hierbij weten dat wij vanaf nu mevrouw Fraser in deze kwestie vertegenwoordigen.

Als gevolg van grondig onderzoek van haar dossier zijn wij van mening dat mevrouw Fraser recht heeft op een billelijke vergoeding, naast de wettelijk verplichte transitievergoeding. Wij eisen bij dezen compensatie van uw bedrijf wegens onterecht ontslag.

We kijken ernaar uit deze zaak verder met u te bespreken.

Hoogachtend,
Andrea Atkinson

16:05 uur
100%
Chats
Sarah
Details
Je advocaat denkt dat Colton-Bryers snel gaat betalen. IK WORD RIJK!!!!! $$$$
Je wordt niet rijk, je wordt mede-eigenaar van een startup en we hebben dat geld hard nodig. Als ik jouw 50% van de huur van het kantoor niet snel krijg, moeten we in jouw gore woonkamer werken.
Maar ik wil rijk zijn?
Wat wil je liever: je huis schoonmaken of mij geld geven voor een kantoor?
Bericht
Stuur

Aan onze liefste schat Maddie,
We zijn zo trots op je! Kunnen niet wachten om FraserHempel te 'liken' op Facebook.

Veel liefs,

Mam en pap

XXX

Van: Sharaline Michaels <sharaline@coltonbryers.com>
Aan: Matilda Jacobs <matilda@coltonbryers.com>

Geachte mevrouw Jacobs,

Met deze mail wil ik mijn ontslag indienen.

Ik wil u bedanken voor alle kansen die ik bij Colton-Bryers heb gekregen, maar ik heb besloten om buiten het bedrijf naar andere opties te zoeken. Vooral omdat mijn manager een gewetenloos monster is en ik bang ben dat ze mij zal naaien zoals ze Maddie heeft genaaid. Of dat ze me in mijn slaap zal vermoorden.

Zoals al in mijn contract is bepaald, is aanstaande vrijdag mijn laatste dag. Als ik die tenminste levend haal.

Hoogachtend,
Sharaline Michaels

PERSBERICHT

FraserHempel Events

Lieve vrienden,

Tot onze grote vreugde kunnen we jullie hierbij melden dat FraserHempel Events aan het einde van de maand klaarstaat om aan de slag te gaan. We kunnen niet wachten om jullie eerstvolgende event te organiseren en jullie dromen waar te maken.

Voor meer informatie en een impressie van ons portfolio, zie www.fraserhempel.com of neem contact op met onze assistente: sharaline@fraserhempel.com

Van: Matilda Jacobs <matilda@coltonbryers.com>
Aan: Shona Matthews <shona@coltonbryers.com>

Beste Shona,

Ik heb je net in Outlook een uitnodiging gestuurd voor een afspraak met meneer Colton en mij, morgenochtend om negen uur in mijn kantoor.

Gezien de afwezigheid van je beide assistenten wil ik me ervan verzekeren dat je de uitnodiging hebt gekregen, want het gaat om een belangrijke kwestie.

Gr,

Matilda

Hoofd Personeelszaken
Colton-Bryers

Van: Shona Matthews <shona@coltonbryers.com>
Aan: Matilda Jacobs <matilda@coltonbryers.com>

M,

Zou graag komen, maar heb het, gezien de afwezigheid van mijn twee assistenten, erg druk. Sorry.

Eventdirector
Colton-Bryers

Van: Matilda Jacobs <matilda@coltonbryers.com>
Aan: Shona Matthews <shona@coltonbryers.com>

Beste Shona,

Je zit al diep genoeg in de problemen, je zorgt maar gewoon dat je er bent.

Gr,

Matilda

Hoofd Personeelszaken
Colton-Bryers

Beste Seb,
Hier is je post van de afgelopen twee jaar.
Ik hoop dat er niets urgents tussen zit.
Proficiat met de baby!
Maddie

12:03 uur
100%
Chats
Dan
Details
MADS! Is dit een glimmer of is dit een glimmer? Je grote broer is verloofd! Bedankt voor je hulp, Rach vond de duiven enig. Ze hebben wel op haar nieuwe jas gescheten, ik stuur je de rekening van de stomerij.
Gefeliciteerd! Maar ik zie geen attachment. Jij was toch professioneel fotograaf?
En de rekening betaal ik niet. Gewoon NEE zeggen, weet je nog?
Bericht
Stuur

17:39 uur
100 %
Chats
Tom
Details
Hou je nog een keer op met werken?
Kom eraan! Xx
Dat zei je een uur geleden ook al…
Sorry! Heel druk. Ga nu weg.
???
Als je niet binnen twee minuten naar buiten komt, doe ik dat verrassingsweekendje wel in mijn eentje. Kan best wat tijd voor mezelf in een spa gebruiken.
Ik kom eraaaaaan xxx
Dat dacht ik al… xxx
Bericht
Stuur

En bedankt!

Als ik iedereen zou opnoemen die me door dit boek heeft gesleept – terwijl ik luidkeels tegenstribbelde – zouden we hier nog een dag zitten en aangezien je net een heel boek uit hebt gelezen, heb je vast geen zin om nog langer door te gaan. Echter, zonder deze mensen zou er helemaal geen boek zijn geweest. Ik weet dat ik dat elke keer zeg, maar in dit geval is het echt, echt waar.

Rowan Lawton, je bent niet alleen een geweldige agent, maar ook een fantastisch mens. Zonder jou zou ik het letterlijk niet aan hebben gekund. Lynne Drew en Martha Ashby: sorry en bedankt, sorry en bedankt, sorry en bedankt, ad nauseum herhalen alsjeblieft. Ik beloof dat ik jullie dit waarschijnlijk, vermoedelijk nooit meer zal aandoen.

Iedereen bij HarperCollins: ontzettend bedankt. Ik ben jullie heel wat drank en cupcakes schuldig. Blaise, Georgie, Will, iedereen bij James Grant en Liane-Louise Smith (kampioen) bij Furniss Lawton, bedankt voor jullie schier onmogelijke tolerantie. Het kan me niet schelen hoe ik thuis word afgezeikt vanwege #TeamKelk, jullie zijn f**king geweldig.

Er zijn miljoenen mensen op Twitter, Facebook en Instagram die mijn leven makkelijker maken, maar ik zwaai hierbij speciaal naar mijn ontzettend moderne correspondentievriendinnen Lucy Robinson, Mhairi McFarlane en Rowan Coleman, die me er niet alleen aan herinneren dat we vrouwelijke schrijvers zijn, maar dat we ook vrouwen en schrijvers en fabuleus zijn. Nou ja, dat zijn jullie. Ik ben vooral moe. En lijd aan valse bescheidenheid.

De afgelopen zes maanden waren de moeilijkste in mijn hele leven en dit boek zou er niet gekomen zijn zonder de steun, liefde en alcoholhoudende drankjes die zijn geleverd door deze mensen: Della Bolat, Ryan Child, Kevin Dickson, Ilana Fox, Zainab Musa, Rosie Walsh, Terri White, Rachael Wright en Beth Ziemacki. Dit is een shitty bedankje in ruil voor alles wat jullie voor me hebben gedaan, ik sta enorm bij jullie in het krijt, maar misschien kunnen we beginnen met een enorme hug en daarna wel weer zien?

En dank aan Jeff Israel dat je zo goed voor me zorgt, me bewerkt met eten en drank en in het algemeen zo geweldig bent. Het is zwaar werk, maar iemand moet het doen.